Retour à Sunset Ranch

Troublants lendemains

CHARLENE SANDS

Retour à Sunset Ranch

Passions

éditions HARLEQUIN

Collection : PASSIONS

Titre original : SUNSET SURRENDER

Traduction française de SOPHIE PERTUS

ÉDITIONS HARLEQUIN

83-85, boulevard Vincent Auriol, 75646 PARIS CEDEX 13.

Service Lectrices — Tél. : 01 45 82 47 47

www.harlequin.fr

ISBN 978-2-2803-1343-8 — ISSN 1950-2761

- 1 -

Sunset Ranch, *Nevada*

Sophia Montrose plongea dans le regard noir et glacé du cow-boy dont la bouche se réduisait à une ligne dure bien proche d'un rictus méprisant.

— Ah, tu étais bien pressée de débarquer ici, on dirait.

Pour son retour à Sunset Ranch, ce n'était pas le plus chaleureux des accueils… Cela dit, Sophia n'attendait pas mieux de Logan Slade. Mais elle avait pris la ferme résolution, voilà bien longtemps, de ne pas se laisser intimider par lui. Sauf que leurs chemins ne s'étaient pas croisés depuis qu'elle avait quitté le ranch à l'âge de quinze ans, et qu'elle avait oublié combien sa beauté un peu rude la troublait. Cependant, et même si la maturité n'avait fait qu'ajouter une note de danger et de tentation à son pouvoir de séduction, elle n'oubliait pas que son retour déplaisait à Logan Slade tout autant que sa présence, autrefois, sur les terres de sa famille.

— Luke est là ? s'enquit-elle, toujours sur le seuil de la maison.

Il lui tardait de voir le frère cadet de Logan, qui, lui, se montrerait plus amical.

— Non. Il rentre demain. Tu veux repasser ?

Elle secoua la tête. Elle n'avait nulle part où aller, de toute façon, ayant rendu son petit appartement de Las Vegas et roulé d'une traite, pendant plusieurs heures, pour arriver au ranch dans l'après-midi. Elle n'avait aucune envie de prendre une chambre à Carson City. Elle était prête à commencer sa nouvelle vie maintenant. Tout de suite.

— Non. Je voulais les clés du cottage.

Il la foudroya d'un regard inhospitalier.

— Tu vas les avoir.

Logan avait prié le notaire de ne pas les lui donner. Il voulait qu'elle vienne les chercher en personne. C'était sa façon de faire. Il voulait la voir mal à l'aise, lui faire sentir qu'elle n'était pas la bienvenue chez les Slade.

Elle lui tendit sa main ouverte, s'efforçant de rester courtoise.

— S'il te plaît. J'aimerais m'installer.

Il la jaugea un moment avant de tourner les talons et de rentrer dans la maison.

— Suis-moi, lança-t-il par-dessus son épaule.

Elle resta un instant interdite, la main tendue, puis la laissa retomber et fit quelques pas à l'intérieur.

A peine eut-elle franchi le seuil que sa gorge se serra de nostalgie. Tous les bons souvenirs qu'elle avait ici anéantirent d'un coup les efforts de Logan pour gâcher son retour. La maison était aussi belle que dans son souvenir. Elle aimait la chaleur du foyer des Slade, la douceur des tons naturels et des boiseries, les fauteuils si confortables disposés autour de la grande cheminée de pierre. Des antiquités, des bronzes, des toiles de maîtres complétaient la décoration, faisant du ranch un lieu à la fois élégant et accueillant.

Combien de fois avait-elle joué, ici, avec Luke ? A combien d'anniversaires, de réceptions privées avait-elle assisté, à Sunset Lodge, avec sa mère ? Un profond bien-être l'envahit.

Elle suivit Logan, dont les bottes noires bien cirées claquaient sur le parquet. Grand, large d'épaules, il semblait occuper entièrement le couloir qu'il emprunta pour se diriger vers l'ancien bureau de son père, Randall Slade. Il était impeccable, comme toujours, dans sa chemise à carreaux bleue et un jean neuf ou presque qui tombaient à la perfection sur sa silhouette athlétique. Il ne lui adressa pas la parole. Au demeurant, elle ne s'attendait pas à le voir faire le moindre effort de conversation.

Elle imaginait d'ici sa réaction à la lecture du testament de son père, chez le notaire. D'après la surprise qu'elle avait perçue dans la voix de Luke, quand il l'avait appelée après toutes ces années de silence, elle supposait que M. Slade n'avait décidé que tardivement de l'inclure. Toutefois, Luke s'était également montré très aimable, ajoutant que malgré les circonstances, il avait hâte de la revoir.

Néanmoins, la plus étonnée d'apprendre que Randall Slade lui avait légué la moitié de Sunset Lodge, c'était bien elle. La seule condition étant qu'elle en assure la direction un an avant de pouvoir vendre sa part.

Cela faisait douze ans qu'elle ne vivait plus ici. Sa mère, qui dirigeait Sunset Lodge, était partie brutalement en rompant tout lien avec la famille Slade et en la priant d'en faire autant. En quittant Sunset Ranch, elle avait perdu l'amitié de Luke, ainsi que beaucoup d'autres choses auxquelles elle tenait.

« C'est mieux ainsi », avait affirmé sa mère. Mais Sophia n'avait pas compris. Elle était trop jeune pour vraiment saisir les notions d'épreuve, de sacrifice pour le bien commun. Tout ce qu'elle avait vu, c'était qu'elle avait été obligée de quitter le lycée au beau milieu de son année de seconde, de dire adieu à ses amis et à tous ses rêves. Les premiers mois, elle s'endormait tous les soirs en pleurant.

Aujourd'hui, sa mère avait perdu une bataille de deux

longues années contre le cancer et Sophia se retrouvait là pour prendre possession de cet héritage inattendu. Randall Slade avait toujours été très gentil avec elle, et elle l'aimait beaucoup. Il l'avait toujours traitée comme si elle faisait partie de sa famille, et avait un peu remplacé le père qui l'avait abandonnée à l'âge de trois ans.

— Par ici, marmonna Logan en entrant dans le bureau.

Elle le suivit.

— Assieds-toi.

Il lui indiqua un canapé en cuir qui paraissait assez neuf et un peu raide. En regardant autour d'elle, Sophia se rendit compte que toute la pièce avait été refaite.

Les boiseries d'autrefois avaient fait place à des murs texturés, les fenêtres garnies de rideaux vieil or, à de grandes baies vitrées à commande électronique, les lustres, à des rampes de spots orientables. C'était comme si l'on avait effacé toutes les traces du règne de Randall Slade sur Sunset Ranch.

— Non, merci.

Sa décision de rester debout lui valut un coup d'œil surpris et un vague grommellement de Logan. Elle sourit intérieurement. Il n'y avait pas de petite victoire.

Ah, si seulement Luke avait été là aujourd'hui pour l'accueillir… Elle aurait nettement préféré avoir affaire à lui pour son retour au ranch. Sauf qu'elle avait été contrainte d'avancer son arrivée de quelques jours. Au fond, mieux valait affronter Logan d'emblée et en finir une bonne fois pour toutes, plutôt que de laisser cette perspective assombrir ses retrouvailles avec Luke.

— Je suis désolée, pour ton père, dit-elle par respect pour la mémoire de Randall Slade. C'était quelqu'un de bien. Il doit beaucoup te manquer.

Logan conserva le même visage dur.

— Nous ne sommes pas là pour parler de ma relation avec mon père.

— Tu ne veux même pas de mes condoléances ? fit-elle doucement, blessée de sa réaction. Il a toujours été d'une grande gentillesse avec moi.

Le cuir de son fauteuil crissa légèrement quand il s'assit de l'autre côté de la grande table.

— Ça, il a toujours été très gentil avec les femmes Montrose. Aux dépens de ma famille.

Sophia avait beau mesurer un mètre soixante-treize, même assis, Logan la fixait d'un regard si pénétrant qu'il lui en imposait. Elle ravala la boule qui lui montait dans la gorge. La douleur de la mort de sa mère était encore bien vive. Elle savait que Logan en voulait à sa mère ; que, peut-être, il la détestait. Cependant, elle ne le laisserait pas dire du mal d'elle.

— J'ai perdu ma mère il y a à peine quelques mois, Logan. Elle me manque, tout comme je suis certaine que ton père te manque. Je te prie donc de garder pour toi tes commentaires sur ce que tu crois savoir.

— Je sais la vérité, Sophia. Une vérité qu'il n'y a pas moyen d'édulcorer. Ta mère a eu une liaison avec mon père, sous le nez de la mienne. Louisa en voulait à son argent, et lui, il était trop aveuglé par sa beauté pour se rendre compte de ce qu'elle manigançait. Après cela, notre famille n'a plus jamais été tout à fait la même. Cette histoire a bien failli nous détruire.

Sophia détourna la tête pour regarder, par la fenêtre, les terres qui s'étendaient à perte de vue et les écuries où des chevaux sublimes étaient élevés pour être vendus au plus offrant. Derrière, niché dans la verdure, le lodge accueillait en vacances des hôtes privilégiés qui voulaient découvrir l'expérience de la vie au ranch dans le plus grand confort.

Les frères Slade, Logan, Luke et Justin, avaient certes dû faire face à la perte de leurs deux parents. Cependant, ils pouvaient se soutenir mutuellement, et ils avaient toujours Sunset Ranch. Alors que Sophia était seule au monde. Si les fils de Randall souffraient, elle en était navrée, sincèrement, mais ce qu'il y avait eu entre Randall et Louisa n'était pas aussi simple que Logan semblait vouloir le croire.

— Ma mère a sauvé le mariage de tes parents, corrigea-t-elle.

— Tu racontes n'importe quoi. C'est à force de te tortiller à moitié nue sur les scènes de Las Vegas que tu perds la tête ?

Il la transperça d'un regard triomphant. Elle ne devrait pas s'étonner qu'il soit au courant de son métier de danseuse. Presque toute sa vie d'adulte, elle était parvenue à éviter de se faire remarquer. Cependant, face à la maladie de sa mère et pour subvenir à leurs besoins à toutes les deux, elle avait été contrainte de faire certains choix — des choix dont elle n'avait pas honte et qu'elle ne reniait nullement. Résultat, presque tout le Nevada avait eu vent du scandale de son mariage avec un milliardaire vieillissant. Si bien que cette union qui aurait dû rester dans la sphère la plus privée n'avait pas tardé à faire la une des tabloïds. Même à Las Vegas, lorsqu'une danseuse de vingt-six ans épousait en secret un magnat du pétrole de soixante et onze ans, cela ne passait pas inaperçu.

— Donc tu es au courant ?

— Je lis les journaux, Sophia.

— Ni mon ancien métier ni mon mariage ne te regardent, dit-elle doucement.

Elle était déjà suffisamment accablée de chagrin sans que Logan ait besoin de l'agresser dès le premier jour. Sans doute ne pourrait-elle pas éviter d'autres batailles à l'avenir, mais pas aujourd'hui.

Il l'observa de nouveau, de façon plus détaillée, comme s'il jaugeait ses atouts selon des critères plus masculins.

Il passa en revue les mèches qui s'étaient échappées du chignon sévère qu'elle s'était fait ce matin, puis ses yeux, ses lèvres. Comme il s'y attardait, elle se demanda s'il se remémorait le baiser qu'ils avaient échangé au lycée. Celui qui avait laissé Sophia haletante de désir. Celui dont Logan s'était servi pour l'humilier. Jamais elle ne s'était tout à fait remise de ce premier baiser, ni de la souffrance qu'il lui avait apportée.

« Tu es belle, Sophia… »

C'était tout ce qu'il avait eu besoin de lui dire, à dix-sept ans, quand il l'avait prise dans ses bras derrière le gymnase. Il l'avait serrée contre lui puis, le plus naturellement du monde, il avait pris possession de ses lèvres en un baiser merveilleux, doux et passionné à la fois. Sophia avait été bouleversée, soulevée par les sensations qu'il faisait naître en elle. D'instinct, elle avait noué les bras autour de son cou tandis qu'il continuait de l'embrasser et qu'elle s'abandonnait à son premier baiser avec un garçon plus âgé qu'elle. Jusqu'à ce qu'un éclat de rire de l'autre côté du mur de pierre les interrompe. Logan avait mis une fin brutale à leur étreinte. Puis il l'avait regardée dans les yeux d'un air grave, pendant un court instant où le temps lui avait semblé s'arrêter, juste avant de la planter là, abasourdie, pour aller rejoindre ses copains. Le lendemain, tout le lycée était au courant du pari qu'il avait fait avec eux : s'il essayait d'embrasser Sophia, elle ne le repousserait pas. C'était une fille facile, comme sa mère.

Elle le regarda de haut, réprimant les sentiments qui l'envahissaient. Si seulement elle n'était pas autant attirée, et depuis si longtemps, par le frère aîné de Luke…

Si seulement son regard brûlant sur elle ne lui faisait pas un tel effet… Si seulement elle avait pu oublier ce baiser… Hélas, c'était comme si Logan l'avait marquée pour la vie.

Il poursuivit son examen qu'elle ressentait maintenant comme une agression visuelle, en suivant des yeux l'encolure de sa robe d'été bien sage avant de s'arrêter un peu plus bas. Elle avait beau faire, ses vêtements ne dissimulaient jamais autant qu'elle l'aurait souhaité sa généreuse poitrine. Quoi qu'elle porte, il lui semblait qu'on ne voyait que ses seins. Elle avait même envisagé une réduction chirurgicale, à une époque de sa vie où se nourrir et payer les notes d'hôpital n'était pas encore son unique priorité. Mais c'était justement son corps et l'exotisme de son charme hispanique qui, par chance, lui avaient permis de gagner sa vie au moment où c'était devenu indispensable.

Logan descendit enfin jusqu'à ses jambes, qu'il voyait sans doute presque entièrement de là où il se trouvait, assis derrière la table. Elle aurait dû s'installer quand il le lui avait proposé, plutôt que de s'offrir ainsi à son regard scrutateur. De plus en plus mal à l'aise, elle se crispa.

— Comment t'es-tu débrouillée ? Tu as déclenché une crise cardiaque chez ton vieux mari dans la chambre à coucher ? demanda-t-il, quand il eut fini de la reluquer.

Sophia suffoqua. La question de Logan sonnait comme une insulte, d'ailleurs c'en était une. Il avait une si mauvaise opinion d'elle qu'il n'était même pas capable de lui témoigner le moindre respect.

— Il n'est pas mort, Dieu merci. Nous sommes… divorcés.

Logan la considéra un instant, avant de commenter :

— Vous n'avez pas été mariés longtemps. Gordon

Gregory avait-il eu l'intelligence de faire établir un contrat de mariage en béton ?

— Bien que cela ne te regarde pas, sache que c'est moi qui y ai tenu.

Logan se renversa contre le dossier de son siège en riant.

— Je ne suis pas dupe, Sophia. Tu es exactement comme ta mère.

— Merci. Je le prends comme un compliment. Ma mère était une femme extraordinaire.

Le sourire de Logan s'effaça d'un coup. Il se pencha en avant et prit appui des deux mains sur son bureau. Très sérieux, il la regarda droit dans les yeux.

— Ecoute, je te propose un marché. Je te rachète ta part du lodge. Tu n'as pas besoin de le diriger pendant un an. Mon avocat trouvera un moyen de contourner cette clause. Et je suis prêt à te faire une offre plus que généreuse.

— Non.

— Tu n'as pas envie de connaître mon prix ?

Il prit un stylo et nota une somme.

— Tout l'or du monde n'y fera rien.

Logan haussa les épaules, manifestement peu convaincu. Il devait croire qu'elle cherchait à négocier.

— Ne tournons pas autour du pot. Je t'en donne le double de sa valeur.

Cette annonce lui fit l'effet d'un coup de poignard dans le cœur. Il voulait se débarrasser d'elle. A tout prix. Mais elle n'allait pas se laisser décourager. Elle avait des droits sur le lodge. Alors, quoi que Logan lui propose, elle ne partirait pas.

— Non. Je reste. Je vais prendre la direction de Sunset Lodge.

Elle avait passé douze ans à Sunset Ranch, dans la petite maison à côté du lodge, et elle y avait été heureuse.

C'était là qu'elle voulait vivre. Nulle part ailleurs elle ne s'était autant sentie chez elle. Logan Slade ne la ferait pas fuir.

Elle allait rester.

Et elle ferait une aussi bonne responsable que sa mère.

— Maintenant, Logan, donne-moi les clés, s'il te plaît.

Logan raccompagna Sophia jusqu'à sa voiture, une vieille guimbarde cabossée aux pneus presque lisses et dont la peinture écaillée devait avoir au moins quinze ans. Ce n'était pas dans ce genre de tacot que l'on s'attendait à voir rouler une danseuse de Las Vegas qui avait été mariée avec un vieux milliardaire.

Il ne lâchait pas les clés du cottage. Si seulement son imbécile de père n'avait pas jugé bon de coucher Sophia sur son testament… Elle était trop belle, trop parfaite, avec son visage sans défaut, ses yeux d'or, ses cheveux noirs, son teint éclatant. Le genre de femme qui poussait les hommes à faire des folies. Il préférait ne pas imaginer le désastre qu'elle provoquerait au ranch. Ses employés se mettraient en quatre pour elle, cela ne faisait aucun doute. C'était déjà le cas du temps de Louisa. Il suffisait qu'elle leur décoche un sourire pour qu'ils fassent ses quatre volontés. Ils lui mangeaient dans la main.

Or, Sophia était le portrait craché de sa mère. Logan répugnait à l'admettre, mais Sophia Montrose était même plus sublime encore que Louisa.

— Explique-moi une chose. Pourquoi diable veux-tu vivre ici, dans ce trou perdu, dans la poussière, les mouches et le crottin de cheval ?

Sophia leva les yeux au ciel. Quand elle soupira, son opulente poitrine tendit le tissu de sa robe, déclenchant chez Logan une pulsion charnelle qui le contraria sérieusement.

— J'ai aussi été chez moi à Sunset Ranch, je te rappelle. Pendant douze ans. Et j'y ai été heureuse. J'aimais beaucoup aider ma mère au lodge dont, grâce à la bonté de ton père, je possède désormais la moitié. Alors pourquoi n'aurais-je pas envie de vivre ici ?

Logan se frotta la nuque. Il ne comprenait toujours pas ce qui avait poussé son père à faire ce legs à Sophia Montrose.

— Ce n'est pas une vie très passionnante.

— Je n'ai pas une vie très passionnante, répéta-t-elle.

Logan fronça les sourcils.

— Tu veux dire que tu n'aimes pas vivre à Las Vegas ? Une femme comme toi ?

Elle plissa les yeux.

— Tu ne sais absolument pas qui je suis, Logan.

Ce qu'il savait, c'était qu'elle n'avait pas hésité à coucher avec un vieil homme riche pour mettre la main sur son argent. Heureusement pour lui, le bonhomme avait dû revenir à la raison avant qu'elle le plume complètement, contrat de mariage ou non.

— Je ne peux pas changer le passé, ajouta-t-elle. Mais je suis là pour construire mon avenir.

— Sur les terres des Slade…

— Oui. Sur les terres des Slade. Bon, tu vas me donner ces clés, au lieu de me les agiter sous le nez ?

Il regarda le trousseau.

— Personne n'a vécu ici depuis votre départ.

— Tu veux dire que le cottage est resté en l'état ?

Il hocha la tête.

— Mon père n'a laissé personne s'y installer. Encore une victoire pour Louisa. Tu imagines comme son obstination a plu à ma mère. Je ne sais pas combien de fois je les ai entendus se disputer à ce sujet, le soir.

— Ce n'est quand même pas la faute de ma mère ! Ni la mienne, d'ailleurs.

— Il va falloir que tu te sépares de l'actuelle responsable du lodge.

Elle soutint son regard.

— Que je me sépare d'elle ? Comment cela ?

— Eh bien, elle n'a plus sa place ici, puisque tu vas la remplacer. A ma connaissance, le lodge ne peut avoir deux responsables à plein temps. Il va donc falloir congédier Mme Polanski.

— Tu ne comptes quand même pas sur moi pour débarquer et la licencier d'emblée, si ?

— Bah… Si tu n'en as pas envie, elle garde sa place et je te rachète ta part. Cela résoudra le problème.

Sophia croisa les bras et le fixa droit dans les yeux.

— Va te faire voir.

Logan sourit. C'était plus fort que lui. Il avait réussi à la faire sortir de ses gonds. Jusque-là, elle était restée de marbre. Mais elle était tellement plus sexy quand elle avait le feu aux joues et que ses yeux lançaient des éclairs…

— Je te dis les choses comme elles sont, Sophia. Mme Polanski dirige le lodge depuis huit ans. C'est une excellente responsable, très appréciée des clients.

— Et tu me laisses le soin de la licencier. Comme c'est gentil.

— On n'a rien sans rien. Il semble que mon père n'ait pas pensé à tout quand il a voulu te léguer notre lodge.

— Je n'en possède que la moitié. Il ne m'a pas tout donné.

— Et tu le regrettes, je parie.

Elle releva fièrement son menton et répliqua, sans hésiter :

— C'est certain. J'aimerais mieux en être la seule propriétaire.

Logan la considéra avec étonnement. Il ne s'attendait pas à ce qu'elle l'admette.

— Si c'était le cas, je n'aurais pas besoin d'avoir affaire à toi… ni de renvoyer une employée.

Cette fois, Logan vit rouge.

— Ce lodge est dans la famille Slade depuis des générations. Au départ, après la Seconde Guerre mondiale, c'était un petit gîte pour les marginaux et les soldats sans le sou. Puis mon grand-père l'a transformé pour en faire l'établissement de luxe qu'il est aujourd'hui. Dis-moi, en quoi y as-tu ta place ?

Sophia, piquée au vif, le fusilla du regard :

— J'ignore pourquoi ton père a été aussi généreux avec moi, Logan. Que veux-tu que je te dise ? Il devait avoir confiance en moi et me croire capable de m'en occuper. Maintenant, je suis là, je vais prendre mes fonctions. S'il faut pour cela que je congédie quelqu'un, je le ferai. Mais, ajouta-t-elle en pointant l'index vers lui, je t'assure que je n'oublierai pas que c'est toi qui m'as mise dans cette situation dès mon arrivée.

— Et c'est bien comme cela que je veux que tu me voies, Sophia. Comme celui qui te mettra à l'épreuve, encore et encore. Tu n'as pas ta place ici. Cependant, si tu fais bien ton travail, je ne te mettrai pas de bâtons dans les roues. Et ne t'en fais pas : je cède à Luke mes responsabilités concernant le lodge. Désormais, c'est à lui que tu auras affaire. A partir de demain.

Il lui donna les clés.

— Je regrette que les choses commencent ainsi, Logan.

Il lui ouvrit la portière.

— C'est à un peu moins d'un kilomètre, dit-il, le plus poliment qu'il put. J'imagine que tu te souviens.

— Oui.

Quand elle se glissa à côté de lui pour monter en voiture, l'effet conjugué du frôlement de ses seins magnifiques sur son torse et de son parfum aux notes terriblement sensuelles faillirent lui faire perdre la tête.

Il se hâta de claquer la portière et regarda s'éloigner la vieille voiture en maugréant une flopée de jurons.

A l'instant où Logan disparut de son rétroviseur, Sophia s'affaissa et desserra ses mains crispées sur le volant. Elle leva le pied et roula plus tranquillement en direction de Sunset Lodge. Elle ne voulait plus songer à Logan Slade. Il l'électrisait autant qu'il l'exaspérait, or c'était justement une émotion dont elle cherchait à se défaire. « Le cœur a ses raisons que la raison ignore », lui avait un jour dit sa mère. Mais Sophia refusait de perdre la raison pour Logan Slade. Il venait de lui offrir une petite fortune pour se débarrasser d'elle. Comment pouvait-elle éprouver à son égard autre chose que du dédain ?

Même en vivant ici, elle parviendrait certainement à l'éviter. Niché entre l'immense Sierra Nevada et Carson City, Sunset Ranch était vaste. Il formait un gigantesque carré dont chaque côté mesurait des kilomètres.

Luke rentrait le lendemain. Ils allaient renouer leur amitié et c'était à lui qu'elle aurait affaire pour ce qui concernait le lodge. Au moins, elle aurait ici quelqu'un sur qui compter.

« Ne t'en fais pas, ma belle, lui avait-il dit. Je veillerai à ce que tu sois bien accueillie, pour ton retour. »

Les plus hauts sommets de la chaîne de montagnes encore enneigés lui évoquaient des cônes glacés à la vanille. Cette image la fit sourire. Elle avait presque oublié combien le paysage était beau et paisible, au printemps, sous ce ciel indigo semé de petits nuages de coton blanc. On était bien loin du bruit, de l'agitation et des néons de Las Vegas.

Les écuries du lodge lui apparurent en premier. Elle songea à sa mère, qui ne verrait plus jamais le domaine, et son cœur se serra. Louisa aimait tant s'occuper des chevaux, quand elle avait du temps libre…

— Oh ! maman…, murmura-t-elle. Je suis désolée.

Elle cligna les yeux pour refouler ses larmes et inspira profondément.

Elle ne tarda pas à découvrir le lodge dans son ensemble. Ce n'était pas le genre de construction que l'on s'attendait à trouver dans un ranch du Nevada. L'association de la pierre grise et du bardage de cèdre conférait à la grande maison une grâce et une élégance naturelles. Les terres fertiles environnantes se couvraient déjà de fleurs sauvages, tandis que, au premier plan, les jardins étaient toujours tenus avec autant de soin.

Les employés voyaient comme un privilège de s'occuper de la propriété et de travailler aux écuries. Il y avait peu de changements de personnel, à Sunset Ranch. Les Slade étaient fidèles à leurs employés, qui le leur rendaient bien.

La perspective de devoir congédier Mme Polanski la rendait malade. Au point que son envie de s'arrêter au lodge s'évanouit instantanément. Elle ne se sentait pas capable de négocier cet obstacle tout de suite. Elle allait d'abord prendre possession du cottage et s'installer. Et, demain, elle parlerait avec Luke de la situation de cette femme.

Le cottage était caché derrière le lodge, à l'abri des regards. Voilà qui garantissait l'intimité et la tranquillité dont elle avait tant besoin. Le tapage médiatique qui avait entouré son mariage pourtant secret puis la perte de sa mère l'avait profondément éprouvée. Elle avait besoin de se ressaisir et de se plonger dans un travail qui lui plairait. Et puis, surtout, elle avait besoin de se prouver quelque chose.

Jusqu'à maintenant, elle ne s'en était toujours sortie que grâce à son physique. Elle n'avait pas eu la possibilité de faire des études supérieures, mais elle ne regrettait pas les années passées auprès de sa mère, à l'aider à tenir de petits motels ou des auberges de la périphérie de Las Vegas. Puis, lorsque sa mère était tombée malade, Sophia avait tiré parti de son don inné pour la danse pour intégrer les revues des grands casinos. Cela lui avait permis de gagner de quoi les faire vivre toutes les deux — non à cause de son intelligence ou de son talent, mais parce qu'elle était bien faite.

Aujourd'hui, l'occasion lui était offerte de faire ses preuves dans un métier qu'elle aimait beaucoup.

— Sophia Montrose ! Bonjour !

Un cavalier qui montait une magnifique jument baie était arrivé à hauteur de sa voiture. Elle ne s'était pas rendu compte qu'elle roulait aussi lentement. Elle ouvrit la vitre.

— Ward Halliday, dit l'homme pour se présenter. Tu te souviens de moi ?

Elle dévisagea le responsable des écuries.

— Oh ! monsieur Halliday ! Bien sûr que je vous reconnais. Comment allez-vous ?

Il lui fit un sourire de biais.

— Je vieillis et, avec l'âge, je deviens grincheux. Mais ça fait bien plaisir de te voir.

Elle continuait de rouler au pas et il marchait à côté de la voiture.

— Merci. Je suis heureuse d'être de retour à la mais… ici. Le ranch m'a manqué.

Le sourire du cow-boy s'effaça et il hocha la tête d'un air grave.

— J'ai été bien désolé d'apprendre la triste nouvelle, pour ta mère.

Elle s'arrêta.

— Merci. Ç'a été une période difficile.

— Oui, je m'en doute. Elle était très sympathique.

Je me souviens qu'il lui est arrivé de faire des cookies pour mon fils, Hunter. C'était un tout petit bonhomme, à l'époque.

— Je me rappelle très bien, monsieur Ward. Je l'aidais.

Un gentil sourire accentua les rides de son visage.

— Hé, tu n'as plus quinze ans. Tu peux m'appeler Ward tout court. Tiens, voilà justement Hunter.

Il se tourna sur sa selle pour regarder venir un jeune homme, à cheval lui aussi.

— Il était tout gamin, quand vous avez quitté le ranch. En ce moment, il travaille ici, avec moi. Mais il veut aller à l'université A & M du Texas, à l'automne.

Sophia coupa le contact et descendit de voiture. Elle mit la main en visière pour protéger ses yeux du brûlant soleil de ce début d'après-midi et leva la tête vers le jeune homme pour le saluer.

— Alors, c'est toi, le petit Hunter ? Je suis contente de te revoir.

Il ne se vexa pas mais fit observer tout de même, en souriant :

— Plus si petit que ça…

C'était vrai. Il était plus grand et plus large d'épaules que son père.

— C'est ce que je vois.

— Vous allez vous installer tout de suite ? s'enquit-il.

— Oui, j'étais en route pour le cottage.

Ward jeta un coup d'œil aux cartons sur la banquette arrière de sa voiture.

— Vous avez besoin d'aide ? Hunter va vous donner un coup de main pour décharger.

— Oh… j'avoue que ça ne serait pas de refus. Mais si tu as autre chose à faire…

— Je n'ai rien d'autre à faire : c'est M. Slade qui m'envoie voir si je peux vous être utile.

— Bienvenue chez toi, Sophia, fit Ward en portant la main à son chapeau avant de s'éloigner.

— Merci.

Elle sourit et remonta en voiture.

— On se retrouve au cottage, indiqua-t-elle à Hunter.

Il partit si rapidement qu'il réussit à arriver avant elle, à attacher son cheval et à venir lui ouvrir sa portière.

— Tu as fait vite, commenta-t-elle.

— Je connais un raccourci, madame.

— Evidemment.

Elle se remémora soudain tous les chemins de traverse qu'elle empruntait, à cheval, quand elle vivait ici. La route goudronnée n'était pas toujours le plus court chemin d'un point à un autre.

— S'il te plaît, ajouta-t-elle, appelle-moi Sophia.

Il sortait déjà une caisse de l'arrière de la voiture.

— Entendu.

Il en empila trois en un rien de temps pour les porter jusqu'à la maison. Sophia se hâta de glisser la clé dans la serrure. Son cœur battait la chamade. Hunter fut un tout petit peu plus rapide qu'elle, mais il exprima précisément ce qu'elle pensait.

— Je vous parie que ça n'a pas changé.

— Je l'espère, fit-elle dans un soupir.

Elle ouvrit la porte et se glissa doucement à l'intérieur de la petite maison. Un rapide regard circulaire lui confirma sa pensée.

— Tout est exactement comme dans mon souvenir.

— Je me suis toujours demandé comment c'était, à l'intérieur, avoua Hunter en jetant un coup d'œil à son tour. C'est joli. Et accueillant.

— Oui.

Quand Logan lui avait appris que personne n'avait vécu ici depuis leur départ, Sophia s'était demandé dans quel état elle allait trouver le cottage. Avait-il été laissé à l'abandon, par amertume ?

— Où voulez-vous que je mette les cartons ? s'enquit Hunter.

Elle se rendit dans la grande chambre, qui avait été celle de sa mère. Par respect pour sa mémoire, Sophia maîtrisa son émotion. Elle ne voulait pas pleurer devant le jeune homme.

— Ici, je crois.

Il la suivit et posa les caisses sur le sol, devant la longue commode à trois tiroirs. Le soleil baignait la pièce d'une lumière dorée.

— Oh ! On dirait un massif de marguerites.

Sophia sourit.

— Ma mère adorait les marguerites. C'étaient ses fleurs préférées.

Le motif de minuscules pâquerettes qui ornait les rideaux et les tons jaune vif et écru du couvre-lit en témoignaient.

— Elle aimait les couleurs vives, ajouta-t-elle. C'était ainsi qu'elle voyait le monde.

Hunter ne fit pas de commentaire. Il finit de décharger la voiture et elle le remercia de son aide. Restée seule, elle s'assit sur le lit. La couette était moelleuse. Tout était impeccable, net, frais. Il n'y avait pas un grain de poussière. La maison n'avait pas été laissée à l'abandon. Quelqu'un avait veillé à ce que tout soit conservé dans le meilleur état. Quelqu'un qui, devina-t-elle, devait être Randall Slade.

Depuis l'au-delà, il continuait à prendre soin d'elle.

Cela faisait à peine une demi-heure qu'elle avait commencé à déballer ses affaires quand on sonna à la porte. Même le tintement de la sonnette n'avait pas changé. Intriguée, elle alla regarder par l'œilleton. Une femme d'un certain âge se tenait sur le seuil, avec un joli vase garni de roses et de branchages.

Sophia ouvrit.

— Madame Montrose ?

Elle hocha lentement la tête.

— Oui, je suis bien Sophia Montrose.

— Ruth Polanski. Je viens vous souhaiter la bienvenue à Sunset Lodge.

Sophia frémit. Ruth Polanski, la responsable du lodge ? La femme qu'elle allait devoir licencier ? Elle n'était pas prête. Elle n'avait pas eu le temps de réfléchir à la façon de lui annoncer la mauvaise nouvelle. Si c'était Logan qui l'envoyait…

— Voulez-vous entrer ? lui proposa-t-elle.

— Rien qu'un instant, merci. Je ne veux pas vous déranger. Mais je voulais vous souhaiter la bienvenue et vous apporter un petit quelque chose pour rendre la maison plus chaleureuse. Alors voilà, bienvenue.

Avec un sourire qui faisait pétiller son regard, elle offrit son ravissant bouquet à Sophia.

Celle-ci prit le vase d'une main et, de l'autre, l'invita d'un geste à entrer. Son cœur battait à coups redoublés. Elle avait les mains moites. Elle n'était pas sûre d'avoir la force d'affronter ce qui l'attendait. Pourquoi Luke ne l'avait-il pas prévenue qu'elle allait devoir renvoyer une vieille dame pour prendre sa place à la tête du lodge ? Il devait bien se douter qu'à son âge, elle se retrouverait dans une situation délicate, tout de même.

— Merci. Elles sont magnifiques.

— J'espère que vous ne m'en voulez pas d'être venue aussi vite. Hunter est passé m'annoncer la nouvelle et j'étais impatiente de vous rencontrer. Cela fait huit ans que je m'occupe du lodge.

— Ah… Euh, oui. C'est ce que m'a dit Logan tout à l'heure.

— Je ne peux pas vous dire combien je suis heureuse. Enfin, bien sûr, je suis désolée du décès de M. Slade. C'était un homme bon. Dur, mais bon. Et l'année dernière, quand il a commencé à avoir des problèmes cardiaques, je lui ai fait une promesse.

— Ah oui ?

Toujours debout dans l'entrée, Ruth Polanski semblait soulagée de lui en faire part.

— Oui. Il m'a fait promettre de continuer à gérer le lodge jusqu'à ce que vous arriviez pour prendre ma suite.

— Il vous a fait promettre de rester ?

— Oui. Il me tarde de prendre ma retraite. Au ranch, tout le monde le sait. J'ai trois petits-enfants et mon mari est déjà à la retraite depuis un an. Sauf que je ne pouvais pas revenir sur ma parole. Je n'ai jamais rien dit de ce pacte à personne. C'était ce qu'il voulait. M. Slade a toujours été très bon avec moi. Quant à Logan… Lui, c'est un saint.

A ces mots, Sophia manqua de s'étrangler.

— Vous êtes en train de me dire que vous voulez démissionner de votre poste de directrice ?

A mesure qu'elle comprenait, Sophia sentait la colère la gagner.

— Mais oui. Logan ne vous a pas prévenue ? J'attendais votre arrivée. Bien sûr, je ne vais pas vous planter là. Je vais rester le temps de vous mettre au courant des choses.

— M… merci.

— Je vous en prie. Cela n'a pas beaucoup changé depuis l'époque où vous viviez ici. Le lodge a conservé sa bonne réputation que lui ont value des services parfaits et l'assurance d'un maximum de confort. Nous organisons les mêmes festivités et les mêmes randonnées à cheval qu'autrefois, au printemps et en été. Mais je suis certaine que vous êtes déjà au courant de tout cela. Quand vous serez prête, je me ferai un plaisir de vous mettre au courant. De toute façon, après mon départ, Logan sera là pour répondre à vos questions.

Sophia esquissa son plus gentil sourire. Le saint homme allait avoir de ses nouvelles ! Elle n'était pas du genre à jouer les victimes, mais elle trouverait un moyen de lui rendre la monnaie de sa pièce, après le tour qu'il lui avait joué. En tout cas, il n'était plus question qu'elle baisse la garde devant lui.

— Oui, madame. Après votre départ, je crois que j'en aurai quelques-unes à lui poser.

- 2 -

Le soleil du matin faisait entrer dans la chambre une gaieté qui ne reflétait pas tout à fait l'humeur de Sophia. En ouvrant les yeux, elle fut d'abord désorientée. Mais cela ne dura qu'un instant. Elle reconnut vite l'ancienne chambre de sa mère et ne tarda pas à recouvrer ses esprits. Aujourd'hui, elle entamait sa nouvelle vie. La douce chaleur et la lumière lui réchauffaient le cœur et apaisaient sa colère contre Logan. A cause de lui, elle avait eu toutes les peines du monde à s'endormir, la veille au soir. Ça, il avait bien gâché son retour. Il serait trop content, s'il savait combien elle avait hésité à revenir, de crainte de souffrir en retrouvant le cadre de son enfance. De crainte, aussi, de ne pas être à la hauteur de ce poste à responsabilité que sa mère avait si bien tenu. Cependant, si sa réussite dépendait de sa détermination, elle n'avait rien à redouter. Elle voulait par-dessus tout réussir, et elle était prête à tous les efforts pour y parvenir. Mais elle avait beau faire, elle ne pouvait empêcher les doutes de l'assaillir dès qu'elle cessait de s'encourager mentalement.

Six semaines plus tôt, elle était bien loin de s'imaginer de retour sur les terres des Slade, dans le cottage de son enfance, en tant que copropriétaire du superbe Sunset Lodge. Cela faisait quelques mois que M. Slade et sa mère avaient quitté ce monde et, au fond d'elle, elle aimait les imaginer enfin ensemble, unis par l'amour.

Réconfortée par cette pensée, elle enfila son peignoir de soie à fleurs et, pieds nus, se rendit dans la cuisine, passant du tapis au carrelage.

Elle avait toujours aimé la clarté de cette cuisine ouverte sur le jardin par une grande baie vitrée et sur le salon par une arche, et son décor un peu désuet dans les tons crème et jaune. Elle connaissait chaque tiroir, chaque placard. Rien n'avait changé.

La tentation était grande de remonter le temps pour retrouver l'époque du bonheur, quand sa mère était en vie, quand elle croyait n'avoir rien à craindre.

Avec un frisson, elle se revit danseuse à Las Vegas. Là, au contraire, elle avait eu fort à craindre…

A cet instant, elle aperçut par la fenêtre un border collie noir et blanc passer en courant devant le cottage. Il tenait dans sa gueule une cuiller de bois dégoulinante de pâte à gâteau. Un petit garçon aux cheveux bruns le poursuivait.

— Blackie ! Reviens !

Cette scène digne d'un dessin animé tira un petit rire à Sophia. Elle sortit sous le porche et aperçut l'arrière-train de Blackie qui continuait de courir autour de la maison en remuant la queue. Manifestement, le chien s'amusait bien. Le garçonnet, en revanche, rouge et essoufflé, montrait des signes de fatigue. Il avait ralenti sa course et n'aurait sans doute pas été mécontent que le jeu cesse.

Sophia descendit les marches et se cacha derrière l'angle du mur en guettant le léger martèlement des pattes sur le sol. A l'instant où le chien tournait au coin de la maison, elle s'accroupit pour le surprendre. Mais il fut plus rapide. Quand elle voulut l'attraper, il l'esquiva facilement et passa à côté d'elle au trot.

— Blackie ! s'écria-t-elle. Arrête ça tout de suite.

Le chien se figea aussitôt, la cuiller dégoulinante

toujours entre les dents, et la fixa avec curiosité de ses grands yeux bruns innocents. La partie était finie.

Le garçon arriva à son tour et s'arrêta à plusieurs mètres, haletant. Il avait la mine méfiante d'un enfant qui n'est pas censé adresser la parole à des inconnus.

— Ne t'en fais pas, dit-elle doucement. Je suis Sophia Montrose. J'habite ici, maintenant. Je vais travailler à Sunset Lodge.

Le petit hocha la tête et coula un rapide regard en direction du chien, qui s'était assis un peu plus loin pour les observer, sans lâcher sa cuiller. De temps à autre, il donnait un coup de langue pour récupérer la pâte qui coulait.

— Comment t'appelles-tu ? demanda Sophia à l'enfant.

Il parut un instant interdit. Et quand il parla, elle sentit à sa voix qu'il était plus jeune encore qu'il n'y paraissait.

— Edward.

— Bonjour, Edward. Et quel âge as-tu ?

— D-dix ans. Et-et vous ?

Il bégayait. Pourvu que ce ne soit pas parce qu'elle lui avait fait peur !

— J'ai presque vingt-huit ans. On dirait que le petit Blackie t'a pris une chose que tu aimerais récupérer.

— Ou-oui, madame. Sauf que la cu-cuiller n'est p-pas à moi. B-Blackie l'a v-volée dans la cuisine de mamie, au l-lodge. Elle va être f-fâchée. Il ne d-doit pas aller dans la cuisine.

— Je vois. Eh bien, je te parie que si nous continuons à bavarder une minute, Blackie va venir nous voir et nous pourrons la récupérer.

Le garçon regarda le chien qui s'était couché et tenait la spatule entre ses pattes pour la lécher consciencieusement. Puis il se retourna vers elle d'un air dubitatif.

— Tu habites par ici ? s'enquit-elle.

Ses cheveux bruns en bataille lui retombèrent devant les yeux quand il hocha la tête.

— J'habite avec ma mamie au l-lodge. C'est la c-cuisinière.

Maintenant, Sophia était certaine de ne pas être la cause de son bégaiement. Il semblait habitué à ce que les mots ne sortent pas facilement.

— Dans ce cas, je ne vais pas tarder à faire sa connaissance. Je commence à travailler au lodge aujourd'hui.

— Oui, madame.

— Et Blackie, c'est ton chien ?

Il secoua la tête.

— Il est à M. S-Slade. Je lui d-donne à manger, je le promène et t-tout ça. C'est mon t-travail.

— Ah, très bien. Il est à Luke ou à Logan ?

Le petit dut réfléchir un instant avant de répondre.

— L-Logan Slade.

Il cligna les yeux à plusieurs reprises comme si une idée lui était subitement venue.

— V-vous ne lui d-direz pas, hein ?

— Que Blackie est allé dans la cuisine ?

Il hocha la tête.

— Non, je ne lui dirai pas, promit-elle en souriant. Mais il faudra peut-être que tu racontes à ta grand-mère ce qui s'est passé.

— J'ai l-laissé la p-porte ouverte et Blackie est v-venu prendre le p-petit déjeuner avec moi.

— Ah oui ?

— Au d-début, mamie n'était pas là. Quand elle est r-revenue, elle a c-crié après Blackie. C'est là qu-qu'il a pris la cuiller dans le bol où se trouvait la préparation du gâteau au citron et qu-qu'il est p-parti.

Sophia imaginait d'ici le coupable chipant la spatule sous le nez de la cuisinière. Elle sourit à l'enfant.

— On dirait que Blackie aime la pâte à gâteau au

citron. Je ne peux pas lui en vouloir. Je ne pouvais pas résister à l'envie de tremper mon doigt dans le plat quand ma mère faisait du gâteau au citron.

— Qu-quelquefois, mamie me laisse lécher le b-bol.

Le chien finit par abandonner la cuiller de bois et vint en trottinant jusqu'à Edward.

— Et voilà, dit Sophia. Il est revenu.

Edward flatta affectueusement la tête de Blackie avant de relever les yeux vers Sophia.

— C-c'est un bon chien, n-normalement.

— Oh ! ça se voit tout de suite.

Elle se pencha pour caresser le poil hirsute de l'animal qui se tourna vers elle, langue pendante, haletant, pour l'envelopper de son regard doux. Il ne la voyait plus comme l'ennemie qui voulait le priver de sa friandise, mais comme une admiratrice animée uniquement de bonnes intentions à son égard.

— Il en a partout, fit-elle remarquer. Je vais chercher de quoi le nettoyer. Attends-moi là.

Elle rapporta un linge imbibé d'eau chaude qu'elle donna à Edward.

— Tiens, fais disparaître les preuves, dit-elle d'un air de connivence.

Elle alla ramasser la cuiller de bois pleine de terre et de bave qu'elle saisit entre deux doigts par le côté le moins sale.

— Je crois que ta mamie ferait mieux de s'en débarrasser.

— Oui, madame, dit Edward, dont le petit visage se chiffonna. Elle va être f-fâchée.

— Je m'en doute. Mais tu pourrais peut-être te faire pardonner.

— C-comment ?

— Il y a de très belles fleurs sauvages violettes, à cette époque de l'année. Ta grand-mère aime les fleurs ?

Il haussa les épaules.

— J-je ne sais pas.

— Toutes les femmes aiment les fleurs. Je suis sûre qu'elle aussi. Si tu lui fais un beau bouquet et que tu lui promets que Blackie ne lui volera plus rien, cela devrait l'adoucir.

Le petit garçon hocha la tête d'un air pensif. Elle lui rendit la spatule et il resta là, à la regarder sans rien dire.

— Peut-être à tout à l'heure au lodge, Edward.

— D-d'accord.

Il s'éloigna, le chien sur ses talons. Au moment où Sophia allait rentrer dans la maison, il se retourna et la fixa d'un long regard songeur.

Elle lui fit un petit signe avant de tourner les talons.

Elle prit sa douche et choisit soigneusement ses vêtements pour cette première journée de travail. Elle avait appris de sa mère que les hôtes du lodge aimaient retrouver l'atmosphère de l'Ouest d'autrefois alliée au luxe de l'hébergement. Il fallait donc adopter un style professionnel, sans oublier que l'on était dans un ranch. Une robe de soie corail resserrée à la taille par une large ceinture de daim et associée à une veste légère aux manches retroussées et une paire de bottes de cuir devrait donner exactement l'effet escompté. Une fois habillée, elle avala en vitesse un bol de céréales et une tasse de café. Elle avait hâte de commencer sa journée et bien des choses à prouver.

A Logan Slade.

Et surtout à elle-même.

Une demi-heure plus tard, Sophia entrait dans Sunset Lodge. Elle étouffa la nostalgie qui l'assaillait, en même temps que l'incrédulité. Comment se pouvait-il qu'elle soit propriétaire de la moitié de ce magnifique établissement ? Elle traversa le hall si bien décoré avec ses colonnes de cèdre et son confortable coin salon aménagé autour de la grande cheminée de pierre, puis tourna à gauche pour se rendre directement dans le bureau de la directrice. Il n'avait pas changé de place. La porte était ouverte. Elle s'arrêta sur le seuil et s'apprêtait à frapper quand la voix de Ruth Polanski interrompit son geste.

— Bienvenue, Sophia. Entrez, je vous en prie.

Elle se leva et vint à sa rencontre en souriant. Au lieu de lui tendre la main, elle l'étreignit très chaleureusement. Sophia sentit son cœur se gonfler de joie. Personne ne l'avait embrassée comme cela depuis la mort de sa mère. Et voilà que cette femme qui semblait être la bonté même — et qu'elle n'allait pas être obligée de licencier — l'accueillait avec une affection sincère. Une vague d'émotion la submergea. Sa mère lui manquait tant…

— Bonjour, dit-elle en se ressaisissant.

— Je suis heureuse de vous voir. Comment s'est passée votre première nuit à Sunset Ranch ?

Elle opta pour un pieux mensonge. Ruth n'avait pas à savoir qu'à cause de Logan, elle avait affreusement mal dormi.

— Sans problème. Le cottage n'a pas changé. J'y suis très bien.

— Tant mieux, ma chère petite. Eh bien, nous allons pouvoir nous mettre au travail. Il me semble important de commencer par vous faire visiter le lodge et vous présenter notre équipe. Vous reconnaîtrez même peut-être certains visages.

— C'est possible, en effet.

— On y va ?

— Bien volontiers.

Sophia eut grand plaisir à faire le tour du domaine et à retrouver de vieilles connaissances. Beaucoup d'employés se souvenaient aussi d'elle, enfant, et lui présentèrent leurs condoléances pour le décès de sa mère. Mais elle s'efforça de ne pas se laisser distraire par tous ces souvenirs et de se concentrer sur ce qui était nouveau et sur ce qu'il fallait changer. Elle s'était armée d'un porte-bloc pour prendre des notes. De retour dans le bureau de Ruth — le sien, désormais —, elle passa ses remarques en revue avec la vieille dame pour recueillir son opinion.

Elle n'eut aucun mal à se familiariser avec le système informatique du lodge. Ruth lui en montra les grandes lignes et elle découvrit le reste par elle-même. Elle avait aidé sa mère à tenir les comptes d'auberges et de motels pendant des années. Elle possédait donc toutes les bases nécessaires, d'autant que sa mère lui déléguait généralement tout ce qui avait trait aux nouvelles technologies.

Pauvre Ruth… Sophia sentait son impatience de partir à la retraite dans chaque regard qu'elle lui jetait pour voir si elle suivait. Chaque fois qu'elle saisissait un nouveau concept sans difficulté, un sourire effaçait les rides soucieuses qui encadraient la bouche de la vieille dame. Il était important que la transition se fasse en douceur, et maintenant qu'elle connaissait un peu Ruth, elle était heureuse que cette dernière ne voie pas d'obstacle majeur à une rapide passation de pouvoir.

Tu n'es plus une simple employée, désormais, était-elle forcée de se répéter de temps à autre. Tu possèdes la moitié du lodge.

Elle avait du mal à se faire à cette idée. Jamais elle n'avait possédé aucun bien de valeur. C'était cette transition, de salariée à propriétaire, à laquelle elle allait sans doute avoir le plus de mal à se faire.

A la fin de la journée, Ruth lui dit au revoir.

— Elles sont à vous, désormais, déclara-t-elle en lui remettant un trousseau de clés. Vous pourrez fermer le bureau quand bon vous semblera.

Devant le mouvement de surprise de Sophia, Ruth secoua la tête.

— Je ne vous abandonne pas, ne vous inquiétez pas. Je suis là jusqu'à la fin de la semaine prochaine pour boucler une affaire dont il faut que je m'occupe. Si vous avez besoin de moi plus longtemps, je resterai, bien sûr. Mais je suis impressionnée par la vitesse à laquelle vous vous y mettez.

— Merci. Grâce à vous, ma première journée a été très agréable.

— Je ne vous ai pas ménagée. Je m'en veux presque. Mais je vous crois très capable et je ne manquerai pas de le faire savoir à Logan.

— Vous voulez dire Luke, non ? On m'a dit que c'était à lui que j'aurais affaire, désormais.

— Ah, oui. C'est vrai. Enfin, tout devrait se passer aussi bien avec l'un qu'avec l'autre.

Sophia se retint de lui donner tort.

Elle rentra chez elle quelque peu étourdie. Ce qu'elle avait vu et fait aujourd'hui, ce que l'on attendrait d'elle, comment elle allait s'y prendre… Mille pensées se bousculaient dans son esprit. Quelques minutes plus tard, elle était chez elle, avait ôté ses bottes et sa veste, et s'était installée sur le canapé du salon avec un verre de thé glacé au fruit de la passion. Elle ferma les yeux et se mit à siroter sa boisson bien fraîche. Quand son estomac gargouilla, elle se rappela qu'elle n'avait pas mangé grand-chose de la journée. L'excitation et les doutes lui avaient coupé l'appétit.

Elle resta assise dans un silence paisible, troublé seulement de temps à autre par les grondements de son estomac. Bientôt, elle entendit une voiture se garer devant le cottage. Le moteur s'arrêta et une portière claqua. Elle se leva si vite qu'elle renversa du thé sur sa robe, juste au-dessus de son sein droit. Génial. Elle n'avait même pas le temps de l'essuyer. Ses copines danseuses de Las Vegas se moquaient toujours de sa maladresse ; si Sophia en riait avec elles, au fond, cela ne l'amusait pas du tout.

Des pas résonnèrent sous le porche, puis on frappa à la porte. Elle était prête, la main sur la poignée, et ouvrit aussitôt, pour découvrir un visage d'une beauté stupéfiante : Luke Slade version adulte.

— Salut, ma belle. Je me suis dit que tu avais peut-être besoin d'un ami, ce soir.

— Alors, Soph, dis-moi comment tu vas. Vraiment, je veux dire, la pria-t-il une dizaine de minutes plus tard après qu'ils eurent échangé des condoléances pour leurs deuils respectifs.

Soph…

Il continuait à lui donner ce diminutif qu'elle avait presque oublié, et qui lui rappela une foule de bons souvenirs des moments partagés avec lui. Contrairement à ce qu'elle avait pu craindre, leurs retrouvailles n'étaient pas empreintes de la moindre gêne. Luke était toujours Luke. Et elle était profondément soulagée de s'apercevoir que l'ami sur qui elle avait toujours pu compter n'avait guère changé, si ce n'est pour gagner en assurance et en beauté. Heureuse de passer ce moment en sa compagnie, elle se décida à baisser la garde et à parler librement avec lui.

Assis de biais à l'autre bout du canapé pour lui faire face, il avait posé un pied botté sur son autre genou et buvait lui aussi un thé glacé. Il portait un jean usé et une chemise bleue tout aussi délavée. Son sourire n'avait pas changé, ni la chaleur qui se dégageait de son regard. En revanche, il ne restait rien de sa gaucherie, ni de son côté adolescent dégingandé d'autrefois.

— Si tu savais comme ma mère me manque, Luke. Nous étions tellement unies, seules toutes les deux… Maintenant qu'elle n'est plus là, je me sens un peu perdue.

— Mais te voilà retrouvée, ma belle. Désormais, tu es chez toi à Sunset Ranch.

Luke se pencha en avant et posa sa main tannée par le travail sur la sienne. Heureusement qu'il était là. Il l'avait toujours comprise et défendue. Il avait toujours été son ami, même dans l'enfance, quand il n'était pas « cool » d'être ami avec une fille. Il ne se laissait pas influencer. Sophia serra affectueusement sa main pour lui rendre le réconfort qu'il lui offrait. Elle attendit une étincelle entre eux. Un trouble. Un chatouillis.

Les secondes passèrent.

Rien. Pas le moindre frisson. Moins encore de flamme.

Elle s'était toujours demandé si ce qu'elle éprouvait pour lui aurait changé si elle retournait à Sunset Ranch. S'il y aurait entre eux autre chose que de l'amitié.

Elle lui lâcha la main et releva lentement les yeux pour les plonger dans les siens. Il souriait. Il avait dû lire ses pensées et se poser la même question. Malgré la chaleur qu'elle sentait remonter le long de sa nuque, il n'y avait entre eux aucune tension. Et c'était bien là le problème.

— Tu es une vraie bombe, tu sais, Sophia.

— Et toi, Luke, tu es le plus canon des cow-boys.

Il fit une moue dubitative et soudain, d'un même mouvement, ils rejetèrent la tête en arrière et partirent d'un grand éclat de rire.

Comme des gamins. Comme autrefois.

Ils étaient amis, point final. Cette question était réglée, pour le plus grand soulagement de Sophia. Elle n'avait surtout pas besoin de se compliquer la vie en ce moment. Entre son mariage avec un homme plus âgé qui avait proposé de prendre en charge les dépenses de santé de sa mère et le décès de cette dernière, elle avait été mise à rude épreuve. Et elle n'en était pas sortie indemne. Ses espoirs naïfs lui avaient coûté cher.

— Merci, Luke. Tu as toujours su me remonter le moral.

— A ton service, répondit-il avec une œillade complice. Alors, quelle est ta stratégie ?

— Eh bien… (Elle s'appuya au dossier du canapé de chintz et replia les jambes sous elle pour se mettre à l'aise.) J'espère faire une transition en douceur avec Ruth Polanski. Si tout va bien, je ne devrais pas tarder à reprendre les rênes. D'après elle, je serai prête d'ici la fin de la semaine prochaine, mais j'en doute un peu.

Elle inclina la tête de côté et se retint de prendre un ton accusateur pour ajouter :

— Merci, au fait. Tu aurais pu me prévenir que j'allais devoir la remplacer…

Luke ouvrit de grands yeux innocents.

— Je n'ai pas imaginé que cela pourrait poser un problème : je savais combien elle était impatiente de prendre sa retraite.

— Oui. Sauf que ton frère m'a fait croire que j'allais devoir la licencier pour prendre sa place à la tête du lodge.

Luke la fixa cinq bonnes secondes avant de se masser la nuque et de lâcher :

— Ah… Zut.

Sophia soupira.

— Logan t'a fait marcher.

— Sauf que ce n'était pas pour rire.

Luke se pencha en avant pour poser son verre sur la table basse.

— Ne te fais pas de bile pour lui, Sophia. Il n'a toujours pas digéré ce qui s'était passé autrefois, mais il va finir par se calmer.

— Tu le crois vraiment ? demanda-t-elle, pleine d'espoir.

Tout ce qu'elle voulait, c'était vivre tranquillement à Sunset Ranch. Elle ne s'attendait pas à ce que Logan l'accueille à bras ouverts, mais s'il voulait bien cesser de lui mettre des bâtons dans les roues, voire mieux encore, l'ignorer, elle aurait déjà l'impression d'avoir remporté une belle victoire.

De petites rides apparurent aux coins des yeux de Luke quand il fit la grimace.

— Franchement ? Non, pas vraiment. En tout cas, pas tout de suite. Il est plus têtu que moi.

Elle se rappela les fois où, enfant, elle s'était disputée avec Luke. S'il était convaincu d'avoir raison, il ne reculait pas facilement.

— Ce n'est pas peu dire, marmonna-t-elle.

— Hé !

Elle sourit.

— Je dis cela de mémoire. Je suis convaincue que tu es plus raisonnable aujourd'hui.

— Et comment ! Enfin, je n'étais pas têtu : j'avais raison. Et j'ai toujours été raisonnable.

Sophia hocha la tête pour éviter d'insister lourdement. C'était bon de plaisanter de nouveau avec Luke.

— Alors, de quoi d'autre as-tu parlé, avec mon frère, hier ?

— Il a essayé de…, commença-t-elle.

Mais elle se ravisa.

— Vas-y, dit Luke en l'encourageant d'un hochement de tête. Qu'a-t-il essayé de faire ?

Elle ne voulait surtout pas être une cause de discorde entre les deux frères. C'était déjà arrivé suffisamment souvent autrefois. Logan était désagréable avec elle, ou pire, il faisait comme si elle n'existait pas — et Luke venait à la rescousse. Résultat, ils se disputaient. Elle ne voulait surtout pas ranimer ces vieilles querelles.

— Rien du tout.

— Si, Soph, je vois bien qu'il a fait quelque chose. Si tu ne me dis pas quoi, je remonterai à la source. Je finirai par le savoir.

— Ne me menace pas, Luke.

— Je ne te menace pas, bon sang ! Mais il faut que tu me le dises.

Elle resta muette.

Il se leva lentement du canapé, comme s'il s'apprêtait à partir.

— Bien. Je vais poser la question à mon frère, si tu…

— D'accord. Je vais te le dire. (Il se rassit.) Il faut que tu me promettes de ne pas t'en mêler. Je ne veux pas causer de problème entre vous.

Luke pinça les lèvres et se balança si longuement d'avant en arrière qu'elle crut qu'il n'y consentirait jamais.

— Très bien, finit-il pourtant par répondre. Tu as ma parole.

Elle but une gorgée de thé. Maintenant, elle regrettait d'avoir abordé le sujet.

— Eh bien, il a essayé de me racheter ma part d'héritage. Il a dit que son avocat trouverait un moyen de contourner la clause selon laquelle je dois diriger le lodge un an avant de pouvoir vendre. Il m'en a offert une somme considérable.

— Nom d'un chien !

Luke se frotta de nouveau la nuque, avant de reprendre :

— Mais il perd son temps, non ?

— Il ne veut pas de moi ici.

— Il est vraiment crétin, parfois. Il doit pourtant se douter que tu refuseras de vendre.

— Exactement. Mais enfin, il m'a clairement fait comprendre qu'il voulait se débarrasser de moi.

— Tu n'imagines pas combien je regrette de ne pas avoir été là hier pour t'accueillir.

— Ce n'est pas ta faute, Luke. J'avoue que, depuis que tu m'as appelée, il me tardait de te revoir. Mais tu ne pouvais pas réorganiser toute ta vie en fonction de mes allées et venues. Je suis une grande fille, maintenant. Logan ne me fait pas peur.

— Peut-être qu'il ne te fait pas peur, mais il t'a blessée. Et je trouve ça vraiment nul.

Elle aimait mieux ne pas songer à ce que Logan lui avait fait éprouver la veille. Depuis des années, elle avait l'impression de vivre sa vie de l'extérieur. Elle n'était jamais parvenue à se défaire de ce mal-être. Voilà pourquoi son retour à Sunset Ranch revêtait une telle importance. C'était le seul endroit où elle se soit jamais sentie à sa place.

Elle balaya le sujet d'un geste de la main.

— Tu sais quoi ? Changeons de sujet. Parle-moi de toi, Luke. Tu m'as dit que tu avais fait du rodéo pendant quelques années. C'était comment ?

Sophia se réinstalla confortablement sur le canapé pour écouter son ami lui raconter sa vie depuis qu'elle avait quitté le ranch. Puis, quand il lui proposa de l'inviter à dîner dans le restaurant qui servait le chili con carne le plus épicé de tout l'Ouest, elle se rendit compte qu'elle était affamée.

— Oh, oui ! Je serai ravie de dîner avec toi.

Le joyeux brouhaha souligné par la musique de bastringue qui régnait au Kickin'Kitchen était presque aussi décoiffant que les piments rouges du chili. Logan était forcé de recourir à de longues gorgées de bière bien fraîche pour éteindre l'incendie. Après avoir passé la matinée avec des clients potentiels et l'après-midi plongé dans les papiers, il n'aurait pu rêver meilleure soirée que ce dîner avec un ami.

— Encore une tournée ? lui proposa Ward Halliday après avoir fini son assiette.

L'homme avait un estomac en béton armé, ce qui valait mieux pour résister à ces soirées aux limites du supportable que proposait le Kickin'.

Logan considéra son bol vide.

— Non, merci. Je n'ai pas encore éteint les dernières flammes. Mais vas-y.

Il fit signe à la nouvelle serveuse qui s'approcha d'un pas guilleret, avec un grand sourire.

— Alors, messieurs, je vous ressers ?

— Mon excellent ami ici présent a envie de tenter le sort encore une fois. Vous voulez bien lui rapporter un bol ? Et, dites-moi, il y a des antiacides, pour le dessert ?

Elle fit comme si elle n'avait pas déjà entendu cette plaisanterie des centaines de fois. D'ailleurs, ce n'était peut-être pas encore le cas. Quoique habitué du Kickin'Kitchen, c'était la première fois que Logan la voyait. Son badge indiquait qu'elle se prénommait Shelby et qu'elle venait de Californie.

— Ce n'est pas une mauvaise idée, commenta-t-elle. Je pourrais en vendre pour compléter mes revenus et prendre ma retraite avant trente ans.

— Et que feriez-vous de votre temps, si vous étiez retraitée ? demanda-t-il à la mignonne.

Son regard se perdit un moment dans la salle, puis elle le fixa de nouveau avec une honnêteté candide.

— Je peux vous dire ce que je ne ferais pas, en tout cas. Je ne cumulerais pas deux emplois tout en essayant de m'organiser pour m'occuper de mon grand-père dans sa petite maison au bord de l'autoroute. Le pauvre homme vivrait dans un endroit agréable et aurait une bonne infirmière pour prendre soin jusqu'à la fin de ses jours.

— Désolé d'apprendre qu'il ne va pas bien.

— Merci. Je l'aime beaucoup et je fais de mon mieux. Il n'a plus que moi, le pauvre, conclut-elle en haussant une épaule.

Logan considéra la jolie jeune femme avec admiration. C'était rassurant de se rendre compte que les notions de fidélité et de dévouement avaient encore du sens pour certains êtres.

— Eh bien, il a beaucoup de chance.

Elle recouvra aussitôt sa gaieté et lui offrit un sourire radieux.

— Merci. Ça fait du bien à entendre. Je peux vous apporter autre chose ?

— Je vous en prie. Oui, nous voulons bien une autre tournée de bière, s'il vous plaît.

— Ça marche.

Elle se détourna pour prendre la commande de la table voisine.

Ward secoua la tête.

— Sacré Logan, fit-il quand elle fut hors de portée de voix.

— Quoi ?

Sans attendre la réponse de son ami, Logan vida sa bière jusqu'à la dernière goutte.

— Toi, tu sais parler aux femmes.

— C'est précisément de cela qu'il s'agit, Halliday. De parler. Et puis elle est sympa.

Logan fit basculer sa chaise sur les pieds arrière pour étendre les jambes. Cela faisait bien longtemps qu'il n'était pas sorti avec une femme. Cette Shelby de Californie piquait suffisamment son intérêt pour lui faire envisager de mettre fin à une période de trois mois de complète abstinence. Sauf qu'elle semblait avoir bien assez à faire sans sortir en plus avec un homme qui ne voulait surtout pas se caser. Il faisait attention au choix de ses partenaires. Avec elles, il ne voulait que s'amuser, quelques jours ou quelques mois. Il avait donc soin d'éviter celles qui rêvaient de mariage.

— Bah, si Molly t'avait vu flirter avec cette petite blonde, elle t'aurait harcelé jusqu'à ce que tu l'invites à sortir avec toi.

— Ta femme veut absolument me marier.

— Tu crois que je ne le sais pas ? Elle n'arrête pas de se lamenter de vous voir toujours célibataires, tous les trois, « les petits Slade », comme elle dit. Je n'ose pas imaginer la vie qu'elle va faire à Hunter d'ici quelques années.

— Il n'a pas de petite amie ?

— Non. Pour l'instant, tout ce qui l'intéresse, c'est de rentrer à l'université à l'automne. Et il économise ses sous.

— Il a raison.

Logan connaissait Hunter depuis sa naissance, mais ce n'était pas un garçon très loquace. Tout ce qu'il savait, c'était qu'il aimait les chevaux. Sur ce point, il tenait de son père. Et Ward lui avait appris à traiter les animaux avec respect.

Quelques minutes plus tard, Shelby revenait avec la seconde assiette de chili de Ward et les bières. Elle posa le tout sur la table.

— Et voilà, messieurs.

— Merci, mademoiselle, dit Ward en prenant sa cuiller, prêt à attaquer.

— Je vous en prie, lui répondit-elle, avant de décocher un grand sourire à Logan. Si vous avez besoin de quoi que ce soit, appelez-moi.

Quand elle s'éloigna pour s'occuper d'autres clients, Logan observa le léger balancement de ses hanches sous la jupe courte de son uniforme bleu marine.

— A vrai dire, ça fait un bout de temps que je ne suis pas sorti avec une fille, marmonna-t-il.

Ward ne parut pas l'entendre. Il regardait vers la porte en faisant signe à quelqu'un d'approcher. Logan tourna la tête pour voir qui il appelait et ne put retenir un juron.

— Hé ! lui fit Ward. Vise un peu qui vient d'arriver. Luke et Sophia. Ils viennent par ici.

— Bon sang, Ward, baisse la main et arrête de te faire remarquer.

Visiblement déconcerté par sa réaction, son ami fronça les sourcils.

— Mais pourquoi… Ah, O.K.

Il haussa les épaules d'un air contrit.

Trop tard. Les Slade s'étaient toujours efforcés de rester discrets sur leur vie privée. Néanmoins, la rumeur de la liaison de son père avec Louisa Montrose s'était répandue comme une traînée de poudre. A Sunset Ranch, tout le monde devait savoir qu'il avait une dent contre les Montrose, mère et fille. Surtout maintenant que Randall avait décidé de léguer la moitié du lodge à la fille de sa maîtresse.

Logan n'avait pas caché sa colère. Après la lecture du testament, il avait assené un si violent coup de poing dans le mur de l'écurie qu'il avait eu la main toute bleue pendant des jours. Maintenant, cela ne se voyait plus, mais des élancements de douleur venaient de temps à autre le tourmenter.

Comme Sophia.

- 3 -

Sophia ne s'attendait pas à tomber sur Logan au restaurant. Elle comptait passer une bonne soirée tranquille et sans histoires avec Luke. Le chili pimenté ne lui faisait pas peur. Logan, si.

— Je te jure que je ne savais pas qu'il était là, lui chuchota Luke à l'oreille tandis qu'ils se dirigeaient vers sa table.

— Je te crois.

Même s'ils s'étaient perdus de vue depuis quelques années, elle le connaissait suffisamment bien pour savoir qu'il ne lui tendrait pas ce genre de piège.

— On ne va pas rester. On leur dit bonsoir, et voilà.

— Non, Luke. Je ne veux pas que tu te mettes à éviter ton frère à cause de moi.

— Cela ne dérangera pas Logan que nous nous installions à une autre table.

— Mais moi, si.

Elle craignait déjà d'avoir creusé une brèche entre eux. Pour le bien de tous, il allait falloir qu'elle prenne sur elle et qu'elle arrive à rester aimable avec Logan.

— Salut, vous deux, fit Ward dès qu'ils les rejoignirent. Je vois que tu montres déjà les meilleurs endroits à Sophia.

— Exactement. Il n'y a pas mieux que le Kickin'.

Luke sourit à Ward, avant de se tourner vers son frère qui lui fit un signe de tête entre deux gorgées de bière.

Refusant de le laisser le toiser ainsi, Sophia décida de se conduire en adulte.

— Cela me fait plaisir de vous voir, Ward. Et toi aussi, Logan.

Il lui coula un regard de biais qui s'arrêta sur le corsage de sa robe corail, évitant ses yeux comme si elle n'était pas digne de son attention.

— Sophia.

Quel imbécile !

— J'en suis à mon deuxième bol de Numéro trois, annonça Ward pour dissiper la tension. Plus le numéro est élevé, plus c'est épicé. Ça va jusqu'à cinq, mais je ne suis pas si courageux que cela.

— Trois, ça me semble déjà valeureux, commenta Sophia.

Le Kickin'Kitchen n'existait pas, à son époque. Il lui tardait de goûter ce fameux chili. D'origine hispano-américaine, sa mère avait toujours eu la main assez lourde sur les épices, lui transmettant ainsi le goût de la cuisine relevée.

— Les débutants commencent au Numéro un et y restent plusieurs années, précisa Logan avec un mélange d'autosatisfaction et de défi. Il y en a même pour qui c'est déjà trop fort.

Sophia se redressa de toute sa hauteur. M. le Grand Seigneur consentait à lui adresser autre chose qu'un grognement ? Elle leva le menton et mordit à l'hameçon. Rirait bien qui rirait le dernier.

— Je te parie que je peux prendre un Numéro trois.

Logan posa sa bière, le temps de lâcher :

— J'aimerais bien voir ça.

— Hou là, Sophia, intervint Luke. Moi-même, je viens tout juste de passer au trois.

Ward aussi posa sur elle un regard sceptique.

— Je vais me faire un plaisir de te montrer, répliqua-t-elle néanmoins.

La serveuse arriva sur ces entrefaites.

— Vous voulez une table ? demanda-t-elle à Luke. Parce que nous sommes pleins à craquer. Il y a vingt minutes d'attente.

— Pas de problème, répondit-il en hochant la tête, visiblement décidé à protéger Sophia. On va patienter. Ce sera une table pour deux. Au nom de Slade.

— On se déballonne ? lança Logan en plissant les yeux.

Luke regarda Sophia en secouant la tête pour la mettre en garde. Mais il était trop tard. Elle avait pris sa décision. D'abord, elle ne voulait pas que Luke la dorlote, et puis elle mourait d'envie de remettre Logan à sa place. Lorsque Ward se leva pour lui proposer de s'asseoir, elle se glissa sur la banquette à côté de lui.

— Non, je ne me déballonne pas, rétorqua-t-elle triomphalement à Logan.

Puis elle se tourna vers Ward et lui sourit.

— Merci, mon galant monsieur.

Il hocha la tête en rougissant violemment.

— Pas de quoi.

La bouche de Logan se contracta, mais il poussa un soupir résigné et fit de la place à son frère.

— Bah, pourquoi pas…

— Vous pouvez annuler la table pour deux, indiqua Luke à la serveuse en s'installant. Nous allons nous joindre à ces messieurs.

— D'accord. Je reviens avec des menus.

— Pas la peine. Nous avons déjà choisi.

Luke jeta un coup d'œil interrogateur à Sophia, qui hocha la tête pour le rassurer.

— J'aimerais un Numéro trois, s'il vous plaît.

— Deux Numéros trois, alors, fit-il en soupirant. Et deux bières.

— Non, merci, pas pour moi, dit Sophia. Je vais boire de l'eau.

— Vous pouvez apporter directement trois grands verres d'eau glacée, ajouta Ward d'un air un peu inquiet. Ces piments vous mettent la bouche en feu.

— Pas de problème. De l'eau, une bière et deux Numéros trois.

La serveuse s'éloigna et Sophia se retrouva juste en face de Logan.

Ils ne formaient pas un vilain tableau, les deux frères, assis côte à côte. Aussi beaux l'un que l'autre, ils se ressemblaient d'ailleurs, si ce n'est que Luke avait les yeux bleus et les cheveux blond cendré de sa mère, tandis que Logan était brun aux yeux sombres. En revanche, on n'aurait pu imaginer deux personnalités plus opposées.

— Une bière aurait peut-être mieux apaisé la brûlure du piment, fit observer Luke en se tournant vers Sophia.

— Je ne bois pas.

Luke eut un mouvement de surprise.

— Jamais ? Pardon, je ne savais pas.

— Tu ne pouvais pas le savoir, dit-elle calmement en réprimant son angoisse.

Luke ne savait pas tout ce qu'il y avait à savoir sur la femme qu'elle était devenue. Et, contrairement à Logan, il ne croyait pas tout savoir non plus.

— Mon père était alcoolique. Je n'ai jamais eu envie de boire. Ce doit être ma façon de me rebeller.

Rien ne l'obligeait à se justifier. Toutefois, l'histoire de son père lui rappelait constamment la fragilité de l'esprit humain et les embûches qui le guettaient. Surtout, elle voulait faire comprendre à Logan que sa vie n'était pas toute rose. La famille Slade n'avait pas le monopole de la souffrance. Etre marié avec une femme belle et aimante n'avait pas empêché le père de Sophia de la quitter en lui laissant élever seule une petite fille de trois ans. Adulte,

Sophia avait toujours bien du mal à comprendre ce qui l'avait poussé à agir ainsi, même si elle s'était efforcée toute sa vie d'assumer l'absence de son père. Alberto Montrose avait choisi sa passion pour la boisson, qui avait fini par causer sa perte. Aux dernières nouvelles, qui dataient de plus de dix ans, il avait été vu errant dans les rues de San Francisco, déguenillé, sans abri. L'alcool était sa femme et son enfant, sa dépendance et sa chute réunis.

— N'en dis pas davantage, fit Luke doucement. D'ailleurs, on sous-estime les vertus de l'eau.

— Oui, renchérit Ward. On ne peut pas vivre sans elle.

Riant sous cape, Logan avala une gorgée de bière. Il l'observait comme au spectacle.

— Dans quelques minutes, ton estomac va souffrir.

Cette fois, Luke ne le contredit pas.

— C'est sûr que ça va être ta fête, Sophia… Enfin, tu as toujours eu un côté casse-cou, ça, je le sais.

— Moi ? C'est l'hôpital qui se moque de la charité ! Venant de quelqu'un qui a passé cinq ans de sa vie à se battre contre des Broncos déchaînés…

— Six, corrigèrent Ward et Luke à l'unisson.

— Et je te signale que je ne me battais pas contre eux, ma belle. Je les montais neuf secondes d'affilée.

— Mouais, enfin tu restais rarement plus de cinq secondes en selle avant de mordre la poussière, précisa Logan.

— La poussière, c'est peut-être plus digeste que le Numéro trois.

Bon, elle en avait assez entendu pour ce soir.

— O.K., O.K., messieurs. Je vous promets que ça va aller.

Elle passa ses longs cheveux devant son épaule et changea de position sur la banquette capitonnée. Logan ne perdait pas une miette de ses mouvements. Après l'avoir ainsi reluquée, il plongea les yeux dans les siens d'un air de défi et une étincelle de désir s'alluma en elle.

A cet instant, quoi qu'il lui en coûte de l'admettre, elle perçut Logan sous un jour différent. Elle vit un homme qui avait sans doute autant de caractère qu'elle, autant de fougue. Un homme capable, peut-être, de combler ce vide qui menaçait de l'engloutir de l'intérieur. Et elle ne connaissait personne, pas même le merveilleux Luke, qui ait ce pouvoir.

— Nom d'un chien !

Ward sursauta si brusquement que tout le monde se tourna vers lui.

— Pardon, fit-il en sortant son téléphone de sa poche. C'est ce satané vibreur qui me fait toujours sauter au plafond.

Logan partit d'un bref éclat de rire qui accentua les traits virils de son visage. Prenant une brusque inspiration, Sophia se tourna vers Ward pour ne pas laisser grandir le trouble qui la gagnait. Logan la détestait, il ne fallait pas qu'elle l'oublie.

— C'est Hunter, dit Ward. Il n'appellerait pas si ce n'était pas important.

— Vas-y, réponds, lui conseilla Logan.

Il décrocha. Quelques instants et une demi-douzaine de « Mmm. Mmm, mmm » plus tard, il conclut :

— O.K. J'arrive.

Puis il remit le téléphone dans sa poche et annonça :

— Le gamin a besoin d'aide au ranch. Skylar pouline plus tôt que prévu. Il a l'impression que ça va être compliqué. Luke, c'est ta jument préférée, tu viens avec moi ?

Ward se leva et Luke l'imita, l'air inquiet.

— Oui, je préfère la voir.

D'après ce qu'avait compris Sophia, personne, au ranch,

ne connaissait mieux les chevaux que Luke. Même Ward, le responsable de l'élevage, semblait vouloir son avis.

— Désolé, Soph, il faut que j'y aille.

— Je comprends, assura-t-elle en prenant son sac. Je t'accompagne.

— Non. Reste ici et dîne. Tu as faim. Ton plat arrive.

— Mais je… euh…

Elle regarda tour à tour Luke et Logan, dont elle ne parvenait à déchiffrer l'expression.

— Bon sang, maugréa ce dernier en secouant la tête, je ne vais pas te mordre. Ward peut rentrer au ranch avec Luke et je te ramènerai plus tard. Quand tu auras mangé ton Numéro trois.

— Mais…

— Tu te dégonfles encore ?

— Non !

Logan glissa un regard rassurant à son frère.

— Bon, très bien. Vas-y, ne t'en fais pas. Occupe-toi de sauver Skylar et son poulain.

— Sois sympa, hein, dit Luke en pointant l'index vers son frère.

— Fiche le camp, répliqua l'intéressé en haussant les épaules et en reprenant sa bière comme si cela allait de soi.

Mais Luke ne bougea pas.

— Logan.

— Bon sang, tu as ma parole !

Enfin satisfait, Luke hocha la tête.

— Bien. Je suis désolé, Sophia. Il faut vraiment que je file.

Ward les avait déjà salués et attendait Luke à la porte. Ils se hâtèrent de sortir et Sophia se retrouva seule avec Logan Slade.

*
* *

Voilà que Logan se retrouvait à passer la soirée en tête à tête avec Sophia. Il y avait pire. D'ailleurs, beaucoup d'hommes assis aux autres tables les regardaient avec envie ou admiration, c'était selon. Ce soir, Logan allait se tenir à la perfection. Non qu'il ait changé d'avis au sujet de Sophia, mais il avait donné sa parole à son frère. Oui, pour Luke, il allait la traiter gentiment.

Au bout d'une longue minute de silence, elle lui demanda :

— Tu crois que la jument va s'en sortir ?

Il soupira.

— Je ne sais pas. Un poulinage, c'est parfois délicat. Cela dit, Skylar est une battante. Et, avec l'aide de Luke…

— Oui, j'ai entendu dire qu'il était remarquable avec les chevaux.

— C'est vrai.

Logan se força à conserver un ton léger. Si elle avait envie de chanter les louanges de son frère ce soir, il la laisserait faire. Cela ne lui plaisait pas beaucoup, mais il la laisserait faire. A peine s'étaient-ils revus que ces deux-là s'entendaient de nouveau comme larrons en foire.

Leur relation l'avait toujours agacé. Logan était l'aîné des trois garçons. Luke et Justin suivaient, dans cet ordre. Jusqu'à l'arrivée de Sophia, Logan et Luke étaient très proches. Ensuite, il s'était senti mis sur la touche. Décidément, les femmes Montrose avaient le don de semer la discorde chez les Slade. Et Luke ne s'en rendait pas davantage compte que leur père. Leur aveuglement laissait un goût amer dans la bouche de Logan. Mais voilà que Shelby revenait avec le chili con carne de Sophia. Il allait s'amuser cinq minutes.

— Et voilà, annonça la serveuse en posant devant elle un bol d'où s'échappaient mille parfums.

— Merci, Shelby.

— Je vous en prie.

Elle lui fit un charmant sourire avant de s'éloigner.

Sophia prit tout son temps pour déplier sa serviette sur ses genoux.

— Ça sent merveilleusement bon, commenta-t-elle en le regardant.

Elle battit des cils et le sang se mit à battre aux tempes de Logan. Aux yeux des autres clients, ils devaient avoir l'air d'un couple. Jamais de la vie, et ce malgré les images sensuelles qui s'imposaient soudain à son esprit. Il ne parvenait plus à la quitter des yeux.

Sophia prit une cuillerée de chili sur laquelle elle souffla doucement. Logan avala sa salive, le corps tout entier crispé, fasciné. Jamais il n'avait associé chili con carne et sexe. Sauf ce soir, où il ne pouvait penser à rien d'autre. La regarder goûter, avaler puis lever les yeux vers lui d'un air satisfait, comblé, lui procura un frisson inédit. C'était fou. Il se surprit à sourire béatement.

Et elle aussi.

— Facile, dit-elle, les yeux brillants.

Alors que c'était elle qui mangeait un chili hyper-relevé, c'était lui qui était au supplice.

Il la regarda continuer à déguster son plat sans broncher. Manifestement, elle aimait ce qui était pimenté…

— Au fait, fit-elle, c'est gentil d'avoir envoyé Hunter me donner un coup de main pour m'installer, hier.

— Qui te dit que c'est moi ?

— Ce n'est pas toi ?

— Peut-être que si.

— J'ai été d'autant plus étonnée que tu ne m'avais pas proposé ton aide.

— Tu croyais que je le ferais ?

— J'espérais que tu te conduirais en gentleman.

J'aurais aimé que mon retour à Sunset Ranch ne se fasse pas dans un climat d'hostilité.

Logan choisit de ne pas relever cette remarque. Il n'était pas d'humeur à discuter de cela avec elle ce soir.

— Je ne suis pas le comité d'accueil. J'ai un ranch à diriger. Hunter t'a aidée, cela ne te suffit pas ?

— Si. Je commençais à apprécier ton geste quand je me suis rendu compte du tour que tu m'avais joué au sujet de Ruth Polanski. C'était un coup bas, même venant de toi, Logan.

Il se frotta le menton. Il n'était pas très fier de lui. Furieux de la voir arriver, il avait voulu lui faire mal. Elle avait raison : c'était un coup bas. Cela ne lui ressemblait pas. Cela dit, il n'était pas disposé pour autant à lui faire des excuses.

— Tu as dû être agréablement surprise d'apprendre que tu n'avais pas à la licencier.

— Je me suis fait un sang d'encre toute la soirée.

Il était bien décidé à ne pas se laisser gagner par la culpabilité.

— Je parie que ça ne t'a pas empêchée de dormir.

Elle secoua la tête et sa longue chevelure, qui tombait en cascade devant son épaule, vint lui caresser le sein.

— Si tu passais l'éponge sur le passé, Logan, tu serais plus heureux.

Un sermon ? Elle lui faisait un sermon ?

— Qu'est-ce qui te fait croire que je ne suis pas heureux ? Je suis ravi de te regarder faire semblant de supporter ce chili. Avoue que ça te brûle affreusement, Sophia.

A sa grande surprise, elle posa la main juste au-dessous de sa poitrine… et laissa échapper un petit rire.

— Ça te ferait plaisir, hein ?

— Tu ne veux pas l'admettre ?

— Et s'il était plus amusant de te laisser te faire des

idées ? Cela fait combien de temps que tu ne t'es pas amusé, Logan ?

— Qu'est-ce que ça peut te faire ?

— Aussi longtemps que ça ?

Elle secoua la tête et se remit à manger.

Force lui était de reconnaître qu'elle ne le laissait pas indifférent. Et qu'il passait un bon moment — non parce qu'il imaginait que le chili la brûlait, mais parce qu'elle savait relever un défi et retenir son attention en le maintenant dans le doute.

— Tu oublies que c'est moi qui te ramène.

— Ah non, pas le moins du monde.

Ses yeux d'ambre dégageaient un rayonnement si fort qu'ils pénétrèrent jusqu'au fond de son être.

Il vida sa bière d'un trait.

Sophia, elle, n'avait pas encore touché à son verre d'eau.

Sophia s'enfonça dans le siège confortable du pick-up noir de Logan. Elle boucla sa ceinture et regarda défiler le paysage. Le soleil s'était couché depuis une heure. Bientôt, les lumières de la ville ne furent plus que de petits points dans le rétroviseur.

Elle se tourna vers Logan, qui conduisait, une main sur le haut du volant. La radio diffusait doucement de la musique country et le silence, entre eux, était détendu et agréable.

Bien qu'utilitaire, son 4x4 possédait les finitions les plus luxueuses. Du reste, Logan vivait dans l'opulence et le confort. De son Stetson à ses bottes en cuir, tout ce qu'il portait respirait la qualité. Et il avait laissé un pourboire plus que généreux à la serveuse. Rien que la montre qu'il portait devait coûter plus d'un an du salaire que touchait sa mère au Desert Breeze Motor Inn.

Elles avaient passé trois ans à tenir ce bouge, avant

que Louisa décroche enfin un poste plus à la hauteur de ses compétences. Sur bien des plans, néanmoins, la vie qu'elles avaient menée toutes les deux avait beaucoup plus de valeur que toutes les richesses du monde.

Elle avait goûté à l'opulence le temps de son mariage. Beaucoup croyaient qu'elle avait épousé un homme plus âgé uniquement pour son argent ; elle était néanmoins parvenue à convaincre sa mère que c'était la promesse d'être aimée qui avait motivé sa décision. En réalité, la vérité se situait quelque part entre les deux.

Soudain, une vive douleur lui vrilla l'estomac. Elle réprima un cri et s'obligea à garder les mains sur les genoux, malgré son envie de se masser le ventre. Par chance, la brûlure se dissipa aussi vite qu'elle était arrivée. Sophia laissa échapper le soupir qu'elle retenait. Ouf, ça allait mieux. Le chili était très bien passé. Sur le moment, elle n'avait pas eu la moindre alerte.

Une autre décharge la secoua, prenant cette fois la forme d'une spirale qui lui remonta dans toute la cage thoracique.

— Oh !

Elle expira lentement, le plus discrètement possible, tout en surveillant Logan du coin de l'œil, puis elle posa son sac à main contre son ventre avant de glisser la main dessous. Du bout des doigts, elle s'efforça de mater la rébellion de son estomac.

— Oooh !

Terrassée, elle se pencha en avant, les deux bras repliés sur le ventre. La sueur commençait de lui perler sur le front. Logan tourna brièvement la tête vers elle.

— Ah, ça y est. Tu dégustes.

Elle hocha la tête en se mordant la lèvre, incapable de se retenir plus longtemps.

— Tu as très mal ?

Elle hocha encore la tête. La transpiration lui coulait dans le cou, lui collait les cheveux.

— Accroche-toi. Je me dépêche de te ramener.

Logan appuya sur l'accélérateur. Quelques minutes plus tard, ils arrivaient à Sunset Ranch. Il ralentit.

— Ma maison ou le cottage ?

— J'aime mieux rentrer chez moi.

Ils y furent en quelques minutes, pour le plus grand soulagement de Sophia.

Logan gara la voiture et sortit. Elle entendit ses pas dans le gravier tandis qu'il faisait le tour pour venir de son côté. Pliée en deux, elle serrait son ventre de toutes ses forces pour tenter d'atténuer la douleur. Logan ouvrit la portière et, quand leurs regards se croisèrent, elle vit son visage s'adoucir d'un coup.

— Je vais te sortir de là.

Avant qu'elle ait pu protester, il s'était penché sur elle pour déboucler sa ceinture de sécurité et lui avait desserré les bras pour pouvoir la prendre.

— Pas la peine de me porter, murmura-t-elle.

Il fit la sourde oreille et la souleva de son siège, un bras sous ses genoux et l'autre derrière ses épaules. Comme si la situation n'était pas suffisamment humiliante, sa robe remonta et lui dénuda presque entièrement les cuisses. Logan ne se gêna pas pour reluquer ses jambes, d'ailleurs. Puis il referma la portière d'un coup de hanche.

Il porta Sophia jusqu'à la maison. Elle se tenait à son cou, s'abandonnant à la force de ses bras. Elle avait beau savoir qu'il fallait se méfier de lui, elle se sentait à l'abri, protégée. Mais il ne fallait pas baisser la garde. Sous le porche, il la posa à terre et sortit un trousseau de clés de sa poche. Il ouvrit et reprit Sophia dans ses bras.

Le clair de lune éclairait juste assez l'intérieur pour que l'on puisse se déplacer. Logan se rendit dans le salon et déposa doucement Sophia sur le canapé. Comme elle lui enlaçait toujours le cou, leurs visages se trouvèrent à quelques centimètres l'un de l'autre et leurs yeux se croisèrent dans la demi-obscurité. Elle vit dans ceux de Logan des flammes qui firent affluer les souvenirs du baiser brûlant et merveilleux qu'ils avaient échangé, des années plus tôt. Fascinée, elle en oublia un instant sa douleur pour envisager un monde de possibilités avec lui. Mais, presque aussitôt, le regard de Logan redevint glacé, indéchiffrable. Sophia se força à s'extirper de ce moment d'égarement.

Logan lui détacha les bras de son cou et se redressa.

— Je reviens tout de suite.

Etendue, la tête sur l'accoudoir du canapé, elle l'entendit retourner à sa voiture. En revenant, il alluma la petite lampe sur le guéridon. Une douce lumière baigna la pièce. Puis il lui prit la main, dans laquelle il glissa deux comprimés.

— Commence par prendre ça.

Elle regarda sa paume ouverte, immobile.

— Ça va te faire du bien, grommela-t-il.

Rien ne lui prouvait que ce n'était pas du poison, bien sûr, elle supposait néanmoins qu'il s'agissait d'antiacides. Elle ne voyait pas comment ils allaient suffire à la soulager, pourtant elle les mâcha consciencieusement et leur texture crayeuse lui assécha la bouche.

— Bien. Maintenant, bois une gorgée de ça.

Il s'accroupit et lui souleva doucement la tête pour lui porter un flacon rose aux lèvres.

Elle secoua la tête. Il ne fallait pas mélanger les médicaments comme cela.

— Non, merci.

Il s'écarta un peu.

— Crois-moi, ça marche. Je suis déjà passé par là. A ton avis, pourquoi ai-je cette trousse de secours dans ma voiture les soirs de chili ?

Sophia ferma les yeux pour échapper au regard soucieux de Logan. Pourquoi voudrait-il l'aider ? Cela n'avait aucun sens. Il la détestait. Tout ce qu'il voulait, c'était qu'elle parte. Pouvait-elle lui faire confiance, dans ces conditions ?

Une nouvelle crampe lui tordit l'estomac.

— Aïe !

Il lui souleva la tête un peu plus haut et lui présenta de nouveau la bouteille.

— Allez, Sophia. Bois.

Elle décida de se laisser faire.

— Bien. Maintenant, tu n'as plus qu'à attendre quelques minutes que ça fasse effet.

Elle reposa la tête sur l'accoudoir.

— Tu n'es pas obligé de rester.

Sans rien dire, il se releva et s'éloigna. Elle tendit l'oreille, espérant l'entendre s'en aller. Au lieu de cela, il se mit à s'affairer dans la cuisine. Que faisait-il avec le micro-ondes ? La seule idée de manger lui donnait la nausée.

Elle referma les yeux et ne les rouvrit qu'en sentant quelque chose de chaud sur son ventre. Le torchon qu'il avait fait chauffer agissait comme une bouillotte. Bientôt, sous l'effet conjugué de la chaleur et des médicaments, la douleur s'atténua.

— Je te conseille de prendre un bain bien chaud, tout à l'heure. (Elle le regarda.) Je te proposerais bien de le prendre avec toi, ajouta-t-il tandis que l'étincelle de tout à l'heure se rallumait dans ses yeux. Mais quelque chose me dit que je ne serais pas le bienvenu.

Elle parvint à sourire.

— Tu ne le sauras jamais.

— Comme je ne savais pas que tu allais être malade ?

Mue par un mélange d'humiliation et de colère, elle voulut se lever.

— Ah, c'est donc pour ça que tu es là ? Pour me faire admettre mon erreur ?

Il lui posa la main sur l'épaule pour la forcer à se recoucher.

— Reste tranquille. Ne t'énerve pas.

— Alors ne m'énerve pas !

— Tu n'aimes pas avoir tort…

— Pourquoi m'aides-tu ? demanda-t-elle, tournant brusquement la tête vers lui.

— Tu ne connais pas mon côté compatissant.

— Ah, tu en as un ?

— Tu commences à te sentir mieux ?

Sophia arrêta de se disputer avec lui, assez longtemps pour se rendre compte qu'en effet, aussi rapidement qu'elle était arrivée, la douleur avait disparu.

Elle plongea dans ses yeux changeants, si durs et froids un instant, si bons et attentionnés l'instant d'après.

— Oui. Oui, ça va mieux.

Logan hocha la tête.

— Je ne frappe pas un homme — ou une femme — à terre.

— Donc tu veux attendre que je sois en pleine possession de mes moyens pour me réduire en bouillie ?

— Je n'ai jamais dit que je voulais te réduire en bouillie, Soph.

Soph ?

Elle comprit soudain. Au moment où elle croyait le voir se radoucir et se conduire enfin poliment avec elle, au moment où il lui semblait prêt à oublier le passé pour repartir de zéro, voilà que… Elle lui devait encore des remerciements pour l'avoir soignée ce soir, mais, maintenant, elle savait ce qui avait motivé sa conduite irréprochable.

— C'est à cause de Luke, n'est-ce pas ? Tu lui as

promis de t'occuper de moi et tu es un homme de parole. C'est pour lui que tu fais cela ; pas pour moi.

Il haussa les sourcils d'un air étonné.

— En voilà une façon de me remercier.

Sophia sentit la colère la gagner. A force qu'il souffle ainsi le chaud et le froid, elle ne savait plus où elle en était. Sa frustration éclata dans un glapissement.

— Et comment aimerais-tu que je te remercie ?

Il l'enveloppa d'un regard appuyé.

— Prenons ce bain et nous serons quittes.

Cette idée fit jaillir de troublantes images dans son esprit. Mais elle était trop faible face à Logan. Il n'en méritait pas tant.

Soudain, un souvenir lui revint. Un souvenir désagréable, qui n'avait rien à voir avec lui. Non, il ne fallait pas songer à cela. Elle n'avait plus rien à craindre. Pourtant, impossible de le chasser.

C'était dans sa loge, à Las Vegas, devant son miroir, qu'elle avait découvert le premier message glissé sous sa trousse de maquillage. Sa lecture l'avait glacée d'effroi.

« Tu es trop belle, Sophia. Bientôt, tu seras à moi. »

Elle avait reçu cinq mots du même genre et tous lui avaient procuré la même impression désagréable. Le plus inquiétant, c'était que leur auteur en savait long sur elle. Elle avait trouvé des enveloppes portant son nom imprimé sur le pare-brise de sa voiture. D'autres avaient été déposées au motel où travaillait sa mère. Les mots eux-mêmes n'avaient rien de menaçant, si bien qu'elle n'était jamais allée à la police, et qu'elle n'en avait jamais parlé à sa mère non plus. Mais elle avait souvent eu peur, quand elle avait l'impression que quelqu'un l'observait.

Au bout d'un moment, elle avait commencé à examiner de plus près le visage des hommes qui assistaient aux spectacles. L'auteur des lettres anonymes se trouvait-il parmi eux ? La surveillait-il ?

— Tu réfléchis à ma proposition ?

Sophia reporta son attention sur Logan. Il devait se douter de sa réponse avant même d'avoir posé la question. Il plaisantait, sûrement. Si elle avait eu la moindre raison de croire qu'il était sérieux, peut-être aurait-elle pu se laisser convaincre, cela dit.

Mais elle en avait assez des petits jeux pour ce soir. Ses mauvais souvenirs et ses brûlures d'estomac lui suffisaient. Certes, il avait été gentil et elle avait envie de croire qu'ils pourraient s'entendre. Elle s'était sentie bien, dans ses bras, quand il l'avait portée de la voiture à la maison. Et elle lui était reconnaissante d'être resté pour s'assurer que ça allait. Cependant, n'avait-elle pas imaginé sa sollicitude ?

— Il vaudrait mieux que tu t'en ailles, maintenant.

Il la regarda longuement et prit une brusque inspiration. Comme si sa proposition de prendre un bain avec elle n'était pas une plaisanterie.

— Oui, c'est ce que j'étais en train de me dire.

— M… merci de m'avoir raccompagnée, fit-elle la bouche pincée. Et de m'avoir… aidée.

Il hocha brièvement la tête en guise de réponse.

Sophia se détourna, perturbée. Elle ferma les yeux tandis que le bruit des pas de Logan s'éloignait. Il ne lui dit pas au revoir. Ne lui souhaita pas un bon rétablissement. Ne lui enjoignit pas de l'appeler si elle recommençait à se sentir mal. Avec lui, il ne fallait vraiment pas qu'elle baisse la garde. Il la bernerait chaque fois qu'il en aurait l'occasion. Son silence en était un rappel cuisant.

Elle entendit la porte d'entrée s'ouvrir et se refermer. Il était parti.

Alors seulement, elle prit conscience que Logan Slade avait la clé du cottage.

Il pouvait débarquer quand il voulait.

- 4 -

Constance Branford offrit à Sophia un muffin au citron fourré à la fraise. Elle avait fait brièvement connaissance avec la cuisinière du lodge la veille, en compagnie de Ruth. Maintenant, elles étaient assises côte à côte à la longue table de chêne, le seul meuble de la grande cuisine du lodge qui ne soit pas moderne ni récent.

— Oh ! non, merci, Constance, je ne peux pas.

La grand-mère d'Edward retira la corbeille.

— J'ai découvert le chili du Kickin' hier soir, expliqua Sophia pour ne pas la vexer. Je suis encore un peu fragile.

— Tss, tss. Ce n'est pas de la nourriture. Je ne comprends pas ce que les hommes trouvent à cet endroit. Edward rêve d'y aller, mais ce n'est pas de son âge. Il faudra qu'il attende.

Sophia sourit.

— Apparemment, ce n'est pas pour moi non plus. Je ferais mieux de rester fidèle dans la cuisine du lodge.

Elle admira les pâtisseries, les biscuits et les muffins du jour. Derrière elles, deux cuisiniers coupaient des légumes et préparaient de la pâte à frire. Cela lui rappela Blackie, le voleur de spatule, et Edward. Manifestement, le petit garçon avait suivi ses conseils : un petit bouquet de fleurs sauvages trônait au milieu de la table.

— Votre petit-fils est bien mignon, commenta-t-elle.

— Il est un peu espiègle, comme un garçon de dix

ans, mais je reconnais que c'est un bon petit. Il a vécu des moments difficiles, avec ses parents.

Le regard de Constance s'éclairait quand elle parlait d'Edward, mais on sentait chez elle un fond de tristesse.

— Je suis bien placée pour savoir qu'il est toujours dur de perdre l'un de ses parents. Mais quand on est enfant…

La cuisinière secoua la tête.

— Les parents d'Edward ne sont pas morts.

Sophia eut un mouvement de surprise.

— Mon fils et sa femme sont toxicomanes. Les sept premières années de la vie du petit ont été tumultueuses. Et puis ils me l'ont confié. Il est légalement sous ma garde.

— Oh ! Pardon.

Etait-ce la cause des difficultés d'élocution d'Edward ?

— Au moins, ils me l'ont laissé sans faire d'histoires. Ils savaient qu'il serait mieux avec moi. Je m'efforce de lui offrir la stabilité dont a besoin un enfant.

— Il ne pourrait être mieux qu'à Sunset Ranch. Moi-même, j'ai passé une enfance très heureuse, ici.

— Je suis bien de votre avis. Et Logan est très gentil avec Edward. Il lui donne des responsabilités pour qu'il se sente utile. Quelle bonne idée il a eue, de le laisser s'occuper de Blackie…

Encore Logan ? Mais qu'avaient-ils tous à le dépeindre comme une espèce de saint ? Cela dit, en l'occurrence, elle ne pouvait nier sa gentillesse.

— Les petits garçons s'entendent bien avec les chiens.

Constance jeta un coup d'œil à sa montre.

— Ils ne devraient pas tarder à rentrer de promenade. Il se lève tôt, les jours d'école, pour donner à manger à Blackie et lui faire faire un tour.

— Voulez-vous que nous passions en revue les menus du mois, en l'attendant ?

— Volontiers. Vous sentez-vous en état de boire du café ?

— Il sent très bon. J'en veux bien une tasse, merci.

Constance les servit et se rassit pour se mettre au travail. Sophia avait réfléchi à des thèmes estivaux, mais il fallait qu'elle présente ses suggestions avec délicatesse. Elle arrivait tout juste et elle ne voulait pas froisser les susceptibilités. Néanmoins, elle était bien décidée à instaurer quelques changements et à superviser tous les secteurs du lodge, comme avait su le faire sa mère.

Son échange avec Constance fut très constructif. Dix minutes plus tard, Edward entrait dans la cuisine, équipé d'un sac à dos et d'un sourire timide.

— As-tu nourri et promené Blackie ? lui demanda sa grand-mère.

Il hocha la tête et coula un regard penaud à Sophia. Elle rassura d'un grand sourire, destiné à lui faire comprendre que leur petit secret était bien gardé. Elle ne comptait certainement pas raconter leur entrevue de la veille à Logan, ni à personne d'autre, d'ailleurs.

— Bonjour, Edward. Ça me fait plaisir de te revoir.

— Bonjour.

— Tu as bien ton déjeuner dans ton sac ? vérifia Constance.

Il hocha de nouveau la tête en guise de réponse.

— Très bien. Alors, file. Il ne faut pas que tu rates le bus.

Elle le prit par la main jusqu'à la porte. L'enfant la serra très fort dans ses bras et elle l'étreignit à son tour en lui donnant un baiser sur le front avant de le laisser partir.

— Bonne journée, mon chéri.

Au moment de sortir, il se retourna vers Sophia.

— Au-au revoir.

— Au revoir, Edward.

Sophia termina son café et conclut son entretien avec Constance. Elle sortait de la cuisine quand Luke arriva. Il lui emboîta le pas.

— Salut, dit-il. Tu as une seconde ?

— Bonjour, Luke. Je comptais justement t'appeler dans la matinée. Comment va la jument ?

— Ça va. Le poulinage a été difficile, mais elle s'en est sortie. Et sa pouliche est magnifique. Il faut que tu viennes les voir.

— Oui ! Tu dois être soulagé.

— Comme tu dis. Mais je me demande qui, de la jument ou de toi, a été le plus mal en point. Il paraît que tu as passé un sale quart d'heure, en sortant du Kickin'.

— Ah…

Elle se tassa un peu, moyennement ravie d'apprendre que les deux frères avaient parlé d'elle. Logan avait dû se faire une joie de raconter sa mésaventure.

— Je vois. Ton frère t'a dit que je n'avais pas très bien résisté au Numéro trois.

— Je suis désolé. Je n'aurais jamais dû t'emmener là-bas.

— Mais non. Ce n'est pas ta faute. C'est moi qui aurais dû me méfier. J'ai passé une semaine fatigante. Ça se passera mieux la prochaine fois.

— La prochaine fois ? Je ne suis pas près de te remmener au…

— J'y retournerai, Luke. Un jour.

Il haussa les épaules.

— Heureusement que Logan était là pour s'occuper de toi.

— Oui. Ton frère, ce preux chevalier…, marmonna-t-elle ironiquement.

Luke rejeta la tête en arrière en riant et elle se laissa gagner par son hilarité. Puis il lui prit le bras pour l'entraîner dehors. Il regarda autour de lui comme pour s'assurer qu'ils étaient seuls. De quoi voulait-il donc lui parler en privé ?

— J'ai eu une idée. J'aimerais organiser une fête de départ à la retraite pour Ruth.

— C'est gentil, Luke. Je suis certaine que ça lui fera très plaisir.

— J'aimerais mieux faire ça à la maison qu'au lodge. Pour sortir de son environnement de travail, tu comprends ? Dans le jardin, derrière. Logan trouve lui aussi que c'est une bonne idée. Il fait doux, le soir.

— Bonne idée.

Sophia commençait à deviner que Luke attendait d'elle qu'elle participe à ce projet.

— Ce qu'il y a, c'est que c'était Ruth qui organisait toutes les réceptions et… Enfin, là, on ne peut pas vraiment lui demander de s'en occuper. Et moi, je n'y connais rien.

C'était donc cela.

— Tu veux que je t'aide ?

— Oui, j'aimerais beaucoup.

Sophia n'eut pas besoin de réfléchir.

— Avec plaisir.

Lukc poussa un soupir de soulagement.

— Génial. J'ai toute confiance en toi. J'ai envie d'offrir à Ruth une fête inoubliable.

— Je ferai de mon mieux.

— Cela ne va pas te donner trop de travail ? Tu viens d'arriver. Entre ta nouvelle maison et ton nouveau travail, tu as déjà beaucoup à faire.

— Je vais me débrouiller, ne te tracasse pas. Sur combien d'invités tables-tu ?

— Une soixantaine, je dirais. Tous les employés du domaine, même si certains devront se relayer pour passer, quelques clients fidèles qui connaissent Ruth depuis le début, et puis sa famille. J'aimerais bien convier aussi ses petits-enfants.

— Très bien. Tu veux que ce soit une surprise ?

— Oui. Je crois que si Ruth était au courant, elle ne voudrait pas que nous nous donnions tout ce mal pour elle.

— Je comprends.

— Tu es libre ce soir, pour que nous en parlions de façon un peu plus détaillée ? Je t'apporte à dîner. Rien d'épicé ni de pimenté, c'est promis.

Sophia était libre tous les soirs. Elle n'avait pas de rendez-vous galant et Luke était son seul ami dans les parages. Et puis l'organisation de cette soirée lui permettrait de faire plus ample connaissance avec le personnel du ranch. Elle avait tout à y gagner.

— 19 heures ?

— C'est parfait.

Luke poussa un nouveau soupir de soulagement.

— Merci, Soph. Tu me sauves la vie.

Il l'embrassa chastement sur la joue et s'en alla.

On frappa à la porte à 19 heures précises. Sophia, qui avait recouvré l'appétit dans l'après-midi, se faisait une joie de dîner avec son ami de toujours. Elle avait mis le couvert, sorti son ordinateur et s'était changée pour passer une tenue plus confortable — un pantacourt noir et un haut blanc noué sur le côté de la taille.

En ouvrant la porte, elle écarquilla les yeux de surprise.

— Eh non, lâcha froidement Logan. Ce n'est pas ton copain Luke.

Son cœur se mit à battre plus fort. Mais pourquoi la troublait-il donc à ce point ? Bah, sans doute parce qu'il était intelligent, beau, compétent et gentil avec tout le monde… Enfin, tout le monde sauf elle. Et tellement sûr de lui.

— Mais qu'est-ce que tu fais là ?

Elle aurait pu se montrer un peu plus chaleureuse, d'autant qu'elle ne voulait pas passer la soirée à se disputer avec lui. Ce dont elle avait envie, c'était de compagnie amicale.

— Luke a eu un accident. Il est à l'hôpital.

Le choc lui fit pousser un cri et porter la main à son cœur.

— Oh ! mon Dieu ! Qu'est-il arrivé ?

— Un étalon un peu fringant s'est échappé cet après-midi de l'écurie ; Luke a perdu l'équilibre en essayant de le contenir. Pendant qu'il était à terre, le cheval l'a frappé avec les deux antérieurs.

— Non ! Comment va-t-il ?

— Il a trois côtes et le bras cassés, et un traumatisme crânien.

— Je suis vraiment désolée. Le pauvre.

— Luke est du genre solide. Mais toutes les blessures qu'il a reçues pendant sa carrière de rodéo remontent à la surface. Il a été assez secoué.

— Puis-je le voir ?

Logan secoua la tête.

— Les médecins m'ont demandé de partir. J'ai passé l'après-midi avec lui, mais il ne peut pas recevoir de visite le soir. Il faut qu'il se repose. Il va rester en observation cette nuit à cause du choc à la tête. Avec un peu de chance, il sortira dans un jour ou deux. Enfin, il va devoir rester couché un bon bout de temps.

— Entre, dit Sophia avec un temps de retard, se rendant compte que Logan attendait toujours sous le porche. Excuse-moi, je ne m'attendais pas à cela.

Elle aurait préféré qu'il lui téléphone de l'hôpital. Elle

se serait précipitée au chevet de son ami. Mais comment espérer que Logan fasse quoi que ce soit pour elle ?

Quand il la suivit à l'intérieur, elle remarqua le sachet de papier blanc de plats à emporter qu'il avait à la main.

— C'est affreux. Luke ne mérite pas cela.

— Ce genre d'accident n'était jamais arrivé au ranch. Il connaît trop bien les chevaux pour se faire avoir, en principe.

— Mais il va s'en tirer, n'est-ce pas ?

Quoique bouleversée de savoir qu'il souffrait, Sophia maîtrisa ses émotions. Luke était jeune et fort. Il allait certainement vite se remettre.

— Oui. Cela va prendre un peu de temps, sans doute, mais il va s'en relever.

— Ouf.

Logan la regarda en plissant les yeux. Elle crut qu'il allait dire quelque chose, mais il se dirigea sans un mot dans la cuisine, où elle le suivit.

— Qu'est-ce que c'est ? demanda-t-elle en le voyant sortir des barquettes de son sachet et les disposer sur le plan de travail.

— Le dîner.

Elle ne s'attendait vraiment pas à cela de sa part.

— Pardon ?

— C'est mon frère qui m'a fait promettre de t'apporter à dîner et de parler avec toi de la fête surprise de Ruth. Je n'allais pas lui dire non.

Elle en resta bouche bée.

— A vrai dire, enchaîna-t-il, nous allons devoir travailler ensemble en ce qui concerne le lodge. Il va être sur la touche un moment.

Sophia s'approcha du comptoir. Logan avait pris deux parts de pâtes *alla primavera*, du pain italien croustillant et de la salade.

— Et il t'a fait promettre d'être aimable avec moi ?

(Logan haussa les épaules en guise de réponse.) Si tu ne me refais pas le coup du licenciement de Ruth Polanski, tout devrait bien se passer entre nous.

Elle remarqua, non sans un certain déplaisir, la lueur de triomphe qui passa dans les yeux de Logan.

— Bon, alors on est d'accord ? Pour Luke ? demanda-t-elle une main sur la hanche, dans une posture de défi.

Cette fois, il la détailla d'un regard presque concupiscent. Elle avait l'impression qu'il la dévorait des yeux. Il hésita quelques secondes avant d'acquiescer d'un rapide mouvement de tête.

— Pour Luke.

Elle le considéra un moment et soupira silencieusement. Il fallait qu'ils dînent et qu'ils se mettent au travail. Néanmoins, elle ne résista pas à l'envie de lui poser encore une question :

— Est-il allé jusqu'à te dire quel menu choisir ?

Logan tressaillit, mais il ne releva pas le sarcasme.

— Non. Je me suis débrouillé tout seul, comme un grand.

Bon, il était temps d'arrêter les hostilités. Elle avait faim.

— Ç'a l'air délicieux, commenta-t-elle.

Il l'étudia de nouveau et s'arrêta sur sa taille dénudée.

— Je ne peux pas te contredire.

Sophia se mordit la langue pour ne pas l'envoyer sur les roses. Elle songeait à un meilleur moyen de prendre sa revanche. Malgré l'effet que lui faisait son regard de braise, elle allait lui montrer qu'elle n'était pas une proie facile. Ils dînèrent tranquillement dans la petite alcôve qui jouxtait la cuisine. Sophia avait orné la table d'un bouquet de fleurs des champs. La flamme de la bougie faisait briller les verres et les couverts d'un éclat très doux. Décidément, celui avec qui elle partageait ce repas était plein de contrastes et de contradictions… Il avait eu soin de prendre des plats sans piment ni épices, en revanche, il avait apporté toute sa mauvaise humeur. Toutefois, Sophia n'allait pas se laisser couper l'appétit. Elle se resservit même, tant c'était bon, quand il alla rechercher le plat et le lui proposa.

Pourquoi ne lui avait-il pas simplement téléphoné pour lui annoncer l'accident de Luke et annuler la soirée ? Pourquoi était-il venu en personne, sans prévenir ?

Il devait être en phase avec ses pensées, car il lâcha :

— Si on m'avait dit qu'un jour, je dînerais avec toi dans cette cuisine…

— C'est dingue, hein ? Et c'est la deuxième fois en deux jours que nous dînons ensemble…

Elle lui sourit, bien décidée à ne pas se laisser intimider.

— N'en faisons pas une habitude, tout de même. (Il regarda autour de lui.) Je n'aime pas cet endroit.

— Cette maison est merveilleuse. C'est moi que tu n'aimes pas, reconnais-le.

Il but une gorgée d'eau puis dévisagea Sophia.

— Mon frère t'a embrassée, aujourd'hui.

Elle s'était bien dit qu'il fallait qu'elle reste sur ses gardes, avec lui. Voilà qu'il lâchait une nouvelle bombe au moment où elle s'y attendait le moins.

— C'est lui qui te l'a dit ?

Logan fixa ses lèvres, avant de la regarder de nouveau droit dans les yeux.

— J'étais au lodge, ce matin.

— Donc tu as vu Luke m'embrasser en toute innocence, et alors ?

— Alors je doute qu'il y ait chez toi quoi que ce soit d'innocent.

Cette conversation lui nouait l'estomac presque aussi sûrement que le chili de la veille. Pourquoi avait-il le pouvoir de la bouleverser ainsi ? Et pourquoi prenait-il un tel plaisir à la juger ? A ses yeux, elle était coupable de tous les crimes.

— Pourquoi donc ?

— Les chiens ne font pas des chats.

— Je ne suis donc qu'un cliché, pour toi, Logan ? Je t'ai déjà dit que me comparer à ma mère, c'était me faire un beau compliment. C'était une femme extraordinaire. J'aimerais seulement lui ressembler davantage.

— Mouais. Eh bien, moi, je voulais ressembler à mon père. Mais l'admiration aveugle, cela ne marche pas. Tôt ou tard, on se rend compte que l'être que l'on croyait connaître n'est pas tel qu'on l'imaginait.

Inutile de discuter avec lui. Elle n'allait pas passer son temps à se défendre ni à défendre sa mère. De toute façon, rien de ce qu'elle pourrait dire ne le ferait changer d'avis. Il n'avait pas confiance en elle. Elle n'avait plus qu'une solution : faire ses preuves au lodge afin de se prouver à elle-même qu'elle était digne de la générosité de Randall Slade.

— Je suis navrée, Logan. Cela a dû te faire un choc de découvrir que ton père n'était pas parfait. Mais personne n'est parfait, tu sais ?

Elle se leva et contourna la table pour se rapprocher, lui frôlant délibérément l'épaule en prenant son assiette. Elle n'avait le visage qu'à quelques centimètres du sien et ses longs cheveux lui tombaient sur les genoux. Elle sentait son parfum de terre, de cuir et de musc. Quand leurs regards se croisèrent, le souffle de Sophia s'accéléra. Il était beau. Il la détestait. Pourtant, à cet instant, c'était bien du désir qu'elle lisait dans ses yeux. Et cela la troublait.

Elle prit l'air de la séductrice consommée pour laquelle il la prenait et murmura :

— Je vais débarrasser, puis nous pourrons nous

mettre au travail pour que tu n'aies pas à rester ici plus longtemps que nécessaire.

Il la fixa longuement avant de poser une main sur sa taille dénudée. Elle retint son souffle, tous les sens en éveil, tandis qu'il lui effleurait la peau. C'était magique. Aussi magique qu'inattendu. Elle ne broncha pas quand il se mit à la caresser. Elle ferma les yeux, électrisée. Il existait entre eux un lien étrange, brut et animal, qui défiait toute logique. Quand il la touchait, son corps réagissait d'instinct.

D'une poussée, il l'assit sur ses genoux. Elle sentait la force de ses cuisses sous elle, de la main qui la maintenait en place tandis que, de l'autre, il continuait de la caresser.

Elle ne devrait pas le laisser faire, elle le savait. Il ne fallait pas le laisser reprendre le dessus. Sauf qu'elle ne pouvait pas l'arrêter. Elle avait besoin de la chaleur et des mains de Logan, de l'excitation qu'elles lui procuraient.

Il parvint à dénouer son haut. Elle attendit, envahie par un désir torride. Elle le vit déglutir et il glissa les doigts sous son vêtement défait, remonta petit à petit vers ses seins tendus d'impatience. L'exquise sensualité de sa position faisait palpiter le centre de son être. Cela faisait des années qu'elle n'avait pas eu de relation avec un homme. Pas comme cela, en tout cas. L'idée que Logan puisse se permettre des choses avec elle la choquait intellectuellement. Pourtant, physiquement, elle était prête à tout lui accorder.

Elle se cambra et se déplaça légèrement sur ses genoux. Il tira sur son soutien-gorge pour libérer ses seins gonflés, rendus plus sensibles par le désir. Elle n'en pouvait plus d'attendre qu'il la touche. Quand, enfin, il les prit dans le creux de sa paume, elle laissa échapper un murmure de plaisir. Et quand il passa le pouce sur son aréole durcie, elle serra fort les jambes.

Hélas, il fallait que Sophia mette fin rapidement à ces délices. Elle ne céderait pas à Logan. Elle ne pouvait pas se laisser aller à ce dont ils avaient pourtant tellement envie, tous les deux. Car il s'en servirait contre elle et ferait de sa vie à Sunset Ranch un enfer. Elle n'avait aucune confiance en lui. Et puis elle avait une revanche à prendre sur ce qu'il lui avait déjà fait subir autrefois.

Le souffle aussi court que le sien, elle prit le visage de Logan entre ses mains. Il fallait que ce soit son initiative. Quand il voulut prendre possession de sa bouche, elle se déroba pour qu'il comprenne bien que ce baiser venait d'elle. Que c'était son choix, sa décision et ses conditions à elle.

Elle attendit. Il recula. Alors seulement, elle posa les lèvres sur les siennes pour les goûter d'abord, puis pour prolonger ce moment. C'était aussi délicieux que dans son souvenir de jeune fille innocente de quinze ans. Les souvenirs affluèrent. Elle avait trouvé cela si bon, si nouveau. Ce soir, sa bouche s'unissait aussi parfaitement à la sienne qu'autrefois, mais c'était elle qui menait la danse. Elle l'embrassa plus profondément et tout devint un peu flou. Logan expira brusquement et ôta la main de son sein pour l'enlacer et la presser contre son torse. Immédiatement, elle reprit le contrôle de leur étreinte en entrouvrant les lèvres pour glisser la langue dans la bouche de Logan. Elle eut à peine le temps de l'explorer qu'il unit sa langue à la sienne.

Bien, il lui abandonnait les rênes. Mais il ne fallait pas laisser les choses aller trop loin. Sauf que mettre fin à la passion de Logan Slade n'était pas aussi facile qu'elle l'avait imaginé. Il la captivait, l'étourdissait de désir. Jamais un autre homme n'avait fait naître en elle cette insatiable avidité. Depuis le jour où il l'avait embrassée derrière le gymnase, elle rêvait de lui et le haïssait tout à la fois pour avoir fait de ce qui aurait pu être un merveilleux souvenir une expérience sordide et obscène.

Elle dut faire appel à toute sa volonté pour renoncer au plaisir infini qu'il lui procurait et se détacher de lui, lentement.

Aussitôt, sur ses traits, le désir fit place à la détermination. Il la serra plus étroitement, la plaqua contre son torse et recula sa chaise dont les pieds crissèrent sur les dalles de pierre. Il se leva avec elle. Ils étaient face à face. L'étincelle dans ses yeux menaçait Sophia de la prendre, là, tout de suite.

Elle fut choquée du frisson d'impatience qui la traversa. Soudain, les lignes de combat se brouillaient. N'avait-elle pas tort de vouloir faire machine arrière ? Tout son corps lui criait de dire « oui » à Logan. Sa raison, en revanche, refusait de lui accorder ce qu'il voulait. Ce qu'elle voulait aussi. Entre eux, cela ne pourrait jamais marcher.

— Non, Logan, fit-elle dans un souffle.

Elle plaqua les deux mains sur son torse pour le repousser. En vain. Frustrée, elle recula. Elle avait besoin d'espace.

— On ne va pas faire ça, dit-elle. On ne peut pas.

Il cligna les yeux, puis la fixa avec intensité.

Elle n'aurait jamais dû initier cela. C'était jouer avec le feu et elle allait se brûler. Il ne fallait pas qu'elle se laisse fléchir. Elle devait tenir bon. Elle n'avait pas le choix.

— Laisse-moi deviner..., fit-il d'une voix rauque. Tu prends ta revanche pour ce que j'ai fait au lycée, et pour Ruth Polanski ?

Sophia ferma les yeux, sans un mot. Son plan se retournait contre elle. Quand elle rouvrit les yeux, la vue de la bouche virile et sensuelle de Logan la fit rêver à des choses impossibles. L'air se chargea de tension.

— Deux frères le même jour… C'est cela, ton style, maintenant ?

— Luke m'a embrassée en toute amitié, sur la joue, protesta-t-elle. Pour me remercier de l'aider à organiser la fête de Ruth.

Pourquoi fallait-il donc toujours en revenir à Luke ?

Logan fronça les sourcils d'un air écœuré.

— Et moi, pourquoi m'as-tu embrassé ? Pour prouver quelque chose ? Pour te venger d'une bêtise que j'ai faite il y a des années ?

C'était la première fois qu'elle l'entendait exprimer des regrets à ce sujet.

— Oui, c'est vrai Logan, acquiesça-t-elle. J'ai voulu te rendre la monnaie de ta pièce. Pour te faire descendre de ton piédestal et pour que tu arrêtes de me juger injustement. Tu n'aimes pas que l'on inverse les rôles, hein ? Ni que l'on joue avec toi.

Il poussa un profond soupir, comme s'il prenait sur lui pour se contenir.

— Ma belle, si tu as l'impression d'avoir joué avec moi, tu devrais te regarder dans la glace. Tu as adoré ce que je t'ai fait.

Tremblante, Sophia renoua maladroitement son haut et se passa les doigts dans les cheveux. Logan ne la quittait pas des yeux. Ce qu'il avait dit était vrai. Elle l'avait laissé aller très loin avant de se ressaisir. Elle battit lentement des cils avant de répondre.

— Je… Oui, c'est vrai.

Il tressaillit, visiblement étonné par sa franchise. Son regard sombre trahissait une lutte intérieure. Allait-il la reprendre dans ses bras et finir ce qu'ils avaient commencé, ou s'en aller ?

Les secondes s'écoulèrent.

Sophia le fixait, immobile. Ce qu'elle venait de lui avouer était ahurissant ; pourtant, c'était la vérité.

— Bon sang, j'ai besoin d'air, finit-il par maugréer.

Il reprit son chapeau et se dirigea vers la porte. Sur le seuil, il se retourna.

— Nous allons devoir travailler ensemble, Sophia. Passe à mon bureau demain après-midi. Nous réfléchirons à l'organisation.

Elle acquiesça d'un bref hochement de tête.

Et il disparut.

- 5 -

Logan démarra, direction le Carson Memorial Hospital. Il monta le volume de la radio pour s'efforcer de se concentrer sur la musique, en vain. Il était obsédé par l'image de Sophia Montrose sur ses genoux, cambrée, lui offrant son corps. La musique ne suffisait pas à le distraire. Pas plus qu'elle ne l'aidait à se concentrer sur ses affaires. Il n'avait en tête que la douceur des lèvres de Sophia sur les siennes, la fermeté de sa chair sous ses doigts, la rondeur de ses seins magnifiques dans le creux de ses mains…

La veille au soir, en quittant le cottage, il avait noyé ses images dans le bourbon. Aujourd'hui, il espérait redevenir maître de son esprit. Il refusait d'être victime des charmes de Sophia Montrose, aussi belle et désirable fût-elle, car il savait ce qu'il risquait. Il avait vu les ravages qu'avait causés la passion de son père pour une Montrose.

A l'époque du lycée, il avait voulu donner une leçon à Sophia. La remettre à sa place. Lui faire mal. Quand il l'avait embrassée, il ne se doutait pas que c'était lui qui recevrait une leçon. Ce baiser l'avait étonné, tout comme sa propre réaction, d'ailleurs. Il ne s'attendait pas à ce que ce soit si bon. Avec Sophia, il se sentait capable de conquérir le monde. Et voilà qu'hier soir, même s'il avait voulu s'en défendre, il avait éprouvé la même chose.

Il se gara sur le parking de l'hôpital. Rendre visite à Luke allait lui éclaircir les idées. Il s'inquiétait pour son frère. Certes, il allait se remettre de ses blessures. Cependant, il promettait d'être invivable pendant sa convalescence.

Logan descendit de voiture et se dirigea d'un pas décidé vers la porte. Arrivé devant la chambre de son frère, au troisième étage, il s'arrêta sur le seuil et jeta un coup d'œil à l'intérieur.

Luke avait les traits tirés, mais il souriait. Il paraissait plus gai que la veille. Soulagé de le voir un peu plus en forme, Logan ne vit pas tout de suite qu'il avait de la compagnie. Voilà pourquoi il semblait de meilleure humeur.

Sophia était avec lui.

Elle s'approchait de son lit, les yeux rivés sur lui, un bouquet de fleurs à la main. Quand elle fut à hauteur de son épaule, côté fenêtre, elle se pencha pour écarter d'un geste doux une mèche de son visage. Son rire suave et mélodieux emplit la chambre.

Cette petite scène arracha une grimace à Logan. Il se revit, Sophia dans les bras, et, aussitôt, des émotions qu'il ne voulait pas nommer s'insinuèrent en lui.

Il laissa échapper un juron qui fit se retourner les deux autres.

— Logan, chuchota Luke en parvenant à esquisser un sourire. Entre.

Pour se donner une contenance, Sophia s'affaira à mettre les fleurs dans une carafe en plastique.

— Comment ça va ? demanda Logan à son frère.

— Pas trop mal, aujourd'hui.

— Tu as encore des vertiges ? Le médecin a dit que cela pouvait durer quelques jours.

— Plus trop. Mais vous êtes venus à deux ?

— Tu n'es pas drôle.

N'empêche, Logan était heureux de voir que Luke n'avait pas perdu son sens de l'humour. Cela lui faisait de la peine de voir son frère si fort et si joyeux en chemise d'hôpital, cloué sur un lit médicalisé. Son bras plâtré et ses trois côtes cassées ne lui autorisaient guère de mouvements.

— Sophia trouve que si.

Logan jeta à l'intéressée un rapide regard qu'elle soutint quelques secondes, avant de s'intéresser de nouveau aux fleurs.

— Elle a forcément raison. Donc tu es drôle.

— Mon frère, d'accord avec moi ? Ça n'arrive pas tous les jours.

— Tu n'es pas tous les jours dans cet état.

— Ne m'en parle pas. Quand l'effet des calmants va s'atténuer, je vais moins rire.

— Je veux bien te croire. Tu as besoin de quelque chose ?

— Tu pourrais me faire sortir d'ici aujourd'hui ? demanda Luke avec un regard insistant.

— Si tu me le demandes, c'est que le médecin t'a déjà dit « non ».

— Exact. Mais tu pourrais peut-être tirer quelques ficelles…

Luke ferma les yeux. Manifestement, la conversation le fatiguait. Il n'était pas prêt à rentrer au ranch. D'autant que, le connaissant, il ne s'y reposerait pas beaucoup.

Sophia posa sur Luke un regard triste. Dieu, qu'elle était belle, avec ses yeux d'ambre… C'était le fruit défendu qui empoisonnait celui qui y goûtait. Surtout si c'était un Slade. Etait-ce vraiment par amitié et par inquiétude pour son frère qu'elle était venue le voir à l'hôpital ? Il n'avait aucune confiance en elle — et pas uniquement à cause de la liaison de Randall Slade avec Louisa Montrose. Sophia avait tout de même épousé un type bien plus vieux qu'elle pour son argent. C'était bien là une preuve incontestable.

Délicatement, elle posa une main sur le bras de Luke, qui rouvrit les yeux pour la regarder.

— Je vais y aller, dit-elle tout bas. Je ne veux pas abuser de tes forces.

Il hocha la tête.

— C'est gentil d'être passée. Et merci pour les fleurs.

Elle lui sourit et se pencha pour l'embrasser sur la joue.

— Je reviendrai plus tard.

Elle prit son sac et sortit en jetant à Logan un regard de biais.

Luke avait déjà refermé les yeux, mais il murmura :

— Qu'est-ce qui se passe, entre vous deux ?

Logan tira une chaise pour s'asseoir à son chevet.

— Rien, pourquoi ?

— Je suis blessé, pas aveugle. Vous aviez l'air… coupable.

— C'est tout juste si j'ai fait attention à elle.

Luke referma les yeux.

— Précisément. Il est tout de même difficile de ne pas faire attention à Sophia. Vous vous êtes encore disputés ?

Au contraire, ils s'étaient… désirés. Ce qui dévorait Logan depuis la veille au soir. Si Sophia voulait prendre une revanche, elle avait réussi.

— Non, nous ne nous sommes pas disputés.

Luke prit une profonde inspiration. Ses côtes devaient le faire horriblement souffrir. Logan s'en était fêlé une, enfant, en sautant d'un arbre, et il en gardait un cuisant souvenir.

— Ça va, vous arrivez à travailler ensemble ?

— Oui, oui. D'ailleurs, nous avons rendez-vous tout à l'heure pour préparer la fête de départ de Ruth.

— Ne sois pas trop dur avec elle, d'accord ?

Heureusement que Luke avait les yeux fermés. Il ne vit pas la grimace d'agacement de Logan.

— Ne t'en fais pas. Nous allons très bien nous débrouiller. Toi, tu dois te reposer. Je repasserai plus tard.

Luke tourna la tête sur le côté et acquiesça lentement.

— Demain, je sors, quoi qu'en dise le médecin.

Il ne plaisantait pas. Il n'était pas du genre à se laisser abattre longtemps.

Dans la matinée, Sophia passa en revue avec Ruth les événements qui se préparaient au lodge. Le barbecue annuel qui marquait le début de la saison estivale, un mariage début juin... Puis elle étudia les comptes et lut les commentaires des clients de la semaine pour voir s'il y avait quelque chose à améliorer. Elle fit également son tour quotidien du lodge avant de sortir. Dehors, il faisait beau et très doux.

Elle contempla le jardin, avec ses premières fleurs et les prairies qui s'étendaient au-delà. Tout ce que l'œil pouvait voir, hormis l'éblouissante Sierra Nevada, appartenait aux Slade. Désormais, elle aussi faisait partie de ce petit empire. Ses nouvelles responsabilités de copropriétaire et directrice du lodge avaient beau être un peu écrasantes, Sophia se sentait prête à relever le défi. D'autant que, jusque-là, tout se passait bien.

Elle franchit la grille pour se rendre aux écuries. Entre autres services et activités, le lodge proposait des promenades à cheval sur le domaine, avec un guide.

A l'instant où elle arrivait, Hunter tourna au coin du bâtiment et s'arrêta juste à temps pour ne pas la percuter. De surprise, elle eut un mouvement de recul qui la fit chanceler et lâcher son porte-bloc sur lequel était fixé le planning révisé des promenades. Hunter la retint par les épaules pour l'empêcher de tomber.

— Oh ! pardon ! dit-il. Je ne vous ai pas vue arriver.

Il était déjà plus grand qu'elle, avec une carrure imposante pour un garçon de dix-sept ans. Elle dut lever la tête pour s'adresser à lui.

— Ce n'est pas grave, assura-t-elle. Moi non plus, je ne t'avais pas vu.

— L'important, c'est que vous n'ayez rien.

Il la regarda et, quand il se rendit compte qu'il la tenait toujours par les épaules, il ôta vivement ses mains en rougissant sous son hâle.

Elle se redressa, reprit son souffle et songea que, pour le mettre à l'aise, le mieux était de parler travail.

— Ça va, je t'assure. J'ai quelque chose à voir avec ton père.

Elle se baissa pour ramasser ses affaires. Quand elle se redressa, il lui parut ennuyé de ne pas l'avoir devancée.

— Pardon, dit-il en clignant les yeux.

— Ne t'en fais pas. Ton père est là, par hasard ?

— Non. Il travaille au ranch, aujourd'hui.

— Bon. Peut-être que tu vas pouvoir m'aider, au fond. Tu veux bien jeter un coup d'œil à ce nouveau planning et me dire s'il te paraît cohérent ? Je l'ai légèrement modifié.

Elle le lui tendit. Comme elle s'y attendait, Hunter parut soulagé du tour professionnel que prenait la conversation.

— Oui, dit-il. Bien sûr.

— Ce n'est pas pressé. Si tu peux le déposer au bureau demain matin, cela ira très bien.

— Entendu.

— Merci.

— Je vous en prie.

Ils se séparèrent et Sophia songea que Ward Halliday avait bien élevé son fils.

Son humeur s'égaya encore quand elle avisa Edward,

à l'autre bout de la cour, Blackie sur ses talons. Le petit garçon lança une balle et le chien partit au galop. Sophia les rejoignit au moment où Blackie revenait.

— Bonjour, Edward.

— Bonjour.

— Tu n'as pas école, aujourd'hui ?

Il secoua la tête.

— C-c'est la journée des p-parents.

Son cœur se serra. Le pauvre petit… ni son père ni sa mère n'assisterait à cette réunion. Heureusement qu'il avait Constance, si attentive et si aimante.

— Au fond, c'est plutôt la journée des enfants, alors, dit-elle.

Il sourit. Blackie s'était mis à bondir autour de lui pour qu'il renvoie la balle. Il s'exécuta et le chien repartit en courant.

— J-je peux j-jouer avec Blackie. Et en-ensuite, M. Slade va m'em-emener faire une pr-promenade.

Sophia grimaça intérieurement. Logan était vraiment gentil avec le petit garçon. Elle s'en réjouissait, mais ce côté de sa personnalité ne cessait de l'étonner.

— Où allez-vous vous promener ?

Edward désigna le bas des montagnes.

— P-par-là.

— Et vous emmenez Blackie ?

— Oui.

— Vous allez bien vous amuser !

Edward la considéra d'un air pensif avant de proposer :

— Vous voulez ve-venir ?

Très touchée, Sophia bredouilla :

— Oh… je…

— Mme Montrose a du travail.

Surprise d'entendre la voix de Logan, elle se retourna.

— Logan. Mais d'où sors-tu ?

Il sourit.

— Comme tout le monde.

Elle l'aurait giflé. Et puis elle vit avec quelle tendresse il regardait le petit garçon, et le geste affectueux qu'il eut pour lui ébouriffer les cheveux.

— Salut, lui dit-il. Alors, ça se passe bien, cette journée de vacances ?

— Oui, monsieur.

Le chien était revenu. Edward lui prit la balle.

— Bon, fais bien tout ce que tu as à faire et je viendrai te chercher dans trois heures pour notre promenade. D'accord ?

— D'accord !

Edward lança la balle en direction de l'écurie et se mit à courir à toute vitesse derrière le chien qui avait détalé pour la rattraper. Au bout d'une dizaine de mètres, il se retourna pour faire signe à Sophia.

Elle lui rendit son salut et le suivit des yeux jusqu'à ce qu'il entre dans le bâtiment.

— Tu es gentil, avec ce petit.

— Alors qu'au fond, je suis méchant et pourri jusqu'à l'os ?

Elle le regarda, contrariée par sa réaction.

— Tu ne voudrais pas être un peu moins aigri ?

Il baissa la tête et soupira.

— C'est vrai, tu as raison. Tu me fais un compliment et…

— Et tu vois le mal partout.

Il haussa les sourcils.

— A t'entendre, j'ai l'impression d'être le diable en personne.

Depuis quand se souciait-il de ce qu'elle pouvait penser de lui ? Elle chercha son regard et secoua la tête avant de dire :

— Non, je ne te crois pas mauvais.

Il se détourna, sans doute pour masquer ses émotions.

— Edward a eu une petite enfance difficile. Il est injuste qu'il fasse les frais des mauvais choix de ses parents.

La voix de Logan trahissait sa peine. Se sentait-il proche d'Edward parce qu'il avait souffert, lui aussi ? Elle devinait qu'il faisait allusion à la liaison de son père avec la mère de Sophia.

— La vie n'est pas toujours juste, fit-elle observer.

— Non, en effet.

Bon, cette conversation ne mènerait nulle part, Logan était par trop négatif.

— Je retourne au travail, annonça-t-elle.

Elle allait s'éloigner, quand il la retint par le bras avec une douceur qui n'excluait pas la fermeté. Troublée, elle s'arrêta un instant, en proie à mille sensations. Puis elle se retourna vers lui.

— Qu'est-ce qu'il y a ? demanda-t-elle.

— J'ai des rendez-vous tout l'après-midi, puis ma promenade avec Edward. Mais il faut que nous trouvions un moment pour parler de la fête de Ruth.

— Tu es plus occupé que moi. Ton heure sera la mienne.

— Demain matin, 8 heures précises à mon bureau.

Au moins, chez lui, Ruth ne risquait pas de surprendre leur conversation. Certes, Sophia redoutait ce tête-à-tête avec Logan, mais elle n'avait guère le choix. Ils étaient associés, après tout.

— Entendu.

Il la libéra et elle reprit le chemin du lodge. Mais elle continua de sentir ses doigts sur son bras jusqu'à la fin de la journée.

Il était 19 heures passées quand elle referma la porte de son bureau derrière elle. Le soleil descendait déjà à l'horizon. En rentrant, elle admira le ciel qui s'empourprait. Mais, à l'instant où elle glissait la clé dans la serrure, un bruissement la fit sursauter. Elle sentit une présence. Il y avait quelqu'un dans les buissons. Elle se retourna vivement pour tenter de surprendre l'intrus.

— Qui est là ? appela-t-elle.

Pas de réponse. Personne ne se montra. Dans la lumière déclinante, elle tenta de scruter le jardin, les massifs, les arbres. Avait-elle rêvé ? Elle aurait pourtant juré que quelqu'un s'approchait dans son dos, tout à l'heure. Un frisson lui courut le long de l'échine.

Elle resta quelques instants immobile, tendant l'oreille. Quand elle sentit que l'angoisse la gagnait, elle se morigéna intérieurement. *Ne te laisse pas emporter par ton imagination. Il n'y a personne. C'est sûrement le vent.*

Sauf qu'il soufflait à peine une légère brise.

Sophia se força tout de même à chasser cette impression de déjà vu, entra et alluma la lumière. Puis elle referma la porte d'entrée à clé. Après avoir fait le tour de la maison, elle conclut qu'elle se montrait ridicule. Elle n'avait rien à craindre, à Sunset Ranch. La propriété était bien gardée.

N'empêche que, cette nuit-là, elle laissa sa lampe de chevet allumée. Au cas où.

Le lendemain matin, elle ramassa un papier sur le paillasson. Une feuille blanche de format A4, pliée. Curieuse de savoir qui lui avait déposé un mot, elle regarda autour d'elle mais ne vit personne. Elle ouvrit le message et lut les quatre mots imprimés au-dessus de la pliure.

Elle cligna les yeux et les relut.

Elle se tassa, le souffle court.

— Oh ! non…

Gagnée par de petits tremblements, elle s'efforça de les réprimer en cherchant à comprendre la situation.

Ces mots n'avaient rien de menaçant. Ils ne devraient pas déclencher chez elle une telle réaction. Pourtant, elle ne parvenait pas à vaincre sa peur. Ce n'était pas possible. Cela n'allait pas recommencer.

« Vous êtes très belle. »

La veille au soir, elle s'était sentie observée. Ce matin, au réveil, elle avait réussi à se convaincre qu'elle s'était trompée, que ce n'était rien. Mais voilà que ce message lui prouvait le contraire.

Quelqu'un avait bien rôdé autour de chez elle hier soir.

Quelqu'un l'observait.

Elle balaya les parages d'un dernier regard avant de fermer la porte. Les jambes en coton, elle alla s'asseoir sur le canapé et ferma les yeux.

Il fallait qu'elle se ressaisisse.

Mais comment trouver la force de bouger, l'énergie pour commencer la journée, quand son esprit revenait deux ans en arrière, à une période terrifiante de sa vie ?

Peu de temps après le début du traitement de sa mère, elle avait décroché un poste de danseuse aux Las Vegas Fantasy Follies. Les factures de l'hôpital s'accumulaient plus vite qu'elle ne pouvait les traiter. Elle s'inquiétait d'autant plus que sa mère ne semblait pas consciente de la gravité de son état et qu'énormément de responsabilités pesaient soudain sur les épaules de Sophia.

Lorsqu'elle avait reçu le premier message dans sa loge, elle n'y avait guère prêté attention, absorbée qu'elle était par la chimiothérapie de sa mère… et la nécessité de lever la jambe assez haut et en rythme pour conserver son emploi. Mais d'autres mots avaient suivi. Au troisième, son amie la plus proche des Fantasy Follies avait remarqué : « Dis donc, Sophia, c'est ton tour d'être suivie par un dingue, on dirait… »

C'est à ce moment-là que Sophia avait appris que, généralement, quand un homme voulait faire une proposition à une danseuse, il procédait de vive voix, dans les coulisses, après le spectacle. Pas sur une feuille blanche impossible à identifier.

Les messages avaient continué d'arriver, sporadiquement, sans rime ni raison. Plusieurs fois, elle s'était fait peur, quand la certitude la prenait que, dans le public, quelqu'un la fixait plus attentivement, avec des intentions plus sinistres que de juste regarder de jolies filles danser sur une scène clinquante. A d'autres moments, elle avait l'impression qu'on la suivait, même si elle n'avait jamais vu personne. Sa vie n'était plus que peur. Peur pour sa mère, peur pour son emploi, peur pour sa sécurité. Elle avait appelé la police. On avait pris acte de sa plainte, tout en faisant valoir qu'aucun crime ni délit n'avait été commis. Elle s'était sentie très seule, alors.

Jusqu'à ce que Gordon Gregory vienne à son secours, tel un preux chevalier aux cheveux gris.

Il se sentait redevable à Louisa et Sophia d'avoir sauvé la vie de sa petite-fille. Des mois plus tôt, Louisa avait recueilli une adolescente qui avait fugué de chez ses parents, en Caroline du Nord. Elle l'avait trouvée dans l'allée derrière le motel qu'elle tenait. La jeune fille avait pris de la drogue et subi une agression assez brutale. Dans son errance, elle aurait très probablement fini par mourir dans les rues de Las Vegas, si Louisa et Sophia ne s'étaient pas occupées d'elle le temps de la remettre sur pied. Terrifiée, la petite avait menacé de s'enfuir de nouveau si elles appelaient la police. Elles s'en étaient donc abstenues. Au lieu de cela, elles avaient parlé avec elle pendant trois jours pour gagner sa confiance et lui montrer qu'elle avait touché le fond. Toutefois, il lui restait une chance de s'en sortir si elle acceptait de rentrer chez elle et de prendre un nouveau départ. Elles avaient alors appris qu'Amanda était la petite-fille de Gordon Gregory, un magnat du pétrole qui possédait une maison à Las Vegas.

Ce dernier avait été tellement reconnaissant à Louisa et Sophia d'avoir sauvé Amanda qu'il leur avait offert ce qu'elles voulaient. Elles pouvaient tout lui demander.

— Nous n'avons fait que notre devoir, avait répondu sa mère. Il n'y a aucune raison de nous récompenser.

Par la suite, Gordon était devenu leur ami. Quand la santé de Louisa s'était dégradée et qu'elles avaient eu vraiment besoin d'aide, il avait proposé à Sophia de l'épouser. Ainsi, elle pourrait s'éloigner des Fantasy Follies et du danger qu'elle courait, et Louisa pourrait bénéficier des meilleurs soins possibles. Il avait des principes et, malgré quatre précédentes unions et leur grande différence d'âge, des convictions surannées au sujet du mariage. Il avait assuré à Sophia qu'accepter ne l'engageait à rien, qu'elle conserverait sa liberté. Qu'il lui laisserait du temps pour s'habituer. Et qu'elle serait en sécurité, qu'elle n'aurait plus rien à craindre. A l'époque, entre les factures d'hôpital qui s'accumulaient, la crainte d'être suivie par un détraqué et sa mère malade, elle n'avait guère eu le choix. Gordon apparaissait comme la réponse à ses prières. Elle était même parvenue à convaincre sa mère qu'elle serait heureuse avec lui, pour la rassurer.

Le mariage devait avoir lieu en toute discrétion. Hélas, les tabloïds s'étaient emparés de l'affaire et en avaient fait leurs choux gras. Inutile de dire que Sophia n'y était pas peinte sous un jour très favorable. Une aventurière d'une vingtaine d'années qui épousait un milliardaire vieillissant… La réalité était pourtant plus complexe.

Elle n'était pas toujours fière des choix qu'elle avait faits. Il lui arrivait même d'être prise de profonds remords. Cependant, il lui semblait avoir fait au mieux, dans la situation qu'était la sienne.

Elle refusait de recommencer à vivre dans l'angoisse.

Lentement, méthodiquement, elle froissa le message dans son poing. Ainsi anéanti, il ne pouvait plus la faire souffrir ni l'inquiéter.

Il ne lui restait qu'à l'oublier, en espérant que ce ne soit qu'un hasard. Une simple coïncidence. Et puis, dans les mots d'autrefois, c'était la seconde phrase — « Bientôt, tu seras à moi » — qui transformait le compliment en menace. Or, celui-ci n'en portait pas trace.

Elle se raccrocha à ce constat pour se rassurer.

Encore remuée, elle se leva du canapé et se rendit dans la cuisine pour jeter le papier à la poubelle. Ces histoires appartenaient au passé. Elle ne se laisserait pas reprendre par la terreur. Pas ici. Pas maintenant qu'elle essayait de reconstruire sa vie à Sunset Ranch. Le couvercle de la poubelle claqua sèchement et Sophia se força à oublier cette épreuve. Elle prit son sac, faisant appel à toute sa volonté pour sortir.

Elle n'allait pas laisser ce mot lui gâcher la journée.

Dix minutes plus tard, elle ne pouvait pas en dire autant de Logan.

— Tu es en retard, Sophia. On avait dit 8 heures précises.

Il avait dans le ton une note méprisante qui la blessa.

— Tu as raison, admit-elle néanmoins en s'asseyant en face de lui. Pardon. Cela ne se reproduira pas.

Elle posa son sac et en sortit un bloc.

— Tu es bien pâle, fit-il observer, soudain radouci. Tu n'as pas bien dormi ?

Elle se redressa. Ce fichu message l'avait remuée davantage qu'elle ne le croyait. Le temps de se rendre chez Logan, elle avait revécu le passé et pensé à sa mère, à sa vie, à ses erreurs. A bout de nerfs, il fallait encore qu'elle fasse bonne figure devant Logan afin qu'il ne voie rien de sa détresse.

— Si, j'ai très bien dormi, merci.

— « Pardon » et « merci » en trente secondes à peine, ouaouh !

Elle releva le menton.

— Tu aimerais mieux que je souligne combien tu as été grossier avec moi quand je suis entrée ?

Il sourit, comme s'il avait obtenu la réaction qu'il attendait.

— Je tiens à ce que l'on soit ponctuel.

— Dans un monde parfait, peut-être aurais-tu raison.

— Qu'y a-t-il d'imparfait dans ton monde ?

Elle baissa les yeux. Elle ne répondrait pas à la question de Logan, même si elle en avait bien envie. Elle aurait tant aimé lui dire la vérité, pour qu'il comprenne qu'elle n'était pas la créature calculatrice pour laquelle il la prenait. Mais il ne la croirait pas, bien sûr. Son opinion était déjà arrêtée.

— La journée ne suffirait pas à t'expliquer.

— Bon. (Il la considéra un moment avant de regarder sa montre.) Venons-en au fait. J'ai un autre rendez-vous dans une heure.

Soulagée de ne plus être sa cible directe, Sophia lui présenta ses idées pour la fête surprise et lui expliqua comment elle pensait les mettre en œuvre sans que Ruth se doute de rien. Curieusement, Logan lui donna raison sur tous les points. Elle était contente qu'il ne cherche pas à discuter. Il ignorait tout de l'organisation de soirées, et il avait l'intelligence de s'en remettre à elle. Malgré tout, elle avait du mal à fixer son attention sur le travail.

Sa mère lui manquait. Elle ne se faisait toujours pas à sa disparition. Souvent, elle décrochait le téléphone pour l'appeler.

Coucou, maman. J'ai enfin réussi ta recette de chili.

Coucou, maman. Les marguerites sont en fleurs devant la fenêtre de la chambre.

Coucou, maman. J'avais juste envie de te dire bonjour.

Le manque était si vif qu'il lui fallait chaque fois plusieurs secondes pour se rendre compte que plus jamais elle ne pourrait lui téléphoner.

— Sophia ?

Tirée de ses pensées par la voix de Logan, elle releva vivement la tête.

— Euh... Oui ?

— Il y a quelque chose qui ne va pas, aujourd'hui, fit-il remarquer en fronçant les sourcils. Qu'est-ce qui t'arrive ?

Elle plongea dans ses yeux noirs. Une fraction de seconde, elle fut tentée de se confier à lui, de lui raconter cet étrange message et les souvenirs qu'il avait fait remonter à la surface. Mais elle résista.

— Je... euh... Rien. J'ai sauté le petit déjeuner. Je suis un peu fébrile.

Ce n'était d'ailleurs pas un mensonge.

Il eut beau accepter cette explication d'un hochement de tête, tout le temps que dura leur entretien, elle sentit qu'il la scrutait d'un regard particulièrement pénétrant, comme s'il cherchait à comprendre pourquoi elle ne se conduisait pas comme d'habitude. Il se méfiait d'elle. Quoi qu'elle dise, il ne la croirait pas.

Quand ils eurent fini de parler de la fête de Ruth, ils en vinrent aux affaires courantes du lodge. Sophia se força à se concentrer encore un quart d'heure. Moins d'une heure après son arrivée, ils avaient terminé.

Logan se leva, sans détacher d'elle son regard d'aigle. Elle en fit autant. Par chance, elle était un peu moins chancelante. Elle ne pouvait pas se permettre de se laisser diminuer par la nervosité. Elle avait trop à faire.

— Je t'appelle ce soir pour voir où tu en es, promit Logan.

— Très bien, répondit-elle en ramassant son sac.

Il fit le tour de la table pour la raccompagner à la porte.

— Comment va Luke, ce matin ? s'enquit-elle.

— Mieux, d'après le médecin.

— Il rentre aujourd'hui ?

La note d'espoir que Sophia n'avait pu effacer de sa voix le fit se rembrunir.

— Il voudrait bien, en tout cas.

— Embrasse-le de ma part quand tu le verras.

— Je n'y manquerai pas. Ah, au fait, Sophia…

— Mmm ?

— Mange quelque chose. Si la directrice de Sunset Lodge tombe d'inanition dans le hall, cela va faire mauvais effet.

— Merci de ta sollicitude, fit-elle, tout sucre tout miel.

— Je t'en prie.

En s'éloignant dans le couloir, elle eut la nette impression que Logan Slade gardait les yeux rivés à son derrière.

— Si je reste cloué au lit, je vais devenir fou, maugréa Luke.

Le pauvre, songea Sophia. Le moindre mouvement le mettait au supplice. Pourtant, il refusait obstinément de prendre les calmants prescrits par le médecin.

— Il faut que tu te donnes du temps, Luke. Tu n'es rentré que depuis quelques jours.

— Et je ne peux même pas travailler au ranch !

Malgré ses blessures, il ne tenait pas en place. Mais avait-il le choix ?

— Ce qu'il te faut, c'est quelque chose pour te distraire de tes soucis.

Elle se pencha sur lui pour approcher de sa bouche un biscuit pur beurre saupoudré de sucre.

— Tiens, goûte ça. Je les ai faits pour toi, tout à l'heure.

Luke loucha pour regarder le cookie.

— Mmm, ça sent bon.

Il ouvrit la bouche et prit une bouchée du biscuit qu'elle tenait toujours, avant de reposer la tête sur l'oreiller.

— Tu es un ange, Sophia.

Dommage que son frère ne soit pas de cet avis… Luke voyait en elle un ange et Logan un démon.

— C'est un délice, commenta-t-il. Jamais je n'en ai mangé d'aussi bon — mais ne le dis surtout pas à Constance.

Elle lui donna le reste du biscuit. La recette de sa mère avait toujours un succès fou.

— Je t'en ai fait deux douzaines, précisa-t-elle en lui montrant l'assiette sur la table de chevet, à côté du bouquet qu'elle lui avait apporté le jour où il était rentré de l'hôpital.

Il souleva sa main gauche pour prendre la sienne.

— Merci. Merci infiniment.

— Je t'en prie. J'adore faire de la pâtisserie.

— Merci d'être venue me voir deux fois depuis mon retour. Et de m'écouter me plaindre avec autant de patience.

— C'est le rôle des amis.

Le soleil du matin filtrait à travers les persiennes, pourtant cette belle journée ne suffisait pas à égayer l'humeur de Luke.

— Et je t'assure que je n'ai pas fini de râler, la prévint-il.

— Je m'en doute, et je te comprends. Mais tu vas finir par te remettre. Il faut que tu sois patient.

Elle s'assit précautionneusement sur le bord de son lit et lui proposa un second cookie qu'il mangea volontiers.

— Comment ça se passe, au lodge ? demanda-t-il ensuite.

Depuis l'accident de Luke, une fuite d'eau avait fait des dégâts dans les chambres du premier étage, l'alarme incendie s'était déclenchée sans raison apparente et un client avait glissé en descendant de cheval et s'était foulé la cheville. La routine, sans doute.

— Ça va.

— Tant mieux. On dirait que tu t'intègres bien.

— J'adore Sunset Ranch et le lodge.

— Et moi, je t'adore, et j'adore tes cookies.

Elle rit et Luke esquissa un sourire qui se mua aussitôt en rictus de douleur. Sophia grimaça à son tour. Elle avait mal pour lui.

— Puis-je faire quelque chose pour toi, avant d'aller travailler ?

Luke secoua la tête.

— Non, ça va. Merci pour ta visite et pour les biscuits.

— Je reviendrai bientôt.

— Je ne serai peut-être plus là.

Sophia crut qu'il plaisantait, mais la lueur de détermination dans ses yeux la détrompa.

— Ah bon, et où serais-tu ?

— J'ai un vieux copain du circuit de rodéo qui est en convalescence suite à une sale blessure à la colonne vertébrale. Il s'est installé dans un chalet au bord du lac Tahoe et il voudrait un peu de compagnie. J'envisage d'aller le rejoindre. De toute façon, je ne serai pas utile à grand-chose, ici, pendant les semaines qui viennent.

— Tu es en état de voyager ?

— Oui, si je prends ces saletés de cachets. Ce n'est pas très loin. Logan m'a proposé de m'y conduire. Il pense que c'est une bonne idée. Il ne serait pas mécontent d'être débarrassé de moi et de ma mauvaise humeur, je pense.

Sophia secoua la tête.

— Il n'a que ton intérêt en tête, j'en suis certaine. Tu me préviendras, si tu décides de partir ? Que je vienne te dire au revoir…

— Bien sûr.

Elle se leva en faisant attention à ne pas le bousculer et le regarda une dernière fois avant de sortir. La maison n'avait pas changé. Il lui semblait que c'était hier qu'elle venait jouer ici et dans le jardin.

Les Slade avaient une cabane en forme de fort de western, avec un toboggan et des balançoires. Ils avaient aussi des vélos, une immense piscine, des chevaux… Mais, dès l'enfance, ils avaient appris à respecter les animaux, de même que leurs affaires. « Prenez soin des choses, répétait M. Slade, ou soyez prêts à les perdre. »

Aujourd'hui, Sophia se rendait compte combien il avait raison. C'était une véritable leçon de vie.

Elle allait sortir de la maison, quand la voix grave de Logan l'arrêta.

— Sophia, j'aimerais te dire un mot. Tu as deux minutes ?

Elle pivota sur ses escarpins à talons et le vit qui venait vers elle. Il affichait un masque indifférent, démenti seulement par un tic nerveux à la mâchoire.

A sa vue, elle crut défaillir. Mais pourquoi ? Pourquoi lui ? Pourquoi l'attirait-il autant alors qu'à l'évidence, il ne pourrait jamais rien y avoir entre eux ? Le pire, c'était qu'il avait un frère tout aussi superbe et que Sophia adorait — mais qui ne déclenchait chez elle aucune réaction d'ordre physique. Contrairement à Logan.

Depuis qu'il l'avait caressée, l'autre soir, elle en voulait davantage.

Exaspérée par le tour que prenaient ses pensées, elle lui répondit assez froidement.

— J'étais en route pour le lodge.

— Tu es occupée ?

— J'ai des choses à régler. Oui, je suis très occupée.

Il afficha un sourire faussement détendu.

— Mais pas trop pour donner la becquée à mon frère…

Elle ne put retenir un mouvement de surprise. Comment était-il au courant ?

— Tu m'espionnes ou quoi ?

— Le terme me semble mal choisi, nous sommes chez moi. Je suis passé devant la chambre de Luke, dont la porte était ouverte, et je vous ai vus, tous les deux. Quel charmant tableau…

Sophia ferma les yeux, s'exhortant à la patience. Qu'il aille au diable ! Elle n'allait pas lui faire le plaisir de se défendre.

— Luke a beaucoup apprécié mes cookies, dit-elle aimablement. D'ailleurs, ils sont délicieux. Tu devrais les goûter.

Il suivait d'un regard caressant toutes les courbes de son corps. Elle avait omis de mettre une veste pour dissimuler son décolleté, sur sa robe cramoisie un peu moulante. Elle se sentait presque nue sous ses yeux qui la dévoraient, pleins de promesses.

— Et si j'avais envie que tu n'en fasses rien que pour moi, Sophia ?

La sensualité contenue dans cette phrase d'apparence anodine la fascina. Elle baissa la tête et fixa le bout de ses bottes en serpent rutilantes. Le charme de Logan, ce mélange de rudesse et d'élégance qui n'appartenait qu'à lui réduisait sa volonté à néant. Elle se redressa un peu, mais sans oser soutenir son regard. Elle s'arrêta au triangle de peau bronzée que révélait le col ouvert de sa chemise et répondit, dans un souffle haché :

— Un jour… peut-être… Logan.

Il lui prit délicatement le menton pour lui faire relever la tête et l'obliger à le regarder dans les yeux. Les flammes qui couvaient dans ses prunelles noires l'embrasèrent.

Hélas, pourquoi suffisait-il à Logan d'un coup d'œil, d'un frôlement tendre pour la mettre dans cet état ?

Il se pencha sur elle et elle dut le supplier.

— Ne… ne m'embrasse pas.

— Tu en as envie, objecta-t-il en se rapprochant.

C'était vrai. Elle avait envie qu'il l'embrasse. Qu'il lui fasse éprouver les mêmes sensations que l'autre soir.

— Logan, tu es là ?

La voix cassée de Luke leur fit l'effet d'un verre d'eau glacée au visage.

Logan jura à mi-voix.

Sophia déglutit avec difficulté.

Tous deux se tournèrent vers la chambre de Luke.

— Oui, répondit Logan. J'arrive.

Sophia s'écarta. Elle avait déjà la main sur la porte quand Logan chuchota :

— Sauvée par le gong…

Elle baissa la tête et attendit que les sensations qui déferlaient en elle se calment un peu. Il se passait quelque chose entre eux, mais pouvait-elle se fier à ce qu'elle ressentait ? Pouvait-elle se fier à Logan, tout simplement ?

— Et si je n'avais pas envie d'être sauvée ?

Elle entendit claquer ses pas sur le parquet. Il partait déjà voir son frère et n'avait pas entendu sa réponse. Tant mieux, au fond. Il y avait trop de « peut-être » entre eux. Elle sortit sous le chaud soleil du Nevada.

Tuyaux réparés à inspecter, hôte à apaiser, réunion avec son équipe : elle avait du pain sur la planche.

Et tant mieux.

Elle n'aurait pas une minute pour songer à Logan Slade.

- 6 -

Sophia ne réussit même pas à dire au revoir à Luke. Il partit le jour où elle lui avait apporté des cookies, dans la soirée. Logan avait préféré le faire voyager de nuit pour qu'il puisse dormir, et aux dernières nouvelles, il était bien installé chez son ami Casey Thomas.

Ce soir, alors qu'elle regardait par la fenêtre en attendant la soirée de Ruth, elle songea qu'il lui manquait terriblement. Cela faisait cinq jours qu'il était parti et elle l'avait déjà eu deux fois au téléphone, mais elle ne s'était pas confiée à lui. Depuis son départ, elle avait trouvé deux autres mots devant chez elle.

« Vous êtes très belle. »

Les messages étaient toujours imprimés sur une feuille blanche, toujours pliée en deux. La première fois, elle avait pu croire à un hasard et s'empêcher de trop y penser. Désormais, leur auteur se faisait trop insistant pour qu'elle puisse l'ignorer. Elle ne pouvait que redouter qu'il continue à la tourmenter. Elle dormait donc avec la lumière allumée, restait en permanence à l'affût du moindre bruit inhabituel dehors.

Elle expira profondément pour se détendre. Ce soir, elle avait un rôle à jouer pour conduire Ruth à sa fête surprise. Elle avait travaillé d'arrache-pied, cette semaine, pour que tout soit prêt sans que l'intéressée se doute de rien.

Le prétexte, c'était que Ruth et Sophia devaient rencontrer un ami haut placé de Randall Slade qui voulait louer Sunset Lodge pour la retraite estivale de tout le personnel d'un collège privé. Sophia avait expliqué à Ruth que, pour impressionner le client, Logan voulait commencer par le recevoir à dîner chez lui, et que l'une des dernières missions de Ruth avant son départ serait d'aider Sophia à organiser son séjour au lodge dans les meilleures conditions.

Elle semblait avoir tout cru sans se douter un instant de ce qui se tramait. N'empêche, Sophia était sur des charbons ardents. Et l'absence de Luke, toutes ces cachotteries plus le nouveau message qu'elle venait de recevoir n'arrangeaient rien.

Avant de quitter le cottage, elle vérifia longuement dehors, comme elle le faisait depuis plusieurs jours. Puis elle prit son étole et son sac et, après un dernier coup d'œil à la ronde, monta en voiture. Rien de concret n'étayait son impression d'être observée, si ce n'était ce fameux bruissement dans la cour, la première fois. N'empêche qu'elle se sentait suivie.

Une demi-heure plus tard, elle était passée prendre Ruth, très élégante dans sa robe cobalt et argent, et elles arrivaient chez les Slade.

Logan vint leur ouvrir en personne. Lui aussi était particulièrement séduisant, avec son costume sombre. Il accueillit Ruth chaleureusement, l'embrassant sur la joue, et adressa à Sophia un rapide signe de tête approbateur. Elle s'était relevé les cheveux et avait opté pour une robe de cocktail à paillettes et des sandales.

— Notre hôte nous attend dans le jardin, annonça-t-il. Il lui tarde de faire votre connaissance, à toutes les deux.

Il se plaça entre elles pour leur donner un bras à chacune et, en bavardant, ils traversèrent le grand hall pour ressortir dans le jardin illuminé et magnifiquement décoré, où les attendaient une soixantaine de proches et de collègues de Ruth.

— Surprise ! s'écrièrent-ils à l'unisson.

Ruth resta muette de stupeur. Les larmes aux yeux, elle porta la main à son cœur. A l'évidence, elle ne s'y attendait pas.

Logan et Sophia échangèrent un regard de triomphe : ils avaient réussi.

Très vite, Ruth fut submergée par les embrassades et les félicitations. Entourée par son mari, ses enfants et ses petits-enfants, elle était naturellement au centre de l'attention de tous.

Sophia en profita pour s'isoler quelques instants. Elle flâna jusqu'au fond du jardin, qui prenait des allures féeriques dans cette lumière de fête. Au-delà, les prairies s'étendaient à l'infini. Leur sombre immensité lui donna le frisson. Soudain, malgré la douceur de la nuit, elle avait froid. Elle se frictionna les bras et s'efforça de réprimer les craintes qui l'assaillaient. Ces messages anonymes commençaient à la perturber et à peser sur son quotidien. Elle n'arrivait plus à les chasser de son esprit.

— Besoin d'un peu de calme ?

Elle sursauta et se retourna vivement.

Alors que Logan avait parlé d'une voix douce et apaisante, son visage à demi dissimulé par les ombres avait quelque chose de sinistre, voire d'inquiétant.

— C'est raté puisque te voilà…

Il lui sourit. Il n'avait pas l'air de chercher la bagarre, d'ailleurs il lui offrit l'une des deux flûtes en cristal qu'il avait apportées.

— Tiens, voilà quelque chose à boire.

Sophia secoua la tête.

— Je ne… bois pas d'alcool.

— C'est du jus de pomme pétillant.

Elle lui sut gré de cette attention.

Quand il lui tendit le verre, leurs doigts se frôlèrent, redoublant ses frissons.

— Merci.

— A Ruth, dit-il. Et à toi. Cette soirée est une réussite.

Touchée par son compliment, elle trinqua doucement avec lui.

— Merci. Mais tu m'as bien aidée.

— Si peu…

Il était d'humeur bien magnanime, ce soir. Pourtant, quand elle porta la flûte à ses lèvres, sa main tremblait. Etait-ce son angoisse de tout à l'heure qui ne la quittait pas ou la présence de Logan qui la rendait nerveuse ?

— Qu'est-ce qui t'arrive, Sophia ? Je te trouve bien stressée, depuis quelques jours.

Il s'en était donc rendu compte.

Elle se détourna pour ne pas avoir à soutenir le regard de Logan. Elle se sentait trop vulnérable ; elle avait les larmes aux yeux. Il était absurde qu'une simple gentillesse de sa part suffise à la mettre dans cet état.

— Cela ne te regarde pas.

Il se rapprocha. Elle le devinait tout près, juste derrière elle.

— Tu admets donc qu'il y a quelque chose ?

Son souffle lui caressait l'oreille.

Elle ferma les yeux.

— Réponds-moi, Sophia.

Il voulait lui faire croire qu'il se souciait d'elle. Autrement, pourquoi insisterait-il ainsi ? Sauf qu'elle ne pouvait guère avoir confiance en lui ni en ses motivations, elle le savait. Si elle continuait à recevoir des messages, elle en parlerait… mais à Luke.

Elle pivota pour faire face à Logan.

— Nous ferions mieux de re…

— Madame ! Ma-madame ! Mon-monsieur Slade !

Edward arrivait en courant, tout excité.

— Re-regardez ce qu-qui est a-arrivé ! Un ch-cheval gé-géant tout en fl-fleurs ! Ve-ve-venez voir !

Quand il fut à côté d'eux, Sophia s'accroupit pour être à sa hauteur. Son regard brillant de joie l'égaya.

— Coucou, Edward. Que veux-tu nous montrer ?

— Un ch-cheval en-en fleurs. Aussi gr-grand qu'un vrai. C'est mon-monsieur Luke qui l'en-l'envoie pour la fête. Ve-venez.

Sophia jeta un coup d'œil à Logan. Il avait l'air un peu contrarié, mais ne fit nullement remarquer à Edward qu'il avait interrompu une conversation privée.

— Tu veux me le montrer ? demanda Sophia.

Le petit garçon hocha vigoureusement la tête.

Avec un petit rire, elle lui tendit la main. Il la regarda avant de la prendre, timidement.

— Je vous suis, jeune homme.

Il partit d'un pas énergique qui l'obligea à courir sur la pointe des pieds pour le suivre.

Logan les suivait sans doute, pour rejoindre la fête. Et Sophia se félicita secrètement de cette interruption.

Adossé à une colonne du patio, Logan faisait tourner le bourbon-soda dans son verre, sans quitter Sophia des yeux. Elle ondulait sur la piste de danse au rythme de la musique, et les hommes, mariés ou non, n'avaient d'yeux que pour elle. Même le disc-jockey la reluquait. Et comment leur en vouloir ? Elle était divine, dans sa robe noire à paillettes qui scintillait sous les éclairages de fête. Ce soir, elle n'essayait pas de dissimuler sa silhouette voluptueuse sous une veste ou un gilet. Elle était glamour et sexy à la fois, avec ses cheveux négligemment retenus par des pinces ornées de brillants.

Sublime.

Elle dansait avec Hunter, qui rougissait, le pauvre,

chaque fois qu'elle lui souriait. Avant cela, elle avait été invitée par Ward, par le mari de Ruth et par le petit Edward. Elle avait l'air de bien s'amuser. Pourtant, il percevait chez elle une tension sous-jacente. Ce soir, quelque chose n'allait pas.

Dès qu'elle se pensait seule, son visage se contractait. Elle jetait des regards furtifs autour d'elle comme si elle guettait quelque chose ou quelqu'un.

Ces jours-ci, il lui semblait que, chaque fois qu'il s'approchait d'elle, elle sursautait. Cela ne le regardait pas, certes — sauf si ce qui l'inquiétait avait à voir avec Sunset Ranch.

Ward le rejoignit, un verre à la main. Ils restèrent ainsi un moment côte à côte à regarder les danseurs sans rien dire. A la fin du morceau, le DJ annonça une pause d'un quart d'heure. Aussitôt, un brouhaha de conversations et de rires s'éleva de la piste. Sophia circulait parmi les convives pour s'assurer discrètement que tout le monde avait ce qu'il lui fallait et passait une bonne soirée.

— Ruth a l'air aux anges, commenta Ward. Ton père serait bien content d'assister à cette fête.

Pour une fois, Logan fut obligé d'en convenir. Son père était un bon employeur, honnête et juste, il fallait bien lui reconnaître cette qualité, et il aurait apprécié ce geste en l'honneur de Ruth.

— En tout cas, elle a été surprise.

— Oui, tu as bien réussi ton coup.

— C'est surtout Sophia.

Logan la regardait toujours.

— Elle est travailleuse et gentille, fit remarquer Ward. On dirait bien que mon gamin a le béguin pour elle…

Logan laissa échapper un rire étranglé.

— Oui. Lui… et tous les autres. De ce point de vue, elle est bien comme sa mère.

Ward lui coula un regard de biais.

— Peut-être faudrait-il les juger selon leurs mérites respectifs. Ou, mieux, ne pas les juger du tout…

Ce petit sermon eut le don d'agacer Logan. Certes, Halliday jouissait d'une certaine autorité au ranch. Randall et lui étaient proches et il considérait les frères Slade comme des neveux ou des petits cousins. N'empêche, Logan n'était pas près de changer d'avis au sujet de Sophia Montrose, aussi nombreux soient-ils à prendre sa défense.

— Je reste sur mes gardes, c'est tout.

— C'est pour cela que tu ne la quittes pas des yeux ?

— Tu me surveilles ? contra-t-il.

— Je crois que tu devrais l'inviter à danser, quand la musique reprendra.

— Et moi je parie que son carnet de bal est déjà plein.

Ward partit d'un rire franc.

— Je suis certain qu'elle te trouvera une petite place.

Logan secoua lentement la tête.

— J'en doute. A ses yeux, je suis le diable en personne.

Ward vida son verre et le posa sur une table.

— Et si tu te conduisais un peu plus aimablement ? Si tu lui donnais une chance ?

Sur ce, il alla rejoindre son fils et entama la conversation avec lui.

Vexé, Logan alla au bar se resservir un verre.

Avant le dîner, il monta les marches de la terrasse et porta un toast à Ruth. Tout le monde leva son verre. Il prononça un discours, bref mais plein de reconnaissance pour sa précieuse collaboration pendant de si longues années et son soutien au cours des mois difficiles qui avaient suivi la mort de son père. Il eut soin de le saupoudrer d'anecdotes qui firent rire l'assistance de bon cœur et conclut en lui souhaitant une heureuse retraite.

Puis ce fut au tour de Ruth de prendre la parole. Elle

fit ses adieux, les larmes aux yeux, et remercia chaleureusement Logan pour cette soirée.

Après le dîner, la musique se fit plus douce et les invités commencèrent à prendre congé. Sophia les raccompagnait et leur souhaitait bonne route, en parfaite maîtresse de maison.

Il s'apprêtait à l'en féliciter quand son téléphone sonna. Voyant le nom de son frère cadet s'afficher sur l'écran, il décrocha malgré l'heure tardive.

— Salut, Justin. Comment ça va ?

Il s'éclipsa dans son bureau pour évoquer son éventuel retour. Justin aimait beaucoup l'armée, et notamment le corps des marines auquel il appartenait, mais on sentait ces derniers temps que Sunset Ranch lui manquait. Vingt minutes plus tard, quand Logan ressortit dans le jardin, tous les invités étaient partis. Le personnel repliait les nappes, démontait les tables et empilait les chaises. Cette mécanique bien huilée n'avait nul besoin de lui. Il tourna donc les talons pour partir à la recherche de Sophia.

— Où est Mme Montrose ? demanda-t-il à un serveur dans la cuisine.

— Elle est partie avec Mme Polanski, il y a dix minutes. Elle m'a chargé de vous dire bonsoir.

Logan attendit que tout soit rangé et emporté pour s'affaler sur le canapé en poussant un soupir las. Son monde à lui, c'étaient les chevaux. Il savait les choisir comme personne et pressentir les croisements les plus judicieux. Le haras tournait bien et gagnait de l'argent. En revanche, il aurait été incapable d'organiser cette fête surprise.

Mais Ruth était folle de bonheur et l'avait remercié au moins une demi-douzaine de fois. Elle avait reçu l'hommage qu'elle méritait. Son père serait fier de ce témoignage de reconnaissance.

Son père.

Logan l'avait idolâtré. Enfant, il rêvait de devenir comme lui : juste, honnête, travailleur. Il le parait de toutes les qualités. Jusqu'au jour où sa confiance en lui avait été détruite.

Il était plus de minuit, un soir de semaine, quand Logan se réveilla d'un cauchemar. En sueur, tremblant, il était resté les yeux grands ouverts dans l'obscurité de sa chambre. Puis, trop tendu pour se rendormir, il avait senti qu'une seule chose l'apaiserait. Il l'avait tout juste entraperçu à son arrivée aujourd'hui. Champion. Le nouvel étalon pur-sang arabe.

Il était sorti sur la pointe des pieds pour ne pas réveiller ses parents. Son père ne serait pas d'accord pour qu'il aille seul voir un nouveau cheval. Surtout un étalon, plus imprévisible, en particulier dans un nouvel environnement. Il avait donc eu soin de ne faire aucun bruit en se rendant à l'écurie pour s'approcher du box de Champion.

Mais il n'avait pas fait trois mètres qu'il avait entendu des murmures.

Ah, si seulement il avait fait demi-tour pour retourner en courant se coucher… Hélas, il était resté à la porte de la sellerie, l'oreille tendue.

— J'ai besoin de toi dans ma vie, Louisa. Tu es la seule femme que j'aie jamais aimée.

C'était la voix de son père.

Terrifié, Logan s'était figé sur place, mélange de curiosité et d'incrédulité. Son père parlait à Louisa Montrose, la directrice de Sunset Lodge.

— Moi aussi, je t'aime, *mi amor*. Je te veux toujours près de moi.

Les oreilles en feu, il avait entendu leurs soupirs de plaisir et leurs gémissements passionnés. Malgré la pénombre, en regardant par les fentes du bois, il avait vu son père étendu sur Louisa sur le divan de la sellerie, en train de l'embrasser.

— Tu sais pourquoi je l'ai épousée, Louisa. Il fallait une alliance entre nos deux familles. Et elle était enceinte de Logan.

— Ça ne fait rien, murmurait Louisa. Ça ne fait rien.

Logan rouvrit vivement les yeux. Ce souvenir le perturbait toujours, et il y avait de quoi. Cette nuit-là, il avait été bouleversé. Son monde s'était écroulé. Il avait compris que sa vie reposait sur des mensonges et que son père n'était en fait qu'une crapule, qui s'était mariée pour des raisons financières. Et parce qu'il avait mis une jeune femme enceinte. Ainsi, la naissance de Logan était un accident. Il n'avait pas été désiré. Mais le pire, c'était de s'être à ce point trompé sur ce père adoré.

Car il l'avait surpris en train de tromper sa mère à moins de cinquante mètres de leur chambre.

Une découverte particulièrement brutale pour un adolescent.

Pourquoi diable avait-il fallu que Ward évoque son père ? Il se leva et se mit à arpenter la maison pour tromper son énervement. Les images de son père et Louisa Montrose défilaient dans son esprit sans qu'il puisse les chasser.

Il avisa l'étole pailletée de Sophia, qu'elle avait oubliée sur le dossier d'un fauteuil. Impulsivement, il la porta à son visage et, les yeux fermés, respira ce délicieux parfum exotique qui n'appartenait qu'à elle. Puis, sans hésiter, il sortit, le châle à la main.

Ce soir, il allait la retrouver.

*
* *

Sophia poussa un profond soupir de soulagement en se garant devant chez elle. Enfin rentrée. La journée avait été longue et fatigante, elle n'était pas fâchée de la voir se terminer. La fête s'était déroulée comme prévu. Le mari de Ruth était rentré avec leurs petits-enfants et Sophia avait proposé de raccompagner l'héroïne de la fête. En voiture, celle-ci lui avait redit combien elle avait apprécié la soirée et l'avait remerciée de tout le mal qu'elle s'était donné.

Sophia était heureuse de s'être fait une amie de Ruth. A partir de la semaine suivante, elle serait seule à diriger Sunset Lodge. Heureusement, l'ancienne responsable lui avait fait promettre de ne pas hésiter à l'appeler en cas de besoin.

Sophia descendit de voiture. Elle n'en pouvait plus et ne rêvait que d'une douche bien chaude avant une bonne nuit de sommeil.

Dans la petite allée, avant d'arriver à la porte, elle entendit un bruit. Des pas dans les feuilles. Elle pivota, l'estomac noué par la frayeur. Il lui semblait que le mouvement était venu de derrière le massif d'azalées roses qui bordaient le cottage. Elle scruta la pénombre au-delà du cercle éclairé par la lampe qu'elle avait laissée allumée sous le porche, en vain. Son cœur battait la chamade. Les pensées les plus folles l'assaillaient. Elle imaginait que quelqu'un allait jaillir des ténèbres pour l'agresser. Un détraqué qui l'avait suivie depuis Las Vegas. Qui épiait tous ses faits et gestes.

Il fallait qu'elle parvienne à entrer chez elle. Vite ! Elle prit sa clé d'une main maladroite, mais tremblait tant qu'elle la laissa tomber.

— Oh, non !

Au moment où elle se baissait pour la ramasser, elle

perçut du coin de l'œil un autre mouvement. Une grande ombre pénétra dans la clarté du chemin. Elle arrivait du côté opposé aux azalées. Paralysée par la peur, Sophia ne comprenait plus rien. Les questions se bousculaient. Etaient-ils plusieurs ? Venaient-ils de plusieurs endroits ?

En tout cas, elle refusait de se laisser faire sans réagir. Elle se retourna, prête à frapper, à se défendre. Prête à hurler. Elle ouvrit la bouche, le bras déjà levé.

— Sophia ?

Malgré la panique, elle reconnut immédiatement la voix de Logan. Puis elle le vit approcher, passant de l'ombre à la lumière.

Elle laissa échapper un petit cri de soulagement.

— Logan ? (Elle se laissa aller contre la porte d'entrée, ses jambes la portaient à peine.) Dieu merci, c'est toi.

— Ce que tu es pâle, dit-il doucement. Qu'est-ce qui t'a fait peur à ce point ?

Les larmes aux yeux, elle mit la main devant sa bouche et secoua la tête.

— Quelqu'un t'a fait du mal ?

— Ça… ça va. Je… euh… Qu'est-ce que tu fais là ?

Il lui tendit l'étole qu'elle avait portée pour la soirée.

— Tu as oublié ça.

— Je n'ai pas entendu ta voiture.

— Je suis venu à pied. Tu trembles comme une feuille, fit-il remarquer comme elle ne répondait rien. Entrons.

Il lui prit la clé des mains pour ouvrir la porte. Elle parvint à s'écarter pour le laisser faire, puis le laissa la guider à l'intérieur, une main sur le bas de ses reins. Il la conduisit ainsi jusqu'au canapé du salon.

— Assieds-toi.

Elle obéit tel un automate. Elle tremblait encore. Fermant les yeux, elle se força à respirer lentement pour se calmer. Elle n'avait rien à craindre. Logan était là.

Elle sentit à l'affaissement des coussins qu'il avait pris place à l'autre bout du canapé.

— Alors, dis-moi, que s'est-il passé ?

Il était si sérieux qu'elle rouvrit les yeux. Il n'y avait plus trace de douceur dans sa voix. Penché en avant, les coudes appuyés sur les genoux, il tourna la tête vers elle.

— Je veux la vérité.

Malgré son agitation, elle perçut l'insulte. Persuadé qu'elle avait l'habitude de lui mentir, il sous-entendait que, cette fois, il exigeait qu'elle lui dise la vérité. Mais, ce soir, elle ne voulait pas se disputer avec lui. Sa présence la réconfortait trop.

— La vérité, répondit-elle alors, c'est que j'ai cru qu'il y avait quelqu'un. J'ai entendu un bruit du côté des azalées.

— Continue.

Elle se détourna.

— Il doit bien y avoir autre chose. Tu as déjà vécu au ranch, dans ce cottage. Tu sais qu'il y a toutes sortes d'animaux qui peuvent faire du bruit dans les buissons en s'enfuyant. Quand je suis arrivé, tu as dit : « Dieu merci, c'est toi. » Quelqu'un t'a embêtée ?

— A part toi ?

Elle eut beau sourire, la mine sombre de Logan lui fit comprendre qu'il ne goûtait pas son humour.

— Pardon, se reprit-elle. J'ai été vraiment soulagée de te voir.

— Maintenant, je suis convaincu qu'il y a quelque chose qui ne va pas. Tu n'es jamais contente de me voir, d'habitude. Raconte.

Sophia soupira. Elle ne voulait pas en parler avec Logan. Mais elle avait eu trop peur, ce soir. Et, de toute façon, il ne s'en irait manifestement pas avant d'avoir eu une explication.

— J'ai reçu trois messages sur le pas de ma porte…, commença-t-elle.

Puis elle lui raconta les incidents qui s'étaient produits depuis son arrivée au cottage. Quand il continua à l'interroger, elle fut bien obligée de lui raconter ce qui s'était passé à Las Vegas.

Il l'écoutait calmement, en lui posant de temps à autre une question pertinente. Quand elle eut terminé, il déclara :

— Il faut aller trouver le shérif.

— Non. Pas question.

— Mais pourquoi ?

— J'ai déjà vécu la même situation. Les mots ne sont pas menaçants et, de toute façon, la police ne peut rien faire. Et puis, je… je ne veux pas que cela puisse affecter l'image de Sunset Lodge.

— Tu étais terrifiée, il y a deux minutes.

— Si cela se trouve, ce n'est rien. Ou alors j'ai peut-être un admirateur secret.

Elle se raccrochait désespérément à ce qu'elle pouvait.

— Sans doute plus d'un. Mais si quelqu'un commence à te laisser des mots et à te surveiller… ce n'est pas à prendre à la légère.

— Je ne suis sûre de rien. C'est peut-être mon imagination qui s'emballe. Tu as raison, il y avait sans doute un animal dans les buissons.

— Tu n'y crois pas une seconde. Et maintenant que tu m'as parlé de ces messages, moi non plus. Tu refuses d'en parler au shérif ?

— Oui.

Malgré le regard exaspéré de Logan, elle était décidée à tenir bon. Elle avait déjà subi les attaques de la presse et de l'opinion lors de son mariage avec Gordon Gregory. Il n'était pas question de faire cette mauvaise publicité à Sunset Lodge, de laisser des enquêteurs troubler la paix de ce lieu qu'elle aimait tant.

Logan la considérait d'un air perplexe en se massant le menton.

— Tu sais que le ranch et le lodge disposent d'un excellent système de sécurité. Néanmoins, je commence à me demander si on ne l'a pas percé. Il se peut qu'il y ait quelqu'un de malintentionné sur le domaine. Cela devient donc mon problème, Sophia. Et, franchement, je suis inquiet. Si tu ne veux pas porter plainte, moi je ne peux plus te laisser vivre seule ici.

— C'est-à-dire ?

Le tour que prenait la conversation ne lui disait rien qui vaille.

— C'est-à-dire que tu vas t'installer dans la grande maison, avec moi. Et cela ne souffre aucune discussion.

- 7 -

Sophia vivait avec Logan Slade. Seule. Et elle ressentait cette intimité dans tout son être. Certes, la maison était grande, mais pas assez pour qu'elle ne le voie pas entrer dans la cuisine le matin, nonchalant, pas encore rasé, les cheveux irrésistiblement ébouriffés. Pas assez non plus pour qu'elle n'aperçoive pas une bande de peau bronzée quand il commençait à ouvrir sa chemise en montant prendre une douche. En l'absence de Luke, rien ne l'obligeait à cacher ce qu'elle commençait à éprouver pour Logan.

Il descendait prendre le petit déjeuner en même temps qu'elle tous les matins et insistait pour qu'elle dîne à la maison tous les soirs. Mais lorsqu'elle le remerciait de sa sollicitude, son visage se fermait et il lui rappelait que la sécurité sur le ranch était primordiale.

Elle aurait dû être épuisée par ses longues journées de travail au lodge. Mais, à la vérité, elle débordait d'énergie nerveuse. Ils échangeaient quelques mots durant les repas et, avant de se lever de table, Logan l'enveloppait d'un regard de convoitise. Bien que fugace et réticent, il n'échappait pas à Sophia. Elle ne le laissait pas aussi insensible qu'il voulait bien en donner l'impression. Peut-être le mur qu'il avait érigé autour de lui pour se protéger d'elle commençait-il à se fissurer un peu…

Aujourd'hui, cela faisait trois jours qu'elle s'était

installée chez lui. Comme les soirs précédents, il se leva de table sitôt la dernière bouchée de son dîner avalée.

— Je vais me coucher tôt, annonça-t-il en s'étirant.

De fait, il avait l'air fatigué. Sophia hocha la tête.

— Bonne nuit, dit-elle poliment, avant de lâcher : Je crois que je vais faire un tour à cheval. J'ai besoin de prendre l'air. Je vais demander à Hunter de m'accompagner.

— Je lui ai dit qu'il pouvait rentrer chez lui.

Sophia haussa les épaules.

— Ce n'est pas grave. Je trouverai quelqu'un d'autre.

Elle se leva de table et débarrassa l'assiette de Logan en même temps que la sienne.

Il la retint par le bras, doucement, mais fermement.

— A cette heure-ci, il n'y a plus guère que le veilleur de nuit. Tu ne veux pas remettre ça à une autre fois ?

— Je ne suis pas prisonnière, si ? J'ai le droit de seller un cheval et d'aller me promener.

— Il va faire nuit dans moins d'une heure, souligna-t-il.

Elle soutint un long moment son regard pénétrant. Il finit par la lâcher.

— Très bien. Fais comme tu veux.

Sophia ne cherchait pas à énerver Logan. Elle n'y prenait aucun plaisir. Mais elle avait besoin de se détendre et, pour cela, elle ne voyait rien de mieux qu'une promenade à cheval sur les chemins du ranch. Mais elle n'aurait pas la bêtise d'y aller seule. S'il n'y avait personne pour l'accompagner au ranch, elle trouverait bien quelqu'un au lodge.

Vingt minutes plus tard, après s'être changée, elle entra dans l'écurie. Quelques hennissements se firent entendre. Un cheval donna un coup de pied dans la paroi de son box. Un autre s'ébroua. Sophia s'arrêta pour caresser la tête d'une gentille jument palomino.

— Salut, Buttercup.

Buttercup n'avait pas d'origines prestigieuses et elle n'était pas à vendre. Comme une demi-douzaine d'autres bonnes pâtes dans son genre, elle servait à promener les clients et à calmer l'atmosphère de l'écurie.

Sophia eut une petite attention pour tous les chevaux devant lesquels elle passa pour aller chercher son matériel dans la sellerie. Il n'y avait personne pour l'aider à seller ni pour monter avec elle. Elle allait renoncer à sa promenade, quand Logan apparut dans l'encadrement de la porte.

— Tu as toujours envie de monter ?

Surprise, elle réprima un mouvement de recul. Mais elle ne réussit pas à lui cacher qu'elle avait eu peur.

— Ah… Euh, oui.

— On dirait que tu es toujours aussi nerveuse.

— Non.

Il entra dans la sellerie et se rapprocha d'elle, tout près.

— Si.

— Plus maintenant que tu es là. Et il n'y a pas eu d'autre incident.

— Tu savais que je ne te laisserais pas monter seule. Ni avec quelqu'un d'autre.

— C'est ce que tu vas t'imaginer ? Que je voulais que tu viennes avec moi ?

— Ce n'était pas le cas ?

— Non. Tout ce que je voulais, c'était sortir de la maison.

— Tu ne préfères pas rester tranquille après une journée de travail ?

— A la maison, je me sens…

— Tu te sens quoi, Sophia ? demanda-t-il dans un souffle.

— Seule, avoua-t-elle, vulnérable.

Logan s'adoucit d'un coup. Il la caressa du regard jusqu'à ce qu'elle en ait le souffle haché. Elle vit les yeux de Logan rivés aux mouvements de sa poitrine sous son chemisier.

— Entre Luke qui n'est pas là et toi qui m'adresses à peine la parole…

— Luke ? répéta-t-il avec une étincelle dans les yeux. Mais ce n'est pas Luke que tu veux.

Le cœur de Sophia s'emballa. La conversation prenait un tour inattendu. Sous son regard scrutateur, elle perdait la raison.

— Luke est mon a…

Logan la prit dans ses bras. Il émanait de lui un parfum puissant de terre et de musc. Son souffle lui chauffait la peau. Elle sentit sa bouche s'assécher.

— Je n'ai aucune envie de parler de mon frère ce soir, chérie.

Elle se sentait fondre devant sa détermination.

— De… de quoi allons-nous parler, alors ? murmura-t-elle d'une voix à peine audible.

Il la serra contre lui.

— De ta solitude, fit-il en souriant. Cela dit, nous ne sommes pas obligés de beaucoup parler.

Il posa tendrement les lèvres sur les siennes, comme pour boire ses craintes et sa solitude, avec une telle douceur qu'elle dut faire un effort pour se souvenir que c'était Logan qui l'embrassait. Logan qui la tenait dans ses bras.

Il lui prit le visage entre ses mains en chuchotant des petits riens qu'il entrecoupait de légers baisers. Sophia céda à la compassion qu'il lui témoignait. Il lui suçait les lèvres, les goûtait de sa bouche ferme et délicieuse en lui laissant le temps de s'adapter à ce qui se passait entre eux.

— Tu n'as rien à craindre, avec moi.

Sans doute. N'empêche qu'une alarme résonnait dans son esprit.

C'était Logan Slade. Et il la détestait.

Alors pourquoi avait-elle l'impression de flotter sur un petit nuage ?

Elle chassa ses doutes et se laissa aller aux sensations qui l'envahissaient. Logan l'avait toujours attirée. Maintenant, sous ses baisers, elle se demandait même si elle n'était pas un tout petit peu amoureuse de lui. Puis elle cessa d'analyser le plaisir qu'il lui offrait. C'était si bon de ne plus être seule…

Elle lui caressa le torse à travers sa chemise. Encouragée par un grondement de désir, elle poursuivit son exploration.

Il lui détacha les cheveux et se recula un peu pour la contempler d'un air approbateur.

— Mmm, murmura-t-il. Tu me fais oublier qui je suis.

Elle noua les bras autour de son cou et se haussa sur la pointe des pieds pour lui planter un baiser sonore sur les lèvres.

— Tu es Logan Slade, répondit-elle sur le même ton, et tu ne m'apprécies pas beaucoup.

Il glissa les doigts dans ses longs cheveux en soupirant.

— Il y a bien des choses que j'apprécie, chez toi, Sophia. Plus que chez n'importe quelle autre femme.

Il l'embrassa dc nouveau et elle profita pleinement du plaisir que lui procuraient ses mots, et ses baisers.

— Ah ? fit-elle, tout contre sa bouche. Et lesquelles ?

— J'adore t'embrasser, par exemple… Tu as des cheveux magnifiques, ajouta-t-il après une petite pause.

Il glissa les mains le long de ses épaules et de ses bras pour les caresser.

— Et un corps parfait. Vivre avec toi, savoir que tu ne dors qu'à quelques mètres de moi, c'est une torture.

Un éclair brûlant la traversa.

— Logan…

Il n'était plus temps de s'arrêter. Ils étaient pris dans

un jeu qui n'avait qu'une issue. Il la pressa de nouveau contre son torse musclé. Leurs jambes se touchaient, jean contre jean. Logan porta une main tremblante à la peau nue de Sophia, juste au-dessus de l'échancrure de son chemisier blanc.

Elle retint son souffle et, les yeux fermés, savoura cette caresse sensuelle qui lui donnait la chair de poule. Il joua ainsi avec elle jusqu'à ce que, n'en pouvant plus, elle se laisse aller en arrière pour lui permettre de faire ce qu'il voulait d'elle.

Elle entendit un petit craquement et sentit sa blouse s'ouvrir tandis que deux boutons roulaient à terre. Elle rouvrit les yeux. Il la fixait, guettant son consentement.

Elle sourit et sentit même un petit rire monter de sa gorge.

Logan lui ôta son chemisier qu'il laissa tomber sur le sol et commença à lui caresser la poitrine au-dessus de son soutien-gorge avant de le dégrafer.

— J'adore te toucher. Je ne m'en lasse pas.

Ces mots et l'expression de son visage attisèrent le désir de Sophia. Il prit dans ses mains les globes de ses seins pour les soupeser et les contempler tout en l'embrassant encore et encore, à pleine bouche, de plus en plus passionnément.

Bientôt, il s'interrompit pour lui murmurer à l'oreille :

— D'ici peu, je ne pourrai plus m'arrêter.

Sophia le comprenait. Elle aussi était proche du point de non-retour. Cependant, Logan n'était pas une brute. Il lui laissait le choix.

— Je ne veux pas que tu t'arrêtes, dit-elle.

— Ne bouge pas.

Elle le regarda déplier une couverture sur le vieux canapé de cuir contre le mur de la sellerie. Puis il revint la prendre dans ses bras pour la déposer doucement sur ce lit de fortune. Il lui ôta ses bottes, puis la déshabilla entièrement.

Et il la contempla longuement.

Nue, attendant qu'il lui fasse l'amour, elle se sentait incroyablement vulnérable.

— J'adore la façon dont tes yeux s'assombrissent quand tu me regardes. Je savais que tu étais belle, Sophia, mais, franchement, tu me coupes le souffle.

Soudain, elle n'éprouva plus ni gêne ni pudeur. Elle ne se sentait plus vulnérable. Elle avait envie de cela. Elle avait envie de Logan. Elle en était certaine.

Il ôta sa chemise, puis tout le reste.

Mais il ne s'étendit pas aussitôt sur elle. Il vint d'abord l'embrasser.

— Ferme les yeux.

Elle obéit.

Avec une grande douceur, il la caressa entre les jambes. Puis, quand ses attentions se firent plus audacieuses, plus insistantes, elle frémit et laissa échapper un petit gémissement de plaisir. Implacable, Logan continua de la tourmenter jusqu'à ce qu'elle ne puisse plus retenir le feulement continu que lui tirait la brûlure palpitante dans son ventre.

Alors, prise de convulsions, elle explosa, haletante, enfin libérée.

— Sophia, murmura Logan comme elle reprenait pied.

Il lui caressait les cheveux, lui baisait les joues…

— Tu n'imagines pas combien cela m'excite, de te voir dans cet état…

Sophia tendit les bras dans la demi-obscurité. Elle n'en pouvait plus d'attendre que Logan et elle ne fassent plus qu'un.

D'une voix rauque qui la transporta, il avoua :

— Il y a si longtemps que j'attends ce moment. Que je t'attends…

*
* *

Vingt minutes plus tard, blottie dans la chaleur des bras puissants de Logan, Sophia rouvrit les yeux. Il faisait noir. Malgré la fraîcheur sèche des nuits du Nevada, ils étaient tous deux encore brûlants, en nage.

Elle poussa un soupir de bien-être. Amant accompli, Logan avait su la faire s'abandonner à force de mots doux murmurés, de coups de reins puissants, le poids de son corps sur le sien.

Ils n'avaient pas joui en même temps, mais quelle importance ? Une fois satisfaite, elle avait pu se délecter du plaisir qui marquait le visage de Logan au moment où il avait basculé à son tour.

Ensuite, épuisés, comblés, ils s'étaient endormis.

Qu'allait-il advenir d'eux, de leur relation, maintenant ? Elle n'avait aucune idée de ce que pensait Logan. Il avait prononcé tous les mots qu'il fallait, il avait fait tous les gestes qu'il fallait. D'ailleurs, le corps de Sophia vibrait encore du plaisir qu'il lui avait donné. Et elle avait l'impression d'être à un tournant de sa vie.

Depuis toujours, ou presque, elle se méfiait de Logan Slade. Ce soir, pourtant, elle avait baissé la garde et lui avait permis de pénétrer son corps, mais aussi son cœur.

Elle aimait Logan.

Elle en avait désormais la certitude.

Autrement, elle n'aurait pu lui offrir ce qu'elle avait refusé même aux plus persuasifs des hommes qui avaient traversé sa vie : sa confiance. Et elle ne l'avait pas regretté.

— Ça va, chérie ?

Elle sourit intérieurement des mots tendres dont il l'avait gratifiée ce soir. Pour elle qui croyait que Logan n'avait pas de qualificatifs assez durs pour la décrire, ils prenaient une saveur toute particulière.

— Pas mal du tout.

Il se tourna sur le côté pour lui faire face.

— Tu n'as pas froid ?

— Si, reconnut-elle, un peu.

Il promena la main sur la courbe de la hanche de Sophia, et elle sentit sa peau se réchauffer sous ses doigts.

— Il vaudrait mieux que nous partions d'ici avant que quelqu'un arrive.

Elle ouvrit des yeux ronds de stupeur. Elle n'avait pas songé à cela. Séduite par Logan, elle avait perdu la notion de l'espace et du temps.

— Oui, tu as raison.

Comme à regret, Logan se leva. Dans l'obscurité, il récupéra les vêtements de Sophia sur le sol et les lui tendit.

Une fois rhabillés — comme Sophia n'avait pas réussi à fermer sa chemise qui n'avait plus de boutons, Logan avait fini par lui passer la sienne —, ils sortirent silencieusement de la sellerie et traversèrent l'écurie. A la porte, Logan jeta un coup d'œil à droite et à gauche.

— Tu crois qu'il y a quelqu'un ?

Elle n'avait pas envie qu'on les surprenne à demi dévêtus.

— Aucune idée.

— Tu crois qu'il faut que nous rentrions séparément ?

Logan eut un sourire amusé et secoua la tête.

— Ma belle, cela fait trois jours que tu vis chez moi. Tu crois qu'il se trouve un seul homme au ranch pour imaginer que nous faisons de la pâtisserie, tous les deux ?

— Mais ce n'est pas vrai ! Il n'y avait rien, entre nous.

— Jusqu'à ce soir, concéda-t-il en souriant plus largement. Peu importe, maintenant. On y va en courant ?

Il lui tendit la main et elle la prit. Il n'y avait que quelques dizaines de mètres à faire. Ils détalèrent.

Sophia se mit à rire. Cela faisait des années qu'elle

n'avait pas éprouvé une telle insouciance. Elle galopait derrière Logan et il lui sembla bien que lui aussi riait à gorge déployée.

Ce soir, Logan avait envie d'un dessert. Et il avait envie de Sophia.

— On pourrait manger une glace, proposa-t-il quand ils arrivèrent à la maison.

Les yeux brillants, le souffle court, elle lui sourit.

— Attends, laisse-moi deviner… Pour toi, ce sera fraise.

Il cligna les yeux, surpris.

— Comment le sais-tu ?

— C'était déjà ton parfum préféré, autrefois. Moi, c'était vanille, Luke, chocolat, et, toi, tu prenais toujours fraise.

— Quel sens de l'observation… Allez, viens.

Il réprima sa frustration de l'entendre une fois de plus prononcer le nom de son frère. Luke avait toujours fait partie du problème, Sophia et lui étant amis. Il ne lui restait qu'à faire en sorte qu'ils ne soient jamais davantage.

Logan n'avait pas prévu de coucher avec elle. Cependant, maintenant que c'était fait, il n'était pas question qu'il se passe d'elle avant d'y être vraiment prêt. Quel homme sain d'esprit laisserait filer cette beauté voluptueuse ? N'empêche qu'il continuait de douter de ses intentions. Il en savait assez pour se méfier d'elle — alors même qu'il lui donnait la main.

— Viens, je suis sûr qu'on va te trouver un pot de vanille.

Elle le suivit dans la cuisine, à croquer dans sa chemise bien trop grande pour elle, avec ses cheveux défaits. Au clair de lune qui entrait par la fenêtre et la porte vitrée, elle était sublime. Il décida de ne pas allumer la lumière.

— Assieds-toi pendant que je nous sers, indiqua-t-il.

— Logan Slade ? Me servir ? Comme quoi, il ne faut jamais désespérer…

Il sourit.

— Eh oui, c'est la soirée des premières fois. Il faudra vérifier dans la basse-cour si les poules ont des dents.

La peau hâlée de Sophia rosit soudain.

— On peut croire aux miracles…

Logan ouvrit le congélateur en souriant.

— J'ai pratiquement vécu une expérience de sortie de mon propre corps, ma belle.

— Ah oui ? Qui l'eût cru ?

— Pas moi, en tout cas. Et toi non plus, sans doute.

— J'avais besoin de me détendre.

— « Prends garde à tes désirs, car ils pourraient se concrétiser »…

— J'essaierai de m'en souvenir.

Tout en parlant, il avait servi un bol de glace à la vanille et un autre à la fraise. Il lui passa le premier.

— On va manger dans le noir ? demanda-t-elle.

— Ça t'ennuie ?

Elle sembla réfléchir un instant, avant de secouer la tête.

— Pas du tout, mais pourquoi ?

— Tout est meilleur dans le noir.

— Ah bon ?

— Réfléchis. Que fait-on quand on a vraiment envie de savourer quelque chose ?

— On ferme les yeux, dit-elle en souriant. Je n'avais jamais vu les choses sous cet angle, mais c'est logique.

Logan s'assit à côté d'elle et attaqua sa glace. Puis il ferma les yeux. Entre Sophia et la glace, c'était la soirée des délices. Alors, sans qu'il sache ce qui le poussait à dire la vérité, il avoua, d'un coup :

— Moi non plus, je n'avais jamais eu cette idée. La vérité, c'est que tu es si belle, au clair de lune, que je n'ai pas envie de tout gâcher par de la lumière artificielle. J'ai donc inventé le premier prétexte, mais c'est n'importe quoi.

Sophia baissa les yeux et s'absorba dans la contemplation de sa glace en secouant la tête. Logan ne savait comment interpréter sa réaction. C'était la première fois qu'il avouait avoir dit « n'importe quoi » à quelqu'un.

Lorsqu'elle releva la tête, c'était de l'amusement qui brillait dans ses yeux. Elle éclata d'un rire si franc qu'elle en lâcha sa cuiller pour se tenir les côtes.

— Quoi ? Je te fais un compliment et tu te moques de moi ?

Mais son hilarité était contagieuse. Il se prit à sourire à son tour en mangeant sa glace.

— Oh ! Logan… Tu m'étonneras toujours.

Décidément, c'était la soirée des surprises.

— En attendant, mange, ma belle, dit-il en désignant son bol encore plein de glace à la vanille. Tu es en retard.

Elle plongea sa cuiller dans la crème et goûta, non sans fermer lentement les yeux au moment d'avaler. Une boule se forma dans la gorge de Logan.

Ce soir, elle était irrésistible. Outre la perfection de son visage et son corps de déesse, elle le faisait sourire. Et ils s'étaient donné un plaisir incroyable à peine une heure plus tôt. Pourquoi ne s'autoriserait-il pas à rire avec elle, à poser les armes rien qu'une nuit ?

— Attends, dit-il en prenant sa cuiller à Sophia. Je vais t'aider.

Il lui offrit une grosse bouchée de glace qu'elle accepta avec une moue délicieusement sensuelle. C'était fou, ce qu'il y avait d'érotisme dans ce geste. Logan se pencha vers elle pour murmurer :

— J'en veux encore, Sophia…

— Moi aussi, répondit-elle sans hésiter.

Il posa les lèvres sur sa bouche toute fraîche au parfum de vanille.

— Et je ne parle pas de glace, précisa-t-il.

— Moi non plus, ce n'est pas de glace que j'ai envie…

Le cœur de Logan se mit à cogner à coups redoublés. Il se leva et prit Sophia par les bras pour l'attirer à lui. Puis il l'embrassa avec une fougue qui attisa sa passion. Il l'étreignit de toutes ses forces, la moula contre lui, contre son désir.

Elle laissa échapper un petit gémissement d'impatience à l'image de celle qu'il ressentait.

Alors, il la souleva et, tout en l'embrassant, la porta dans sa chambre pour la déposer sur son grand lit. Il ne mit pas plus de quelques secondes à la déshabiller.

A la contempler ainsi, nue, qui l'attendait le regard brillant de désir, il lui sembla voir se réaliser ses fantasmes les plus secrets. Tout à l'heure, il l'avait prise un peu à la va-vite sur le canapé défoncé de la sellerie. Maintenant, elle se trouvait dans le cadre qu'elle méritait et il allait prendre tout son temps. Il allait la savourer telle la plus exquise des glaces à la fraise. Il allait la lécher tout entière jusqu'à ce qu'ils soient comblés tous les deux.

— Ma chemise t'allait très bien, mais tu es encore mieux sans.

Elle n'était pas timide. En cet instant, elle le considérait même avec une certaine audace qui, alliée à son corps de rêve, composait le plus enivrant des mélanges.

— Je me sens un peu seule, dans ce grand lit, susurra-t-elle en se tournant sur le côté et en tapotant le matelas près d'elle.

— Je t'ai promis de remédier à ta solitude.

Il déboucla sa ceinture, se déchaussa et s'étendit à côté d'elle. Il lui tendit les bras et, au moment où elle s'installait à califourchon sur ses jambes, il regretta d'avoir gardé son jean.

— Toi aussi, tu es seul, Logan. Seulement, tu ne t'en rends pas compte.

Il y avait un fond de vérité là-dedans. Mais l'heure n'était pas à ce genre de conversation.

— Dans ce cas, tu veux bien me tenir compagnie un petit moment ?

— J'en ai bien l'intention.

La poitrine ronde et pleine de Sophia débordait de ses mains, pour son plus grand bonheur. Il porta une aréole rosée à ses lèvres et elle le remercia d'un petit cri de plaisir. Il accorda une égale attention à ses deux seins, qu'il caressa, baisa, suçota longuement tandis qu'elle commençait à se tordre de plaisir.

Qu'elle était belle, sur lui, les mains à plat sur son torse, tout en fluidité, offerte… Logan se sentait sur le point de perdre le contrôle. C'était trop et pas assez à la fois. Il voulait la prendre, la posséder, la garder toujours.

Il lui fit l'amour en la couvrant de baisers brûlants et de caresses de sa langue jusqu'à étouffer de passion contenue. Les doigts enfouis dans sa longue chevelure, il l'embrassa jusqu'à ce qu'elle ait la bouche tuméfiée. Lui donner du plaisir l'enchantait.

La pensée que son père avait désiré Louisa Montrose de la même façon lui traversa l'esprit. La différence, c'était que Logan, lui, n'était pas marié. Il n'avait pas juré fidélité à une femme avant de coucher avec une autre. De toute façon, il ne tomberait jamais amoureux d'une Montrose. Sophia n'aurait pas le pouvoir de le briser. Pas de cette manière.

Tout ce qu'il voulait, c'était l'avoir dans son lit.

Mais il ne tomberait pas dans le même piège que son père.

Haletante, Sophia ouvrit sa braguette et il oublia aussitôt son père. Elle prit dans sa main son membre gonflé et il eut tout juste le temps d'enfiler un préservatif avant qu'elle cherche à mettre un terme à leur tourment.

Il la guida sur lui en un lent coup de reins qui les unit.

Sophia l'accueillit en rejetant la tête en arrière. Il ne cessait de s'émerveiller de la cambrure de son dos et de la danse de ses cheveux noirs autour de ses épaules, au rythme de ses ondulations sur lui.

Il grava ces images dans son esprit tandis qu'ils chevauchaient ensemble vers l'orgasme.

Elle aimait Logan. Elle en eut la certitude en l'observant, le lendemain matin, avec ses cheveux en bataille et sa barbe de la veille.

Mais elle n'allait pas pleurer. Elle n'allait pas faire de scène. Elle serait forte, comme sa mère. Logan ne saurait pas combien elle l'aimait. Pas maintenant. Elle ne lui faisait pas assez confiance pour lui révéler ses sentiments. Surtout, elle ne pouvait lui assener des vérités qu'il n'était pas prêt à entendre. Elle savait qu'il faudrait du temps. Mais elle n'avait jamais été amoureuse. Non, jamais elle n'avait éprouvé de sentiments aussi forts et elle pressentait qu'ils avaient le pouvoir de la blesser profondément. Il faudrait donc qu'elle avance pas à pas.

En attendant, elle avait une boule d'angoisse dans la gorge. Logan lui avait fait l'amour si longuement, si merveilleusement qu'elle en était encore endolorie ce matin. Il l'avait marquée de son sceau. Elle n'oublierait jamais sa première nuit avec lui. Tout ce qu'elle espérait, c'était qu'il y en ait encore beaucoup d'autres à venir. Elle ne renoncerait pas à son amour.

Etait-ce de la folie ?

Les paroles de sa mère sonnaient encore très clairement à ses oreilles. Elle ne les avait jamais oubliées. « J'ai aimé Randall Slade en pure perte. »

Parce que, au bout du compte, elle avait eu le cœur brisé. Sophia refusait de subir le même sort avec Logan. Elle ne l'aimerait pas pour rien. C'était impossible. Elle lui avait donné tout ce qu'elle avait à lui offrir. Serait-il assez cruel pour la repousser ?

L'aube pointait à l'horizon. Les premiers rayons de soleil entraient dans la chambre. Sophia regarda Logan une dernière fois avant de se lever. Sur la pointe des pieds, pour ne pas le réveiller, elle ramassa la chemise qu'il lui avait passée la veille, son jean, et se rhabilla avant de sortir. Les employés de maison des Slade ne vivaient pas sur place, mais ils n'allaient pas tarder à arriver.

Certes, Logan l'avait dit, les gens ne devaient pas s'imaginer que c'était pour faire de la pâtisserie qu'elle avait emménagé chez lui. Néanmoins, elle voulait préserver sa réputation, dans la mesure du possible.

Et puis il y avait Luke… Comment réagirait-il, à son retour ? La comprendrait-il ? Lui en voudrait-il d'être tombée amoureuse de son frère ?

Elle entra sans bruit dans sa chambre et referma la porte derrière elle. Elle n'était pas vraiment prête à attaquer la journée ; toutefois, elle doutait de pouvoir se rendormir. Elle se rendit tout droit dans la salle de bains pour prendre une douche et resta longuement sous le jet bien chaud, perdue dans ses pensées.

Cette nuit avec Logan avait été extraordinaire. Elle soupira au souvenir du goût de sa bouche, du picotement de sa barbe, de la douceur de ses mains pourtant si fortes. Elle avait vécu une telle extase qu'elle refusait de croire que ce ne soit qu'une aventure d'un soir.

Sauf qu'elle n'avait aucune idée de ce que souhaitait Logan. Elle ignorait s'il avait délibérément cherché à la séduire où s'ils avaient été emportés tous les deux par un irrésistible tourbillon. Quoi qu'il en soit, cette nuit, leur relation avait été bouleversée pour toujours.

Sophia se lava les cheveux et se savonna. Le délicieux parfum de lavande de son gel douche ne manquait jamais de l'apaiser. Lorsqu'elle sortit de la douche et se sécha, elle se sentait déjà beaucoup mieux.

On frappa à la porte de sa chambre. Elle prit une brusque inspiration, s'enveloppa dans une serviette et secoua ses cheveux mouillés avant d'aller ouvrir.

— Qui est là ?

— C'est moi, Sophia.

En entendant la voix de Logan, elle ressentit des picotements dans tout le corps. Elle ouvrit lentement la porte. Son regard sombre et froid s'éclaira en la découvrant vêtue d'un simple drap de bain.

— Très tentant, murmura-t-il.

Lui-même était déjà vêtu d'une chemise blanche et d'un pantalon foncé. Il était tellement séduisant qu'une fois de plus, elle en eut le souffle coupé.

— Bonjour…

— Bonjour. Tu t'es levée de bonne heure.

— Je… euh… je me suis réveillée et je n'arrivais pas à me rendormir.

— Tu as voulu t'échapper de ma chambre avant l'arrivée du personnel, surtout.

— Oui, avoua-t-elle en rougissant. Tu m'en veux ?

— Ne me fuis pas, Sophia, fit-il d'une voix rauque avec un sourire séducteur.

Elle se mordilla la lèvre, faute de savoir que répondre.

Ses yeux pétillaient quand il entra dans la chambre. Il approcha la main du haut de la serviette. Sophia sentit sa gorge se serrer ; elle resta rivée sur place quand il lui toucha la poitrine. Elle crut qu'il allait défaire le nœud, mais il ne bougea pas. Ce contact intime lui donnait la chair de poule.

Il se pencha vers elle et l'embrassa, avant de murmurer :

— Tu sais que j'ai une douche dans ma salle de bains. Bien assez grande pour deux. La prochaine fois, nous en prendrons une ensemble…

Aussitôt, elle se représenta la scène et Logan lui décocha un sourire entendu. Mais qu'est-ce qui lui permettait d'affirmer qu'il y aurait une prochaine fois ? Elle fut la première surprise de s'entendre dire :

— Nous ne pouvons pas… Nous ne pouvons pas avoir une aventure.

Il ne broncha pas. Toutefois, Sophia surprit une lueur dans son regard.

— Parce que nous ne pouvons pas nous supporter ? avança-t-il.

Non. Parce qu'elle était tombée amoureuse de lui et qu'elle voulait bien plus.

Mais elle ne pouvait pas lui dire cela. Elle ne pouvait pas remettre son cœur entre ses mains. Il n'avait pas changé. Il conservait ses préjugés et ses opinions.

— Je n'ai jamais dit que je ne pouvais pas te supporter.

Il esquissa un demi-sourire.

— Nous avons passé une nuit magnifique, Sophia. Tu ne peux pas le nier. Nous pourrions recommencer.

Elle s'arma de courage pour lui poser les questions qui allaient définir la suite de leur relation.

— As-tu changé d'avis au sujet de ma mère ? De moi ? M'en veux-tu encore ? Ma présence te contrarie-t-elle toujours autant ?

D'un coup, il redevint glacial et laissa retomber sa main.

— Ne parlons pas de cela, Sophia. Il serait dommage de tout gâcher.

Elle ferma les yeux. Sa réponse si claire, si brutale lui faisait mal. Cette nuit, il n'avait donc nullement été question d'affection, de tendresse ni d'amour. Uniquement de désir et de sexe. Sans qu'il ait besoin de le dire, elle savait désormais qu'elle avait été bien bête, qu'il ne changerait pas d'avis aussi facilement. Il prenait toujours sa mère pour une briseuse de ménage calculatrice et avait peut-être plus mauvaise opinion encore de Sophia. Il était toujours furieux qu'elle ait hérité de la moitié du lodge. Comment oublier que son premier mouvement, à son arrivée, avait été de lui proposer de lui racheter sa part pour se débarrasser d'elle ?

Pourtant, elle l'aimait. Hélas, elle pressentait qu'il faudrait qu'il la fasse souffrir bien plus encore pour que cela cesse. Mais elle pouvait décider de ne plus se donner à lui tant qu'il ne lui fournirait pas de raisons d'espérer un peu.

Elle releva le menton, non sans songer qu'il était plus facile de prendre un air hautain quand on était habillée.

— Dans ce cas, nous n'avons rien à nous dire.

Elle chercha son regard pour le défier de répondre. De plaider sa cause. De tenter de la faire changer d'avis. Mais il resta muet.

Au lieu de parler, il déroula lentement la serviette dont elle s'était enveloppée et la laissa tomber à terre. Sophia resta nue devant lui, sans bouger.

Il la dévora des yeux et respira son parfum de lavande, avant de soupirer brusquement.

— Ce n'est pas fini, Sophia. Tu ne tarderas pas à t'en rendre compte.

- 8 -

En regardant par la fenêtre de son bureau les prairies verdoyantes et les montagnes qui se dressaient à l'arrière-plan, Sophia songea qu'elle pourrait être heureuse, ici. Non, elle allait être heureuse. Mener une existence paisible à Sunset Ranch était aujourd'hui son souhait le plus cher.

Désormais seule à la tête du lodge, elle travaillait d'arrache-pied, stimulée par ce défi. Ce matin, elle devait appeler des fournisseurs et s'occuper du cas d'un jeune palefrenier qui avait été grossier avec une cliente. Ensuite, elle déjeunait avec un paysagiste auquel elle avait quelques idées à soumettre pour l'embellissement de la propriété. Et il fallait aussi qu'elle étudie le budget que Logan avait établi pour l'année.

Un bruit de pas lui fit tourner la tête. Elle découvrit Hunter juste derrière la porte entrouverte, un magnifique bouquet de lis dans les bras.

— Madame Montrose ?

— Entre, Hunter.

Il avança jusqu'à son bureau et resta debout, mal à l'aise avec ses fleurs.

— Elles sont très belles, nota-t-elle comme il la fixait sans rien dire.

— Oh… euh… C'est M. Slade qui me charge de vous les apporter.

— Elles viennent de M. Slade ?

Elle en resta bouche bée. En le voyant entrer, elle avait cru à un envoi d'un fournisseur.

— Oui, madame. Et il faut que vous attendiez d'être seule pour lire le mot.

Elle se sentait déjà rougir.

— D'accord.

Quand le jeune homme déposa le bouquet sur le seul espace libre de sa table, Sophia découvrit une petite enveloppe blanche entre les fleurs.

— Ça va si je le mets là ?

— Oui, oui. Très bien.

Comme si elle avait besoin de cela pour lui rappeler ce qui s'était passé entre Logan et elle la nuit précédente…

« Ce n'est pas fini. »

Ces quatre mots résonnaient encore dans son cœur. Elle non plus n'avait pas envie que leur relation s'arrête. Elle venait à peine de commencer. Mais tant que Logan n'aurait pas changé d'avis à son sujet, rien n'était possible. Toute question d'amour mise à part, comment pourrait-elle se donner à lui dans ces conditions, s'il refusait même d'écouter sa version des faits ?

Son soupir fit relever les yeux à Hunter.

— Pardon, Hunter. Merci d'avoir joué les coursiers.

— Je vous en prie.

Il restait planté devant son bureau à la regarder.

Elle sourit et il parut se troubler. Il devait avoir quelque chose en tête.

— Il y a autre chose ? demanda-t-elle.

— Oui. Mais je ne sais pas si j'ai le droit de vous en parler.

Elle voulait avant tout le rassurer. Il avait l'air si mal à l'aise…

— Si tu as un souci, tu peux m'en parler. Assieds-toi.

— D'accord.

Il prit place en face d'elle, sans pour autant se détendre

le moins du monde. Il se frottait les mains sur les genoux. Sophia attendit patiemment qu'il parle.

— C'est à propos de Gabriel Strongbow…

Sophia haussa les sourcils, surprise. Gabriel était le garçon au sujet duquel elle avait reçu une plainte.

— Oui ?

— On peut dire qu'on est amis, je crois. J'aimerais le défendre, si je peux me permettre.

— Je ne lui ai pas encore parlé, mais j'écouterai ce qu'il aura à me dire.

— Il croit qu'il va se faire renvoyer, et ce serait une catastrophe. Ce travail lui permet d'aider sa mère, tout en essayant de continuer à aller à l'école. Et je voudrais vous dire qu'il n'a pas mal parlé à la cliente.

— Donc tu te portes garant de lui ?

— Eh bien, je n'étais pas là, mais j'ai vu Gabe avec Rebecca Wagner et il était très respectueux et très poli avec elle. Rebecca a flirté avec lui toute la semaine. Ils s'entendent bien, c'est tout. Hier, Rebecca lui a donné son numéro de téléphone et Mme Wagner s'en est rendu compte et l'a accusé de toutes sortes de choses. Mais Gabe n'a rien fait de mal.

Sophia avait entendu parler de la famille Wagner, qui séjournait au lodge deux fois par an depuis dix ans. Rebecca était une jolie jeune fille de seize ans.

— Il se peut que Mme Wagner soit un peu trop protectrice avec sa file, admit-elle. Mais les relations entre les hôtes et le personnel sont régies par des règles strictes. Ce n'est pas une ligne, c'est un mur, qu'il est strictement interdit de franchir.

— Oui, je sais. Enfin, je voulais vous dire ça.

— Et je t'ai entendu, assura-t-elle en souriant. Tu es un bon ami pour Gabe.

— Je trouve que c'est important d'être juste, c'est tout.

— Je serai juste avec lui.

Il se détendit un peu et lui jeta un regard reconnaissant.

— Merci.

Sophia prit appui des deux bras sur le bureau et se pencha en avant.

— Parle-moi un peu de Gabriel Strongbow.

Hunter réfléchit un peu avant de répondre.

— Il est en terminale. Il travaille aux écuries à temps partiel. Il a une petite sœur. Son père est mort il y a trois ans et, depuis, ils ont beaucoup de mal à garder leur maison.

— Je vois…

Sophia savait bien ce que c'était que les fins de mois difficiles. Essayer de rester à flot dans un océan de dettes en étant suspendu au bon vouloir d'un employeur.

— Bien. Cela fait plus d'un an que Gabe est chez nous, dit-elle en feuilletant son dossier, et, jusqu'à maintenant, son comportement a toujours été irréprochable. C'est tout ce que je peux te dire, Hunter. Je ne devrais même pas parler de cela avec toi, donc, s'il te plaît, garde cette conversation pour toi.

— Entendu.

Il se leva et la regarda une dernière fois avant de prendre congé.

Sophia alla refermer la porte derrière lui, perdue dans ses pensées. Son rôle de directrice était de prendre les meilleures décisions pour l'établissement, sans léser les droits des employés. Tout était une question d'équilibre. Cependant, en l'occurrence, si les accusations étaient fondées, Gabriel Strongbow risquait bel et bien de perdre son emploi.

Sophia n'avait jamais licencié personne.

Elle mit ces pensées de côté et s'approcha du bouquet de lis qu'elle contempla un moment. Ils étaient magnifiques. Logan n'aurait pu mieux choisir. C'était fou comme, parfois, ils étaient sur la même longueur d'ondes.

Et comme, à d'autres moments, ils voyaient les choses tout à fait différemment.

Elle se prépara mentalement à lire son mot. Elle ne savait qu'attendre de lui, mais elle mourait de curiosité. D'autant qu'il avait précisé qu'elle devait attendre d'être seule pour ouvrir l'enveloppe. Elle la prit, en sortit un carton et lut le mot manuscrit.

Sophia,

Je continue à te voir comme je t'ai laissée ce matin. Je n'arrive pas à chasser ton image.

Dîne avec moi ce soir à 20 heures.

Notre premier rendez-vous…

Fais-moi changer d'avis,

Logan.

Sa main tremblait tant que les mots qu'elle venait de lire et de relire se brouillèrent. Les jambes tremblantes, elle alla s'asseoir dans son fauteuil. Il lui semblait que tout basculait. Elle n'en croyait pas ses yeux. Par ces quelques phrases, il lui disait qu'il voulait essayer.

Etait-ce possible ?

Fais-moi changer d'avis.

Ses yeux la piquaient. Elle sentit une larme couler sur sa joue. Parmi les émotions qui sourdaient en elle, pointait une petite lueur d'espoir. L'inflexible Logan Slade commençait-il à s'adoucir ? Etait-il prêt à écouter réellement ce qu'elle avait à dire ?

Peut-être. Bientôt. Elle n'essaierait pas dès ce soir, mais elle allait accepter son invitation. Elle verrait bien où les mènerait ce premier rendez-vous.

Il y avait donc une petite chance qu'elle ne l'aime pas en pure perte.

*
* *

C'était la première fois que Logan retournait au cimetière depuis les obsèques de son père. Debout devant la tombe de ses parents, un bouquet de roses à la main, il s'interrogeait sur leur relation. Dans sa naïveté de petit garçon, il avait cru qu'ils s'aimaient. Il avait cru que leur couple était fort, uni, solide. A ses yeux, son père était l'homme le plus juste, le plus droit au monde.

Mais tout cela n'était qu'une façade destinée à masquer la vérité. Son père mentait et s'apprêtait à briser la famille en abandonnant sa mère au profit de Louisa Montrose.

Une nouvelle bouffée de colère monta en lui. Le seul tort de sa mère avait été d'aimer Randall Slade et de compter sur sa fidélité. Une fois qu'elle avait découvert sa liaison, pour protéger sa famille, elle avait renvoyé Louisa Montrose, la bannissant du ranch avec Sophia. Et puis elle avait continué. Continué à élever ses fils et à aimer un homme qui ne lui rendait pas son amour. Aux yeux de Logan, Ivy Slade était une véritable héroïne, qui avait supporté avec courage la souffrance et l'humiliation de sa situation.

— Je suis désolé, maman, murmura Logan d'une voix hachée.

Il mit un genou à terre pour ôter les herbes et les feuilles sèches de la pierre tombale. Puis il y déposa une douzaine de roses jaunes, ses préférées. Toutes les deux ou trois semaines, il s'accordait ce moment privilégié avec sa mère. Il venait passer quelques minutes ici pour se sentir encore lié à elle.

C'était la deuxième fois de la journée qu'il offrait des fleurs. Après avoir reçu son bouquet ce matin, Sophia lui avait envoyé un message, lui annonçant qu'elle serait prête à 20 heures pour leur premier rendez-vous.

N'était-il pas hypocrite d'accabler son père alors qu'il avait lui-même succombé au charme d'une Montrose ? Il comprenait qu'un homme puisse faiblir quand son corps et son esprit se trouvaient pris. Sophia l'attirait irrésistiblement. Elle était pour lui comme une drogue. Il la lui fallait. Toutefois, il ne perdait pas de vue les faiblesses de son père. Elles lui avaient servi de leçon. Il ne se laisserait pas ensorceler par Sophia.

Il était capable de faire la différence entre désir et amour.

Sur ces pensées, il tourna les talons et rejoignit sa voiture. Sur le chemin du retour, il alluma la radio. Un morceau de country vantait les joies de la pêche. Le cœur léger, plein d'impatience, il se mit à chanter. Ce soir, il avait rendez-vous avec une femme magnifique.

Quatre heures plus tard, il frappait à la porte de la chambre de Sophia. Il ne l'avait pas vue depuis de le matin. Toute la journée, son image l'avait hanté. Nue, dans une pose qui mettait en valeur ses courbes parfaites, elle le fixait de son regard de Circé. Il avait dû faire appel à toute sa volonté pour s'éloigner d'elle. Mais il n'avait pas pu lui mentir, il n'avait pas pu lui dire ce qu'elle avait envie d'entendre. Aussi avait-il fait ce qu'il devait faire.

Elle lui ouvrit avec un petit sourire.

— Salut, dit-elle tout en se fixant un grand anneau d'or à l'oreille. Entre.

Elle retourna vers sa coiffeuse. Logan la suivit.

— Pardon, je suis en retard, ajouta-t-elle en mettant son autre boucle d'oreille.

— Pas de problème.

La regarder finir de s'apprêter n'avait rien de pénible.

— Nous avons eu une urgence de dernière minute au lodge. Le système d'arrosage s'est mis en route en plein barbecue et il a fallu…

Il lui coupa la parole d'un rapide baiser.

— Ne parlons pas de travail, ce soir.

Il recula d'un pas, déjà enivré par le goût délicieux de ses lèvres. Comment s'intéresser au lodge, quand elle était si belle, avec ses cheveux relevés et sa robe couleur vieil or drapée en plis légers sur sa poitrine et pincée à la taille, qui mettait divinement en valeur la féminité de ses courbes ? Des sandales ornées de pierreries complétaient sa tenue.

— D'a… d'accord, balbutia-t-elle en se touchant nerveusement les cheveux. Pas de travail.

— Tu es magnifique, Sophia.

Son parfum, le même que la nuit dernière, flottait dans l'air. Il n'était pas près de l'oublier.

— Merci. Je ne savais pas trop comment m'habiller. Dans ton mot, tu ne précises pas où nous allons.

Il se frotta la nuque, un peu gêné.

— Hum… Je ne savais pas si tu accepterais.

Elle le fixa de ses yeux d'ambre.

— Tes fleurs sont magnifiques, mais c'est ton message qui m'a convaincue.

Logan grimaça intérieurement. Il n'aurait pas dû écrire cela. Il n'était pas certain de pouvoir changer d'avis comme il l'évoquait. Ce matin, après la nuit torride qu'ils avaient passée, ce n'était sans doute pas son cerveau qui gouvernait ses actes.

Cela dit, il n'avait fait aucune promesse à Sophia. Se raccrochant à ce raisonnement, il posa la main sur sa chute de reins pour l'entraîner hors de sa chambre et de la maison.

— Tu ne travailles pas, demain, c'est ça ? fit-il après l'avoir aidée à monter en voiture.

— Je n'ai pas besoin d'être au bureau avant l'après-midi. Mais, Logan…

Elle laissa en suspens une phrase qui sonnait déjà comme une mise en garde.

— Nous allons faire un tour et nous risquons de rentrer tard, c'est tout ce que je voulais dire, madame la Soupçonneuse.

Alors qu'il résonnait dans l'habitacle, le rire de Sophia monta à la tête de Logan.

— J'ai envie de te montrer quelque chose.

— C'est un secret ?

— En quelque sorte.

— Ah oui ? fit-elle un ton plus haut.

Il hocha la tête. Il ne savait pas pourquoi il avait décidé de l'emmener là-bas. Pour l'impressionner, sans doute.

— Un lieu à part, en tout cas.

— Où tu invites toutes tes conquêtes le premier soir ?

Elle allait à la pêche aux informations, mais il n'eut aucune peine à lui dire la vérité.

— Tu es la première que j'y emmène.

Elle ouvrit la bouche pour répondre, puis elle la referma et lui lança un regard sceptique. Il haussa les épaules.

— Tu n'es pas obligée de me croire, mais c'est vrai.

— Et cet endroit a un nom ?

Il hocha la tête.

— La Cachette.

Elle fronça les sourcils.

— Je n'en ai jamais entendu parler.

— Précisément, ma belle. C'est le but. Maintenant, détends-toi. Il y a une heure de route.

La Cachette était un château accroché au flanc de la montagne qui surplombait un océan de pins au-delà desquels les eaux calmes du lac Tahoe scintillaient au clair de lune. Des guirlandes lumineuses enroulées sur des piquets éclairaient la terrasse. Devant le restaurant, Sophia s'adossa à un poteau carré pour contempler la vue et poussa un soupir de paix et de contentement.

Logan lui apporta un verre d'eau gazeuse.

— Merci, dit-elle, le regard perdu dans le lointain.

Elle but une gorgée du liquide citronné qui lui pétilla délicieusement dans la gorge.

— Il m'a semblé que cet endroit pourrait te plaire, dit-il en levant son verre de scotch.

— La Cachette t'appartient, n'est-ce pas ?

Ils étaient arrivés par une petite route de montagne et Sophia avait eu la surprise de découvrir un restaurant au décor de manoir campagnard à l'européenne niché dans les bois. La salle à manger, avec son sol carrelé de faïence et ses murs texturés, offrait des alcôves intimistes où l'on pouvait s'asseoir dans des canapés brodés ou des causeuses. Sur le manteau de cheminée en travertin, une demi-douzaine de grosses bougies projetait un jeu d'ombres et de lumière.

— Tu comprends vite.

Il y avait tant de sincérité dans son sourire espiègle qu'elle le fixa, sidérée. Il était si rare de le voir sourire… Aussitôt, son cœur s'emballa.

— Un restaurant vide, une visite guidée, une présentation au chef… Disons que j'ai eu droit à quelques indices.

Il sourit de plus belle.

— On ne peut rien te cacher.

Il l'étudia longuement, comme s'il cherchait à voir au fond de son âme. Puis il but une gorgée de scotch et secoua la tête.

— Qu'est-ce qu'il y a ?

Il prit une profonde inspiration.

— Rien.

Pourtant, elle était convaincue du contraire. L'espace d'un instant, il avait paru tourmenté. La lueur amusée s'était dissipée de son regard. Maintenant, il avait un air absent teinté de regret.

— Nous pourrons dîner quand tu voudras, dit-il en

recouvrant toute son affabilité. Le chef nous a préparé un menu spécial.

Elle ne l'interrogera pas davantage. Elle refusait de laisser son esprit s'enfoncer dans l'incertitude et le doute. Et si elle avait imaginé cette mine torturée ?

— Il me tarde de goûter ses spécialités.

Logan la conduisit à une table dressée dans le coin le plus charmant de la salle. Elle se rendait compte qu'il avait privatisé le restaurant pour en profiter seul à seule avec elle. Elle ne pouvait qu'en être impressionnée et flattée.

— Tu te donnes toujours autant de mal quand tu sors avec une fille pour la première fois ? voulut-elle savoir.

— Très franchement, non.

Cette réponse fit grand plaisir à Sophia.

— C'est plutôt style Kickin'Kitchen ?

— Ne déprécie pas le Kickin' : on y mange très bien quand on connaît ses limites.

Sophia haussa les sourcils mais ne releva pas. Elle était heureuse de le voir de meilleure humeur.

— Alors, dis-moi, depuis combien de temps es-tu propriétaire de ce restaurant ?

— Six mois.

— Je le trouve magnifique, mais j'avoue que je suis un peu étonnée.

— Parce que je suis un rancher et qu'*a priori* ce n'est pas mon rayon ?

Sophia ne voulait pas se montrer indiscrète, mais elle était tout de même curieuse. Elle hocha légèrement la tête.

— La Cachette appartenait à un de mes amis, mais cela ne marchait pas. Il faut dire que ce n'était pas un très bon manager. Tant et si bien qu'il s'est retrouvé au bord de la faillite. Or, je n'aime pas voir disparaître les belles choses. En l'occurrence, je pouvais agir. J'ai acheté le restaurant un bon prix et mon ami a été tiré d'affaire.

Sophia regarda autour d'elle. Le lieu était à la fois cosy, chaleureux et élégant.

— Ton ami a bien de la chance.

— C'était une décision professionnelle.

— Peut-être. Ou alors tu as le cœur plus tendre que tu ne l'imagines.

— Certainement… pas.

Il vida son verre. Certes, il lui arrivait d'être coriace. Pourtant, Sophia lui connaissait un côté plus doux, qu'il veuille l'admettre ou non. Lorsqu'il baissait la garde, c'était quelqu'un de bien. C'est alors qu'une idée lui vint.

— Luke est dans les environs, non ?

Logan la considéra longuement.

— Il est sur l'autre rive, à une trentaine de kilomètres de routes sinueuses d'ici, répliqua-t-il sèchement. Pourquoi ? Tu as envie de lui rendre visite ?

Elle le sentit contrarié. Ces derniers temps, les deux frères ne semblaient pas dans les meilleurs termes ; mieux valait qu'elle ne s'en mêle pas. Par ailleurs, même si Luke lui manquait, même si elle espérait que tout allait bien pour lui, elle ignorait comment il réagirait en apprenant qu'elle était amoureuse de Logan. Du coup, elle évitait de l'appeler, faute de savoir comment aborder le sujet, et elle s'en voulait. De toute façon, la situation était tellement incertaine qu'elle ne savait ce qu'elle aurait pu dire à Luke.

« Je me suis installée chez toi et je couche avec ton frère. »

— Ce que je veux, corrigea-t-elle avec sincérité, c'est être ici, avec toi.

Apparemment satisfait de sa réponse, il hocha la tête.

— Mon frère va bien.

— Tant mieux.

Le sujet était clos. On leur servit à dîner ; tous les plats étaient plus succulents, plus parfumés les uns que les autres. Au bout d'un moment, elle rassembla son courage pour poser la question qui la titillait depuis un moment.

— Quelles ont été tes relations avec ton père, après notre départ, à ma mère et à moi ?

Il se crispa, repoussant son assiette un peu plus brusquement que nécessaire.

— Pourquoi cette question ?

Machinalement, elle se mit à jouer avec ses cheveux dont elle enroulait une mèche autour de son doigt.

— Je me suis toujours demandé ce qui s'était passé, une fois que nous n'étions plus là.

Logan se frotta le menton, manifestement pensif, avant de répondre.

— Je l'ai haï.

Cet aveu ne la surprit pas. Elle comprenait la déception de l'adolescent face à l'homme qu'il avait mis sur un piédestal. Elle était même capable de compatir avec lui, de ressentir sa douleur. Sa situation à elle n'était pas si différente. Elle aussi avait souffert à cause de son père, même si, trop jeune quand il était parti, elle ne gardait pas de souvenirs de lui. Il avait fait du mal à sa mère et abandonné sa famille. Sophia avait grandi avec un sentiment de douleur et de colère.

— Je suis désolée.

— Et je te crois sincère, fit Logan en évitant son regard.

— Tu lui en veux toujours ?

— Qu'est-ce que ça change, maintenant ? Il n'est plus là.

— Pardonner, cela apaise.

Logan secoua la tête.

— Je n'en suis pas encore là, Sophia. Mais ne gâchons pas notre première soirée avec ce genre de conversation.

Elle ne voulait pas insister. Toutefois, de plus en plus amoureuse de lui, elle aurait aimé tout mettre à plat pour qu'ils puissent s'engager ensemble sur un chemin sans obstacles. Il lui avait proposé de le faire changer d'avis, mais comment s'y prendre s'il refusait d'évoquer les souvenirs pénibles ? En tout cas, à l'évidence, ce n'était pas le moment.

— Tu as raison. Parlons d'autre chose.

— Nous allons prendre le dessert sur la terrasse, si tu veux bien, annonça-t-il en se levant.

— Avec plaisir.

Il lui posa la main sur la taille au moment où elle pivotait, et leurs corps se frôlèrent. Elle n'était qu'à un souffle de lui, le visage tourné vers le sien.

— Pardon, Logan. Je ne voulais pas te contrarier.

Il se rapprocha et une lueur intense brilla dans ses yeux.

— La seule chose qui me contrarie, c'est de ne pas pouvoir te toucher.

— Mais tu m'as touchée…

— Pas comme j'aimerais, lui chuchota-t-il à l'oreille. Je me tiens bien, pour notre premier rendez-vous.

— Et tes efforts méritent un bon point.

Il se pencha sur elle et murmura :

— J'aimerais mieux un baiser.

Surprise, elle sourit. Mais il n'attendit pas sa permission. Il lui prodigua un langoureux baiser chargé de suffisamment de délicieuses promesses pour venir à bout de ses défenses et de toutes ses résolutions.

Ils renoncèrent au dessert et rentrèrent main dans la main jusqu'à la voiture, en échangeant des regards chargés de désir.

Quand ils passèrent le seuil de la maison, Sophia savait sans l'ombre d'un doute où elle allait passer la nuit. Quoi qu'il y ait entre eux, quoi que Logan puisse penser d'elle, elle ne pouvait lutter contre l'attirance magnétique qu'elle ressentait pour lui. Elle ne pouvait aller contre ce qui semblait être son destin.

Elle décida de s'en remettre à lui et à son sens moral. Compte tenu de leur passé commun, c'était un pas énorme.

Logan n'allait pas la trahir, tout de même, si ?

- 9 -

Sophia n'avait jamais couché avec un homme le premier soir. Cependant, en se réveillant dans le lit de Logan le lendemain, elle se dit qu'elle avait eu raison de faire une exception. Leur étreinte dans la sellerie et la nuit qui avait suivi ne comptaient pas vraiment. Alors, elle avait cédé sans promesse d'avenir à la pression d'un désir bien plus puissant que sa volonté. Et puis les fleurs de Logan, son mot, cette invitation en règle l'avaient conduite à des conclusions qui lui avaient fait baisser sa garde et prendre un risque.

Elle avait passé une soirée magique. Et quand Logan, fidèle à ses vœux de bonne conduite, l'avait embrassée chastement pour lui dire bonsoir, elle avait mis un terme à ces faux-semblants. Elle lui avait pris la main et ils s'étaient rendus dans sa chambre sans un mot.

Maintenant, toujours dans son lit, elle souriait.

Logan rentra dans la chambre et secoua les couvertures.

— Debout, belle endormie !

— Mmm…, fit-elle en retenant les draps. Je paresse encore un peu avant d'aller travailler.

— Tu ne travailles pas, aujourd'hui. Tout est organisé.

— Ah, si seulement tu étais sérieux…

— Je le suis, répondit-il avec un clin d'œil et un sourire de satisfaction. Tes rendez-vous ont été déplacés et Lois Benson va s'occuper des affaires courantes pour la journée. Elle aimerait devenir directrice adjointe, c'est l'occasion pour elle de faire ses preuves. Quant à nous, je nous ai concocté un petit programme sympathique.

Sophia accueillit la nouvelle avec joie. Elle n'avait rien de prévu, et la perspective de passer toute la journée avec Logan était plus qu'alléchante.

— Est-ce qu'on va encore dormir dans ce grand lit confortable ?

Logan s'inclina pour lui planter un baiser sonore sur les lèvres.

— On va y passer du temps, en tout cas, je te le garantis.

Avec un petit rire, elle se recoucha de tout son long. Mais pas pour longtemps. Logan la souleva dans ses bras en annonçant :

— Pour commencer, il faut que tu essaies ma douche.

— Tu m'accompagnes ?

— Bien sûr. Je dois te montrer le fonctionnement des boutons et des commandes.

Quelques minutes plus tard, dans un nuage de vapeur, ils ruisselaient d'eau chaude et de mousse. Logan l'embrassa, la lécha partout jusqu'à ce qu'elle n'en puisse plus et qu'elle jouisse dans sa bouche. Puis elle lui rendit la pareille, prenant son sexe gonflé entre ses lèvres. Le bruit des jets d'eau ne suffit pas à noyer les cris de Logan au moment de l'orgasme. Ensuite, il l'étreignit longuement, toujours sous l'eau.

— Tu es un homme extraordinaire, fit-elle, le cœur débordant de joie.

Elle faillit lui dire combien elle l'aimait, mais se retint au dernier moment, faute de savoir comment il réagirait.

— Nous allons bien ensemble, Sophia, répondit-il en lui couvrant le visage et la gorge de baisers.

Elle ferma les yeux et s'efforça d'endiguer les émotions qui menaçaient de la déborder.

Ensuite, ils firent une promenade à cheval sur les terres

du ranch, s'arrêtèrent pique-niquer au bord d'une source et firent l'amour en pleine nature sur une couverture. La journée fut parfaite en tout point. Le soir, de retour à la maison, ils s'installèrent confortablement dans le grand lit de Logan pour regarder de vieux westerns. Sophia s'endormit entre ses bras. Jamais elle ne s'était sentie aussi bien.

La semaine qui suivit fut idyllique. Sophia passait toutes ses nuits avec Logan et se réveillait sous ses baisers. Après le petit déjeuner, ils se séparaient pour la journée. Sophia mettait tout son cœur dans son travail au lodge, pour se prouver à elle-même ainsi qu'à Logan qu'elle était digne de l'héritage que lui avait légué Randall Slade. Rayonnante de bonheur, elle souriait sans cesse.

Logan aussi paraissait heureux, dans l'ensemble. Par moments, cependant, elle surprenait sur ses traits une expression plus froide, plus sombre, qui la faisait frémir.

Si la rumeur d'une relation entre Logan et elle courait au ranch, en tout cas, elle ne lui était pas parvenue aux oreilles. De toute façon, elle n'aurait pas pu y faire grand-chose. Elle n'allait pas s'interdire d'être heureuse par crainte des commérages.

Le jeudi après-midi, dans son bureau, elle envoya un SMS à Luke.

Comment ça va ?

Quelques jours plus tôt, elle s'était dit que le meilleur moyen d'échapper à une conversation qu'elle redoutait, c'était d'échanger avec lui par SMS. Elle reçut aussitôt la réponse.

Bcp mieux. Tu me manques. Le ranch aussi.

A quoi elle s'empressa d'envoyer :

Toi aussi, tu me manques, mais tout va bien.

Elle ajouta trois *smileys*, avant d'estimer que c'était exagéré et de les effacer. Puis elle appuya sur « envoyer ». Fin de la conversation.

C'était lâche, elle le reconnaissait. Logan ne parlerait pas à Luke de ce qu'il vivait avec Sophia. C'était à elle de le faire. Sauf que la situation était pour le moins délicate. Du coup, elle évitait complètement le sujet. Elle se faisait du souci pour Luke, bien sûr, mais par manque de courage, elle évitait d'engager avec lui une vraie conversation.

Les aboiements de Blackie la tirèrent de ses pensées. Elle se leva et sortit de son bureau pour chercher le chien. Elle prit le chemin qui longeait le lodge et ne tarda pas à découvrir une scène qui la fit sourire. Edward taquinait le chien avec un os, et l'animal bondissait comme un fou, manquant de renverser le petit garçon. Ce dernier riait aux éclats. Sophia se détendit. Quand elle s'approcha, tous deux s'arrêtèrent de jouer.

— Bonjour Edward, je vois que tu as quelque chose qui fait très envie à Blackie…

Le petit la regarda timidement. Cela faisait un petit moment qu'elle ne l'avait pas vu.

— Oui, madame.

Le chien oublia un moment son os pour venir lui faire la fête. Elle le caressa un instant, puis elle reporta son attention sur le garçonnet.

— Comment ça va, Edward ?

Il la regarda puis baissa les yeux.

— B-bien.

— Je ne t'ai pas beaucoup vu, ces jours-ci.

— J-je n'ai pas de d-devoirs, aujourd'hui.

— Ah, c'est pour ça. Tu as eu beaucoup de travail. J'adorais les jours où la maîtresse ne nous donnait rien à faire. Tu aimes toujours les promenades ?

Il hocha la tête.

— M. Slade m'em-m'emmène quelquef-fois.

— Moi aussi, j'aimerais beaucoup faire une promenade avec toi quand il n'y aura pas école. Ça te dirait ?

Ecarlate, l'enfant lui offrit un petit sourire. C'était un gentil petit garçon et Sophia s'efforçait de le mettre à l'aise. Il coula un regard en direction du cottage ; ses grands yeux étaient emplis de curiosité et de questions muettes. Il devait se demander pourquoi elle n'y habitait plus, ce qui n'était pas facile à expliquer à un enfant de dix ans.

— Nous organiserons ça dès le début de l'été, d'accord ?

— D'a-d'accord.

— Eh bien, passe une bonne journée. Et toi aussi, Blackie. Je voulais juste vous dire un petit bonjour à tous les deux. A bientôt.

Edward lança l'os. La main en visière sur les yeux, Sophia regarda le chien et le garçon partir en courant.

Cette rencontre lui avait procuré une pause dont elle avait bien besoin. Il lui restait deux heures de travail avant de retrouver Logan, et elle allait compter les minutes.

Elle revenait vers l'entrée du lodge quand une longue limousine noire attira son attention. Sophia s'arrêta. La voiture se gara et un chauffeur en uniforme descendit.

Sophia étouffa un petit cri. Les souvenirs affluèrent quand elle reconnut le G dont les portières étaient frappées. Le chauffeur ouvrit celle de derrière. Logan descendit le premier, suivi de l'ex-mari de Sophia, Gordon Gregory. Avec ses yeux bleus, son épaisse crinière argentée, son élégance et sa distinction naturelle, il était encore très bien pour son âge, malgré son visage ridé.

A les voir ensemble tous les deux, elle se troubla. L'un

était peut-être son avenir, tandis que l'autre appartenait au passé. Figée sur place, elle déglutit avec difficulté. L'expression de Logan était indéchiffrable. Gordon, lui, souriait.

Zut, c'était bien ce qu'il lui fallait. Au moment où Logan et elle se rapprochaient, en voyant son ex-mari, il allait se rappeler tout le mal qu'il pensait d'elle. Comment allait-il réagir ?

— Bonjour, ma belle Sophia…

Le ton possessif de Gordon la mit mal à l'aise.

Logan ne s'y trompa pas, d'ailleurs, qui le toisa d'un air réprobateur.

— Bonjour, Gordon. Qu'est-ce que tu fais là ?

— Il est venu acheter un étalon, expliqua Logan, les lèvres pincées. Nous venons d'avoir un échange très intéressant.

Sophia s'empourpra. Aïe… Avaient-ils parlé d'elle ? Elle avait épousé Gordon parce qu'elle était dans une situation désespérée. Elle n'avait pas d'autre solution. Au début, c'était un homme merveilleux, gentil et tellement reconnaissant de ce qu'elles avaient fait pour sa petite-fille qu'elle avait cru agir pour le mieux, dans l'intérêt de sa mère, en l'épousant. Elle s'était même persuadée qu'avec le temps, elle finirait par l'aimer. Il lui avait promis une union sans obligations d'aucune sorte. Elle avait peut-être été un peu naïve de le croire, mais à l'époque, elle n'était guère tournée vers l'avenir. Elle ne pensait qu'au présent et à ce qu'elle pouvait faire pour aider sa mère. Puis, peu de temps après le décès de Louisa, les attentes de Gordon avaient changé et son attitude aussi. Sous prétexte de l'aider à faire son deuil, il s'était fait plus pressant. Une nuit, il lui avait carrément déclaré qu'il estimait s'être entièrement acquitté de sa dette envers elle. En d'autres termes, ils étaient quittes et le moment était venu pour Sophia de jouer pleinement son rôle d'épouse. Acculée, elle n'avait vu qu'une issue : mettre fin à ce mariage.

— Je ne pouvais pas venir à Sunset Ranch sans passer te dire bonjour, reprit-il. Logan a eu la bonté de me montrer le chemin du lodge. J'aimerais te dire un mot en privé, ma chère. Maintenant, ce serait parfait.

Elle sentit les yeux de Logan sur elle, tandis qu'il précisait à Gordon :

— Seulement si cela convient à Sophia. Tu as le temps ?

Gordon haussa les sourcils et émit un petit rire ironique.

— Je vois qu'elle vous a déjà ensorcelé. Je ne peux pas vous en blâmer, c'est une sacrée femme. Ah, si vous l'aviez vue, sur scène… Elle sortait du lot. Elle avait un avenir de meneuse de revue tout tracé.

Sophia sentit son estomac se nouer.

— J'ai quelques minutes, Gordon, dit-elle tout de même.

— Bien, bien.

Quand Gordon voulut lui prendre le bras, Logan s'interposa.

— Tu es vraiment sûre d'avoir du temps à lui consacrer ? demanda-t-il. Sache que je me moque pas mal de la vente du cheval.

Sophia l'aurait embrassé, tant elle lui était reconnaissante d'être intervenu pour que son ex ne pose pas la main sur elle. D'autant qu'il ignorait que le mariage était resté blanc.

— Oui, j'en suis sûre.

Logan hocha la tête. L'espace d'un instant, elle crut voir dans ses yeux une lueur accusatrice.

— A tout à l'heure.

— Oui, à tout à l'heure, répondit-elle doucement, avant de se retourner vers Gordon : Allons dans mon bureau.

Elle lui ouvrit le chemin, un mètre devant lui. Au moment d'entrer dans le lodge, elle se retourna. Logan n'avait pas bougé. Il les observait de son œil d'aigle auquel rien n'échappait.

Mais il n'y avait rien à voir. Elle n'avait rien à se reprocher.

Elle avança, la tête haute, réfléchissant à toute vitesse. Que faisait Gordon ici ? Dans son bureau, elle s'assit et lui indiqua un siège.

— Je t'en prie, assieds-toi.

Il se posa avec une autorité toute princière.

— Tu as fait du chemin, je vois, Sophia. Si je comprends bien, tu as mis le grappin sur un riche cow-boy que tu as convaincu de te laisser diriger son hôtel…

— En fait, et tu le sais aussi bien que moi, j'ai hérité de la moitié de Sunset Lodge. Je suis certaine que tu as fait des recherches, Gordon. Et je doute que Logan Slade laisse quiconque lui « mettre le grappin dessus ».

— Possible, pourtant s'il y a une femme qui peut y parvenir, c'est bien toi.

Soit il cherchait à la flatter, soit il n'avait aucune idée de la situation. Elle choisit de ne pas relever.

— Comment va Amanda ?

Il parut content qu'elle prenne des nouvelles de sa petite-fille.

— Très bien, merci. Elle a perdu une année de lycée au moment où ça n'allait pas, mais elle est rentrée dans le droit chemin. Elle entre à l'université à l'automne.

La nouvelle fit chaud au cœur à Sophia. Amanda était une jeune fille désorientée qui avait surtout besoin d'être guidée, soutenue et suivie par un psychothérapeute. Sophia était heureuse d'avoir contribué à lui montrer que sa vie valait la peine d'être vécue.

— Tu m'en vois ravie, sincèrement. Fais-lui mes amitiés.

— Je n'y manquerai pas.

— Que puis-je faire pour toi ?

Elle était curieuse de savoir ce qui l'amenait ici. Une chose ne faisait pas de doute : le cheval n'était qu'un prétexte.

Il lui sourit, ce qui accentua les rides aux coins de ses yeux.

— Je suis venu pour acheter un étalon, et c'est fait. Mais également pour honorer une promesse que j'ai faite à Louisa.

Au seul prénom de sa mère, Sophia s'affaissa, envahie par une profonde tristesse. Tout le courage qu'elle avait rassemblé pour affronter Gordon se dissipa.

— Quelle… quelle promesse ?

— Celle de veiller sur toi. De m'assurer que tu vas bien, que tu es en sécurité. Vois-tu, ta mère a fait semblant de ne pas se rendre compte de son état, mais elle en avait pleinement conscience. Nous en parlions très ouvertement. A la fin, nous nous étions beaucoup rapprochés. Elle ne voulait pas que tu t'inquiètes. Elle savait que tu avais beaucoup à assumer. Ton mariage avec moi a donné à ta mère une certaine tranquillité d'esprit.

Elle l'espérait. Elle l'espérait de tout son cœur. Elle ferma les yeux en songeant à la portée de ce que Gordon venait de dire. Malgré la souffrance, malgré les traitements, sa mère avait toujours fait bonne figure pour ne pas l'inquiéter. Elle espérait pouvoir être un jour aussi forte et aussi attentionnée.

— Je crois qu'elle aurait aimé que tu restes mariée avec moi.

— Et je l'aurais peut-être fait, si tu n'avais pas été aussi insistant.

— J'ai été très patient avec toi, Sophia. Très gentil.

— Certes, je ne peux pas le nier. Tu as été très bon avec ma mère et moi.

— Et tu me reproches d'avoir voulu une épouse digne de ce nom ? Ta mère n'était plus là — Dieu ait son âme

— et tu étais à l'abri, hors de portée de ce type qui te menaçait. Il m'a semblé…

— Que je te devais quelque chose ?

— Non, Sophia. J'espérais que tu éprouves de l'affection pour moi.

— Je te suis très reconnaissante de tout ce que tu as fait pour moi, mais, contrairement à ce que d'aucuns pourraient croire, je ne suis pas à vendre. Tu t'es montré très pressant, juste après le décès de ma mère, et tu m'as mise mal à l'aise. Gordon, tu n'es pas du genre à supporter que l'on te résiste. Tu as tellement insisté que je n'ai plus eu d'autre solution que de m'en aller.

Etonnamment, il avait l'air contrit.

— Je suis désolé. J'ai eu tort de te pousser. Je suis un peu trop gâté. J'ai l'habitude d'obtenir ce que je veux et, belle Sophia, tu étais ma femme.

Elle était partie sans récupérer un sou de l'immense fortune de Gordon. Elle avait tenu à ce que cette clause figure dans le contrat de mariage.

— Je sais, murmura-t-elle. Mais je ne pouvais pas te donner ce que tu voulais.

Gordon baissa la tête. Puis il croisa les doigts, avant de lui annoncer très calmement :

— Tu me trouveras peut-être bien bête de te dire cela, Sophia, mais je suis tombé amoureux de toi.

Son aveu la toucha et elle le crut. Mais Gordon Gregory tombait très souvent amoureux. A soixante et onze ans, il s'était marié et avait divorcé cinq fois.

— Tu mérites une femme qui te rende ton amour.

— Je m'en rends compte, aujourd'hui, reconnut-il en haussant une épaule. Bon… J'ai fait ce que j'avais à faire, Sophia. Je suis venu vérifier que tu allais bien, pour Louisa. Je vois que tu as reconstruit ta vie ici. Es-tu heureuse ?

Elle n'eut pas besoin de réfléchir pour répondre.

— Oui.

Il hocha la tête et la considéra d'un air pensif.

— Eh bien, je crois que Logan Slade a bien de la chance.

Après lui avoir dit au revoir, Sophia resta assise à son bureau à fixer distraitement les papiers posés devant elle. Les chiffres se brouillaient. Elle n'allait même pas essayer d'allumer son ordinateur : elle était incapable de se concentrer. Tout ce à quoi elle parvenait à penser, c'était la visite de Gordon. Elle était loin de s'attendre à le voir. Elle avait cru que cette partie bien difficile de sa vie appartenait au passé, pourtant cette visite l'avait réellement ébranlée.

Leur conversation avait ravivé la douleur causée par la perte de sa mère. Sachant qu'elle continuait de veiller sur elle et de la protéger de l'au-delà, elle lui manquait plus encore.

Certes, elle avait épousé Gordon pour ce qu'il pouvait lui donner. Sauf qu'elle n'avait pas agi égoïstement, ni pour s'enrichir, mais uniquement pour sa mère. Et parce qu'il leur avait offert à toutes les deux un refuge dans sa grande maison. Restait à espérer que, maintenant qu'ils étaient plus proches, Logan la croirait.

Cela résolu, elle parvint tout de même à se mettre au travail. Mais elle continuait d'avoir l'estomac noué par l'appréhension. Logan était le plus merveilleux des amants et ils partageaient beaucoup de choses, mais ce qu'elle voulait par-dessus tout, c'était qu'il accepte enfin de la voir sous un autre jour. C'était essentiel. Elle avait désespérément besoin de sa confiance.

Sur ces entrefaites, Hunter se présenta sur le seuil de son bureau et frappa un petit coup à la porte ouverte.

— C'est l'heure, annonça-t-il en entrant.

Depuis une semaine, tous les jours en fin d'après-midi, il venait la chercher pour nourrir les chevaux. Hormis le temps qu'elle passait avec Logan, c'était son moment préféré de la journée.

— Ouf ! Je ne suis pas mécontente de voir la journée se terminer.

Hunter attendit qu'elle ait rangé ses affaires et fermé son bureau. Puis ils sortirent par une porte de côté et prirent le chemin des écuries du lodge en bavardant. Quelques clients étaient encore dehors à profiter de l'atmosphère du ranch et des chevaux. Elle les salua en se dirigeant vers la graineterie, où était aussi stocké un énorme sac de carottes. Elle en prit assez pour en donner à tous les chevaux, sans oublier de leur administrer à chacun une caresse au passage. Hunter en porta aussi quelques-unes à un couple d'un certain âge qui les regardait faire, leur montrant comment les offrir aux chevaux, la main bien à plat.

— Ils adorent qu'on leur donne des friandises en plus de leur ration, fit remarquer Sophia en passant.

La femme sourit.

— Dans ce cas, il faudra que nous revenions demain à la même heure.

Hunter accepta et engagea la conversation. Sophia en profita pour les saluer et s'éclipser. Elle se sentait plus légère, après cet intermède, et redoutait moins de parler à Logan ce soir.

— Vous rentrez à la grande maison ? lui demanda Hunter comme elle allait sortir.

— Oui.

— Vous voulez bien dire bonjour à Luke de ma part ?

Déstabilisée, elle se retourna vers lui.

— A Luke ?

— Oui. Je l'ai vu entrer dans la maison il y a une heure. Il est revenu.

- 10 -

Une boule d'angoisse au creux de l'estomac, Sophia se gara devant la maison des Slade. Elle resta une minute assise dans sa voiture à se demander quoi dire à Luke. Si Logan était rentré, peut-être lui avait-il déjà parlé. A moins qu'il lui ait laissé ce privilège… Elle aurait bien aimé passer un peu de temps seule avec Logan avant. Après la visite de Gordon, elle espérait parler avec lui à cœur ouvert des sujets qu'il évitait soigneusement, afin qu'ils puissent avancer. Mais cela demandait de la confiance de part et d'autre.

Hélas, elle ne savait comment définir leur relation. Comment, dès lors, en parler à Luke ? Elle descendit tout de même de voiture et se dirigea vers la maison en espérant que, le moment venu, elle saurait trouver les mots. Perdue dans ses pensées, elle monta les marches du porche et entra.

Aussitôt, elle entendit deux voix masculines au bout du couloir. Elle s'arrêta net. Si elle ne distinguait pas les mots, le ton était clairement celui d'une dispute. A l'évidence, Logan et Luke s'affrontaient encore. Quand elle distingua son prénom, elle s'avança, mue par une curiosité plus forte que les bonnes manières. Elle voulait savoir ce que disaient sur elle dans son dos les deux hommes qui comptaient le plus à ses yeux. Elle se plaqua contre le mur pour ne pas se montrer.

— Tu es en train de me dire que Sophia s'est installée à la maison ?

La voix de Luke trahissait son mécontentement.

— Je t'ai parlé des messages inquiétants qu'elle a reçus au cottage, contra Logan avec impatience.

— C'est donc pour sa sécurité qu'elle est ici ?

— Il y a autre chose. Ne tournons pas autour du pot, maintenant que tu es rentré.

— C'est-à-dire ?

— C'est-à-dire que, maintenant, elle sort avec moi.

Il y eut un long silence. Sophia ferma les yeux. Qu'est-ce qui allait ressortir de cet échange ? Logan avait manqué de subtilité, sans doute. Il aurait dû prendre le temps de préparer Luke à cette nouvelle.

— Espèce de salaud ! grondait justement ce dernier avec un mélange de fureur et d'incrédulité. Tu couches avec elle ?

— Ne t'en fais pas, Luke. C'est un arrangement entre nous.

— Alors tu lui as pardonné tous ses crimes ? Tu ne la soupçonnes plus d'en vouloir à notre argent ?

Il y eut un autre silence. Sophia se demanda s'il fallait qu'elle se signale, mais elle voulut attendre la réponse de Logan.

— Je n'ai pas dit cela.

— Ah, tu ne lui fais pas de cadeau, hein.

— Je nous protège.

— Tu vas la faire souffrir. Et je te préviens que je…

— Surtout, je fais en sorte que tu ne te mettes pas avec elle. Tu serais assez bête pour tomber amoureux. Au moins, avec moi, je sais que cela ne risque pas d'arriver. Je veille sur nos intérêts.

— Tu es une ordure, Logan. Sophia mérite bien mieux.

— Ah oui ? Et qu'est-ce que tu en sais ? Ce n'est pas toi qui t'es réveillé, une nuit, quand tu étais gamin, et qui a trouvé notre père couché sur la mère de Sophia dans la sellerie, en train de…

Sophia faillit s'étrangler d'horreur. Les jambes tremblantes, elle s'avança vers la porte ouverte du bureau. Les deux frères la toisèrent, sous le choc.

Livide, au bord du malaise, elle se tourna vers Logan. Ainsi donc, il n'avait jamais eu d'affection pour elle. Il ne l'aimerait jamais. Elle déglutit péniblement et le regarda dans les yeux pour lui faire répéter ce qui résumait tout.

— La… la sellerie, Logan ?

Son regard s'adoucit tout de même.

— Sophia.

Luke lâcha un juron.

— Ne l'écoute pas, Sophia. C'est un…

— Réponds-moi, Logan, exigea-t-elle un ton plus haut.

Luke ne pouvait pas comprendre le sens de ce détail.

— Tu as vu ton père et ma mère ensemble dans la sellerie ?

Logan cligna plusieurs fois les yeux et secoua la tête.

— Tu n'étais pas censée entendre cette conversation.

Sophia étouffait. Son cœur battait à se rompre. Elle se sentait trahie. Pour Logan, tout cela n'était qu'un jeu et un moyen de la tenir à distance de Luke. Il avait dû bien rire, en la séduisant à l'endroit même où il avait surpris leurs parents en train de faire l'amour. Elle était littéralement glacée d'effroi. C'était comme si une lumière s'était éteinte en elle. Cependant, malgré son cœur brisé, une force tout au fond d'elle lui interdisait de s'en aller avant que Logan ait entendu la vérité.

— D'abord, Luke a raison, tu es une ordure.

Logan tiqua, ce qui lui procura une certaine satisfaction. Il n'était donc pas complètement de marbre. Mais si ses mots le blessaient, ce n'était rien comparé à ce qu'il lui faisait subir.

— Tu n'as jamais voulu entendre la vérité sur tes

parents. J'ai voulu te la dire plusieurs fois, mais j'ai préféré attendre d'avoir gagné ta confiance. Comme je vois que cela n'arrivera jamais, je pense qu'il faut que tu saches ceci. Et toi aussi, Luke. L'union de vos parents était un mariage arrangé entre deux grandes familles d'éleveurs. Entre eux, cela n'a jamais été la grande passion. Du reste, Randall a fini par épouser ta mère parce qu'elle était enceinte. Il ne l'aimait pas comme elle aurait voulu être aimée. Comme toute femme mérite de l'être. Cependant, vos deux parents ont réuni les ranchs de leurs pères et fondé une famille ensemble.

Sophia baissa la tête. La douleur qu'elle lisait dans le regard de Logan lui était insupportable. Au bout de quelques secondes, elle reprit tout de même. Il fallait qu'il sache. Même s'il ne la croyait pas, elle le devait à Louisa. Et à elle-même. Elle releva les yeux et fixa Logan en retenant ses larmes.

— Lorsque nous sommes venues vivre au ranch, il n'y avait rien d'autre entre votre père et ma mère que de l'estime mutuelle. Au fil des ans, néanmoins, ils se sont rapprochés. Ils ont lutté de toutes leurs forces contre cette attirance, mais ils ont fini par tomber profondément amoureux. Cette situation tourmentait beaucoup ma mère. Il m'arrivait même de l'entendre pleurer, la nuit. Elle parlait souvent de quitter le ranch, de trouver un emploi ailleurs. Mais j'étais tellement heureuse ici que je ne comprenais pas pourquoi ma mère voulait s'en aller. Je l'ai suppliée de rester. Je ne supportais pas l'idée de ne plus vivre au cottage, à Sunset Ranch. Alors nous sommes restées.

Ces souvenirs de la détresse de sa mère remontaient à bien longtemps. Pourtant, ils étaient encore douloureusement vivaces dans sa mémoire.

— Votre père était prêt à divorcer d'Ivy. La décision n'avait pas été facile à prendre, pour lui, mais il était déterminé. C'est ma mère qui l'en a empêché. Elle a refusé qu'il brise sa famille pour elle. Tout le monde a cru qu'Ivy avait découvert leur liaison et renvoyé ma mère. Mais la vérité, c'est que ma mère est allée la trouver pour lui faire des excuses. Elle lui a proposé de s'en aller, pour que Randall et elle puissent sauver leur couple. Ma mère m'a toujours dit qu'elle avait pris la bonne décision. Elle s'en serait éternellement voulu d'avoir brisé votre famille. Elle a fait promettre à Randall de ne jamais chercher à la retrouver. A ma connaissance, c'est ce qu'il a fait.

— Mais il a veillé à t'inclure dans son testament, conclut Luke.

Le silence s'installa. Le visage de Logan était un masque impénétrable.

— Ma mère a aimé votre père de tout son cœur, et elle a renoncé à lui. C'est la chose la plus dure qu'elle ait jamais eue à faire.

Sophia s'étrangla. Elle ne pouvait plus retenir ses larmes.

Logan cilla et s'avança vers elle. Elle recula, levant une main pour lui signifier de ne pas approcher.

— Je retourne au cottage. Et je veux qu'on me laisse tranquille. J'espère que vous saurez respecter ma décision tous les deux.

— Sophia, fit Luke. Moi aussi ?

Son cœur se serra. Elle était heureuse de le revoir sur pied, même avec le bras dans le plâtre, mais elle ne se sentait plus capable de parler. Elle espérait qu'il comprendrait.

— Pardon, mais j'ai besoin d'être seule, pour l'instant.

Elle sortit. Jamais on ne l'avait ainsi privée de tout espoir. Jamais elle n'avait connu aussi cuisante désillusion.

Sa mère lui manquait plus que jamais.

Et elle savait que son amour pour Logan Slade allait lui manquer presque autant.

Logan s'enfonça dans son fauteuil et ferma les yeux. Mais l'image de Sophia restait gravée dans son esprit. Elle avait perdu toute combativité et lui était apparue brisée, vaincue, son beau visage marqué par l'indignation, le sentiment de trahison.

« Dans la sellerie, Logan ? »

Il fit la grimace. Ce n'était pas prémédité. Il n'avait pas prévu de la séduire, ce soir-là. C'était arrivé par une ironie du sort, une coïncidence à laquelle il n'avait songé qu'après coup. D'ailleurs, même en s'en rendant compte, il n'y avait guère attaché d'importance. Jusqu'à maintenant. Jusqu'à ces mots de colère qui lui avaient échappé au cours d'une dispute avec son frère et que Sophia avait saisis au vol. Tout ce qu'il avait dit de plus brutal, elle l'avait entendu.

Luke s'approcha de lui d'un air menaçant.

— Lève-toi que je puisse te casser la figure.

Logan ne le regarda même pas.

— De la main gauche ?

— Pauvre type.

Cette relation amour-haine qu'il avait avec son frère commençait à lui taper sur les nerfs. Ce qu'il voulait, c'était rester seul avec ses pensées lamentables.

— Sors d'ici, Luke.

— Il ne faut pas que Sophia reste seule au cottage.

— Tu crois que je ne le sais pas ?

— J'irai ce soir. Elle me laissera entrer. Moi, elle m'aime bien.

Logan se leva d'un bond et colla son visage à celui de son frère. Il sentait palpiter les veines de son cou.

— Ne t'approche pas d'elle. Si quelqu'un doit la protéger, c'est moi. Compris ?

Son cadet ouvrit la bouche, mais aucun son n'en sortit. Ils restèrent ainsi face à face, avant que Luke n'éclate de rire. Logan serra les poings.

— Alors ça, c'est la meilleure, lâcha Luke quand son hilarité se fut calmée. Tu l'aimes. Tu es tombé fou amoureux de Sophia et, maintenant, elle te déteste. La preuve : elle aime mieux risquer d'affronter un détraqué que de rester sous le même toit que toi.

— Tu divagues, mon vieux.

— Avec tout le mal que tu t'es donné pour te persuader que Sophia était semblable à sa mère… Et ce serait bien fait pour toi si tu découvrais qu'en effet, comme Louisa, elle a du cœur et de l'honneur, et qu'elle mérite qu'on lui donne une chance dans la vie. Sa mère a rendu notre père heureux pendant un petit moment. Bon sang, Logan, je le savais, moi, que les parents n'étaient pas très heureux ensemble. Ils étaient associés en affaires, ils avaient des enfants à élever, point final. Ce mariage n'a jamais été tel que tu l'imagines.

— Bien entendu, tu le sais parce que tu es sensible et pas moi.

— Je n'ai jamais considéré papa comme un dieu. C'était un simple mortel, avec des défauts typiquement humains, comme nous tous. Je ne dis pas qu'il ait bien agi mais je sais qu'il aimait maman, à sa façon. Ils ont su préserver leur famille. Peut-être auraient-ils été plus heureux séparément. Et si tu avais tout faux, Logan ? Tu y as pensé ?

Il se retint de s'emporter.

— Je n'ai pas tout faux !

— Bon. Très bien. Laisse Sophia sortir de ta vie, alors.

— C'est ce qu'elle vient de faire, et je ne lui ai pas couru après, si ?

Un air de dégoût se peignit sur le visage de Luke.

— Tant pis pour toi.

Logan le regarda s'en aller d'un pas plus lent que d'ordinaire. Le voyage l'avait fatigué, mais il semblait quand même plus en forme qu'en partant. En tout cas, l'accident n'avait pas entamé son obstination.

Resté seul dans son bureau, Logan passa un coup de téléphone pour renforcer la sécurité du ranch. Il irait au cottage ce soir pour s'assurer que tout allait bien.

Il n'était pas question que quiconque, même Sophia, soit en danger à Sunset Ranch. Il y veillerait personnellement.

— Il me faut ta signature, là, là et là, dit Logan en lui présentant un contrat pour des travaux dans l'écurie.

Les hivers étaient rudes et il fallait un nouveau système de chauffage.

Depuis cinq jours, Logan s'arrangeait pour passer quotidiennement à son bureau sous un prétexte ou un autre. Chaque fois qu'il entrait, elle se détournait pour éviter son regard. Elle savait qu'il la surveillait. Elle avait vu sa voiture vers le cottage à plusieurs reprises. Mais elle savait aussi qu'il se préoccupait moins de son bien-être que de protéger le ranch des intrus. Ses regards, ses sourires n'avaient plus le pouvoir de la tromper. Elle connaissait la noirceur de son âme et, malgré la douleur qui ne la quittait pas, elle faisait face.

— Laisse-le-moi, je le lirai plus tard, répondit-elle sur le ton le plus professionnel qu'elle parvint à ânonner.

— L'avocat l'a regardé : tout est en règle.

Elle hocha la tête et signa là où il fallait, avant de repousser les papiers vers lui en évitant que leurs doigts se touchent. Elle recula pour ne pas avoir à respirer son parfum ni à se rappeler les nuits qu'ils avaient passées ensemble.

— Tu refuses toujours de m'adresser la parole ?

— Je te parle tous les jours.

Malgré son apparente froideur, intérieurement, elle bouillait. Chaque jour, elle priait pour qu'il soit un peu plus supportable de le voir. Et pour qu'il la laisse tranquille.

Il se rapprocha en soupirant.

— Je ne t'ai jamais fait de fausses promesses, Sophia.

— Non, c'est vrai.

Elle n'allait pas se laisser entraîner sur ce terrain. Elle n'allait pas discuter ni se défendre. L'indifférence était sa meilleure protection.

— Il y a autre chose ?

— On ne peut pas continuer à travailler dans ces conditions.

Elle éteignit l'écran de son ordinateur, refusant toujours de le regarder.

— Rien ne nous y oblige. Luke est assez remis pour s'occuper du lodge. Tu es donc libre, désormais.

Dehors, Blackie aboyait. Edward devait jouer à la balle avec lui. Elle avait fini sa journée. Elle rangea ses papiers et se leva. Cette fois, elle regarda Logan. Comment ne pas remarquer comme il était élégant et bien bâti à la fois, combien il était sexy ? Son cœur s'emballa. Il était bien dangereux de le voir, de passer du temps avec lui.

— Il faut que j'y aille, dit-elle calmement.

— Parle-moi, Sophia.

— Je ne peux pas. J'ai… j'ai rendez-vous.

— Ah oui ? Avec qui ?

Elle releva le menton pour répondre, d'un ton égal :

— Je dîne avec ton frère.

Le visage de Logan se crispa.

— Luke ? Mais pourquoi faut-il toujours en revenir à lui ?

Sophia ferma un instant les yeux pour se calmer. Cinq minutes de tête à tête avec Logan étaient pour elles cinq minutes de torture. Parce que hélas, elle l'aimait encore.

— Il est pour moi ce que tu n'as jamais été, Logan : un ami. Or, en ce moment, j'ai vraiment besoin d'un ami.

En passant à côté de lui, Sophia inhala malgré elle son parfum musqué à jamais gravé dans sa mémoire. Elle était presque sortie quand il la rappela.

— Et si je te disais que ton amitié avec mon frère me rend vert de jalousie ?

Elle ne broncha pas, mais son aveu la sidérait.

Enfant, Logan restait sur la touche, mais c'était de son fait. Luke et elle l'auraient volontiers inclus dans leur complicité. Sauf qu'il n'avait jamais vu les choses sous cet angle. Logan avait toujours fait preuve d'une certaine aigreur vis-à-vis de Sophia. Il devait lui en vouloir de monopoliser l'attention de son frère.

Toujours de dos, elle répondit :

— Et si je te disais que tu aurais pu la partager avec nous ? Luke t'adorait, toi, son frère aîné. Quant à moi, j'aurais été ravie d'être ton amie.

Sur quoi elle fila pour ne pas être trahie par son cœur. Elle n'aurait pas supporté de voir l'expression de Logan. Elle lui en voulait énormément, mais elle se désolait aussi pour le petit garçon qui avait vécu autrefois une si grave désillusion.

La soirée dans un restaurant, sans le moindre plat pimenté, fut délicieuse en tout point. Son ami s'était montré aussi charmant et disposé à s'amuser que toujours. Ils avaient même ri à plusieurs reprises. N'empêche,

Sophia était distraite. Elle avait beaucoup de mal à s'empêcher de se rappeler sa conversation avec Logan.

— Qu'est-ce qui ne va pas, Soph ? demanda Luke en la raccompagnant chez elle.

Elle haussa les épaules. Elle ne voulait pas gâcher la soirée en parlant de ses problèmes.

— Rien. Pardon, je n'ai pas été de très bonne compagnie, ce soir.

— Ne me fais pas dire ce que je n'ai pas dit, Sophia. Tu as été de très bonne compagnie, mais tu as un souci et j'aimerais que tu me le confies.

Elle s'arrêta sur le seuil du cottage et se retourna vers Luke. Fallait-il qu'elle parle de son frère avec lui ? Ils s'aimaient, au fond, mais leurs relations étaient déjà tendues. Elle ne voulait pas mettre d'huile sur le feu.

— Bon, si tu ne me dis rien, je vais deviner : Logan a encore dit une imbécillité qui t'a contrariée.

Elle soupira et secoua la tête.

— Pas tout à fait. C'est… différent.

— Je m'étonne même que tu continues à lui parler.

— Tu sais que je n'ai pas le choix. Sunset Lodge est très important, pour moi. Je ne peux pas laisser ma vie privée nuire à mon travail.

— Sérieusement, Sophia, tu ne veux pas me répéter ce que t'a dit mon frère ?

Elle se détourna en se mordillant la lèvre, avant de révéler :

— Logan a reconnu qu'il était jaloux de nous, autrefois. Je ne voulais pas t'en parler, mais…

Un mélange de surprise et d'incrédulité se peignit sur le visage de Luke.

— Il croyait que nous étions… ?

— Non, non. Pas dans ce sens. Il était jaloux de notre amitié. Tu étais au courant ?

— Non. J'ai toujours cru qu'il s'en fichait pas mal.

Qu'il nous trouvait trop immatures pour lui. Il n'arrêtait pas de répéter que nous étions idiots, de jouer et de nous dire de petits secrets comme nous le faisions.

— Peut-être aurait-il aimé se joindre à nous.

— Non… je ne crois pas. Enfin, peut-être.

— Oui, peut-être.

— Si c'est le cas, je suis assez étonné qu'il te le dise aujourd'hui. Ce genre d'aveu ne lui ressemble pas. A moins qu'il s'adoucisse enfin un peu. King Kong lui-même s'est laissé attendrir par une belle femme… (Cette comparaison la fit sourire.) Au moins, j'arrive à te dérider.

Le stress de la semaine commençait à venir à bout de sa résistance. Elle ne put réprimer un bâillement.

— Tu es épuisée, fit observer Luke.

— J'ai passé une excellente soirée, mais c'est vrai, je suis fatiguée.

Elle ouvrit. Luke entra avec elle.

— Je file dès que j'ai trouvé où tu planques la came, plaisanta-t-il.

Ils en avaient parlé au restaurant, et ils n'étaient pas d'accord. En fin de compte, Sophia avait accepté de laisser Luke inspecter le cottage avant de rentrer chez lui.

En l'entendant ouvrir et fermer les portes, elle secoua la tête. Cela faisait des jours qu'elle n'avait pas reçu de mot ni remarqué quoi que ce soit de suspect, Dieu merci. Elle était prête à oublier toute cette affaire. Quand Luke revint dans le salon, il souriait.

— C'est donc vrai que tu ne bois pas. Je n'ai même pas trouvé une canette de bière sans alcool.

— Merci d'avoir regardé. Maintenant, je vais me coucher. Je commence tôt, demain, et j'ai une grosse journée de réunions. Merci pour ce dîner.

Elle l'embrassa fraternellement sur la joue avant de le raccompagner.

— Dors bien, Sophia.
— Bonne nuit, Luke.

« Comment ne pas aimer Sophia ? »

La phrase que lui avait lancée Gordon Gregory en partant résonna plusieurs jours dans l'esprit de Logan. Il ne lui avait répondu que par un grommellement, ne souhaitant pas parler de Sophia avec lui. Il le soupçonnait d'ailleurs de n'être venu au ranch que pour essayer de mettre la pagaille. Après son départ, ce jour-là, Logan avait fait une recherche sur internet au sujet de son mariage avec Sophia. Il avait notamment trouvé la couverture d'un magazine à scandale qui étalait son nom en une et la montrait dans sa tenue aguicheuse de danseuse. Sur le moment, il avait grincé des dents devant l'air possessif dont la couvait Gregory en la tenant par la taille.

Aujourd'hui, alors qu'il observait encore cette photo sur son ordinateur de bureau, il remarqua une chose qui lui avait échappé. La première fois, il n'avait prêté attention qu'à son corps, à la perfection de ses courbes, sa poitrine généreuse, sa taille fine, ses longues jambes fines. Ce qu'il n'avait pas vu, c'était la tristesse de son regard.

Il étudia de plus près ses yeux d'ambre. Ils ne trahissaient aucune joie, aucune satisfaction, même, d'avoir conquis un milliardaire. Non, la photo révélait tout autre chose. Pour la première fois depuis l'arrivée de Sophia à Sunset Ranch, un frisson glacé courut le long de l'échine de Logan.

Lui, il avait vu les yeux de Sophia pétiller de joie. Il les avait fait briller de contentement. Il avait lu la plénitude et la satisfaction dans son visage.

Alors qu'épouser Gregory ne lui avait rien procuré de cela. Au contraire, son expression ne reflétait que désespoir et regrets.

La sonnerie du téléphone le tira de ses pensées. Il décrocha en maugréant.

— Quoi ?

— Monsieur Slade ? C'est Peggy Coswell, des ressources humaines du lodge. Je me demandais... sauriez-vous où est Mlle Montrose ? Elle est en retard pour notre réunion de 8 heures.

Logan jeta un coup d'œil à l'heure dans le coin de son écran.

— Cela fait trois quarts d'heure.

— Oui, monsieur. On ne l'a pas vue au bureau ce matin.

Le cœur de Logan se mit à cogner.

— Avez-vous appelé ailleurs ?

— Personne ne l'a vue aujourd'hui et elle ne répond pas au téléphone.

La panique le saisit. Aussitôt, il songea à Luke. Il avait dîné avec elle la veille. Si jamais il avait passé la nuit avec elle... Mais non. Elle ne ferait pas cela. Sophia ne coucherait pas avec son frère.

A cet instant, il comprit deux choses. Sophia n'était pas telle qu'il l'avait imaginée. Elle n'était ni opportuniste ni intéressée, elle ne cherchait pas à s'enrichir par tous les moyens. Son intention n'était ni de mettre la main sur Sunset Ranch ni de ridiculiser la famille Slade. L'autre découverte qu'il venait de faire devrait attendre. Dans l'immédiat, il n'avait qu'une priorité : retrouver Sophia. S'assurer qu'elle allait bien.

— Appelez la sécurité. Il faut passer tous les environs au peigne fin. Si vous avez des nouvelles, prévenez-moi aussitôt.

Logan quitta son bureau d'un pas rapide. Quelques secondes plus tard, il était dans la chambre de Luke, à l'autre bout de la maison. Il trouva son frère encore au lit, seul. Ouf, il ne s'était pas trompé.

— Logan... Ça ne t'arrive jamais de frapper ?

— Sophia a manqué une réunion ce matin. Personne ne l'a vue. Elle ne répond pas à son portable. A quelle heure l'as-tu vue pour la dernière fois ?

Luke émergea d'un coup. Depuis son accident, comme il dormait mal, il se réveillait plus tard.

— Euh... Vers 21 heures. J'ai vérifié, j'ai fait le tour du cottage après le dîner pour vérifier que tout allait bien et je suis rentré.

— Reste ici et passe les coups de fil nécessaires. Vois ce que tu peux trouver. Je file chez elle.

Luke se redressa et se passa une main dans les cheveux.

— O.K. Retrouve-la, Logan.

— J'y compte bien.

Logan démarra en trombe. Jamais ce petit kilomètre ne lui avait paru aussi long. En arrivant au cottage, il vit tout de suite la voiture de Sophia garée à sa place. Une lueur d'espoir perça sa crainte. Sans même frapper, il se servit de sa clé pour ouvrir.

— Sophia ? appela-t-il en entrant. Sophia ?

A l'évidence, elle n'était ni dans le salon ni dans la cuisine. Il regretta de n'avoir pas pris son arme. Il n'avait jamais eu à s'en servir au ranch, sauf une fois où un serpent avait fait peur à son cheval alors qu'il faisait le tour du domaine. Il était tombé à un mètre d'un serpent à sonnette en colère. Autant dire qu'il n'avait pas été long à dégainer.

Mais que penser de la disparition de Sophia ? Ses affaires n'avaient pas bougé et sa voiture non plus. La cafetière était encore chaude : elle s'en était donc servie ce matin.

Après avoir balayé la cuisine du regard, il se rendit dans le salon. C'est alors que quelque chose attira son attention. Il faillit ne pas voir la fleur mauve, tant elle se fondait dans le motif du canapé. Il faillit d'ailleurs ne pas relever ce détail. Mais en passant la main sous les coussins en quête d'un indice, il fit une découverte qui lui porta un coup au cœur.

Un mot.

Sur une feuille blanche pliée avec soin.

« Vous êtes très belle. »

— Le fumier !

Ses pensées se mirent à galoper. Il avait prié pour que la disparition de Sophia ne soit qu'un malentendu facile à dissiper. Il avait espéré la voir entrer d'un pas dansant et le trouver là, mort d'inquiétude pour elle.

Il ôta son chapeau et le scruta comme pour y trouver une réponse. Il fallait prévenir le shérif, même si les forces de l'ordre risquaient de ne pas se déplacer pour une femme qui avait disparu depuis une heure. N'empêche, il allait appeler. Il était prêt à tout pour qu'il n'arrive rien à Sophia.

Il n'avait pas composé le numéro que son téléphone vibra. C'était son frère.

— Tu l'as trouvée ?

— Pas exactement. Mais Constance dit qu'Edward a disparu, lui aussi. Il est parti promener Blackie il y a une heure, et il n'est pas rentré. Il a raté le car scolaire.

— Bon, c'est peut-être une coïncidence. Le petit a sans doute oublié l'heure. Constance sait où il a pu aller ?

— Il aime bien promener le chien près du ruisseau, du côté de la vieille grange. Elle se fait un sang d'encre, Logan.

— J'y vais. Je te rap…

Logan s'interrompit. Une forme noir et blanc très reconnaissable venait de passer en trombe devant le cottage. Il sortit et appela :

— Blackie !

Le chien s'arrêta aussitôt et revint au trot, la queue basse, haletant. Logan s'agenouilla pour être à sa hauteur.

— Où vas-tu, mon vieux ? Au lodge ? Où est Edward ? Il a besoin d'aide ?

Le chien tourna la tête dans la direction d'où il était arrivé. Le message était clair : son petit compagnon avait besoin d'aide. Il le fit monter à l'arrière du pick-up et acheva sa conversation avec Luke.

— Je ne suis pas loin du ruisseau. J'y vais. J'ai le chien. Avec un peu de chance, il va me conduire jusqu'à eux deux.

Il fit quelques dizaines de mètres en terrain accidenté. Il se dirigeait vers la vieille grange, près de l'endroit où le ruisseau s'élargissait pour former une mare. C'était le terrain de jeux idéal pour un petit garçon. Logan et ses frères y venaient souvent, autrefois.

Arrivé à la grange, il arrêta la voiture et ouvrit la portière. Le chien lui passa dessus dans sa hâte de descendre et fila vers le ruisseau. Logan le suivit.

Ce fut Sophia qui lui apparut en premier, assise sur un gros rocher. Elle avait ôté sa chaussure droite et étendu sa jambe. Le cœur de Logan se serra. Il se mit à trembler d'un intense soulagement. Jamais il n'avait été aussi heureux de voir quelqu'un. Jamais, non plus il n'avait eu si peur. Jamais, enfin, il n'avait été aussi sûr d'une chose : Sophia Montrose avait bien failli lui glisser entre les doigts.

Edward vint à sa rencontre, la tête basse, l'air coupable.

— Qu'est-il arrivé, Edward ? demanda Logan en avançant vers le rocher.

— Mlle So-sophia s'est t-tordu le pied. Elle ne p-peut p-pas ma-marcher.

Elle était décoiffée, la chemise sortie de sa jupe, et sa cheville avait doublé de volume. Une vive émotion lui noua la gorge.

— Qu'est-ce que tu fais là ? demanda-t-il au garçon.

Ce dernier baissa de nouveau la tête.

— Vas-y, Edward, ne t'inquiète pas, l'encouragea Sophia. Tu peux parler des mots à M. Slade.

Logan était perdu.

— C'est-c'est moi qu-qui les ai env-envoyés à Mlle So-sophia.

— C'est toi qui quoi ? rugit-il.

Edward se mit à trembler de tous ses membres.

Sophia s'empressa d'intervenir.

— Doucement, Logan. Edward m'a tout expliqué. Il ne cherchait pas à me faire peur, au contraire. Il avait envie d'être mon ami, mais cela l'intimidait un peu. Nous avons eu une longue conversation, ce matin. J'ai compris ce qui se passait quand j'ai trouvé un autre mot accompagné des mêmes fleurs mauves que celles qu'il avait cueillies un jour pour sa grand-mère. J'ai décidé de le suivre jusqu'ici pour que nous puissions parler. Evidemment, je n'avais pas prévu de me fouler la cheville en posant le pied dans un trou.

— Ta grand-mère est folle d'inquiétude.

Logan tint la bride courte à sa colère. De toute évidence, Sophia tenait à ce qu'il ménage Edward. Ainsi, même les petits garçons tombaient sous son charme. Gregory avait raison, comment ne pas l'aimer ?

Il s'apprêtait à appeler Luke quand il vit sa voiture s'arrêter à côté de la sienne. Son frère et Constance descendirent et Constance se précipita vers son petit-fils, qu'elle serra dans ses bras à l'étouffer. L'enfant lui expliqua ce qui était arrivé en précisant qu'il avait envoyé Blackie chercher de l'aide parce qu'il ne voulait pas laisser Sophia seule.

— Luke, puisque tu es là, tu veux bien ramener Constance et Edward au ranch ? suggéra Logan quand les excuses de rigueur eurent été faites.

Sophia fit en sorte de peindre la conduite du garçon sous un jour meilleur que ce qu'il méritait, selon Logan. Heureuse de le retrouver sain et sauf, Constance promit de lui faire comprendre la portée de ses actes. Il s'en sortait bien. Mais Logan se préoccupait avant tout de Sophia.

— Et tu peux faire arrêter les recherches, ajouta-t-il.

— D'accord.

Luke jeta un coup d'œil au pied blessé de Sophia et fit un pas vers elle.

— C'est bon, dit Logan. Je m'en occupe.

Il jeta tout de même un regard à Sophia avant de céder.

— D'accord, d'accord. Tu me tiens au courant ?

Logan attendit que son frère ait démarré et qu'il ait pris le chemin du retour avec les deux autres pour s'approcher de Sophia. Elle le toisa d'un air soupçonneux et tressaillit quand il se pencha pour examiner sa cheville. Il la rendait nerveuse, c'était peut-être bon signe. Au point où il en était, il se raccrocherait au moindre espoir. Il lui souleva doucement la jambe.

— Aïe !

— Tu as entendu un craquement, quand tu as mis le pied dans ce trou ?

— Non.

— Dans ce cas, ce n'est peut-être qu'une entorse.

— Super, fit-elle en se détournant.

Son examen terminé, Logan reposa son pied avec précaution.

— Tu as été un peu trop indulgente avec le petit.

— Ce n'est pas sa faute. Franchement, il ne se doutait pas que les mots qu'il m'adressait me feraient peur. Il est très timide et il a vécu des choses difficiles, mais il voulait simplement que nous soyons amis.

— Il est amoureux de toi. C'est normal, tu as cet effet sur tous les hommes.

— Ce n'est pas vrai.

Logan s'assit à côté d'elle sur le rocher. Le murmure du ruisseau et quelques chants d'oiseaux rompaient le silence.

— Bon. Je suis donc le seul à voir que tu es belle et intelligente, que tu as bon cœur, que tu es travailleuse et que tu as un corps à damner un saint… Et ces gr…

— Logan !

Il éclata de rire et leurs épaules se frôlèrent.

— … grands yeux. J'allais dire grands yeux, Sophia.

Elle ne sourit même pas. Son visage ne reflétait que le trouble.

— Ça ne rime à rien. Tu ne crois pas un mot de ce que tu racontes. Tu m'as dit très clairement ce que tu pensais de moi et mieux vaut ne pas le répéter.

— J'ai pensé devenir fou d'inquiétude quand j'ai cru que tu avais disparu. J'ai imaginé le pire. Qu'un détraqué t'avait enlevée. Je perdais la tête quand je t'ai vue sur ce rocher. S'il t'était arrivé quelque chose, je n'aurais pas survécu. Je me suis trompé sur ton compte, Sophia.

— Tu as dit des choses d'une cruauté sans nom.

— Je ne savais pas que tu écoutais. J'ai dit ces choses à Luke parce que… parce que j'ai toujours été un peu jaloux de votre amitié. Et j'ai su à ce moment-là ce que j'ai eu peur de m'avouer jusqu'à aujourd'hui : je t'aime, Sophia. Je t'aime tant que cela me fiche une trouille du diable.

Ce devait être la douleur qui lui montait à la tête. Elle délirait. Elle commençait à entendre des voix.

— Tu m'aimes ?

— C'est la première fois que je dis cela à une femme. Je n'ai jamais eu envie de le faire. Je ne croyais pas à l'amour véritable. Jusqu'à maintenant.

— Donc tu ne penses pas toutes ces horreurs que tu as dites sur moi ?

— Si tu m'expliques, je t'écouterai. Je suis prêt à te croire.

Sophia n'hésita pas. Cela faisait trop longtemps qu'elle souhaitait faire entendre la vérité à Logan…

— Je n'ai pas épousé Gordon pour son argent, il faut que tu le saches. C'était un ami et j'avais besoin de son aide.

En quelques minutes, elle lui raconta l'histoire de Gordon Gregory et de sa petite-fille, Amanda. De l'amitié qui était née entre eux. De sa proposition de les aider, Louisa et elle, quand elles n'avaient plus personne vers qui se tourner.

— Je n'ai rien demandé d'autre à Gordon. Et je n'ai jamais couché avec lui, Logan. Jamais. C'est pour cela que nous avons divorcé. Après la mort de ma mère, il m'a mis la pression. Il a dit qu'il était tombé amoureux de moi. Ce n'était pas réciproque. Et je n'ai pas couché avec lui, répéta-t-elle.

— Mais, avec moi, si.

Elle ferma les yeux et se jeta à l'eau, parce qu'elle n'avait plus rien à perdre. Parce que tout ce qu'elle avait désiré se trouvait juste devant elle, à sa portée, peut-être.

— Oui, j'ai couché avec toi. Je suis tombée amoureuse de toi. Ne me demande pas pourquoi, Logan : je ne sais vraiment pas pourquoi je t'aime. En toute logique, c'est de Luke que j'aurais dû tomber amoureuse. Mais cela n'est pas arrivé. Ton frère et moi sommes amis. Point final.

Quand Logan se tourna vers elle, Sophia vit son regard. Le même que celui que posait Randall Slade sur Louisa. Celui que toute femme méritait de voir dans les yeux de l'homme qu'elle aimait.

— Alors tu m'aimes ?

Elle hocha la tête.

Il sourit et prit sa main dans la sienne.

— Je ne veux pas que notre amour se perde, Sophia. Pas comme celui de nos parents. Je ne peux plus nier ce que j'éprouve pour toi. En fait, depuis ce baiser, au lycée, je crois que j'ai toujours su qu'il existait quelque chose d'extraordinaire entre nous. Quelque chose d'indéniable.

— Oui, répondit-elle dans un souffle, moi aussi, je l'ai senti. Et je ne veux pas non plus que notre amour se perde.

— Pardonne-moi d'avoir été aussi odieux. J'étais idiot.

Entendre Logan admettre ses erreurs et lui demander pardon était le plus beau cadeau qu'elle puisse recevoir de l'homme qu'elle aimait.

— Oui, je crois pouvoir te pardonner.

Alors, il l'enlaça et la souleva doucement de la pierre pour l'asseoir sur ses genoux.

— Embrasse-moi, Sophia.

Elle sourit.

— Tu ne me prendras pas pour une fille facile ?

— Il n'y a rien de facile, entre nous.

Alors elle frôla doucement ses lèvres des siennes. Elle le sentit se détendre d'un coup, perdre sa raideur défensive. Les murs de méfiance et de soupçon dont il s'était entouré s'effondraient. Il ne restait plus que leur amour, dans tout ce qu'il avait de plus juste et de plus beau.

La bataille était finie. Ce baiser était le phare qui allait les guider, les faire sortir des ténèbres. Ils s'aimaient. Après tant d'années difficiles, tout était devenu si simple.

— Je t'aime, Logan Slade.

Il l'embrassa tendrement.

— Epouse-moi, Sophia, dit-il ensuite d'une voix rauque. Nous vivrons à Sunset Ranch. Deviens ma partenaire, mon amie, ma femme…

Elle lui caressa la joue en le regardant dans les yeux.

— Oui, Logan. Oui, je veux tout cela. Je veux t'épouser.

Il lui sourit. Son regard débordait d'amour.

— Je suis le plus heureux des hommes.

— Et moi la plus heureuse des femmes.

— Il me tarde tant de te faire entrer dans la famille Slade… Mon père a toujours dit que tu ferais une excellente épouse.

Voilà bien des mots qu'elle n'aurait jamais imaginé entendre de sa bouche.

— Tu crois que c'est lui qui a tout manigancé ?

— Depuis l'au-delà ?

— Non, peut-être avant sa mort ? Je n'ai jamais compris pourquoi il avait été aussi généreux avec moi dans son testament. Tu crois qu'il espérait que je trouverais l'amour à Sunset Ranch ?

— C'est possible. Il t'aimait comme sa fille — et Dieu sait combien il aimait son ranch.

— Et ses fils, ajouta-t-elle les larmes aux yeux. Il aimait ses fils, Logan. Ne l'oublie pas.

Il hocha la tête, visiblement ému, lui aussi.

— Pourras-tu lui pardonner, un jour ?

— Si c'est lui qui t'a amenée à moi, sans problème.

Sophia sourit. Il lui essuya une larme sur la joue.

— Alors croyons en cela.

— D'accord.

L'amour de Randall et Louisa aurait donc donné quelque chose de beau et de durable.

Peut-être ne s'étaient-ils pas aimés en pure perte.

Sophia se raccrochait à cette idée aussi fort qu'à son beau cow-boy.

Grâce à l'amour que lui portait Logan, elle pouvait enfin se dire chez elle à Sunset Ranch.

Retrouvez le Sunset Ranch dès le mois prochain dans votre collection Passions *!*

LILIAN DARCY

Troublants lendemains

Passions

éditions HARLEQUIN

Titre original : THE BABY MADE AT CHRISTMAS

Traduction française de FRANÇOISE HENRY

83-85, boulevard Vincent-Auriol, 75646 PARIS CEDEX 13.
Service Lectrices — Tél. : 01 45 82 47 47
www.harlequin.fr

- 1 -

Nord de l'Etat de New York. Fin mars

— Je suis très en colère contre toi, Lee.

Mac se tenait au bas des marches. Sa silhouette se découpait devant les arbres aux branches dénudées et les crocus jaune vif et violets qui étincelaient sous la glace face à un ciel d'un bleu très pur.

Ses cheveux étaient un peu trop longs, et il avait dû les rejeter en arrière avec ses doigts, car ils formaient des vagues irrégulières au sommet de son crâne. Un rayon de soleil jouait sur son visage et soulignait les cernes sous ses yeux d'un noir profond. Ses épaules paraissaient impressionnantes sous la chemise, et ses pieds, fermement plantés dans le sol, laissaient présager une humeur batailleuse.

Elle le trouva si beau qu'elle sentit son cœur se serrer.

Il ne l'avait pas avertie de sa venue. Son pick-up bleu foncé était garé non loin de là, maculé de boue et de sel charriés par les routes de montagnes du Colorado. Un voyage de trois mille kilomètres au bas mot.

Toutes ces heures au volant lui avaient laissé amplement la possibilité de l'appeler. Qu'il se présente chez elle à l'improviste lui semblait être une atteinte intolérable à son indépendance, et elle se demandait avec un peu d'inquiétude ce qui avait bien pu le pousser à agir ainsi. Avec l'impression d'avoir été piégée, elle hésitait entre la colère et le désir de tomber dans ses bras. S'il existait une troisième alternative, pour le moment, elle ne la voyait pas.

Ce n'était pas supposé devenir sérieux…

Il était 10 heures du matin. Elle portait encore sa confortable robe de chambre molletonnée, l'estomac noué depuis qu'elle avait quitté son lit douillet à 7 heures.

Elle ne se sentait pas à son avantage avec ses cheveux châtain doré qui tombaient sans grâce autour de son visage défait. En venant répondre aux coups frappés à sa porte, elle s'attendait à une livraison de linge propre, de boissons, ou d'épicerie en gros.

Actuellement fermé, Spruce Bay Resort se préparait aux saisons de printemps et d'été. Une chance, comme on était lundi, l'équipe de paysagistes ne travaillait pas, et ses parents avaient repris le chemin de leur nouvelle résidence en Caroline du Sud. Après un mariage en comité restreint, le samedi précédent, sa sœur Daisy et Tucker étaient partis en voyage de noces, et Mary Jane, l'aînée, l'avait quittée la veille pour passer quelques jours dans un centre de remise en forme du Vermont.

— Tu ferais mieux d'entrer, dit-elle.

La tenue de Mac, jean et chemise bleue aux manches retroussées, était parfaite pour conduire, mais un peu légère pour la fraîcheur de l'air.

— Je suis très en colère. Tu peux comprendre.

Elle se força au calme.

— Oui, mais nous en avons parlé. Ce n'est pas comme si je t'avais menti ou dissimulé quelque chose.

— *Tu* as parlé. Personnellement, j'étais trop assommé pour réagir. Et, le temps que je me reprenne…, tu avais tout simplement fichu le camp.

Ils n'avaient jamais parlé d'avenir, pourquoi est-ce que cela changerait à présent ?

— Veux-tu du café ?

— C'est tout ce que tu as à m'offrir ?

— C'est un début, non ?

Ça l'avait été pour eux, quelques mois plus tôt.

— Il faut qu'on parle des raisons de ta venue, reprit-elle. Du temps que tu comptes rester. Et comme il fait froid, nous serons mieux à l'intérieur à siroter une tasse de café. Nous aimons tous les deux le café.

— Tu me rends fou.

— Je sais.

— Tu n'es pas du tout comme ma sœur…

— Je le sais aussi.

— Ou comme ma mère…

— Tu me l'as déjà dit.

— Ou comme n'importe quelle femme de ma connaissance !

Elle était pareille à un chat, lui avait-il confié le lendemain de leur rencontre, et l'idée lui avait plu. La personnalité du chat lui convenait à merveille. Indépendance, amour du confort et de la chaleur, le tout pimenté d'une curiosité certaine et du goût de l'aventure.

— N'est-ce pas ce que tu aimes chez moi ? demanda-t-elle en hasardant un sourire.

Mais il ne semblait pas d'humeur à se laisser attendrir aussi facilement.

— Dans l'immédiat, je ne suis pas sûr d'apprécier quelque chose chez toi, Lee Cherry.

Il grimpa les marches, traversa la véranda en deux enjambées et passa devant elle, la forçant à se coller contre le montant de la porte. Puis il regarda autour de lui.

— C'est un bureau ?

— Oui, qui fait office de salle d'accueil pour l'hôtel. Au fond, il y a un escalier qui mène à l'appartement.

— Tu vis au-dessus de la salle d'accueil de l'hôtel, toute seule ?

Il la dominait de toute sa hauteur, trop grand, trop

fort, trop débordant de santé pour l'espace un peu sombre et confiné.

Il la fixa de son regard noir et impénétrable, puis baissa les yeux sur ses lèvres qu'elle sentit soudain sèches et brûlantes. Quand il détourna la tête, c'était presque comme s'il l'avait embrassée. Elle aimait ses baisers.

— Pour le moment, j'y habite avec ma sœur Mary Jane, dit-elle d'une voix qu'elle découvrit, avec une désagréable surprise, mal assurée. Mais elle est partie pour le week-end.

Ils avaient parlé. Elle ne s'était pas enfuie en douce. Elle lui avait exposé la situation dans son entier, ses décisions, ses projets, supposant qu'il envisageait l'avenir sous le même angle qu'elle. Ce qui avait paru être le cas.

Oui, ç'avait été le cas ! Et il n'avait émis aucune objection, n'avait pas manifesté le moindre désir de poursuivre leur relation.

— C'est plus grand qu'il n'y paraît, dit-elle, tout en se rendant compte qu'elle s'étendait inutilement sur l'appartement familial des Cherry. C'est un vrai foyer, Mac, pas simplement « un appartement au-dessus de l'accueil ».

En vérité, elle faisait la conversation, s'efforçant de ne pas penser au corps de Mac, à sa présence. A sa colère. A son attitude ombrageuse. A l'insidieuse éventualité qu'elle se soit trompée.

— Cuisine, salle de séjour, quatre chambres, deux salles de bains, poursuivit-elle. Nous y avons grandi.

— Ce sont tes parents et tes deux sœurs qui dirigent l'hôtel. Tu es l'aînée ?

— La cadette.

Tu vois. Comment veux-tu que ce soit sérieux entre nous, alors que tu ne connais même pas ma place dans la famille ?

Il ignora la rectification.

— Le café, c'est à l'étage ?

— Oui.

Elle ouvrit le chemin, soulagée qu'il revienne à des choses plus terre à terre.

Il la suivit, et elle se rappela toutes les fois où, grimpant derrière elle un escalier, il lui avait caressé les fesses ou l'avait étreinte, interrompant ainsi leur ascension avant de l'embrasser.

C'était bon de le voir. Ça lui donnait envie de pleurer, mais pas question de se laisser aller à l'attendrissement. Elle avait décidé de trancher dans le vif, parce que c'était mieux ainsi. Elle ne voulait pas d'une relation qui sombre peu à peu dans la laideur, les complications, et s'éternise pour de mauvaises raisons.

Mieux valait rompre une bonne fois pour toutes.

Mais à présent, il était devant elle, et, malgré tout, elle était heureuse de sa présence.

A l'étage, il la suivit dans la cuisine. Ses mains tremblaient si fort qu'elle eut quelque difficulté à préparer deux cafés dans la machine à expresso rapportée du Colorado, le tout dans un silence qu'il ne tenta pas de dissiper. La cafetière se mit à éructer et à siffler, produisant les seuls et uniques bruits de la pièce.

Chaque fibre de son être était consciente de sa présence. Si la salle d'accueil de l'hôtel avait paru trop petite pour sa carrure, la cuisine semblait encore plus exiguë. S'appuyant à l'évier, il croisa ses bras musclés. Du temps de leur liaison, elle serait allée à lui et aurait employé les grands moyens pour le persuader de l'embrasser.

Ce qui aurait pris environ une demi-seconde, et aurait été fantastique. Et, une chose en entraînant une autre, ils se seraient retrouvés au lit, car l'amour physique était le fondement de leur relation.

Tu te souviens, Mac ?

Sinon, elle pouvait lui rafraîchir la mémoire.

Elle le devrait, car le fait que leur relation repose presque entièrement sur le sexe comptait beaucoup dans l'affaire.

Elle avait clos l'espace entre eux sans volonté consciente ni délibérée. Leur relation avait pris cette tournure par habitude. L'habitude de le désirer et de s'épanouir dans la délicieuse certitude qu'il la désirait aussi, et qu'ils s'entendaient de la meilleure des manières qui soit.

S'approchant, elle glissa sa main entre ses bras fermés pour les ouvrir et les faire retomber le long de son corps. Elle referma alors les siens autour de sa taille et se laissa aller contre lui.

Elle ne chercha pas ses lèvres et resta simplement immobile, son ventre contre son sexe qu'elle sentit durcir. Elle leva son regard vers les profondeurs de velours de ses yeux. C'était très simple, comme ça l'avait toujours été. Ils se plaisaient, se désiraient, et il n'y avait rien de répréhensible à cela. Il existait un lien électrique entre eux… comme une reconnaissance de l'autre dans sa totalité.

Ils étaient connectés, tout simplement, et ils aimaient cela.

Il jura, ou gémit, elle ne sut. Il était toujours en colère malgré le trouble qui faisait trembler son corps. Elle le lisait dans son regard, dans le pli dur de sa bouche. Il la serra contre lui. Elle ne portait rien sous sa robe de chambre dont la ceinture se desserrait, découvrant peu à peu ses seins.

Quand il baissa les yeux, à son expression, on aurait cru qu'il les voyait pour la première fois, et il demeura comme paralysé. A son tour, elle baissa la tête. Certes, ils avaient grossi alors qu'ils avaient déjà une taille plus que correcte au départ. Il les aimait. Par le passé, il leur avait prodigué d'interminables caresses.

Elle leva les yeux et posa doucement une main sur sa

joue. Elle aimait jouer avec son désir, l'obliger à patienter, ou bien, au contraire, à se montrer entreprenante, le provoquant parfois de façon éhontée et aimant qu'il la provoque en retour.

S'étirant, elle planta un baiser sur sa bouche toujours maussade, sans pour autant réussir à le dérider. Elle insista, appuyant ses lèvres contre les siennes qui restaient obstinément closes.

Et soudain, il lui rendit son baiser, avec âpreté, et l'étreinte de ses bras se fit d'acier autour d'elle.

Tu veux un baiser, Lee, tu vas l'avoir, semblait-il dire. *Tu auras mes mains sur ton corps, ma langue dans ta bouche, et mon odeur sur toi, et oui, c'est sacrément bon, nous le savons tous les deux.*

Il n'avait pas dû se raser depuis son départ du Colorado. Sa barbe de trois jours lui piquait la peau, mais c'était délicieux. Fantastique, même. Il sentait bon, un mélange de pastilles de menthe, de cacahuètes salées et de neige. Elle mit tout son cœur dans leur étreinte. Glissant ses doigts à ses cheveux, elle inclina le visage de Mac sur le côté pour lui donner un baiser torride.

D'ici quelques instants, elle allait commencer à le déshabiller, et il la débarrasserait de sa robe de chambre en un tour de main, et cela finirait comme toujours.

Mais non. Il s'obstinait à la punir en la serrant si fort qu'elle n'arrivait pas à atteindre les boutons de sa chemise. Puis il saisit ses hanches dénudées et les attira contre le tissu rêche de son jean, l'étreignant à lui faire mal.

Mais soudain, il écarta les lèvres, prit son poignet pour retirer sa main de son visage, et la repoussa.

— Non, Lee, pas ça ! s'écria-t-il en rabattant les pans de sa robe de chambre sur elle.

Au passage, il effleura ses seins et, l'espace d'une seconde, elle crut qu'il allait transformer le frôlement en caresse, mais il n'en fit rien. Ce devait être un effet de son imagination, ou bien il s'était ressaisi.

Il ramassa la ceinture de sa robe de chambre, la passa autour de sa taille et la noua solidement.

— Nous n'avons encore jamais fait l'amour sous l'effet de la colère, dit-il, et je n'ai pas l'intention de commencer.

Elle recula.

— On n'est pas obligés de faire l'amour en colère.

Elle avait tellement envie de lui qu'elle n'arrivait plus à penser clairement.

Je suis donc heureuse de sa venue ?

Très heureuse ! Trop heureuse. C'en est effrayant.

— Je suis en colère, répéta Mac.

— Que faudrait-il pour te calmer…

Elle prit sa respiration.

— Et pour que tu partes ?

Qu'elle retrouve enfin la paix de ses émotions.

Il expira l'air de ses poumons avec une telle force qu'elle eut la sensation de recevoir un coup. Il se détourna et s'appuya au plan de travail. Il semblait soudain très las, et elle se demanda combien de temps il lui avait fallu pour parcourir les trois mille kilomètres qui séparaient Spruce Bay Resort du Colorado. Sans arrêt, il fallait bien compter au moins trente heures. Plus. Deux jours, ou trois ? Avait-il conduit la nuit ? S'était-il arrêté dans un motel ?

— Tu veux que je parte ? gronda-t-il.

Elle souleva le menton.

— Si tu es en colère, oui. Si nous ne pouvons pas parler entre gens civilisés, il vaut mieux que tu t'en ailles. Tu ne crois pas ?

— Je ne partirai pas.

— Tu veux donc que nous parlions ?

— Ce que je veux…

Il s'interrompit.

— Tu ne m'as pas laissé le temps de réfléchir, reprit-il avec rancune. Mais depuis ton départ, j'ai pu remettre un peu d'ordre dans mes idées.

— Tu ne me l'as pas demandé. Tu n'as même pas manifesté la moindre indication que tu pourrais avoir besoin de temps.

— Parce que j'étais sous le choc. C'est… c'est énorme tout de même. Tu ne sais pas… tu ne peux pas savoir… Tu avais quatre ou cinq jours d'avance sur moi, et c'était injuste de ta part d'exiger que je réagisse au quart de tour. Peut-être que je ne sais pas m'exprimer, mais je ne pense pas que tu sois plus douée.

Ses yeux noirs étincelaient.

— J'ai essayé.

— Moi aussi.

Ils se dévisagèrent sans aménité, et il tira sur le col de sa chemise comme s'il le gênait. Une mèche de cheveux se glissa dans l'interstice, et, instinctivement, elle avança la main pour la remettre en place. Elle aimait ses cheveux. Et elle apprécia qu'il oublie de la repousser alors qu'elle n'avait plus le droit de le toucher ainsi.

— Fais-moi donc part de tes réflexions, dit-elle.

Il prit une inspiration.

— Je veux qu'on se donne une chance et qu'on fasse notre possible pour que ça marche.

Que voulait-il dire ? Une chance de quoi ? D'être amants ? Ils l'avaient été. C'était justement le problème. Ils n'avaient été qu'amants.

Ils s'entendaient si bien sur le plan physique… Seulement, maintenant, leurs idées de la suite à donner à leur relation ne coïncidaient sûrement pas.

— Tu peux préciser ta pensée ? demanda-t-elle néanmoins.

— Je vais déménager dans l'Est. Rectification. C'est déjà fait.

— Tu…

— Toutes mes affaires sont là. Je n'ai pas grand-chose. Je déferai mes bagages quand nous aurons bu ce café.

— Tu… déferas tes… bagages. ?

Il se tourna vers elle. Son humeur avait changé. Une lueur perverse s'était allumée dans ses yeux d'obsidienne, et une ombre de sourire joua sur ses lèvres.

— Tu n'as pas dit que l'appartement comportait quatre chambres ?

- 2 -

Colorado, trois mois plus tôt

J'aurais peut-être dû rentrer à la maison pour Noël.

La famille Narman passait ses vacances dans son luxueux chalet d'Aspen, ce qui signifiait que Lee, qui veillait sur la propriété en leur absence, était libre de son temps. En échange de ce gardiennage, ils mettaient à sa disposition un petit appartement au rez-de-chaussée du chalet, mais se montraient généreux en lui permettant d'occuper, en leur absence, tout l'espace qu'elle voulait.

Elle se montrait généreuse en retour en allant au-devant de leurs attentes. Elle aérait dès que possible les immenses chambres et tenait la maison parfaitement propre. Elle la garnissait de bouquets, changeait les draps et remplissait réfrigérateur et placards quand ils annonçaient leur arrivée.

Disposer de cet endroit confortable, au pied des pistes des Aspen Highlands, avait changé sa vie, et elle n'avait pas l'intention d'y renoncer de sitôt.

Cette année, les Narman avaient prévu d'y séjourner durant toutes les fêtes de fin d'année, et ils avaient invité de nombreux parents et amis, si bien que, même du confortable appartement où elle se réfugiait quand ils occupaient les lieux, elle entendait un brouhaha joyeux, le tapage des enfants et le lourd piétinement des chaussures de ski au-dessus de sa tête.

Elle essaya de prendre son mal en patience. Il était 18 heures, les choses n'allaient pas tarder à se calmer. Mais cris, rires, musique, portes qui claquaient, hurlements occasionnels persistaient, complétés par les bruyants soubresauts des canalisations d'eau qui traversaient le plafond au-dessus de sa tête.

Autant oublier son livre, impossible de se concentrer dans ce vacarme. Elle alluma la télévision, mais ne trouva aucun programme intéressant. Pourquoi ne pas se préparer à dîner ? Il y avait des pâtes et de la sauce dans le réfrigérateur. Elle avait prévu un bon bain chaud, un repas arrosé d'un verre de vin pris en lisant… Bref, une soirée tranquille.

— Je peux y renoncer, dit-elle tout haut.

A vivre seul, il arrive qu'on parle tout seul. Rien de mal à ça.

Il y avait juste un mois que Tucker, son ex-fiancé, à présent fiancé à sa sœur cadette, lui avait téléphoné pour lui demander plus ou moins la permission d'être amoureux de Daisy. Et si elle avait apprécié le geste, si elle n'éprouvait aucun regret — leur rupture datait de dix ans —, une petite part d'elle avait trouvé la situation… étrange.

Elle se réjouissait sincèrement de leur bonheur. Si elle tentait d'imaginer à quoi aurait pu ressembler un couple avec Tucker, à leur vie en parallèle parce que l'entreprise de paysagisme de Tucker et sa carrière à elle de monitrice de ski et de guide de montagne auraient laissé peu de temps à l'intimité, elle frémissait à l'idée de l'erreur monumentale qu'elle avait failli commettre.

En d'autres termes, elle était réellement heureuse de leur bonheur.

Malgré tout, cette année, elle avait préféré ne pas passer Noël en famille, et c'était pourquoi elle était seule en ce soir de fête. Bien sûr, elle avait dressé un petit sapin dans un coin, avec des présents joliment emballés dessous, et elle déjeunerait le lendemain avec des amis. Il n'empêchait que…

Elle avait trente-trois ans, elle vivait seule et appréciait son indépendance, peut-être un peu trop. Et si elle s'embourbait dans la routine ?

— D'accord, vous avez gagné, dit-elle à la horde des Narman, au-dessus de sa tête. Je sors !

Au bain, elle préféra une douche éclair, enfila l'élégant pantalon noir et le haut scintillant qu'elle avait prévu de porter le lendemain soir. Puis elle se maquilla rapidement, suspendit des boucles en forme de sapin de Noël à ses oreilles, saisit un chaud manteau d'hiver, passa à ses pieds ses boots en fausse fourrure et sortit parcourir dans la neige les huit cents mètres qui la séparaient du Waterstreet Bar, son lieu de prédilection.

Personne.

Enfin, personne de sa connaissance, car le bar était bondé de touristes. Pas un moniteur de ski en vue, pas un membre des services d'entretien des équipements, ou des équipes hôtelières, aucun des permanents qu'elle croisait durant les calmes périodes estivales. Où étaient-ils tous passés ?

L'idée lui traversa l'esprit que, sans la présence des Narman, elle serait restée tranquillement chez elle et n'aurait pas eu conscience qu'elle passait un réveillon un peu trop solitaire, que tout le monde, amis et connaissances, avait des projets pour la soirée.

Elle alla au bar et commanda une bière et des ailes de poulet épicées accompagnées de crème aigre. Il lui semblait connaître de vue le serveur, sans doute un saisonnier croisé sur les pistes, à qui elle avait peut-être même donné des cours. S'ils bavardaient, elle pourrait rester au comptoir pour manger son poulet et boire sa bière.

Toutefois, elle se rendit rapidement compte qu'il était très occupé. En outre, n'ayant pas vingt-cinq ans, il devait préférer la compagnie de gamines à peine sorties de l'adolescence ou de femmes riches cherchant une aventure à celle d'une trentenaire plus athlétique que féminine.

Pour la première fois depuis longtemps, elle eut conscience de la cicatrice ancienne qui marquait son cou. Elle portait rarement des tenues décolletées, mais n'avait pas su résister à l'attrait de ce haut original et joli.

Les amis qu'elle devait retrouver le lendemain savaient pour ses cicatrices, et ils avaient l'habitude. Elle se les était faites en s'aspergeant d'huile bouillante dans la cuisine du restaurant de Spruce Bay quand elle avait à peu près l'âge du barman, et avait passé de nombreuses heures à l'hôpital à affronter la douleur et les infections, et à subir des greffes de peau.

C'était de l'histoire ancienne, et pas très gênant pour une femme qui passait sa vie en anorak ou en chemise de randonnée boutonnée jusqu'au cou.

Pourquoi donc attachait-elle soudain de l'importance à ses cicatrices ? Elle aimait son haut, et si quelqu'un les remarquait et trouvait inconvenant de les exhiber, eh bien, tant pis. Ce serait son problème, pas le sien.

— Jolies boucles d'oreilles, fit une voix toute proche.

Elle tourna la tête vers l'homme assis au bar, sur le tabouret voisin du sien.

— Oh ! merci !

Il lui sourit.

— Si vous voulez savoir si elles accrochent la lumière, je vous répondrai qu'elles étincèlent. J'en ai encore des éclats lumineux au fond des yeux.

Elle lui rendit son sourire.

— J'adore aveugler les gens !

— Inutile de porter des sapins de Noël si personne ne les remarque, n'est-ce pas ?

— Exact.

Le jeune barman posa bruyamment deux bols d'ailes de poulet sur le bar, un devant elle, l'autre devant l'admirateur de ses boucles d'oreilles, puis il retourna au passe-plat chercher deux jattes de crème aigre qu'il revint placer devant eux.

— Ça alors ! fit l'inconnu.

— Quelle coïncidence, n'est-ce pas ?

— Peu de gens apprécient la crème aigre, souligna-t-il. Cela ramène nos chances de nous entendre à six contre un environ, et si vous ajoutez la bière...

Elle n'avait pas remarqué la bière posée devant lui, mais oui, ils buvaient la même marque provenant d'une petite brasserie locale. C'était une coïncidence notable, puisque l'établissement ne proposait pas moins de cinquante-six marques.

Et puis, s'il lui était inconnu, son anorak de ski rouge, posé sur le dossier de son tabouret, avait quelque chose de familier. Elle possédait exactement le même, logo compris.

— Vous travaillez ici, dit-elle, éprouvant un ridicule soulagement à l'idée d'avoir trouvé un compagnon d'armes, de son âge environ.

— Depuis trois jours, oui.

Il portait son anorak, mais avait échangé fuseau et chaussures de ski contre jean et confortables chaussures de jogging.

— Moi aussi. Ecole de ski, mais depuis sept ans.

— J'ai donc choisi le bon bar.

Elle eut un peu de mal à suivre sa logique.

— Tout dépend de ce que vous cherchiez.

— Eh bien, si vous vivez ici depuis sept ans et que

vous avez choisi ce bar, ce n'est sûrement pas un piège à touristes.

— Ah, oui, bien sûr ! Le Waterstreet n'est pas assez chic pour la plupart d'entre eux.

— L'endroit me plaît. Les gens ont l'air aimable.

Cependant, il ne regardait pas la foule, mais elle.

Quelque chose passa entre eux. Un courant qu'elle n'avait pas ressenti depuis longtemps, mais qu'elle reconnut tout de suite. Et elle fut choquée par la force de cette attirance et la rapidité avec laquelle elle se produisit.

— Vous êtes nouveau, et personne ne vous fait visiter le coin ? demanda-t-elle prudemment.

— J'ai fini tard. Après avoir fait une chute, une personne du groupe a perdu connaissance en haut de la piste, et la redescente a pris trois quarts d'heure. Un collègue, Everard…

— Je le connais, un type sympa, coupa-t-elle.

Elle s'occupait avec lui du groupe des adolescents.

— Il l'est. Il a accompagné le reste de mon groupe jusqu'en bas. Le temps que nous arrivions, tout le monde était parti, et il était pressé de rentrer chez lui où sa femme l'attendait. Ma cliente a voulu m'emmener prendre un verre, nous en avions bien besoin, mais le bar ne me plaisait pas. Alors, quand elle est… euh… partie, j'en ai cherché un autre.

— Et vous l'avez trouvé.

— C'est ça.

De nouveau, ce courant entre eux qui lui coupait le souffle. Effet de son imagination ? Elle en doutait. Il ne semblait pas pressé de rompre le silence, chargé, à vrai dire, de sous-entendus. Il but une gorgée de sa bière et fixa sur elle, par-dessus son verre, ses yeux très noirs.

Tout cela allait beaucoup trop vite. Jamais elle ne s'était conduite ainsi. Sa dernière relation amoureuse remontait à trois ans, et elle avait duré deux mois.

Avant… Comment ? Encore deux ans ? Etait-il possible qu'elle n'ait eu que deux petits amis en cinq ans ? Deux petits amis plutôt insipides, et les relations insipides ne mènent jamais bien loin.

Celui-ci, pourtant…

Quoi ? Tu as déjà décidé que…

Pour commencer, elle ne savait rien de lui.

A moins qu'elle en sache trop. Il exerçait le même métier qu'elle, était nouveau en ville et seul dans un bar, un soir de réveillon. Désirait-elle vraiment un flirt avec un moniteur de ski ?

Et pourquoi pas ?

— Elle est… partie ? répéta-t-elle.

Il haussa les épaules tout en lui adressant un sourire d'excuse.

— Disons qu'elle avait envie de davantage qu'un verre avec moi.

— Est-ce qu'il vous arrive de…

— Elle était mignonne, mais non. Jamais avec des clients.

En quelques mots, ils s'en étaient beaucoup dit. Elle avait appris qu'il aurait pu avoir une aventure avec une jolie femme, mais qu'il l'avait repoussée au nom de ses principes.

S'il n'avait pas été si strict, il aurait pu avoir une nouvelle femme dans son lit tous les soirs. Car il était mignon. Cependant, loin d'être désireux de ramener une conquête chez lui, il avait simplement accepté d'aller boire un verre avec une cliente qui venait de vivre une expérience pénible.

— Vous ? reprit-il.

Il avait baissé la voix, créant un bulle d'intimité autour d'eux.

Elle secoua la tête. Elle non plus ne sortait pas avec les clients. Cette attitude ne pouvait engendrer que des catastrophes. Et elle n'était jamais sortie non plus avec un collègue. Ce genre de complication pouvait se révéler encore pire.

Alors, pourquoi est-ce que je l'envisage ? Je ne connais même pas son nom.

— A propos, je m'appelle Mac, dit-il comme s'il avait lu dans ses pensées. Mac Wheeler.

— Lee Cherry.

— J'ai vu votre nom sur le tableau d'affichage de l'école de ski. Nous avons dû assister ensemble aux réunions préparatoires des deux derniers jours, mais je ne me rappelle pas vous avoir vue.

— C'est une grande école.

— Je cherche encore mes marques. Une nouvelle ville. Retour au monitorat. Je n'ai pas enseigné depuis un certain temps.

— Ah bon ?

— Dernièrement, j'ai travaillé dans l'administration d'une station que je ne nommerai pas pour le moment.

— Ah…

Elle ne demandait pas d'explication, mais il lui en fournit néanmoins une.

— J'étais en conflit avec le patron à cause d'un problème personnel, et j'ai jeté le gant au mauvais moment. Mais je ne regrette rien.

— « Jeté le gant »… c'est ainsi que vous vous exprimez ?

— Je suis en train de lire un très, très, long roman de chevalerie, et le vocabulaire commence à m'imprégner ! J'ai démissionné, si vous préférez, et rien d'autre ne se présentait pour moi à Sn… Je vous dirai le nom quand nous nous connaîtrons mieux.

— D'accord, *si* nous nous connaissons mieux, dit-elle d'un ton détaché, peu désireuse d'encourager ses suppositions.

Même si ses suppositions sont correctes…

Il lui adressa un lent sourire.

— Si ?

Puis il n'y eut plus rien de lent chez lui.

Trois heures plus tard, ils étaient toujours au bar. Un record, pour elle. La suite des événements paraissait évidente, mais ils n'étaient pas pressés. Ils partagèrent une autre assiette d'ailes de poulet grillées accompagnées de frites et prirent une seconde bière avant de passer au soda.

Il se trouvait qu'il venait de Cœur d'Alene, dans l'Idaho. Sa mère était enseignante, son père travaillait dans l'administration. Il avait une sœur restée là-bas, mariée, avec deux enfants.

Elle lui exposa de façon succincte les éléments principaux de son histoire. Des parents, deux sœurs. Originaire de l'autre bout du pays, mais beaucoup de similitudes entre eux, malgré tout. Tous deux étaient nés dans une région montagneuse, avaient grandi dans des villes offrant des vues spectaculaires sur des lacs et des sommets. Tous deux skiaient depuis l'enfance et avaient fait de leur passion pour ce sport leur métier.

— Est-ce que ce serait déplacé de vous demander ce qui vous est arrivé ? demanda-t-il soudain en désignant son cou.

— Pas du tout. C'est un accident en cuisine. De l'huile bouillante, il y a presque onze ans.

Il hocha la tête.

— Il me semblait bien qu'il s'agissait d'une brûlure. Vous avez dû terriblement souffrir.

— On me donnait des médicaments efficaces.

Il hocha la tête, et ils passèrent à autre chose.

Ils parlèrent longtemps, détendus en apparence, même si ni l'un ni l'autre n'était dupe de ce qui se jouait en dessous de cette conversation à bâtons rompus. La façon dont l'épaule de Mac frôlait la sienne quand il tendait la main vers son verre, celle dont elle s'abandonnait au contact au lieu de s'écarter. Les sourires sensuels lui donnant l'impression d'être une enfant devant un arbre de Noël.

Le brouhaha du bar s'évanouissait dans le lointain. En réalité, plus il se faisait bruyant, et plus, obligés de se pencher davantage l'un vers l'autre pour parler, ils semblaient enfermés dans leur petit cocon. Ils étaient à l'aise ensemble, ils l'avaient tout de suite été.

Ce fut lui qui murmura finalement, à quelques centimètres de ses lèvres :

— On y va?

— Allons-y.

— Mais où ? demanda-t-il tandis qu'ils se faufilaient entre les tables bondées.

Il restait derrière elle, sans la toucher pour signaler à tous sa bonne fortune comme elle avait vu tant d'hommes le faire dans ce bar. Discrétion qu'elle apprécia.

— Chez moi ? proposa-t-elle, une fois dehors.

Il acquiesça.

— Ce sera mieux que chez moi. Je n'ai pas de meubles décents. Je dors sur le canapé d'un ami.

— Tu t'es vraiment installé ici en catastrophe.

— Je déteste les accusations injustifiées, déclara-t-il d'un ton acerbe.

— Oui ?

— Mon patron était persuadé que je courais après sa femme, ce qui était faux.

— Et elle, qu'en pensait-elle ?

— Elle lui a confirmé que je ne lui avais jamais fait d'avances, mais après qu'il a essayé de me frapper. Alors, pour moi, c'était trop tard. Il boit beaucoup, et est très nerveux. Il n'aurait jamais laissé tomber et m'aurait épié à tout moment. Il valait mieux pour tout le monde que je disparaisse.

— Mais cette histoire a fichu ta vie en l'air.

— Je la remettrai sur ses rails.

Il paraissait confiant, et elle le croyait. C'était le genre d'homme de qui se dégageait une impression de force et de sérénité.

C'est peut-être pourquoi…

Pourquoi elle invitait un quasi-inconnu chez elle sans éprouver la moindre appréhension. Et pourquoi, en premier lieu, elle désirait sa présence.

La neige crissait sous la semelle de leurs chaussures.

— Dis donc, tu habites les beaux quartiers ! fit-il remarquer quand il prit note de la direction dans laquelle elle l'entraînait.

A un moment, ils passèrent un virage et le chalet des Narman apparut, magnifique et tout illuminé.

Il s'arrêta net.

— C'est là ?

— Oui, mais…

Il la considéra, interdit.

— Je croyais que tu étais monitrice.

— Je le suis. J'habite ici, mais ce n'est pas ma maison. Evidemment que non ! Je n'aurais même pas l'idée d'en posséder une pareille. Je fais office de gardienne, en quelque sorte.

— De gardienne ?

— Mais oui. Je m'occupe de la maison en l'absence des propriétaires, j'appelle pour le ménage, les réparations. Je suis femme à tout faire, en quelque sorte. En échange, je dispose d'un petit appartement au rez-de-chaussée, et les bruits de tuyauterie n'ont plus de secrets pour moi, et ce sera bientôt ton tour.

Elle lui adressa un sourire enjoué.

Il éclata de rire.

— Lee, je t'adore !

- 3 -

A l'étage, la fête des Narman battait son plein. Ils contournèrent discrètement la maison pour gagner la porte de son appartement. De chaque côté de l'entrée qu'elle avait dû déblayer trois jours plus tôt, la neige formaient des murs d'un blanc bleuté luisant doucement dans la pénombre. Personne ne les remarqua. Les tentures étaient ouvertes, mais la joyeuse bande était trop occupée pour prêter attention à ce qui se passait au-dehors.

— Est-ce toi qui dois nettoyer ensuite ? s'enquit Mac en attendant qu'elle trouve sa clé.

— Pas personnellement. Mais je me chargerai de faire venir une équipe de nettoyage demain matin, à la première heure. Cette réception n'était pas prévue, malheureusement.

— Tu ne vas pas avoir de difficulté à trouver quelqu'un ? Demain est un jour férié.

— J'ai des accords avec des agences locales. Nettoyage, traiteurs, réparateurs, épicerie. Ils connaissent la routine, et les Narman paient bien. Et puis ce genre de grande réception ne se déroule qu'une ou deux fois par an.

Elle avait ouvert la porte. Il la suivit dans l'appartement, et, soudain, la réalité la frappa.

Elle se trouvait dans son espace privé, avec un homme dont elle ignorait tout quand elle avait quitté son nid douillet, quatre heures plus tôt. A cette idée, elle éprouva un moment de panique. Et puis elle ne savait que faire quoi dire.

Elle se retourna, sur le point de bafouiller n'importe quelle excuse pour lui demander de partir, mais quand elle le vit, les mains dans les poches de son anorak rouge pareil au sien, elle se sentit gagnée par un grand calme. Loin de se jeter sur elle, il examinait tranquillement les lieux, ses étagères de livres, sa cuisine bien nette, avec pour seul luxe, une coûteuse machine à expresso.

— Je comprends pourquoi tu vis seule, dit-il. Il n'y a pas de place pour deux.

— Ça me convient. Je passe mes journées sur les pentes, et c'est agréable d'avoir un terrier bien chaud où se réfugier le soir.

— Je suppose. Tu ne te sens pas seule ?

— Non. J'aime la solitude. Et toi ?

— J'ai beaucoup vécu en colocation, avec des gars assez convenables même s'ils n'étaient pas des accros du ménage. J'aimerais bien trouver un arrangement comme le tien.

— Ce genre de gars existe vraiment ?

Il éclata de rire, puis son regard tomba sur la porte ouverte de sa chambre qui laissait apercevoir un grand lit recouvert d'une couette moelleuse et d'oreillers aux vives couleurs. Détestant dormir dans une chambre chauffée, elle fermait le chauffage le soir et se réjouissait de se blottir sous une couette vaporeuse.

Peut-être pas ce soir. Ce soir, la couette tomberait à terre et ils auraient besoin de la chaleur des radiateurs…

Il se tourna vers elle.

— Jolie machine à expresso, dit-il.

— Elle fait du délicieux café.

— Tu m'en préparerais une tasse ?

— Bien sûr. Aide-moi.

Elle aimait qu'il partage sa nervosité et cherche à

détendre l'atmosphère en prenant son temps. Il la suivit dans la cuisine.

— Que veux-tu que je fasse ?

— Que tu choisisses les tasses. Sur l'étagère du haut, ou suspendues aux crochets.

— Tu ne me fais pas confiance pour la partie technique ?

— C'est plus pratique d'être seul pour s'en occuper.

Elle s'affairait, le dos tourné, et entendait le cliquetis des tasses.

— Tu as trop de tasses pour une cuisine aussi petite, fit-il observer.

— J'en suis fan. Je traque les jolies, originales, idiotes.

Bien sûr qu'elle en avait trop. Elle en possédait au bas mot une soixantaine, qui naturellement prenait beaucoup de place.

En se retournant, elle s'aperçut qu'il en avait choisi deux d'une série qu'elle aimait tout particulièrement.

— Elles sont sympas, dit-il. Ce sont des couvertures de romans ?

— Dessins originaux des Penguin Classics poches.

— Pourquoi pas celles-ci ? suggéra-t-il en examinant une tasse violet et blanc ornée d'une reproduction de la couverture d'*Une chambre à soi* de Virginia Woolf et une vert et blanc reproduisant la couverture d'*Un cadavre dans la bibliothèque* d'Agatha Christie.

— J'en ai d'autres. *Orgueil et Préjugés. Les Grandes Espérances.* Malheureusement, ma collection n'est pas complète.

— Ainsi tu n'as pas besoin de lire les romans, il te suffit d'acheter les tasses.

— Je n'achète que celles dont j'ai lu le roman !

— C'est la règle ? On ne peut pas boire dans une tasse sans avoir lu le roman ?

Elle sourit.

— Exactement.

En réalité, ce n'était pas vraiment un principe, juste une idée amusante.

— Je suis très stricte avec mes invités sur ce chapitre, ajouta-t-elle.

— Dans ce cas, je vais en choisir une autre. J'espère avoir de la chance et ne pas être obligé de boire dans…

Il examina les différentes possibilités.

— Un panier de chatons, ou bien celle avec une grenouille au fond, tandis que toi, avec tes grands airs d'intellectuelle, tu boiras dans Virginia Woolf… Ah ! Très bien, ça. Je prends !

Et il posa sur le comptoir une tasse orange et blanc affichant *1984* de George Orwell.

A l'étage au-dessus, quelqu'un changea la musique, et les bruits de pas ralentirent. Mac et elle se faisaient face en attendant que le café passe. Il posa une main sur la cicatrice de son épaule.

— Ça t'ennuie que je te touche ici ?

— Plus maintenant. J'y suis habituée.

Il hocha la tête, sa main posée, légère, sur son épaule. Elle attendit plus, mais rien ne vint. Elle appréciait qu'il ait abordé le sujet au lieu de feindre de ne rien remarquer, et qu'il reste sobre, sans manifestations exagérées de sympathie.

— On est bien, dit-il. Tu ne trouves pas ?

Il n'eut pas besoin de préciser à quoi il faisait allusion pour qu'elle comprenne. Tout était simple entre eux. La conversation, leur proximité, le naturel avec lequel ils abordaient une situation qui aurait pu être gênante, le fait qu'ils ne se sentent pas obligés de remplir à tout prix les silences, le sens de l'humour de Mac choisissant une tasse ornée de la couverture d'un livre qu'il avait lu.

— Oui, répondit-elle.

Quelque chose vibra dans l'air entre eux. Ils étaient

si proches à présent que leurs cuisses se touchaient, et si elle s'était penchée, elle se serait appuyée contre son torse.

Elle en avait très envie, mais pour des gens qui s'étaient rencontrés quatre heures plus tôt, il ne fallait pas précipiter les choses. Il posa son pouce sur ses lèvres, se pencha et les effleura d'un baiser.

— Charmant, murmura-t-il. Nous allons passer des moments très sympathiques.

Elle apprécia qu'il ne promette pas de lui décrocher la lune. En remerciement de sa simplicité, elle lui rendit un baiser plus appuyé, plus tendre, avant de s'écarter.

Il sourit avec une sorte de soulagement. Soulagement qu'elle partageait.

Bon, jusqu'ici, pas de fausse note. Restons prudents, et voyons si nous réussissons à poursuivre dans ce registre. Ou même à améliorer la performance.

— Le café est prêt, annonça-t-elle.

— Goûtons-le, dans ce cas.

Il poussa vers elle Virginia Woolf et George Orwell. Elle passa les tasses à l'eau chaude puis les remplit du riche et sombre breuvage.

Ils restèrent debout, adossés au comptoir, pour boire leur café, un bras de Mac passé sur ses épaules, le sien autour de sa taille.

— Il est excellent, dit Mac.

— Je ne dois pas trop en boire, sous peine de rester éveillée une partie de la nuit.

— Cette idée n'est pas pour me déplaire.

— Ça rend l'expérience plus intéressante.

— Tu as de la mousse sur la lèvre, fit-il observer, leurs cafés presque terminés.

— Oh…

Elle l'essuya d'un revers de la main.

— C'était à moi de te l'ôter avec la langue, dit-il, taquin.

— En réalité, je n'avais pas du tout de mousse sur les lèvres !

— Si, mais malheureusement, tu l'as essuyée.

— Tu sais, tu n'as pas besoin de prétexte pour m'embrasser…

— Remarque pertinente.

Il reposa sa tasse vide, lui ôta la sienne des mains et la posa. Puis il s'écarta du comptoir et la prit dans ses bras.

Ils auraient pu s'embrasser durant… des heures. Elle se sentait devenir toute molle, chaque cellule de son corps éveillée à la sensualité.

Elle n'avait jamais expérimenté pareil baiser. Aussi passionné, aussi érotique, aussi parfait. C'était une expérience à laquelle tout le corps participait. On sentait que Mac n'était pas plus pressé qu'elle de parvenir à ses fins. Après tout, peut-être qu'on n'avait rien inventé au-delà du baiser. Peut-être que le baiser était une fin en soi, l'apogée du plaisir.

Ou peut-être pas.

Finalement, il lâcha ses lèvres.

— On dirait qu'ils se sont calmés, là-haut, dit-il.

Elle écouta, par-delà les battements sourds de son cœur. On n'entendait plus de musique, plus de cris, ni de rires. Seuls quelques bruits de pas qui allaient et venaient, et des voix assourdies.

— Je croyais que la fête allait durer plus longtemps, dit-elle d'une voix un peu enrouée. Quelle heure est-il ?

Par-dessus son épaule, Mac regarda l'heure à l'horloge du micro-ondes.

— Minuit. Enfin, minuit vingt.

Sa voix elle aussi était rauque, comme si s'embrasser trop longtemps avait mis à rude épreuve leurs cordes vocales.

Elle tenta de rassembler ses idées.

— Demain, c'est Noël. Sans doute que les parents vont déposer les cadeaux sous le sapin pour que les enfants les découvrent à l'aube.

— C'est aujourd'hui Noël, rectifia-t-il.

— Il est minuit passé. Tu as raison.

Il lui sourit.

— Alors, joyeux tout !

— Comment ?

— A vrai dire, comme à l'instant, même Noël n'est pas ma préoccupation première, je laisse la porte ouverte à toutes les choses joyeuses qui, je l'espère, vont arriver bientôt.

— Eh bien, joyeux tout à toi aussi !

— Jusqu'ici, c'est plutôt réussi.

Il appuya sa joue contre la sienne, puis tournant la tête, l'embrassa sur les lèvres.

— Tu as la meilleure bouche… et le meilleur corps que je connaisse, chuchota-t-il.

— Tu n'es pas mal non plus.

— Comme tu y vas ! Je te fais un supercompliment et tu me réponds que je ne suis pas mal ?

— Ce n'est pas une compétition, répliqua-t-elle d'un ton léger.

— Et pourtant, j'aimerais beaucoup gagner.

Elle sentit son souffle chaud sur son oreille.

— Moi aussi.

— Je vais te retirer ton haut.

— Pas si je le retire d'abord.

— Tu aimes gagner, mais cette fois, tu en seras pour tes frais !

La prenant par surprise, d'un geste habile, il fit passer son haut par-dessus sa tête. Quand, au passage, il effleura les formes généreuses de ses seins déjà sensibilisés, elle tressaillit et oublia de résister. Comment un simple frôlement pouvait-il être aussi excitant ?

Il chercha la fermeture de son soutien-gorge tout en masquant sa maladresse sous des caresses. Mais les agrafes refusaient obstinément de coopérer.

— Je vais gagner ! s'écria-t-elle parce qu'elle connaissait les bizarreries du sous-vêtement et savait les vaincre.

Quelques secondes plus tard, les bretelles glissaient le long de ses épaules, et il prenait fébrilement ses seins nus dans ses paumes.

— Délicieux, murmura-t-il.

Il les caressa un moment avant de se pencher et de prendre une pointe entre ses lèvres. Elle sentit une décharge de plaisir faire palpiter son sexe.

Il y avait quelque chose d'intensément érotique dans le fait d'être nue jusqu'à la taille tandis qu'il était habillé. Mais au bout d'un moment, bouillant d'impatience, elle lui arracha son T-shirt avec presque autant d'habilité que celle dont il avait fait preuve pour lui ôter son haut. Son torse était chaud et doux, et quand elle y pressa ses seins, elle ne put étouffer le gémissement qui monta du plus profond d'elle.

— Le lit ? demanda-t-il.

— Oui.

Ils gagnèrent la chambre en se débarrassant en chemin du reste de leurs vêtements. La lumière n'était pas allumée, mais celle provenant de la salle de séjour jetait une lueur dorée dans la pièce. On n'y voyait pas assez, en tout cas, pour déceler une éventuelle expression d'inquiétude sur le visage de l'autre.

Parce qu'à bien y regarder, l'aventure avait un petit côté angoissant.

— Maintenant, murmura-t-il.

Elle se glissa tout contre lui. Il la prit par la taille, caressa doucement ses fesses, puis ses cuisses, et, les yeux fermés, elle demeura un long moment immobile, grisée par l'odeur virile de sa peau, le contact de son corps nu contre le sien, de ses lèvres dans son cou, sur son épaule et sur la rondeur du sein.

C'était beau. Le seul mot qui lui venait pour décrire la scène. Drôle, sincère, et… beau. Ils étaient maintenant allongés sur le lit, lui au-dessus d'elle, soulevé sur ses coudes, lui laissant sentir tout à loisir à quel point il était prêt.

— Dis-moi ce que tu veux, demanda-t-il doucement.

— Rien de très original, répondit-elle, essayant de plaisanter.

— Non ?

Il déposa de petits baisers au coin de ses lèvres.

— Pourquoi ? Tu veux, toi ?

Qu'aimes-tu, Mac ?

— Rien de trop original non plus. Laissons-nous une marge pour progresser.

— Nous pourrions commencer un peu fort, même sans fantaisie.

— Nous pourrions.

Ils se sourirent dans la lumière tamisée. Le poids de son corps qu'elle accueillait entre ses cuisses écartées, la musculature de son torse serré contre sa poitrine, tout cela était si bon qu'il n'était pas nécessaire de faire preuve d'inventivité.

Non, pas besoin d'accessoires, de jeux de rôle, ni de positions acrobatiques. Pas ce soir, en tout cas. Pas pour la première fois.

Car il y aurait d'autres fois, elle le pressentait, et il semblait le savoir aussi.

Il la fit basculer de manière à ce qu'elle se retrouve sur lui. Elle se cambra pour lui offrir ses seins, et il leur porta une grande attention, les caressant, les titillant des lèvres et de la langue. Il porta d'ailleurs une grande attention à tout son corps et lui fit découvrir des endroits qu'elle n'aurait jamais jugés érotiques auparavant.

Quand il la pénétra, elle était toute mouillée, et la sensation de son sexe glissant en elle lui arracha un cri de plaisir. Mais soudain, il se retira en jurant sourdement.

— Nous n'avons rien oublié ? grommela-t-il.

Elle se mordit la lèvre, comprenant où il voulait en venir.

— J'ai quelques préservatifs.

— Tant mieux, parce que moi, non.

— J'espère qu'ils ne sont pas périmés.

— Moi aussi. Encore que, ajouta-t-il après quelques instants, je suis content qu'il y ait une possibilité qu'ils le soient.

— Comment ?

Elle s'étirait pour atteindre la table de nuit, mais il la ramena contre lui.

— Tu es content qu'ils soient peut-être inutilisables ?

— Oui. Parce que euh…

Il hésita.

— Oh ! écoute, reprit-il, j'espère que tu ne vas pas me trouver vieux jeu. Je suis content que tu ne sois pas coutumière des aventures d'un soir. Est-ce que je peux me permettre de le dire ?

— Bien sûr, puisque c'est la vérité.

— Nous entrons donc dans le domaine du sexe pur et de la sincérité ?

— Ça me convient.

— Très bien, acquiesça-t-il d'une voix bourrue.

— De mon côté, je peux donc dire que je suis heureuse que tu n'emportes pas de préservatifs partout où tu vas ?

— Je n'en ai pas eu besoin depuis… six mois.

Il réfléchit et précisa :

— Non, plus longtemps.

— C'est bon à savoir.

Ils restèrent allongés un moment sans bouger.

— Encore que cette discussion semble avoir cassé l'ambiance, reprit-elle.

— Rien ne peut casser l'ambiance, affirma-t-il.

— Rien ?

— Puisque je te le dis ! Tu les trouves ?

Elle les trouva au fond d'un tiroir. Et ils n'étaient pas périmés, à une semaine près.

— Tu vois ? dit-il quand elle le lui apprit.

— Je vois quoi ?

— Que tous les deux, c'était écrit.

— Maintenant que tu le dis…

L'intermède n'avait pas tout gâché, il avait juste modifié leur humeur. Et, finalement, le baiser si passionné et si sérieux de la cuisine aboutit à une bataille d'oreillers en règle. Draps et couette valsèrent, les oreillers se retrouvèrent à terre, et quand ils se laissèrent retomber sur le lit, ils étaient hors d'haleine tant ils avaient ri et chahuté.

Puis, encore une fois, il se retrouva sur elle, la fixant de son regard noir si intense, son sexe en érection cette fois prudemment gainé d'un préservatif. Elle le contempla un moment, repoussa d'une caresse les mèches de cheveux bruns qui tombaient sur son front, traça de l'index les contours de ses lèvres entrouvertes, et l'observa tandis qu'il s'allongeait sur elle, la pénétrait et allait et venait en elle dans un rythme terriblement excitant.

Ils ne se quittèrent pas des yeux. Elle ignorait jusque-là que se regarder puisse être une expérience si intime. Elle agrippa son dos, arrima ses jambes à ses hanches, comme si le fil tendu entre leurs regards risquait de se briser si elle ne s'accrochait pas très fort à lui. Elle vit monter son plaisir sur son visage, mais même à ce moment, ils ne détournèrent pas le regard.

Il se pinça les lèvres, ferma les yeux une fraction de

seconde, ses cils sombres ombrant sa joue, et la vague du plaisir de Mac rencontra sa propre jouissance. Elle cria et gémit contre sa bouche qui vint s'écraser sur la sienne.

Le silence retomba sur eux. Elle demeurait immobile sous le poids de son corps qu'elle tenait toujours entre ses bras et ses jambes. Au bout d'un moment, il bascula sur le côté comme s'il avait deviné qu'il commençait à devenir trop lourd.

Il la toucha légèrement, presque méthodiquement, comme pour vérifier qu'elle était bien là, tout entière, prenant ses seins dans ses mains, l'un après l'autre, dessinant des chemins le long de ses flancs, passant sa main sur son ventre plat, sa paume s'attardant sur son sexe gonflé et encore sensible.

— Nous avons vécu quatre saisons en une journée, tu ne crois pas ? dit-il doucement. C'est comme le climat des montagnes.

— Un peu, oui. En quelle saison sommes-nous ? demanda-t-elle en s'étirant contre lui.

— En été, répondit-il sans hésiter. Le soleil nous chauffe la peau. On se sent las et heureux.

— Mmm, j'aime l'été. Et l'hiver.

— J'aime toutes les saisons.

— Moi aussi. J'aime le moment où le temps change. La première neige, la première approche de l'automne, ce n'est qu'un frémissement, mais il annonce un réel bouleversement.

— Oui. Quand on sent ce frémissement dans l'air et qu'on sait que ce n'est qu'un début.

Parlait-il des saisons ? Elle n'en était plus très sûre.

Délibérément, elle revint à des détails plus concrets, qui ne laissaient nulle place à l'ambiguïté.

— J'aime la fonte des neiges qui gonfle torrents et rivières.

— J'aime une bonne gelée qui fait tomber les feuilles en une nuit.

— Et marcher à travers ces tas d'or quand l'air sent la tourbe et l'air frais.

— Tu es une vraie fille d'extérieur.

— Oui.

— J'aime les sportives.

Ils bavardèrent encore un moment avant de sombrer dans le sommeil.

- 4 -

Ceci était le jour un.

Noël occupa la majeure partie du deuxième jour.

Elle s'éveilla tôt le matin et entendit Mac qui, dans la cuisine, parlait d'une voix feutrée en téléphonant à sa famille dans l'Idaho.

— Allez, frangine, je sais que tu es debout à cause des enfants, l'entendit-elle dire.

A l'étage, les Narman et leurs invités étaient également debout, et elle devait monter les voir pour savoir ce qu'ils envisageaient de commander chez le traiteur pour les prochains jours. Elle appela d'abord l'agence de nettoyage afin de s'entendre confirmer leur disponibilité et leur demanda de venir à 8 heures du matin. Il n'était que 6 heures et demie, mais le patron fut content d'avoir de ses nouvelles. Une intervention un matin de Noël valait son pesant d'or.

Après une douche rapide, elle s'habilla prestement. Mac était toujours au téléphone.

— Je monte, articula-t-elle silencieusement en désignant le plafond.

Il hocha la tête.

Les Narman furent enchantés d'apprendre que l'équipe de nettoyage serait là sous peu. La plupart des invités étaient encore au lit, mais deux couples de parents en pyjama et robe de chambre, les yeux rouges de sommeil, regardaient leur progéniture défaire, excités, leurs paquets cadeaux.

Grâce aux courses qu'elle avait faites, ils n'avaient pas besoin des services du traiteur aujourd'hui, lui apprirent les Narman, et ils avaient prévu de dîner à l'extérieur le soir même.

Ils discutèrent encore de quelques détails. Ils voulaient un dîner pour vingt personnes dans la semaine, et la vitre de la douche d'une salle de bains avait été cassée. Pourrait-elle s'arranger pour la faire remplacer ? Ensuite, Lee réunit bouteilles, boîtes et cartons de pizza vides et remplit quatre sacs.

Elle emportait le dernier dans le local à poubelles quand M. Narman vint la trouver pour lui présenter une liste de huit autres *petits détails* requérant son attention. Encore des courses, des réparations, des réservations dans différents restaurants.

— C'est toujours ainsi quand ils sont là ? s'enquit Mac lorsqu'elle lui expliqua qu'elle en aurait pour une bonne partie de la journée, et qu'ensuite elle avait prévu de dîner avec ses amis.

— En gros, oui. Mais ils sont courtois, et l'arrangement est avantageux pour moi. C'est très confortable, et en leur absence, je profite de leur luxe.

— Ah bon ?

Elle sourit.

— Oui. Je peux me prélasser devant un bon feu de cheminée ou boire du champagne dans le Jacuzzi.

Elle ôta ses boots et s'étira en prévision des coups de téléphone qu'elle allait devoir passer.

— Tu as été chat dans une vie précédente, dit-il. Je le vois à la façon dont tu t'étires et ronronnes. Sans compter que tu essaies discrètement de te débarrasser de moi parce que j'envahis ton espace.

— Comment ?

Ce n'est pas impossible.

Il lui souriait, appuyé d'un coude au chambranle de la porte. Il ne semblait pas du tout fâché.

— Pas de problème, ajouta-t-il. J'ai aussi de quoi m'occuper.

— Ecoute… je ne te mets pas dehors.

Elle se sentait confuse qu'il ait pu lire aussi facilement en elle.

— Pas de problème, je te dis.

Et ce devait être vrai, car il continuait de sourire.

— C'était…

Elle chercha ses mots. Ainsi, elle était un chat. Aimait-il les chats ?

— J'ai adoré la soirée, la nuit, dormir auprès de toi et que tu sois toujours là ce matin, dit-elle. C'était très agréable, vraiment.

— Tout va bien, dit-il patiemment.

— J'ai envie de te revoir, lâcha-t-elle.

Puis elle se mordit la lèvre, craignant d'en avoir trop dit. C'était à cause de lui aussi ! Gênée qu'il mette le doigt sur son besoin d'indépendance, elle avait cru bon de se montrer honnête.

Elle aurait été mieux inspirée de se taire.

Il sourit.

— Moi aussi. On peut décider tout de suite quand, si tu veux. Ou bien, si tu ne sais pas quand tu repasseras de l'état félin à l'état humain, nous verrons plus tard.

— Décidons maintenant. Je ne me sens déjà plus tellement chat.

— Ah, c'est un aveu ?

Il s'approcha brusquement et la prit dans ses bras. Les mains au creux de ses reins, il la fit aller d'un côté et de l'autre.

— Je le savais ! Je savais que tu étais un chat !

— Est-ce que… tu les aimes ?

— Qui ça ?

— Les chats.

— Bien sûr, répondit-il doucement. Ils sont doux au toucher et, si tu les traites bien, ils ronronnent pour toi.

Il la caressa sous le menton, et elle faillit bien ronronner ! Elle avait envie de fermer les yeux, de se frotter contre lui, de s'enrouler sur elle-même et de s'endormir.

Elle rouvrit les yeux et s'aperçut qu'il la regardait avec attention.

— Et puis leurs yeux se dilatent quand quelque chose d'excitant se présente.

— Les tiens aussi, chuchota-t-elle.

Ils devenaient très grands et très sombres.

— De plus, ce sont d'extraordinaires athlètes. Minces et agiles, ils se déplacent avec une souplesse phénoménale. Et ils savent tirer parti de leur corps. J'ai toujours aimé cette qualité chez… les chats.

Il parlait d'elle, pas du tout des chats, et son esprit se mit à vagabonder. Elle l'imaginait descendant sans effort dans la poudreuse, les épaules perpendiculaires à la pente, ses jambes musclées agissant comme des ressorts.

— Allons skier ensemble, dit-elle soudain. Est-ce que ça peut faire partie de nos projets ?

— Et parfois, ils sont juste désopilants.

— Que…

— Lee ! Je me livre à une véritable entreprise de séduction, et tu me parles de dévaler les pentes.

— Non, je…

Et voilà, j'ai tout ruiné. Bien sûr qu'il cherche à me séduire.

— Nous avons le temps, insinua-t-il d'une voix de velours.

— Tu crois ?

— Oui, en faisant vite et simple. Je mets ma montre à sonner.

— Combien de temps ? demanda-t-elle en riant.

— Dix minutes. Un quart d'heure si on compte le temps de remettre nos chaussures.

— Tu es sérieux ?

— Absolument !

Ils se déshabillèrent en riant comme des fous, tombèrent sur le lit et firent l'amour de la façon la plus dépourvue d'artifices qui soit.

Et c'était bon. Rapide, mais plein de passion. Délicieux. Elle savait qu'en y repensant, ils en riraient, mais la vérité était qu'on pouvait faire l'amour vite et bien.

L'alarme de la montre de Mac se déclencha alors qu'il tendait la main vers ses chaussettes.

— Nous n'avons pas eu le temps d'enfiler nos chaussures ! s'exclama-t-il.

— Presque.

— Presque, ce n'est pas suffisant. Il faudra nous améliorer.

— Pour la rapidité, ou…

— Tu n'as pas aimé ?

— Si.

— Je le sais, déclara-t-il d'une voix sensuelle.

Oh ! oui, elle avait aimé ! Il ne pouvait se remémorer les instants passés avec elle sans se sentir transporté de joie. Et il ne cessait d'y penser.

A quoi bon se raconter des histoires ? Il était heureux, voilà tout. Lee était une femme qui faisait battre son cœur. Franche, directe, incapable de chantage affectif.

Il ne faisait jamais de promesse qu'il n'envisageait pas de tenir. Ce qui signifiait, la plupart du temps, qu'il ne faisait pas de promesse du tout. Mieux valait être sain et sauf que désolé. Et Lee semblait avoir adopté la même philosophie.

A vrai dire, il ne s'était pas installé à Aspen avec l'idée de se lier sur-le-champ, et il était un peu surpris de ce qui se passait. Ainsi, il avait couché avec une femme, et tout semblait bien se passer.

Parfait.

Malgré tout, il demeurait méfiant, parce que même l'aventure la plus décontractée en apparence pouvait réserver de mauvaises surprises si l'on n'y prenait garde...

Lors du dîner, Lee ne parla pas de Mac à ses amis, mais elle le vit ensuite tous les jours de la semaine. Il avait trouvé un petit appartement à environ une demi-heure, plus bas dans la vallée, mais il lui annonça qu'elle ne le verrait que quand il l'aurait un peu aménagé. Ils se retrouvaient donc toujours chez elle. Il téléchargea et lut *Une chambre à soi* sur son iPad, ce qui lui permit d'utiliser une tasse supplémentaire de sa collection. Elle lui dit qu'il était idiot, et cela devint une plaisanterie récurrente entre eux.

Les Narman partirent le lendemain du nouvel an, ce qui donna à Lee beaucoup de travail, entre son emploi d'enseignante à temps plein et la remise en état de la maison. Elle s'y consacra jusqu'à 11 heures passées ce soir-là, et il lui restait encore à faire le lendemain. C'était seulement quand les Narman étaient en résidence qu'elle avait recours à l'agence de nettoyage. En leur absence, elle préférait faire le ménage elle-même ; ainsi, elle était sûre du résultat.

Seul ennui : il ne lui restait plus de temps pour Mac.

Deux jours plus tard, les portes des chambres d'amis refermées, les placards remplis de provisions non périssables et le linge expédié au pressing, elle réussit à passer quelques instants avec lui dans le bureau de l'école de ski.

— Tu sais quoi ? lui dit-elle. Nous avons enfin la maison pour nous tout seuls.

— Toute la maison ?

— Oui. D'habitude, je n'utilise qu'une chambre et une salle de bains, mais ils ne reviennent qu'à la fin du mois. Nous pouvons prendre nos aises.

— J'ai peur de me perdre, dit-il en souriant. C'est tellement grand. Tu crois que nous serons obligés d'envoyer des textos pour nous localiser ?

— Utilisons plutôt un cor des Alpes. Tu sais, ceux qui font deux mètres cinquante de long.

— Ou des talkies-walkies.

— Ou un système d'Interphone des années 1970.

Un moniteur surprit cette dernière phrase.

— C'est drôle, il y en avait un à la maison ! Mes parents s'en servaient pour nous torturer !

Il rit en secouant la tête.

— Il y avait de la musique d'ambiance dans toutes les pièces.

Puis il s'éloigna.

— Heureusement que nous n'abordions pas de sujets plus intimes, murmura Mac à l'oreille de Lee.

— Je suis prête à en parler ce soir, chuchota-t-elle en retour.

— Quand ?

— Quand tu veux.

D'avoir le chalet pour eux les métamorphosa en gosses devant la vitrine d'un magasin de bonbons. Mac alla faire des courses et revint avec du champagne, du saumon fumé, du caviar et d'autres produits de luxe ayant attiré son œil. Lee remplit le Jacuzzi, alluma du feu dans la cheminée, et ils tirèrent les rideaux.

— On peut mettre de la musique ? demanda Mac.

— Vas-y.

Dans la pièce voisine se trouvait un superbe équipement audio. Il mit un CD de compilation de rock dans le lecteur.

— Ça leur est vraiment égal ? demanda-t-il, revenu dans la cuisine.

— En fait, ils m'ont demandé d'occuper la maison pour qu'elle ait l'air habitée. Les lumières de mon appartement ne se voient pas de la route.

— Comment as-tu trouvé ce boulot ?

— Je les ai connus en leur donnant des leçons particulières de ski. J'ai appris qu'ils cherchaient un gardien pour leur chalet, alors que ma colocataire avait envie que son copain emménage avec elle. J'ai sauté sur l'occasion. Il y a plusieurs années de ça maintenant, et l'arrangement me convient toujours.

— Mon plan caviar va très bien te convenir aussi ! dit-il en ouvrant le couvercle du pot. Seule question : mangeons-nous dans le Jacuzzi ou devant le feu ?

— D'expérience, je peux te dire que manger dans le Jacuzzi n'est pas aussi drôle qu'il y paraît. Des débris de nourriture finissent par flotter sur l'eau et se collent à la peau, et le caviar n'est pas mon parfum de lotion hydratante préféré.

Elle sortit d'un sac isotherme une bouteille emperlée de buée.

— En revanche, champagne dans le Jacuzzi…

Ils burent donc leur champagne dans le bain bouillonnant, dans des coupes de plastique destinées à cet usage.

— Les Narman ont la hantise qu'on casse des verres, expliqua-t-elle, se laissant bercer par les jets d'eau écumante.

De l'autre côté de la vaste baignoire, Mac s'étirait également avec délice.

— Je comprends pourquoi ils t'apprécient, dit-il. Tu respectes leurs règles même en leur absence.

— Ce sont des gens gentils, bien qu'ils en fassent un peu trop.

— Pourquoi es-tu si loin ?

— Parce que je dois servir le champagne et que la bouteille est derrière moi !

— Mais maintenant, le champagne est servi, et la distance devient un problème.

— Quoi ? Tu penses qu'il faudrait un cor des Alpes pour communiquer ?

— Je te veux juste près de moi.

Il se redressa et tendit un bras vers elle. Elle vint à lui, toute glissante d'écume, et il referma son bras sur sa taille pour la tenir.

— Tu es belle, Lee…

— Moi ?

Il était exceptionnel qu'on parle d'elle en ces termes. On disait qu'elle avait un visage énergique, un corps d'athlète, de beaux cheveux. Qu'elle possédait un physique intéressant. Parfois, qu'elle était jolie, ce qu'elle savait très exagéré, ses traits étant trop affirmés pour mériter ce qualificatif.

— Oui, toi. Tu es belle, répéta Mac, avec tes yeux qui hésitent entre le bleu et le vert, ton sourire si vivant, ton rire superbe. Et je me souviendrai toujours de tes boucles d'oreilles qui scintillaient sous les lumières quand tu remuais la tête tant tu étais animée, le soir de notre rencontre.

— Vraiment ?

Elle chercha sa bouche et lui vola quelques baisers.

— Franchement, tu m'as fait une grosse impression avec tes cheveux d'or foncé qui voltigeaient dans tous les sens, et cette expression sur ton visage…

— Et nous avons bavardé comme si nous nous connaissions depuis toujours.

— J'en avais l'impression. Et maintenant, nous nous connaissons vraiment.

Il la prit par les hanches et l'installa sur lui pour qu'elle mesure l'effet qu'elle produisait sur lui.

— Nous nous connaissons vraiment, murmura-t-elle.

Ce qui se produisit ensuite était tout à fait prévisible.

Et, chaque fois, nouveau, différent, extraordinaire.

Ce soir-là, il passa la nuit chez elle, ce qui n'était pas systématique. Au fil des jours, ils apprenaient à sentir les moments où l'un ou l'autre avait besoin d'espace. Il devait aménager son appartement ; quant à elle, elle s'était vu échoir la lourde tâche d'entraîner des skieurs juniors en prévision d'un circuit de compétitions qui devait avoir lieu en Europe en février.

— Février ? répéta Mac quand elle le lui apprit. Quand en février ?

— Nous partons le 3.

— Le 3, et tu me le dis seulement maintenant ?

— Tout le monde en parle, je te croyais au courant.

— Eh bien, non.

— Désolée.

— Pas grave. Combien de temps seras-tu partie ?

— Trois semaines.

— Si longtemps ?

— C'est un gros projet. Une équipe triée sur le volet, un peu plus jeune que d'habitude.

— J'espère que des parents t'accompagnent ?

— Oui, mais je ne m'occupe pas du volet organisation.

— Que devient le chalet dans l'histoire ?

Ils étaient étendus devant le feu, sur une carpette en peau de mouton, et dînaient de crackers et de fromage tout en buvant du vin rouge. Le mois de janvier était bien avancé, et les Narman étaient attendus pour un week-end de trois jours. En se livrant à un rapide calcul, elle fut très surprise de constater que Mac et elle étaient… se voyaient, depuis plus d'un mois.

Ils ne disposaient pas de nom pour qualifier leur relation, ni de date limite. Rien. Peut-être se montraient-ils encore plus prudents qu'au début. Les moments passés ensemble étaient plus intenses et, en même temps, plus détendus. Et quand ils étaient séparés…

Elle s'arrangeait pour avoir de longs moments de solitude, parce que, si elle n'en disposait pas, elle commençait à s'effrayer des idées qui tournaient dans sa tête. Quand on était avec quelqu'un pour de mauvaises raisons, le pire était à craindre.

Pour le moment, elle préféra se concentrer sur la question de Mac.

— Mon amie Alyssa va venir s'y installer. C'est déjà arrivé, et les Narman l'apprécient. Si je laissais tomber, elle me remplacerait, c'est sûr. Elle est un peu plus jeune que moi, vingt-neuf ans, et nous avons des points communs. Nous sommes toutes les deux célibataires et ravies de l'être.

Il ne commenta pas cette déclaration d'indépendance. En y repensant, elle la trouva un peu abrupte, comme une sorte de mise en garde. Si elle avait pu reprendre sa phrase, elle l'aurait adoucie. C'était surtout Alyssa qui n'envisageait pas de renoncer à son célibat.

Personnellement, je ne suis pas de pierre. Sur ce point, nous sommes différentes.

— Où vas-tu aller en Europe ? demanda Mac après quelques instants.

— Val-d'Isère, Chamonix, Sestrières, et encore d'autres endroits.

— Programme plutôt chargé.

— C'est sûr.

— Es-tu impatiente de partir ?

— Oui.

— Tu me manqueras.

— Toi aussi.

Il se redressa et s'appuya sur un coude, menaçant de renverser son verre.

— Tu n'es pas obligée de répéter ce que je dis, tu sais ?

— Ton choix de mots me convient, dit-elle en écartant le verre pour éviter une catastrophe.

— J'essaierai de me montrer plus créatif la prochaine fois, dit-il d'une voix traînante.

— Puisque je te dis que ça me convient.

Elle était distraite par le pli sensuel de ses lèvres.

— Convenir n'est pas assez bon. Je voudrais que tu sois extatique devant mon choix de mots. J'aime gagner, souviens-toi.

A présent, un coin de sa bouche se relevait, appelant le baiser.

— Je me souviens, dit-elle, solennelle. Moi aussi, j'aime gagner.

— Alors, tu devrais essayer de me dépasser. Tu vas me manquer. Je te manquerai cruellement.

A présent, il souriait ouvertement. Elle lui rendit son sourire.

— Tu vas cruellement me manquer, Mac.

Pour tout dire, elle redoutait un peu que ce soit vrai. Il se pencha vers elle.

— C'est mieux. Cruellement, ça me plaît. Et tu le dis avec tant de sentiments.

— Tu vas me manquer éperdument, atrocement, désespérément.

— Pas désespérément. Il s'agit juste de trois semaines. Mais continue, c'est bien.

Il se rapprocha sensiblement. Elle sentait son poids sur son flanc.

— Tu vas manquer à chaque fibre de mon être, renchérit-elle.

Elle posa un bras sur son avant-bras si musclé qu'elle résistait rarement à l'envie de caresser.

— Peut encore mieux faire.

— Tu crois ?

— Montre-moi, si tu n'arrives pas à le dire. Un peu d'entraînement ne peut pas faire de mal.

Elle connaissait ce regard. Il allait l'embrasser.

Elle se nicha tout contre lui afin de lui faciliter la tâche.

— La semaine prochaine, il y aura une interrogation sur cette matière, prévint-il.

— La semaine prochaine, je serai à Zermatt.

- 5 -

La semaine suivante, il restait encore quelques jours avant son départ. Ou plutôt, quelques nuits qu'il passa avec elle. Ils déjeunèrent deux fois ensemble, au sommet des pistes où la nourriture était hors de prix et pas très bonne.

— Si nous regardions la compétition de snow-board en mangeant nos hot-dogs ? suggéra Lee, le dernier jour qu'ils passèrent ensemble.

Il ne devait pas rester le soir, parce qu'elle décollait très tôt le lendemain matin, avec son équipe.

— Si tu veux.

— Ce sont les qualifications Super Pipe masculines.

— Ces types sont fous.

— Dit celui qui me confiait l'autre soir sur l'oreiller que skier dans une avalanche était amusant !

— Oui, mais c'était du bluff, parce que, près de toi, je voulais passer pour un mec viril. Mais sur le coup, je n'étais pas fier.

— Ces types doivent avoir peur.

— Ils aiment ça, pas moi.

— Non ?

— Je suis pour le risque minimum.

— Ils portent des casques.

— Insuffisant.

Mac souriait, mais ses remarques étaient acerbes. Certaines personnes ne juraient que par leur sport préféré, songea-t-elle. Mac était skieur, pas snow-boarder, et elle lui pardonnait aisément son manque d'enthousiasme, d'autant qu'elle-même ne pratiquait pas le snow-board.

— Je pensais juste que ce serait sympa de regarder ces descentes impressionnantes au lieu de rester assis dans un endroit bondé. Mais si tu préfères…

— Non, allons-y. Tu as raison, ça vaut le coup d'œil.

Ils chaussèrent leurs skis et glissèrent leurs hot-dogs soigneusement emballés dans la poche frontale de leurs anoraks où ils resteraient au chaud pendant les quelques centaines de mètres de descente. Les amateurs étant peu nombreux pour assister à la compétition, ils trouvèrent sans difficulté un point de vue intéressant, et ils avalèrent leurs hot-dogs, les skis au pied.

Mary Jane et Daisy ne comprenaient pas son goût pour cette vie sportive. Lee adorait respirer l'air pur, sentir son corps en parfaite condition physique, passer une journée sur les pistes et se délecter le soir d'un bain bien chaud, ou d'une soirée au coin du feu qui se terminait au lit avec un bon livre avant de s'endormir comme une bûche.

Et aujourd'hui, elle trouvait même son hot-dog mangeable.

Les spectateurs s'extasiaient devant les difficultés qu'affrontaient les sportifs, et le speaker commentait avec enthousiasme les impressionnantes figures.

Entre deux bouchées, Lee poussait des cris de joie quand les snow-boarders s'élevaient à trois ou quatre mètres au-dessus de la rampe avant d'y replonger. Beaucoup plus sobre, Mac se contentait de laisser échapper un sifflement de temps à autre ou un cri de surprise.

— Ils n'accomplissaient pas de telles performances il y a un an, dit-il.

— Non. Ils progressent d'année en année. Tu ne regardes jamais les retransmissions à la télé ?

— Non. Ce n'est pas mon truc.

— Désolée de t'avoir attiré ici.

Il tourna vers elle un visage un peu crispé.

— Ne t'excuse pas. C'est une préférence personnelle, pas de quoi en faire un drame. Nous ne sommes pas soudés, ce qui est… commode, n'est-ce pas ?

Tout en parlant, il la détailla de haut en bas avec ce regard qui la déshabillait et qu'elle aimait tant. Elle sourit.

— Très commode. Sinon, il faudrait nous séparer à la hache. Tu as du ketchup au coin des lèvres.

— Tu veux le retirer ?

Ainsi, ils manquèrent une épreuve particulièrement impressionnante. Elle songea qu'il avait peut-être raison : regarder des épreuves de snow-board ne valait pas certains petits plaisirs à deux.

— Envoie-moi un texto de Zermatt, dit-il quand vint le moment de se séparer.

En redescendant la piste, elle décida qu'elle était vraiment très heureuse de le connaître.

Zermatt, Sestrières, Clavière, Chamonix, Val-d'Isère…

Les jeunes passaient d'excellents moments et, stimulés par la nouveauté des terrains et des conditions, accomplissaient des progrès sensationnels. La plupart d'entre eux étaient bien élevés, et les deux couples de parents accompagnateurs aidaient Lee et Everard à faire régner la discipline.

Malgré tout, l'aventure était épuisante.

Le soir, elle tombait dans son lit comme une pierre et plongeait instantanément dans un profond sommeil au point que quand elle se réveillait, elle ne savait plus dans quel pays elle se trouvait, ni la date.

Elle s'était procuré un portable avec une carte de crédit prépayée pour que Mac et elle puissent se parler sans dépenser des sommes folles, mais ils finissaient souvent par s'envoyer des SMS, parce que, avec le décalage horaire et leurs activités, ils étaient rarement en mesure de parler tranquillement.

Quand elle arriva à l'aéroport de Genève pour prendre le vol de retour, elle lui envoya un texto.

> Serai à la maison demain soir vers 9 heures, heure du Colorado. Mais il me faudra bien deux jours pour redescendre.

Elle dut couper son portable durant le vol et n'eut la réponse qu'à son arrivée à Denver.

> Pas de problème. Nous en avons déjà discuté. Souviens-toi que je t'aime éveillée.

Les jours qui suivirent, le décalage horaire provoqua chez elle des réveils intempestifs, mais Mac ne semblait pas gêné qu'elle le dérange. A 3 heures du matin, en glissant furtivement sa main sur son corps jusqu'à ce qu'il remue, soupire, roule sur lui-même, la prenne dans ses bras et enfouisse en gémissant son visage dans ses cheveux. A 4 heures du matin, en se collant contre son dos et en embrassant sa nuque et ses épaules. A 5, en chuchotant :

— Mac, tu dors ?

— Plus maintenant.

— Ça t'embête ?

— Tout dépend de ce que tu proposes…

— Eh bien, comme habitude.

— Alors, je suis content.

Dix jours après son retour, ce fut au tour de Mac de s'absenter. Il devait passer un entretien pour un poste de direction à Barrier Mountain, dans l'Idaho, et avait décidé d'en profiter pour rendre visite à sa famille.

— Tu espères retourner t'installer dans l'Idaho ? avait-elle demandé quand il lui avait fait part de ses projets.

Ils déjeunaient dans le restaurant bondé et bruyant du haut des pistes, où le sol était trempé de la neige fondue dégoulinant des chaussures des skieurs, et le menu était moins alléchant que celui d'un routier.

— J'irai là où je trouverai une bonne place. Celle-ci se présente inopinément.

— Qu'appelles-tu une bonne place ?

— Un travail à l'année, dans une ville agréable avec des perspectives intéressantes. Ecotourisme, meilleur programme d'été, possibles prises de risques de gestion. Et si je peux obtenir une telle place dans l'Idaho, ce sera un plus.

Quelqu'un heurta sa chaise en se faufilant entre les tables et lui adressa de brèves excuses.

— Tu aimes ta famille ? demanda-t-elle.

— Oui.

Il rapprocha sa chaise de la table pour faciliter une conversation un peu trop sérieuse pour le quart d'heure dont ils disposaient entre les cours.

— Et toi ? Est-ce que tu songes à quitter Aspen pour te rapprocher de ta famille ?

La suggestion la choqua.

Enfin, pas tant la question que sa propre réaction.

— L'idée ne m'a pas effleurée.

— Tu n'aimes donc pas les tiens ?

— Mais si ! Je les aime beaucoup.

Mais j'aime aussi mon indépendance.

Cela signifiait-il qu'elle aimait *davantage* son indépendance que ses parents et ses sœurs ?

Il la regardait comme s'il attendait quelque chose. Sans doute un « mais ».

J'aime ma famille, mais ils ne me comprennent pas.

J'aime ma famille, mais après deux jours passés avec elle, je deviens folle.

J'aime ma famille, mais je ne veux pas perdre de vue qui je suis. J'ai toujours voulu être sûre de ce que je fais, et pourquoi je le fais.

— Alors ?

— Je ne sais pas. S'il y avait une bonne raison pour que je retourne là-bas…

— Si tes parents étaient malades, par exemple ?

— Mes parents viennent de s'installer en Caroline du Sud, mais oui, ce serait une raison.

Cette fois, quelqu'un se cogna à la chaise de Lee. Ils avaient fini leur repas, et la pause était presque terminée.

La neige s'était mise à tomber à gros flocons, et la visibilité quasi nulle allait sérieusement compliquer ses cours. Perdu dans l'épaisseur neigeuse, on suffoquait presque. Mac planta un baiser rapide et froid sur ses lèvres, et ils emprisonnèrent de gros flocons entre leurs corps. Il faisait trop froid pour qu'ils fondent.

— Je te verrai à mon retour, dit-il.

— Nous nous parlerons d'ici là.

— Bien sûr.

Tout en s'adressant de grands signes de la main, ils s'élancèrent dans des directions différentes.

Un soir, comme elle consultait le calendrier pour se voir confirmer qu'elle devrait bien se passer de Mac pendant encore quatre jours, il lui apparut soudain qu'elle n'avait pas eu ses règles depuis un moment.

— Pas de panique, dit-elle à l'immense réfrigérateur à deux portes des Narman, parce que, oui, elle parlait toujours toute seule quand Mac n'était pas là.

Les coudes sur le comptoir, elle réfléchit. Elles auraient dû venir à Sestrières. Ou peut-être Chamonix.

Trois semaines de retard.

Elle avait perdu l'habitude de s'en tenir à un décompte strict, d'autant que ses cycles étaient plutôt irréguliers.

Mais trois semaines…

Et il était 21 heures.

Comme elle ne se sentait pas de symptômes particuliers, elle décida de remettre au lendemain le soin de réfléchir au problème, si d'ici là rien n'arrivait.

Au matin, la situation restait inchangée. Elle décida qu'elle passerait acheter un test de grossesse à la pharmacie le soir même, en rentrant. Elle n'en avait jamais utilisé, mais ce ne devait pas être sorcier.

Il lui fallut un moment pour les trouver dans un rayon du drugstore. Ensuite, il apparut qu'il existait une kyrielle de marques, chacune se vantant d'un processus plus rapide et de résultats plus fiables que les autres.

Elle finit par en choisir un. A vrai dire, elle avait davantage l'impression d'un jeu que d'une réalité. Elle fut néanmoins soulagée de voir une jeune fille inconnue à la caisse. Soulagée aussi de savoir Mac dans l'Idaho et de n'avoir pas à se cacher pour procéder à cette vérification stupide.

Elle espérait que son corps lui enverrait un message sans équivoque avant même qu'elle sorte le test de son emballage.

Il n'en fit rien.

— Je vais en rire dans cinq minutes, dit-elle à son reflet qui la regardait dans le miroir orné de fioritures de la salle de bains des Narman.

Ou bien en pleurer.

— Qu'est-ce que ça signifie ? se demanda-t-elle un peu plus tard, considérant le bâtonnet barré de deux traits roses.

Elle ne rit ni ne pleura, car les choses lui semblaient totalement irréelles. On était le 6 mars. Elle connaissait

Mac depuis deux mois et demi, et voilà qu'elle porterait son enfant ?

L'idée était devant elle, intacte, et elle ne savait par où commencer pour l'analyser. Elle laissa tomber le test dans la poubelle de la salle de bains, sortit et erra à travers le chalet, se réjouissant qu'il soit si vaste.

C'est impossible.

Impossible.

La seule pensée qui lui traversait l'esprit était : *Une chance que Mac ne soit pas là. Dieu merci, je ne le verrai pas avant dimanche.*

C'était stupide. N'aurait-elle pas dû, au contraire, souhaiter sa présence ?

Or, son absence lui laissait du temps, et c'était déjà ça. Du temps pour permettre à la nouvelle de s'implanter dans son cerveau. Du temps pour comprendre qu'il s'agissait d'une réalité, de la sienne.

Elle avait quatre jours pour comprendre comment cet événement s'inscrivait dans sa vie, reprendre le contrôle de la situation, et décider de la meilleure attitude à adopter.

— Tu es sûr de ne pas vouloir manger quelque chose avant de partir ?

Mac regarda sa mère, qui devant l'évier lavait des pommes de terre, ses cheveux noués en queue-de-cheval. Elle approchait des soixante ans, mais la coiffure lui seyait. Des fils d'argent striaient ses cheveux, qui étaient encore en majorité bruns, ce dont elle était fière.

— Si je les teignais, disait-elle, on penserait qu'ils sont tout gris en dessous, et je veux que tout le monde sache que c'est faux !

Il était 17 h 30, le samedi. Il était assis à la table de la cuisine de la maison de son enfance pendant que sa mère préparait le dîner pour son père et elle, sa sœur Lisa et sa famille qui devait leur rendre visite.

Il avait vu Lisa, Andy et les enfants la veille, quand ils étaient sortis dîner ensemble, et, ce matin, il était allé assister à un match de hockey sur glace auquel participait le jeune Liam âgé de neuf ans. Ce soir, il avait décidé de consacrer sa soirée à ses amis.

Mais comme Liam et la petite Krista, cinq ans, étaient de chouettes gosses, et qu'il s'entendait également bien avec sa sœur et son beau-frère, il songea que ce serait agréable de partager un repas de plus avant qu'il s'envole le lendemain pour le Colorado, même s'il ne s'attardait pas.

— Je suppose que les gars ne passeront pas me prendre avant 20 heures, dit-il. A quelle heure as-tu prévu le repas ?

— Vers 18 h 30. En général, les enfants meurent de faim à ce moment-là. Ils vont arriver d'un instant à l'autre.

— Dans ce cas, je vais grignoter un morceau avec vous.

— Je suis contente que tu rattrapes le temps perdu avec tes amis, dit sa mère.

— Je vais peut-être m'installer plus près d'ici si je trouve un emploi.

Le visage de sa mère s'illumina.

— Tu l'envisages sérieusement ?

— Ne t'excite pas trop, maman. Je n'aurais même pas dû te dire que c'était la raison de ma venue.

— Je croyais que tu étais installé dans l'Utah. Ensuite, j'apprends que tu es dans le Colorado et, à présent, tu penses encore à déménager ?

— C'est un reproche ?

— Je me demandais juste…

— Tu te demandais quoi ?

— Est-ce que toute cette histoire… avec Sloane…

Elle s'interrompit de nouveau.

— Enfin, reprit-elle, est-ce que cette histoire t'a à tout jamais dissuadé d'avoir une relation sérieuse ?

Il lui déplaisait beaucoup que sa mère aborde le sujet. Le sachant, elle se le permettait rarement, ce qui expliquait ses hésitations.

— Je n'en sais rien, répondit-il sincère. Sérieusement, maman, je ne sais pas.

L'image de Lee lui traversa l'esprit, et il réprima un sourire. Ils s'étaient envoyé plusieurs SMS, mais ne s'étaient pas parlé au téléphone. Il appréciait qu'elle ne le harcèle pas et qu'elle ne lui demande jamais plus que ce qu'il était prêt à donner. A vrai dire, elle semblait même plus indépendante que lui.

Leur relation avait-elle un avenir ?

Il ne voyait pas la nécessité de se poser maintenant la question, et apparemment, elle non plus. Même s'il obtenait le poste dans l'Idaho, et s'il décidait de le prendre, il ne quitterait pas Aspen avant deux mois. D'ici là, ils auraient eu le temps de réfléchir, de se quitter bons amis ou bien d'envisager quelque chose de plus sérieux.

— J'aimerais que tu me répondes, dit sa mère, mélancolique.

— Je sais bien, mais pour l'instant, c'est impossible. Je sauterai peut-être le pas le moment venu.

— Et le moment ne se profile pas à l'horizon ?

— Je ne crois pas. Je vois quelqu'un, ajouta-t-il après quelques instants, mais je ne pense pas que ce soit sérieux.

En réalité, il avait délibérément dit : « Je ne pense pas que ce soit sérieux » au lieu de : « Je ne sais pas si c'est sérieux » pour que sa mère n'entretienne pas de faux espoirs. Mais comme elle était optimiste par nature, ses précautions se révélèrent superflues.

— Tu ne pensais pas que c'était sérieux avec Sloane.

— Et ça ne l'était pas.

— Elle…

Il s'empressa de la couper.

— Oui, et c'était une erreur. Et la seule raison pour laquelle nous étions ensemble à la fin. Et encore, nous n'étions pas vraiment ensemble.

Sa mère soupira. Avec l'âge, sa rigueur morale s'était assouplie, mais malgré tout, son père et elle étaient mariés depuis trente-six ans. Elle croyait à la monogamie, à l'engagement et aux mariages romantiques, et il voyait bien qu'elle se mordait parfois la langue pour se retenir de le supplier de faire les choses correctement.

Trouver la femme qui lui conviendrait, l'épouser, fonder une famille.

Et, de ce point de vue, son père était encore plus exigeant.

— Sois prudent, Mac, je t'en prie.

— C'est promis, maman.

Mais en son for intérieur, il se demanda comment faire pour se montrer prudent. Devait-il faire remplir un questionnaire à Lee concernant son état d'esprit ?

Il entendit sonner son portable posé sur la table basse de la salle de séjour et alla répondre avant que le répondeur se mette en route. C'était son ami Sam.

— Salut, Mac. Est-ce que je peux passer te prendre plus tôt ? Brandon a fini son jeu. Il vient d'appeler du bar, alors, je pense que je vais le rejoindre. Ça te dit ?

— Oui, d'accord.

— Je suis là dans dix minutes.

Il revint dans la cuisine.

— Changement de programme. Sam passe me prendre maintenant.

— Alors, finalement, tu ne dîneras pas avec nous, constata sa mère, déçue.

— Désolé.

En réalité, il ne l'était pas. Il n'avait pas envie de subir un nouvel interrogatoire sur les événements du passé ou ses projets d'avenir. Et si sa mère était dans cette humeur, elle n'arriverait pas à contenir sa curiosité.

Mac sembla très heureux de la revoir à son retour d'Idaho. Et cela lui fit énormément plaisir. Il ne feignait pas, ne jouait pas de ses émotions pour gagner du pouvoir sur elle ou la laisser dans le doute. Quand il était heureux, cela se voyait. Tout comme quand il s'ennuyait ou qu'il était fatigué.

Il arriva dans la soirée, ayant pris un vol de Spokane à Denver *via* Seattle. A Denver, où il avait retrouvé son pick-up sur le parking. Il avait envoyé à Lee un texto avant de partir.

J'arrive à 8 heures. Trop tard pour toi ?

Elle s'était empressée de lui répondre.

8 heures, c'est parfait !

Ce n'est qu'après réflexion qu'elle se demanda pourquoi elle ne s'était pas accordé un peu plus de répit. Elle avait pris sa décision, et il n'y avait pas de raison de penser qu'elle déplairait à Mac. Il serait même sans doute soulagé. Malgré tout, l'idée de parler d'eux l'angoissait. Comment annoncer la nouvelle ? Et comme des amis des Narman venant passer un week-end prolongé au chalet, ils se retrouveraient coincés dans son petit appartement. Il y avait si peu de place ici pour les épanchements d'émotion.

Il lui sourit dès qu'il l'aperçut, et, après avoir déposé son sac, la prit dans ses bras.

— Je suis épuisé, dit-il. C'est bon d'être de retour. J'ai plein de choses à te raconter.

— Moi aussi, je suis heureuse de te voir. Très, très, heureuse. Et moi aussi, j'ai plein de choses à te raconter.

Elle se hissa sur la pointe des pieds et lui donna le baiser qu'il attendait. Un de ces longs baisers ardents qui lui arrachaient des grognements de satisfaction.

Elle appréciait tant son odeur qu'elle serait volontiers restée blottie contre lui, sans bouger, le restant de la soirée. Sans même se déshabiller, faire l'amour, ou parler, ou quoi que ce soit d'autre. Elle avait juste envie de rester serrée dans les bras de Mac à respirer son odeur familière, sentir sa force et sa chaleur, se savoir désirée.

Se doutait-il qu'un événement majeur s'était produit ? Elle se sentait nerveuse, hypersensible, déboussolée, et, malgré le schéma qu'elle s'était tracé pour son avenir avec le bébé, toute cette histoire lui semblait encore irréelle.

Elle attendait un enfant.

Aurait-elle dû rester dans l'expectative et ne prendre aucune décision avant d'avoir d'abord parlé à Mac ?

Je ne lui parlerai pas ce soir. Il a dit qu'il était épuisé…

— Tu as faim ? s'enquit-elle.

Sa décision de remettre la conversation cruciale la délivrait d'un poids.

— J'aurais dû prendre le temps de manger quelque chose…

— Mais tu ne l'as pas fait.

— J'ai raté une sortie près de l'aéroport où il y avait quantité de fast-food et, plutôt que de faire demi-tour, j'ai préféré filer directement ici.

— Tu n'as donc pas mangé depuis…

— Quelques biscuits salés et un soda dans l'avion, il y a des heures de ça.

— Des œufs au bacon, ça te dirait ?

— Tu es fantastique !

Elle gagna la cuisine et ouvrit le réfrigérateur pendant qu'il se laissait tomber sur le canapé.

— Tu as passé de bons moments en famille ? s'enquit-elle.

Mac, je suis enceinte.

— De très bons moments. Et j'ai passé la soirée d'hier avec mes amis. Je me suis couché à 3 heures du matin ! Et j'étais debout à 6. Mon père devait me conduire à l'aéroport de Spokane, et il déteste se presser. Puis le vol pour Seattle a eu du retard.

— Pas étonnant que tu sois fatigué !

Je suis enceinte. C'est pourquoi, moi, je suis fatiguée. Et mes seins commencent à me faire mal.

— Sûr.

— Et le poste à Barrier Mountain ?

— Rien de définitif encore. J'en saurai plus dans le courant de la semaine.

— Mais tu penses que l'entretien s'est bien passé ?

— On ne peut jamais être sûr, mais j'ai l'impression que oui. Et les gens que j'ai rencontrés étaient très bien. Ils ont des projets intéressants. Si j'obtiens le poste et que je l'accepte, ce serait un avancement certain dans ma carrière. Plus ambitieux que tout ce que j'ai fait jusque-là.

— J'espère que tu auras bientôt de bonnes nouvelles.

— Moi aussi.

Je suis enceinte, et tu vas peut-être aller t'installer dans l'Idaho.

— Comment veux-tu tes œufs ? Brouillés ? Au plat ?

— Le plus simple. Tu veux de l'aide ?

— Avec tes trois heures de sommeil, tu peux rester sur le canapé !

Et je ne te parlerai pas de choses sérieuses ce soir.

— Combien en veux-tu ?

— Oh ! six ? Sept ? Douze ?

— Décide-toi, dit-elle en riant. Mais je te préviens, je n'en ai pas douze !

— Quatre. Avec trois tranches de pain grillé et six morceaux de bacon. Je meurs de faim !

— Je peux ajouter des tomates si tu veux.

— Parfait !

Il ferma les yeux. Elle s'attarda un instant sur le seuil de la cuisine pour le contempler avant de se mettre à l'ouvrage. Il lui parut si beau avec son corps splendide, même avachi comme une poupée de chiffon sur le canapé, et ses cils noirs projetant leur ombre sur sa peau bronzée.

Lors d'une de leurs conversations nocturnes, elle lui avait demandé d'où il tenait ses yeux noirs et son teint mat. Il lui avait alors raconté l'histoire de sa grand-mère basque espagnole et de son arrière-grand-père italien, arrivés dans l'Idaho au tournant du XXe siècle pour travailler à la construction du chemin de fer de Pocatello.

— Tous les deux sont mes ancêtres maternels, avait-il précisé.

— Ce qui explique pourquoi tu portes le nom de Wheeler et pas un nom à consonance exotique.

— Malheureusement, il n'y a rien d'exotique chez moi.

Il se trompait. En le regardant, elle ressentit le même coup au cœur que la première fois. Il la touchait. Ils se connaissaient depuis peu, elle ne cherchait rien de sérieux, et lui non plus, apparemment. N'empêche qu'il l'émouvait et qu'elle ne savait pas ce que ça signifiait.

— Ainsi, tu accepterais le poste ? demanda-t-elle de façon abrupte.

Il ouvrit des yeux ensommeillés dans un visage marqué par la fatigue. Et la vue des petites rides qui marquaient ses paupières l'attendrit.

— Je déciderai le moment venu.

— Ce n'est pas une réponse.

— C'est la seule que je puisse donner. Je suis tenté, mais je suis à Aspen depuis si peu.

— Ce serait donc facile pour toi de partir ?

Est-ce que ce serait facile pour moi de partir ? Je vis ici depuis des années.

— Ou bien je me sentirai comme un nomade incapable de se fixer.

— Pas si tu pars pour rentrer dans ta ville natale.

— C'est vrai.

Il bâilla.

— Mais si quelque chose se présentait ici, dans la gestion des espaces de montagne…, ajouta-t-il.

Il la regarda, une soudaine vivacité dans le regard.

— Et toi, qu'en penses-tu ?

— Je pense que je vais préparer les œufs avant que tu tombes de sommeil.

— Bien vu.

En cinq minutes, son repas fut prêt, et il le dévora à peu près dans le même laps de temps. A 21 heures, il était couché. Peu après, elle se glissa à son côté. Ils se serrèrent l'un contre l'autre, et il s'endormit presque instantanément.

Tant mieux, pensa-t-elle. Parce que s'il avait été suffisamment réveillé pour faire l'amour, il l'aurait été aussi pour parler, et l'idée la rendait malade.

Elle percevait le va-et-vient régulier de sa poitrine à chaque respiration, le mur de son corps contre elle, et une vague de tendresse à pleurer la submergea.

— Si ça ne t'ennuie pas, je vais faire une petite pause, annonça Mac, le lendemain, tandis qu'ils faisaient la queue pour acheter leur déjeuner au self-service.

— Une pause ?

— Je vais rentrer chez moi me reposer. J'ai fait un peu trop la fête dans l'Idaho.

La nouvelle la contraria à double titre. Tout d'abord,

parce qu'il prenait pour acquis qu'elle veuille le voir et éprouvait le besoin de s'excuser de ce qu'il considérait comme un abandon. Ensuite, cette histoire de fête. Elle lui découvrait un penchant de célibataire pour les sorties arrosées entre copains.

— Tu as donc une double personnalité, dit-elle en essayant de plaisanter. Ici, tu ne sors pas.

Il haussa les épaules en lui adressant un sourire penaud.

— Juste des retrouvailles avec de vieux amis. Ils m'ont débauché.

— En fait, hier soir, tu avais tout simplement la gueule de bois.

— Peut-être un peu. Mais surtout, j'avais l'esprit occupé par cette histoire de travail à Barrier Mountain. Le bacon et les œufs étaient excellents, merci. Je n'aurais pas dû stresser comme ça.

Apparemment, elle avait réussi à lui faire comprendre qu'il lui devait des excuses. Et il avait obtempéré.

J'ai pris la bonne décision. Je suis peut-être prête à avoir un enfant... peut-être... Mais ce qui est sûr, c'est que nous ne sommes pas prêts à unir nos deux vies. Nous le ferions pour de mauvaises raisons.

Il lui accordait un nouveau répit avant cette conversation qu'elle redoutait tellement. Mais son soulagement et sa frustration étaient presque plus lourds à porter que son appréhension.

Quand des amis l'appelèrent pour lui proposer de partager une pizza avec eux, tandis qu'Everard et deux moniteurs qui attendaient pour commander leur repas lançaient Mac dans une conversation sur le basket-ball, elle se contenta de le quitter en lui adressant un petit signe de la main. C'était sans doute pure lâcheté.

Elle aurait dû insister pour avoir avec lui une discussion en tête à tête.

*
* *

Mac aimait voir Lee froncer le nez quand elle était mécontente, comme maintenant. Son petit geste d'adieu disait : « Ils insistent pour que j'aille manger une pizza avec eux, comment refuser ? » Seul son petit froncement de nez contredisait cette assertion.

Je préférerais être avec toi.

Pareil pour moi, Lee, sauf que je sais que je me conduirais en ours mal léché avec, ce soir, un terrible mal de tête. Et là, maintenant je n'ai aucune, mais alors, aucune, envie de parler de basket-ball. J'en ai discuté à peu près quatre heures samedi, avec les copains.

— Northwestern décline, dit quelqu'un.

— Non, Michigan.

— Tu plaisantes ?

Les paroles s'évanouirent à l'arrière-plan tandis qu'il mangeait son hamburger.

Après tout, peut-être devraient-ils quand même se voir ce soir ? Lee pourrait venir chez lui. Elle ne venait que rarement, parce que, franchement, à quoi bon faire des kilomètres quand on dispose d'un somptueux chalet sur la montagne ? Ce soir, pourtant… Ils pourraient acheter des plats à emporter. Elle rentrerait tôt, et il l'aurait vue tout en récupérant un peu de sommeil en retard.

Il laissa la discussion sur le basket-ball glisser sur lui et ne prit aucune décision quant au programme de la soirée. Et quand il regarda en direction de sa table, Lee n'était plus là. Dans l'après-midi, il donna deux cours à des groupes débutants, avec des jeunes hommes qui se prenaient pour des skieurs-nés et des jeunes femmes ne possédant aucune confiance en elles, et si les deux sexes avaient pu trouver un juste milieu, il y aurait eu moins de chutes et de collisions sur la piste.

Il reprit le chemin de la vallée en fin d'après-midi pour

retrouver un petit appartement de célibataire dépourvu de charme, et ce n'était pas la photographie d'art accrochée au mur qui y changeait quoi que ce soit. En prévision de la venue de Lee, au cas où il l'appellerait, il changea les draps, mit en route une machine et passa l'aspirateur. Quand il eut terminé il était 18 heures passées.

Devait-il l'appeler ?

Il prit son portable et faillit composer son numéro en pensant à son froncement de son nez qui indiquait qu'elle n'était pas tout à fait aussi indépendante qu'il l'aurait cru. Il devait aussi lui parler plus sérieusement de l'Idaho, discuter avec elle s'il devait ou non accepter le poste si on le lui offrait. Mais entretenaient-ils le genre de relation où l'on doit consulter l'autre s'agissant de décisions ou de projets ?

Il devait lui parler. Mais pas maintenant.

A l'idée de mettre ses idées en forme, une grande lassitude l'envahit, et sa tête, où les vapeurs de l'alcool ne s'étaient pas encore tout à fait dissipées, devenait lourde.

Il décida de remettre au lendemain la conversation avec Lee, quand il aurait les idées claires.

- 6 -

Ce soir-là, Lee appela M. Narman pour l'avertir de son prochain déménagement. Car, quel que soit le résultat de sa conversation avec Mac, elle n'avait pas l'intention de passer sa grossesse à Aspen et d'y accoucher.

Sans chercher à en savoir davantage, M. Narman passa très vite à ce qui lui importait.

— Est-ce que votre amie serait susceptible de vous remplacer ?

— J'en suis presque sûre.

— Demandez-le-lui. Elle nous a donné toute satisfaction lors de vos remplacements. Proposez-lui le même arrangement. Puis-je vous charger de régler la question et de me faire savoir s'il y a un problème ?

— Oui, bien sûr.

Elle s'attendit à cc qu'il la remercie de ses efforts au fil des ans, et lui exprime les regrets de sa famille, mais il se contenta de dire :

— Envoyez-moi un texto quand l'affaire sera réglée.

Elle téléphona à Alyssa, qui bondit de joie et accepta sans la moindre hésitation. Le mardi, elle eut une entrevue avec le directeur de l'école de ski pour lui remettre sa démission. Elle souhaitait qu'elle prenne effet à la fin du week-end suivant, qui, elle le savait, serait chargé.

— Si c'est trop tôt, Chris, je peux rester encore quinze jours, proposa-t-elle, mais, dans la mesure du possible, je préférerais partir assez vite. Je projette de retourner dans l'Est. Ma petite sœur se marie dans quinze jours. Si je peux finir dimanche, je partirai en voiture lundi et serai à la maison à temps au lieu de prendre un vol aller-retour.

Il hocha la tête.

— Je me souviens que tu avais posé des jours de congé pour ce mariage.

— C'est que mes projets se trouvent bouleversés et que je prévois de quitter définitivement Aspen.

— Pas de gros ennuis, j'espère ?

Elle avait préparé son histoire.

— Non. Mes parents partant en retraite, mes sœurs ont repris la gestion de l'hôtel familial, et comme il faut procéder à une rénovation complète, il se trouve qu'elles ont besoin de mon aide.

C'est surtout moi qui ai besoin de leur aide.

— Très bien, dit-il sans insister davantage. Pars quand ça t'arrange. Nous avons des moniteurs à temps partiel qui ne demandent qu'à passer à temps plein. Si tu veux, ajouta-t-il, je peux demander à deux gars de t'aider à faire tes bagages. Et si tu veux partir plus tôt, le programme junior est en de bonnes mains avec Everard. Nous serons désolés de te perdre, vraiment désolé, mais je comprends que tu aies d'autres projets.

— Merci. Vous me manquerez… Aspen me manquera.

Et cependant, une petite voix lui disait qu'elle n'y laisserait pas tant de souvenirs. Une poignée de gens la regretteraient, mais elle prenait conscience qu'elle n'avait pas planté ici de racines très profondes.

— Tu dois beaucoup aimer tes sœurs, dit Chris.

Elle hocha la tête et sourit, la tête pleine de toutes les choses qu'elle dirait ce soir à Mac.

Mac qui n'aurait pas dû être le dernier à connaître sa décision, mais qui, *de facto*, l'était.

— Si nous sortions ? suggéra-t-il quand ils se retrouvèrent à la fin de leur journée de travail.

— Tu veux sortir ?

— On ne s'est pas vus depuis longtemps. J'aimerais qu'on passe de bons moments ensemble.

— Nos bons moments, nous les passons généralement à l'horizontale.

— Ça n'empêche pas…

Il sourit et tendit la main vers elle, mais elle s'écarta comme si elle n'avait pas remarqué. Elle ne pouvait pas l'embrasser et faire comme si de rien n'était. Le poids de son secret se faisait plus lourd d'heure en heure, et l'incertitude dans laquelle elle se trouvait la rendait nerveuse et malheureuse.

Aurait-elle dû aborder la question plus tôt ? Aurait-elle dû différer toute démarche jusqu'à ce qu'ils aient parlé ?

— Allons, reprit Mac, je pensais que nous pourrions apporter un peu de fantaisie dans nos habitudes, mais si tu n'y tiens pas, nous resterons assis sur un tabouret du Waterstreet, comme toujours. Je mangerais bien un steak. Nous n'avons qu'à y aller tout de suite, boire une bière et manger. Nous serons chez toi à 7 heures et demie.

Elle ne répondit pas. Un bar était le dernier endroit où avoir une conversation aussi importante que celle qu'elle avait en tête. Maintenant qu'elle était fermement décidée à parler à Mac, elle éprouvait le besoin de se jeter à l'eau une bonne fois pour toutes.

— Avec ces gens qui envahissent notre espace, on n'a pas le choix, reprit Mac.

— Ils partent aujourd'hui, mais je ne sais pas à quelle heure.

A vrai dire, après une journée sur les pentes glacées, la perspective d'un dîner préparé à la va-vite n'était pas particulièrement réjouissante. Elle finit donc par accepter de s'arrêter au Waterstreet pour y dîner, comme souvent au cours des deux derniers mois. Leur liaison était connue, car ils n'avaient pas cherché à la cacher. Quand des amis de Lee lui demandaient si c'était sérieux, elle haussait les épaules et répondait qu'elle n'en savait rien, mais qu'ils s'entendaient bien. Ce que disait Mac à ses amis, elle l'ignorait.

— Tu n'es pas drôle ce soir, dit Mac en l'attirant à lui et en plantant un baiser sur ses lèvres.

Cette fois, elle ne put se retenir de le lui rendre.

C'était délicieux, comme toujours.

— Désolée, dit-elle.

Elle avait très envie d'un steak avec un accompagnement conséquent de légumes et d'un dessert. Une chose était sûre, elle ne souffrait pas de ces nausées, qui, disait-on, empoisonnaient les débuts de grossesse. Elle avait un appétit féroce et dormait, la plupart du temps, comme une bûche.

Dix minutes plus tard, installés sur des tabourets au bar, ils commandèrent. Elle choisit une côte première, des pommes de terre et une salade, avec une soupe de clams pour commencer. Quant à Mac, il avait commandé des ailes de poulet grillé à déguster avant son steak.

— Ce que j'ai faim ! s'exclama-t-il en piochant dans son entrée.

— Moi aussi.

— Tu veux un peu d'ailes de poulet ?

— Non, merci. La soupe est parfaite. Je m'y tiendrai.

— Deux bières, s'il vous plaît, commanda-t-il à la serveuse sans demander son avis à Lee.

C'était leur boisson habituelle.

— Et une carafe d'eau ! ajouta Lee.

Il la considéra avec surprise.

— Je meurs de soif, expliqua-t-elle.

Deux amis de Lee vinrent alors les saluer. Ils ne les avaient pas plus tôt quittés que la serveuse posait devant eux leurs boissons. Mac poussa une bière vers Lee qui l'écarta.

— Je me contenterai d'eau.

— Dis donc, c'est moi qui dois surveiller mon foie, pas toi !

— Tu ne boiras pas les deux bières ?

Il secoua la tête.

— Après ce que j'ai bu dans l'Idaho, pour ce soir, une bière sera amplement suffisant.

— J'aurais dû changer la commande. Désolée.

— Tu n'as pas à t'excuser.

— Désolée.

— Arrête avec ça !

— Je sais, je…

Elle prit sa respiration.

— Euh… Mac ?

— Oui ?

— J'ai quelque chose à te dire.

Immédiatement, son visage prit une expression inquiète. Quand une femme prononçait ces mots, la suite n'était généralement pas très réjouissante.

Parle, Lee. Arrête de jouer avec vos nerfs.

— J'ai fait un test de grossesse quand tu étais dans l'Idaho.

L'expression de Mac s'assombrit un peu plus. Inutile apparemment de préciser que ce test s'était révélé positif. La conclusion paraissait évidente. Et il semblait aussi surpris qu'elle l'avait été.

— Je n'y crois pas ! dit-il entre ses dents.

Il offrait l'image d'un trentenaire célibataire qui voit se profiler sous ses yeux un pavillon de banlieue grouillant d'enfants au lieu du poste d'avenir qu'il convoitait.

C'était là tout ce qu'il ressentait ?

Sa réaction avait au moins le mérite de la clarté, songea-t-elle.

Elle crut déceler une autre émotion dans les profondeurs de ses yeux noirs sans parvenir toutefois à l'analyser. Il marmonna quelques paroles inintelligibles. Si son expression choquée ne la surprenait pas, elle n'en éprouva pas moins un profond sentiment de solitude. De façon certainement irrationnelle, elle avait secrètement espéré une réaction différente.

Laquelle ? Elle l'ignorait.

— Je suis… navrée, Mac.

— Si tu pouvais arrêter avec tes excuses à répétition !

Qu'avait-elle espéré, voulu ? Bien que l'effet du choc se soit dissipé, il paraissait évident que cette nouvelle ne le comblait pas de joie.

Au même instant, un moniteur prénommé Adam s'avança vers eux. Il incarnait pour Lee toutes les raisons qu'elle avait d'éviter les aventures passagères avec de jeunes mâles profitant de leur célibat.

Mac appartenait-il à cette catégorie d'hommes, ce qui expliquait-il sa réaction ? se demanda-t-elle.

— J'ai eu quelques jours pour réfléchir, dit-elle très vite.

— Pas moi, et je n'arrive pas à y croire…

— Je sais, mais tu peux te détendre. J'ai bien réfléchi à la question.

— Oui ?

L'espace d'une seconde, elle eut l'impression qu'il allait éclater de rire. Un rire amer.

— Il n'est pas question que cette histoire te gâche la vie, dit-elle.

— Mac ! Mon pote, comment vas-tu ?

— Bien.

Adam et Mac échangèrent des bourrades viriles, et dans ces retrouvailles exagérées, elle comprit que Mac se forçait un peu.

— Ecoute, vieux, dit Mac, nous sommes en pleine discussion, Lee et moi.

— Pas de problème. A plus !

— Sortons d'ici, dit Mac quand Adam se fut éloigné. Ce n'est pas possible d'être tout le temps interrompus.

Il se leva, jeta quelques billets sur la table et la regarda descendre de son tabouret. Ils n'avaient pas fini leurs plats, mais leur appétit s'était envolé.

Ils se retrouvèrent dehors, dans la neige.

— Où veux-tu aller ? demanda-t-elle.

— Chez toi. Pas question d'en parler au milieu de la rue.

Pourtant, après une minute de silence, il reprit :

— Tu t'en doutais donc ? Je veux dire, si tu as fait un test, je suppose que tu avais un retard et des symptômes. Nausées, seins douloureux… Pourquoi ne m'en as-tu pas parlé ? As-tu attendu mon départ pour l'Idaho pour agir en douce ?

— Non, dit-elle avec force. Quand tu es parti, je n'avais pas encore fait le calcul. Je n'ai rien cherché à dissimuler, Mac.

Elle était choquée qu'il l'accuse d'avoir agi derrière son dos, comme si tout était sa faute. Comme si le mot « faute » avait un sens dans leur situation. Jusqu'à présent, elle n'aurait pas imaginé qu'il soit homme à jeter le blâme sur autrui.

— Je n'ai pas pensé que je pouvais être enceinte avant ton départ. Avec tous mes voyages, j'avais perdu le compte des dates. Je ne ressens aucun symptôme particulier, sauf de la fatigue. Mais je ne m'inquiétais pas parce que je travaillais beaucoup et que nous ne dormions pas assez.

Elle lui jeta un coup d'œil de biais, mais il ne releva pas l'allusion.

— A combien en es-tu ?

— Je n'en sais rien. Quelques semaines.

— Quelques semaines ? Ça ne veut rien dire ! Il faut compter depuis les dernières règles. Quand les as-tu eues ?

Difficile à dire. Mi-janvier ? Elles avaient été presque inexistantes, en tout cas.

— Un médecin voudra savoir pour préciser la date de l'accouchement, insista Mac.

— Eh bien, il devra se contenter d'une approximation, répliqua-t-elle sèchement, lasse de se sentir mise en accusation.

— Tu devrais cesser tes cours, reprit-il. Parles-en à Chris.

— C'est fait, et…

— Très bien. Nous sommes au moins d'accord sur un point.

— Sur quoi ne sommes-nous pas d'accord ?

Il y eut un silence.

— N'en parlons pas maintenant.

— C'est ce que tu as dit tout à l'heure, et puis tu t'es mis à me harceler de questions.

— D'accord. Plus de questions jusqu'à ce que nous soyons à la maison.

L'expression sonnait faux. Ils n'habitaient pas ensemble, n'avaient même jamais abordé le sujet. Enfin, jamais… le mot était bien grandiloquent dans la mesure où ils se connaissaient depuis moins de trois mois.

Quelques minutes plus tard, ils arrivaient en vue du chalet des Narman. Elle fut soulagée de le trouver plongé dans l'obscurité. Les visiteurs du week-end étaient partis.

En voyant voleter un rideau, elle nota qu'une porte-fenêtre donnant sur la terrasse de bois qui dominait les pentes était restée ouverte.

— Il va falloir tout vérifier, dit-elle à Mac. Ils n'ont pas fermée correctement le chalet. A moins qu'un intrus se soit introduit. Ils ont peut-être oublié de brancher l'alarme.

— Tu veux t'en occuper maintenant ?

— Impossible de laisser les choses en l'état.

— Je suppose. N'importe qui a pu remarquer ce rideau.

— J'espère que non.

Il attendit avec impatience qu'elle ouvre la porte principale. Au premier coup d'œil, il était évident que le ménage n'avait pas été fait. Des cartons de plats à emporter et de pizza traînaient un peu partout, ainsi que de la vaisselle, des verres, des miettes, des emballages de bonbons, des serviettes mouillées sur le sol des salles de bains. Et le carrelage de la cuisine était tout collant de saleté.

— Laisse ça, dit Mac comme elle évaluait les dégâts.

— Je crois que rien n'a été cassé ni abîmé, et il n'y a pas de signe d'effraction.

Elle alla à la porte-fenêtre, tira le rideau à l'intérieur et la referma.

— Malgré le chauffage, il fait un froid de canard ici, constata-t-elle. Ce doit être ouvert depuis des heures.

— Ecoute, Lee, nous avons à discuter de choses importantes, et tu me parles désordre et sécurité. Assez de tergiversations.

— Désolée.

— Et assez d'excuses, ajouta-t-il d'une voix adoucie.

— Oui, oui, d'accord. Je ne sais pas pourquoi je fais ça.

— Tu disais que tu avais pris des décisions.

Le choix des mots semblait le placer en dehors du problème. En dehors de l'idée d'un enfant et d'un nouveau lien qui se tisserait entre eux. Il y avait une dureté dans son ton, une rigidité qu'elle ne s'expliquait pas. En tout cas, tout portait à croire qu'elle avait eu raison de penser qu'il ne désirerait pas s'impliquer.

Comprenant à demi-mot son point de vue, elle adopta un ton froid et ferme.

— Je vais retourner dans l'Est.

Avait-elle vraiment une autre solution ? Si elle restait, il faudrait définir les droits de chacun et mettre en place un système de garde compliqué, tout cela pour un enfant qui n'était même pas né, et alors qu'ils n'avaient jamais envisagé l'avenir.

— Dans ma famille, précisa-t-elle. Je n'ai pas envie d'élever toute seule un enfant à Aspen.

Il garda le silence. Elle le regardait, son visage pareil à du marbre. Il ramassa un carton à pizza posé sur une table basse, puis un autre sur le bras d'un canapé.

— Quand comptes-tu partir ? demanda-t-il d'un ton neutre alors qu'elle s'apprêtait à l'imiter.

— Dès que j'aurais fait mes bagages.

— Comment, dès ce soir ?

Le ton était sarcastique, glacé.

— Non, pas ce soir. Evidemment, Mac ! Faut-il vraiment que tu te montres si hostile ? Si tu désires que les choses se passent autrement, exprime-toi.

— Tu veux que je m'exprime ? marmonna-t-il.

— Oui, dit-elle sans trop savoir dans quoi elle s'engageait.

Ils avaient beaucoup de mal à aborder les sujets sérieux, car ils n'avaient aucune expérience de couple en ce domaine.

— Bon, quand pars-tu ? répéta-t-il.

— Peut-être vendredi.

Elle réfléchissait à la question depuis que Chris lui avait donné son accord pour une démission immédiate. Vendredi, ce n'était pas mal. Maintenant qu'elle avait pris conscience de ne laisser que peu de choses derrière elle, elle était impatiente de quitter Aspen.

Elle ne cessait de penser à Mary Jane et à Daisy,

et au bonheur que ce serait de partager leur vie, pas seulement à l'occasion de Thanksgiving ou de Noël, mais au fil des jours.

Se réunir autour d'une tasse de café.

Regarder ensemble une émission de télévision.

Se disputer entre sœurs à propos de petits riens, puis rire de leur sottise.

Daisy et Tucker étaient sur le point de se marier. Peut-être l'enfant à l'existence encore irréelle qui grandissait en elle aurait-il très bientôt un petit cousin ou une petite cousine. Ne serait-ce pas merveilleux ?

Elle ressentait comme jamais depuis des années le besoin de resserrer les liens familiaux.

— Vendredi, répéta Mac. Probablement quand j'aurai des nouvelles pour ce poste…, murmura-t-il comme pour lui-même.

— Si j'arrive à tout régler d'ici là.

— Ce n'est pas possible ! s'écria-t-il tout à coup.

Il semblait perdu avec ses cartons de pizza dans les bras. Tout son être semblait focalisé sur une douleur intime qu'elle ne comprenait pas.

— C'est tout simplement impossible !

— Mais si.

Elle lui prit doucement les cartons de pizza des bras sans qu'il proteste.

— Es-tu en train de dire que je devrais agir différemment ? demanda-t-elle.

— Je ne sais pas ce que je dis. Je ne dis rien. Je dis que tu dois prendre la situation au sérieux.

— Bien sûr. Nous ne nous connaissons que depuis onze semaines, Mac.

— Oui, oui, je sais.

Il la regarda ramasser un carton de pizza qu'elle ajouta à la pile.

— Tu veux vraiment ranger maintenant ? demanda-t-il.

— C'est toi qui as commencé. Et puis on est déjà mardi soir, et j'ai pas mal à faire en deux jours.

— J'imagine.

— Je suis désolée.

Cette fois, il ne repoussa pas l'excuse.

— Si ça ne te fait rien je ne t'aiderai pas. J'ai besoin d'être seul.

- 7 -

Nord de l'Etat de New York, avril

— Nous n'en avons pas terminé, dit Mac.

— Tu n'as rien fait pour m'empêcher de partir. Tu n'as pas protesté quand je t'ai dit que je m'en allais à des milliers de kilomètres.

Lee resserra les pans de sa robe de chambre autour d'elle. Elle regrettait de n'être pas habillée. 10 heures et demie du matin n'était pas une heure pour se promener en robe de chambre. Devant Mac, elle éprouvait une impression de laisser-aller qui la désavantageait, alors qu'il avait si belle allure en jean et chemise.

— Nous nous sommes dit au revoir.

Leurs adieux avaient été tout bonnement horribles. Ils n'avaient pas eu un moment d'intimité, après qu'il l'eut laissée seule, le mardi soir, dans le chalet Narman en désordre. Entre ses derniers cours, elle avait été très occupée à faire ses cartons et à trier ce qu'elle expédiait dans l'Est, ce qu'elle emportait avec elle et ce qu'elle donnait, vendait ou jetait.

Sa collection de tasses, qu'allait-elle en faire ? Elle finit par les emballer dans du papier bulle, les ranger dans des cartons et les emporter avec elle sur le siège arrière de sa voiture. Les tasses n'étaient pas importantes. Elle ne savait plus ce qui était important ou non.

Elle avait évité Mac, et il devait l'avoir évitée aussi,

car leurs chemins ne s'étaient pas croisés. Puis, le jeudi soir, quand tout fut prêt, elle se rendit à l'école de ski afin de récupérer des papiers et dire au revoir, et elle se retrouva face à Mac.

Le moment n'était pas plus mal choisi qu'un autre. Après tout, qu'étaient-ils censés faire ? Créer une occasion spéciale pour leurs adieux ? Ce serait pire que tout.

Ils s'étaient donc dit au revoir devant six personnes, avec un petit baiser sur la joue et quelques paroles anodines. C'était facile de nos jours de rester en contact par texto, téléphone, e-mail ou Skype, mais aucun des deux n'y fit allusion. Toujours sous le choc, Mac semblait se débattre avec de gros problèmes qu'il n'avait pas l'intention de partager avec elle.

Elle avait quitté Aspen le vendredi matin et avait fait le trajet en cinq jours, en raison d'une fatigue grandissante et de nausées matinales qui se faisaient maintenant sentir, exacerbées par la nourriture peu raffinée qu'elle grappillait dans les fast-food de bord de route. Elle comprit vite qu'il lui fallait se reposer correctement et chercher des magasins où trouver des fruits, du pain correct, des jus de fruits frais et des salades, parce que les hamburgers-frites et les sodas ne convenaient pas à son état.

Elle était arrivée à Spruce Bay le mardi après-midi, il y avait six jours, pour trouver Daisy sereine et pimpante à la perspective de son mariage qui approchait à grands pas. Toute gêne résiduelle à propos du fait que Tucker, son fiancé, avait autrefois projeté d'épouser Lee fut rapidement évacuée.

Ces événements remontaient à dix ans. Dès le début, envisager une relation amoureuse entre Tucker et elle avait été une erreur. Ils étaient amis, rien de plus. Aujourd'hui, Tucker semblait en adoration devant l'énergie brillante, créative et très féminine de Daisy, et Lee se rendait compte qu'elle n'était pas le genre de femme qu'il lui fallait. Pas plus, d'ailleurs, qu'il n'était son genre d'homme. Si quelqu'un lui manquait cruellement, c'était Mac, ce qui n'avait pas de sens puisqu'il n'avait jamais été question d'amour entre eux. Ils avaient simplement savouré leur histoire au présent, sans se poser de question.

En observant Daisy et Tucker durant la cérémonie toute simple du mariage, avec la fiancée si belle dans sa robe au charme irrésistible, et le fiancé incapable de cacher son amour, Lee avait essayé d'imaginer Mac et elle à leur place. Sans y parvenir.

Il n'avait pas cherché à la contacter. Sans doute avait-il reçu une réponse positive pour ce poste à Barrier Mountain, et il devait maintenant préparer son départ pour l'Idaho. Qu'avaient-ils partagé qui puisse lui faire espérer un avenir avec lui ? Des fleurs, un voile et la promesse d'un amour éternel ? Rien. A aucun moment, ils n'avaient formé un couple.

— Mais nous n'avons pas véritablement mis fin à notre relation, répéta-t-il.

— Non, en effet.

— Et si tu n'étais pas tombée enceinte, que se serait-il passé ? Avais-tu déjà prévu de rompre avec moi ?

— Mais non, pas à ce moment-là. Je…

— Pas à ce moment-là ?

— Nous nous sommes rencontrés dans le bar d'une station de ski, Mac. Ce n'est pas à proprement parler le cadre propice à une relation à long terme.

— J'ignorais que tu étais aussi cynique…, reprit-il après un bref silence. Tu étais prête à rompre au cas où les choses deviendraient plus sérieuses ?

— Non ! J'étais vraiment bien avec toi, si tu veux savoir. Vraiment bien !

J'avoue que ça m'a fait un peu peur, et que je me

suis demandé une ou deux fois si je ne me laissais pas embarquer dans une histoire qui me dépassait.

— Alors pourquoi as-tu préféré rompre parce qu'un événement imprévu surgissait ?

— Un énorme événement, souligna-t-elle.

— Oui. Un événement dont nous aurions dû parler, et à propos duquel nous aurions dû réfléchir ensemble. Un événement…

Il reprit sa respiration.

— … Un vrai défi, conclut-il.

— Un défi ?

— Oui ! Pour moi. Je ne peux pas parler pour toi. Et tout cela arrive justement au moment où j'ai des décisions à prendre pour mon avenir. Et puis, avant que je puisse réfléchir, tu pars !

— Es-tu en train de dire que tu aurais songé à abandonner ta joyeuse vie de célibataire ?

Elle vit qu'il marquait le coup, mais il se reprit vite.

— Joyeuse vie de célibataire, comme tu y vas ! Je ne m'appelle pas Adam Panik !

Elle ignora sa remarque.

— Es-tu en train de me dire que tu cherchais autre chose qu'une aventure pour la saison ? reprit-elle. Même pas pour toute la saison, à vrai dire, puisque tu projetais de tout planter là et de partir pour l'Idaho. L'idée t'excitait. Tu disais que tu n'avais pas encore pris ta décision, mais quand tu en parlais, tu laissais entendre que tu accepterais le poste si on te le proposait. Tu avais passé d'excellents moments avec ta famille et tes amis, et tu avais très envie de les retrouver. A propos, que s'est-il passé ? Tu as obtenu le poste ?

— Oui. Ils m'ont appelé vendredi après-midi, cinq heures environ après ton départ. Ils voulaient que j'aille finaliser avec eux les derniers détails.

— Dans ce cas, que fais-tu ici ?

— J'ai refusé le poste.

— Mais pourquoi ?

— Bon sang, Lee ! s'exclama-t-il en frappant le comptoir de son poing. Pour te rejoindre dans l'Est, être père !

— Ça t'a pris comme ça ?

— Non, pas comme ça ! Toi-même, tu n'as pas quitté Aspen pour revenir t'installer ici ?

— J'y ai de la famille.

— Moi aussi. J'ai un enfant.

— Pas encore.

— Si, déjà.

Il s'approcha et posa une main sur son ventre par-dessus l'épaisseur molletonnée de la robe de chambre. La possessivité du geste et le contact de sa main lui coupèrent le souffle, et elle sentit son aura l'envelopper, chaude et bienfaisante.

— J'ai un enfant, là, en toi, dit-il. Réel et bien vivant, et qui a besoin de ma protection. Que pouvais-je faire d'autre ?

Son cœur fit un bond dans sa poitrine. C'était une déclaration si énorme sur son intention de s'impliquer dans l'existence de l'enfant qu'elle se sentait toute désorientée. Cette vague de soulagement, par exemple, était-elle une illusion ? Qu'attendait-elle de lui ? Son ton exprimait plus de colère que d'amour, et elle ne savait que penser.

Il glissa un bras autour de ses épaules, et elle éprouva le violent désir de se laisser aller contre son torse. Mais cela ne résoudrait rien.

Il avait laissé sa main sur son ventre, là où le bébé ne se manifestait pas encore. Bientôt, ses muscles s'assoupliraient pour permettre à son corps de s'étirer et de gagner en volume.

— Est-ce que tu le sens ? demanda-t-il, comme si ses pensées suivaient la même direction que les siennes.

— Pas encore.

— Tu as vu un médecin ?

— J'ai rendez-vous demain.

— J'arrive donc au bon moment.

Elle se retourna et l'observa.

— Tu fais comme si tout était simple, mais c'est faux, dit-elle.

— Ça l'est pour moi. Du moins, en partie.

— C'est impossible.

Les yeux noirs de Mac étincelèrent.

— Tu oublies que c'est aussi *mon* enfant. Tu n'as pas le droit de m'écarter. J'ai mon mot à dire dans les décisions à prendre à son sujet, et tu ne continueras pas à faire comme si de rien n'était. Je suis venu mettre les choses au point.

Il paraissait si déterminé qu'il lui fit un peu peur. Et qu'il l'irrita aussi.

— Tu n'as pas besoin d'agir comme si nous étions en conflit, Mac. Qu'est-ce qui te fait penser que je continuerai ma vie comme si de rien n'était ? Je prends cette grossesse très au sérieux, et je ne vois pas pourquoi tu supposes le contraire.

— J'ai peut-être tort, grommela-t-il. Ça reste à voir.

Elle lutta pour garder son sang-froid et prit une inspiration.

— Deux choses bien distinctes sont en jeu, dit-elle. D'une part, il y a le fait que nous allons avoir un enfant ensemble, et, de l'autre, la question de savoir si nous avons une relation, et je refuse de les mélanger.

— Ne le sont-elles pas déjà ?

— Non ! Je ne commettrai pas l'erreur de croire que le fait que tu comptes t'impliquer par rapport à l'enfant signifie que nous sommes ensemble. Ce serait une grave erreur. Tu ne peux pas habiter ici, Mac ! Tu ne peux pas faire irruption dans ma vie et exiger d'être logé alors que nous ne savons même pas si nous sommes ensemble.

— Bien sûr que non.

Tout en maugréant, il se mit à arpenter la cuisine.

— Mais tu disais…, murmura-t-elle.

— Tu ne me tiens pas en très haute estime, n'est-ce pas ?

— Mac…

— Autrement que comme partenaire sexuel, bien sûr.

— Tu disais…

— Je n'étais pas sérieux. Imagines-tu vraiment que je vais t'imposer ma présence avant que nous ayons trouvé un arrangement ?

— Non, je…

Il la dévisagea.

— Attends un instant ! Tu te figurais peut-être que j'allais m'incruster chez toi et te courtiser jusqu'à ce que tu me jures un amour éternel ?

— Je ne sais pas ce que je me figurais, dit-elle faiblement, car dans sa bouche tout devenait ridicule. C'est toi qui as dit que tu t'installais ici.

— Je n'étais pas sérieux, répéta-t-il. Je suis venu souligner un point important.

— Quel point ?

— Que j'existe et que je suis partie prenante dans l'affaire.

— Alors, où vas-tu aller, comment vas-tu te débrouiller, que vas-tu faire ?

La colère de Mac avait encore monté d'un cran. A présent, le regard étréci entre ses paupières, la bouche mauvaise, il était furieux. Et pas question de le ramener à de meilleurs sentiments avec un baiser qui lui rappellerait ce qu'ils avaient partagé au Colorado.

— Que tu me croies ou non, je ne suis pas à la rue, Lee.

— Je n'ai jamais dit…

— J'ai des économies, un CV qui tient la route, et comme aime le répéter ma mère, je ne suis pas paresseux. Je n'avais aucune intention de vivre à tes crochets ou de m'installer dans ton canapé pour regarder la télé toute la journée.

— Mac, je n'ai jamais dit…

— Je trouverai un logement et je chercherai du travail. J'ai été plutôt flatté de constater que les gens de Barrier Mountain tenaient vraiment à m'engager. Ce ne devrait pas être trop difficile de trouver quelque chose dans la région.

— Non, bien sûr.

— Et il semble que tu aies raison. Quelque chose s'est terminé entre nous au Colorado. Ce qui remet en question notre relation, mais pas mon implication. Parce que je ne serai pas le père d'un enfant qui disparaîtra de ma vie.

Sa voix se fêla.

— Je ne te laisserai pas non plus vivre ta grossesse sans moi. Je n'irai pas vivre à des milliers de kilomètres. Je ne sais pas ce que j'ai dit ou fait qui a pu te mettre cette idée en tête.

Il avait raison sur ce point. Complètement raison. Et elle en était malade de honte.

— Je n'aurais pas dû faire de telles suppositions.

— Non, tu n'aurais pas dû. Tu aurais mieux fait de me laisser du temps. Finalement, je ne prendrai pas de café.

Il se dirigea vers la porte. Il était en haut des marches quand il se retourna.

— Envoie-moi par texto le nom du médecin, l'heure et le lieu de ton rendez-vous de demain. Je te verrai là-bas.

- 8 -

Les mains dans les poches, les épaules voûtées, Mac faisait les cent pas devant le cabinet de l'obstétricienne quand Lee arriva, le lendemain matin.

Le groupement de praticiens avait élu domicile au milieu d'un jardin splendide, dans une belle maison victorienne ornée de tourelles, de fenêtres en saillie, de vérandas courant le long des façades. Lee pensa que, pour ses rendez-vous prénataux, ce serait un bel endroit, qui lui permettrait d'observer le passage du printemps et de l'été tandis que son corps se modifierait et que le bébé grandirait.

Mac paraissait différent de la veille. Rasé, reposé, il avait bien meilleure mine. De plus, il s'était habillé pour l'occasion avec plus de recherche que d'habitude.

Elle ne lui connaissait pas cette veste de daim, ce pantalon noir, cette chemise d'un bleu gris raffiné, ni ces élégantes chaussures noires. Elle l'avait toujours vu, soit en pantalon, chaussures de ski et anorak, soit en jean, T-shirt et tennis.

Il s'était habillé pour l'entrevue avec le médecin, afin de prouver qu'il était à la hauteur de son rôle de futur père. Il aurait été difficile de le décourager, même si elle l'avait voulu.

Et elle ne le voulait pas.

Dans ce domaine, il restait beaucoup à explorer, mais en dépit de leur dispute de la veille, au fond d'elle-même, elle était émue et heureuse qu'il ait fait tous ces kilomètres pour la rejoindre.

— Ecoute, Lee, je reconnais que j'y suis allé trop fort hier, dit-il dès qu'ils se furent salués.

Les mots s'étaient précipités sur ses lèvres, comme s'il les tenait prêts depuis des heures.

— J'étais fatigué. Et en colère, ajouta-t-il après quelques instants. Et angoissé.

— Pourquoi angoissé, Mac ?

Le ciel était gris ce matin-là, et un petit vent froid soufflait. Il n'aurait pas dû l'attendre dehors.

— L'idée que tu puisses avoir mis plus de trois mille kilomètres entre nous parce que tu ne voulais pas que j'ai mon mot à dire m'angoissait.

— Seulement parce que je pensais que tu n'en avais pas envie ! Et je ne voulais pas élever mon enfant seule à Aspen, risquant de croiser dans la rue un père qui ne voudrait même pas le regarder, et…

Voyant resurgir la colère de Mac, elle se tut et leva une main en signe d'apaisement.

— Je sais, je n'aurais pas dû faire de telles suppositions, mais… je suppose que j'avais peur, moi aussi. C'est si nouveau, si inattendu et si loin de moi aussi.

Sa voix s'était enrouée. Il la dévisagea avec curiosité.

— Si loin de toi ?

— Je n'avais jamais envisagé la maternité. J'étais heureuse, je menais la vie que je désirais.

— Tu n'avais pas envie d'avoir d'enfant ?

Il y avait quelque chose dans son expression qu'elle ne comprenait pas bien, mais puisqu'ils semblaient chercher un terrain d'entente, elle décida de jouer franc jeu.

— Je pensais que j'en aurais envie un jour, répondit-elle. Dans ma tête, je situais ce moment dans un avenir lointain. Je pensais que je soupèserais la question, que j'en parlerais longuement avec mon compagnon, lorsque nous aurions déjà passé beaucoup de temps ensemble et que nous serions sûrs de notre amour…

— Tu envisageais, après mûre réflexion, de faire un enfant avec un homme sans visage ?

— Oui. J'ai toujours pensé qu'il était très important de bien réfléchir, d'être sûre que je franchissais cet énorme pas pour de bonnes raisons.

— Et voilà que ça te tombe dessus sans prévenir, et que, au lieu de l'homme idéal avec qui tu aurais vécu une merveilleuse relation, tu te retrouves avec un pauvre diable que tu connais depuis deux mois et trois semaines pour père.

Il enfonça plus profondément ses mains dans ses poches et son dos se voûta davantage.

— Ce n'est pas ce que je veux dire, Mac. Tu es aussi coincé avec moi comme mère de ton enfant que je le suis avec toi comme père. Et… je suis vraiment désolée de m'être si mal conduite dans cette affaire.

— Coincée avec mon ADN, mon faible revenu et mes idées bizarres sur l'éducation des enfants…

Il cherchait à la dérider, mais elle n'y était pas tout à fait disposée. Il avait peut-être des idées bizarres en matière d'éducation, mais peut-être qu'elle aussi.

— Nous n'avons pas réfléchi à grand-chose, Mac.

— Pas encore.

— Je veux dire, pour ce que j'en sais, tu pourrais avoir déjà un enfant.

— Non, dit-il après un bref silence. Non, je n'ai pas d'enfant.

Il la dévisagea.

— Est-ce que ce serait un problème ?

— J'aurais un très long entretien avec la mère.

Elle s'attendit à ce qu'il rie ou, du moins, sourie, mais il resta de marbre. L'air sombre, il fixait un point au loin, et elle se rendait compte qu'il se passait quelque chose de douloureux en lui. Il avait affirmé qu'il n'avait pas d'enfant, mais après un moment de flottement. Soudain, elle se demanda si elle devait le croire. Lui mentirait-il sur un sujet aussi important ?

— Pourquoi restons-nous dehors ? demanda-t-il d'un ton abrupt.

— Parce que tu t'es lancé dans une grande discussion avant que nous ayons franchi la porte.

— Il le faut bien, non ?

— Oui, mais ce n'est ni le lieu ni l'heure.

— C'est vrai.

— Y a-t-il autre chose que tu souhaites me dire maintenant ?

Il y avait autre chose, elle le sentait.

Il secoua la tête.

— Quelle heure est-il ? demanda-t-elle.

Il sortit son portable de sa poche et consulta l'écran.

— Nous ferions mieux d'entrer. Il doit y avoir une tonne de formalités à remplir.

— Où as-tu dormi cette nuit ? demanda-t-elle comme ils montaient les marches de bois.

Elle avait l'impression d'être une épouse jalouse cherchant à connaître les faits et gestes de son mari.

— J'ai trouvé un établissement qui loue à la semaine des cottages de vacances, et j'en ai retenu un. Je préfère ne pas louer d'appartement tout de suite. Si je trouve un emploi plus au nord, à Whiteface ou Titus Mountain, je chercherai par là.

— Bonne idée.

Whiteface était à deux heures de route, Titus Mountain encore plus loin. Trouver à se loger près des pistes était coûteux, mais on pouvait trouver des loyers abordables si l'on acceptait de s'éloigner un peu.

Mac lui ouvrit la porte et s'effaça pour la laisser passer. Elle réfléchissait encore à ses projets qui semblaient si indépendants des siens. Dans une semaine, il se pourrait qu'il vive à deux heures de route de Spruce Bay, et pourtant, il affirmait sans la moindre hésitation vouloir l'accompagner tout au long de sa grossesse et s'occuper de l'enfant.

— Qu'allons-nous dire aux gens ? demanda-t-elle quand ils furent installés dans la salle d'attente après avoir rempli les différentes formalités.

— Ça ne les regarde pas.

— Mais la question sera forcément soulevée. Le Dr Cartwright voudra le savoir. A moins qu'elle ne soit de ces personnes qui appellent toutes les femmes enceintes « la maman ».

— Laisse-la dire. « Votre mari, votre compagnon, le papa ». Ça m'est égal.

Pas à moi.

Cela l'ennuyait qu'ils puissent se retrouver dans des rôles qui ne reflétaient pas la vérité. Mari et femme, ou même ex-compagnons entretenant des relations amicales. Qu'étaient-ils l'un pour l'autre, et que seraient-ils ?

Même s'ils ne formaient pas un couple, ils seraient liés de façon intime. Pour elle, cette situation était étrange et plutôt inconfortable.

Elle se rappelait l'aisance avec laquelle elle avait désiré Mac, quand ils s'étaient connus au Colorado, et la décontraction de leurs rapports.

Désormais, plus rien ne semblait aisé ni naturel. Elle avait une conscience aiguë du corps de Mac près du sien, alors qu'ils patientaient dans la salle d'attente. Le moindre de ses gestes la troublait. Quand il croisait et décroisait les jambes, se frottait la joue, soupirait d'ennui. Il était agacé et ne parvenait pas à trouver un magazine qui retienne son attention.

Elle avait envie de poser son épaule sur la sienne, de lui donner un baiser impertinent, plein de promesses pour plus tard, de lui demander où ils iraient déjeuner, bref, de se comporter avec lui comme avant.

Quand ils s'entendaient si bien.

Il ne semblait plus rien avoir de commun entre avant le test de grossesse et maintenant. Elle avait l'impression d'avoir basculé dans un nouvel univers dont elle ignorait les règles, tout comme, autrefois, elle n'avait pas su endosser le rôle de fiancée de Tucker.

Mac n'était pas seul en cause, elle en avait conscience. Peut-être même ne l'était-il pas du tout. Ainsi qu'il l'avait dit, elle était un chat qui n'avait aucune envie qu'on l'accompagne sur son chemin.

Qui sait ? Peut-être finirait-elle par donner le jour à son chaton sur une pile de journaux, au fond d'un placard ?

Pouvait-elle partager cette plaisanterie avec lui ? En rirait-il ?

Elle en doutait. Son intuition lui disait que c'était trop proche de la réalité pour être drôle.

De toute façon, elle n'en avait plus le temps car une infirmière l'appelait.

— Tout s'est bien passé, constata Mac.

Une fois de plus, ils se retrouvaient devant la maison victorienne qui abritait le cabinet de la gynécologue, hésitant à se séparer de façon abrupte.

Elle percevait le soulagement de Mac. Il semblait un peu dépassé, comme s'il avait craint quelque chose de différent, et comme elle se sentait à peu près dans le même état d'esprit, elle décida de ne pas le questionner plus avant.

Elle acquiesça en souriant.

— Oui. C'était bien.

Mieux que bien.

Le terme de sa grossesse était fixé au 23 septembre, et

ils avaient reçu quelques éclaircissements. Tout d'abord, la gynécologue leur avait expliqué que les préservatifs retrouvés au fond du tiroir étaient sans doute trop proches de la date limite d'utilisation pour être fiables. Quant au semblant de règles qu'elle avait cru avoir en janvier, il s'agissait en fait d'un léger saignement susceptible de se produire en début de grossesse. Elle en était donc presque à trois mois.

— J'ai l'impression de sortir du bureau du principal sans avoir été puni, déclara Mac.

— Ça t'arrivait souvent ?

— Qu'on me colle des retenues ? Très souvent ! D'y échapper, pratiquement jamais.

— Tu étais donc un vilain garnement ?

— Oh ! ce n'était pas bien méchant. En tout cas, la police n'a jamais eu à intervenir.

— C'est bon à savoir. Qu'as-tu fait de pire ?

— Mettre le feu aux vestiaires des filles.

— L'établissement n'a pas appelé la police ?

— C'était un accident ! protesta-t-il avec de grands yeux innocents.

— Je n'oserai pas mettre ta parole en doute.

Ils se sourirent, heureux de retrouver un peu de l'aisance de leurs anciens rapports. C'était un vrai soulagement. Ils continuèrent de se sourire, plus tendrement, et ils échangèrent un long regard brûlant. Il était si beau. Elle aimait tout chez lui, son corps souple et musclé, sa peau mate, ses yeux qui reflétaient son âme. Elle eut un pincement au cœur. Elle ne voulait pas de distance entre eux, elle ne voulait pas oublier le bonheur qu'ils avaient connu ensemble.

Il ne semblait pas non plus le désirer, et il soutint son regard. Peu à peu, il s'apaisa, et quand elle s'approcha sans même y penser, il lui tendit les mains. Elle les prit, et leurs doigts s'étreignirent. Puis il se pencha et posa sur ses lèvres un baiser si bref qu'elle n'eut pas le temps d'y répondre.

— Tu sais, aujourd'hui non plus, je ne suis pas un mauvais garçon.

— Tu peux être un peu méchant, si tu veux…

— Ah bon ?

— J'aime bien les mauvais garçons.

Ce fut leur meilleur moment ensemble depuis l'annonce de sa grossesse. Si seulement ils pouvaient retrouver la légèreté de leurs rapports, au Colorado…

— Tu veux boire un café ? proposa-t-il.

— J'aimerais bien, mais j'attends une livraison, et il faut absolument que je sois présente.

La consultation avait duré plus longtemps qu'elle avait prévu. Pure naïveté de sa part. Mac, lui, n'avait pas été surpris du nombre de questions posées par l'obstétricienne. Mais sa sœur avait des enfants, se rappela-t-elle. Apparemment, il avait glané à son contact deux ou trois informations.

A vrai dire, elle ignorait tout de la grossesse. Elle n'appartenait pas à cette catégorie de femmes capables de calculer la date de leur terme avant de se rendre chez le médecin, et qui avaient lu quantité d'ouvrages sur le sujet.

Peut-être ferait-elle bien de s'en procurer au moins un.

— Dans ce cas, offre-moi un café chez toi, suggéra Mac.

— Si c'est sur ta route.

— Je n'ai rien d'important de prévu, aujourd'hui, à part peut-être un ou deux coups de téléphone. Ce n'est donc pas un problème.

— Dans ce cas, d'accord.

Ils eurent tous deux un moment d'hésitation. Elle aurait aimé se blottir dans ses bras, mais ce genre de gestes était désormais exclu de leur accord. A vrai dire, ils n'avaient pas vraiment d'accord. Ils avaient juste décidé la veille, dans un moment de rancœur, qu'ils ne formaient plus un couple. En réalité, elle ne l'avait pas encore intégré.

— Tu ne trouves pas que c'était formidable de voir son cœur battre ? demanda-t-il soudain.

— Si ! J'ignorais que ce soit déjà possible.

— Vraiment ?

— Oui ! Quand elle a posé le truc sur mon ventre, je n'arrivais pas à croire à ce que nous voyions, mais quand elle a trouvé le cœur et que nous l'avons vu battre, alors…

— Je sais. C'est incroyable.

Ils se sourirent et rassemblèrent leur courage pour se tourner le dos et regagner leurs voitures respectives.

— A tout de suite, dit-elle.

— D'ici une demi-heure !

Elle l'aimait bien. Beaucoup, même.

Si je n'étais pas tombée enceinte, nous aurions pu continuer notre histoire sans pression. Et alors, pas question de décisions, de projets, de compromis ou d'étiquettes. Nous n'aurions pas eu à nous interroger sur nos sentiments ou nos raisons d'être ensemble. C'est ma grossesse qui nous vaut tous ces ennuis.

Un instant, elle ressentit de l'irritation en songeant au gâchis qu'était devenue sa vie, et un élan de ressentiment contre elle-même la saisit pour n'avoir pas seulement songé à se débarrasser de son fardeau. Puis elle se figea, effrayée par la violence de ses pensées. Une vie gâchée, un enfant dont il fallait « se débarrasser ».

Non, jamais !

Un cœur battait en elle.

Un minuscule être, d'un sexe encore inconnu, travaillait d'arrache-pied à grandir, à se développer, et à devenir une personne dont la survie dépendait entièrement d'elle, de chaque bouchée qu'elle avalait, de chaque gorgée de boisson.

Dire qu'il lui gâchait la vie ? Jamais !

Petit bébé chéri, ce n'est pas le fond de ma pensée. Je ferai tout pour que tu deviennes grand et fort, je te le promets. Je t'aime.

Sous le coup d'une intense émotion, elle ravala ses larmes et emprunta la voie lente tant sa vue était brouillée. Elle savait que, quoi qu'il arrive dorénavant, elle ne souhaiterait jamais que cet enfant retourne au néant. Elle éprouvait un tout nouveau besoin de le protéger et de le chérir. Et c'était une sensation… merveilleuse, qui dépassait de loin tout ce qu'elle aurait pu imaginer.

Mac l'attendait devant le bureau de Spruce Bay Resort. L'équipe de paysagistes de Tucker était venue le matin préparer les parterres en vue des plantations de printemps, mais ils étaient repartis, et il n'y avait pas trace des camions de livraison de vin, bières et spiritueux pour le bar-restaurant.

Comme la veille, ils s'engagèrent dans l'escalier menant à l'étage. Elle avait l'impression de sentir sa chaleur, à moins que ce soit les déplacements d'air engendrés par ses mouvements. L'hostilité de la veille s'était évaporée.

Prendre le café ensemble dans la cuisine familiale des Cherry leur offrait une seconde chance de se conduire en êtres raisonnables. La veille, elle en avait préparé, mais dans la tourmente de leur discussion, ils ne l'avaient pas bu.

— Tu as déballé tes tasses, fit-il remarquer.

— Oui, mais Mary Jane m'en a fait remettre la moitié dans les cartons, parce qu'il n'y a pas assez de place.

— En tout cas, je vois que la collection « couvertures de livres » est disponible. Est-ce que la même règle s'applique toujours ?

— Oui, bien sûr !

— Tant mieux. Parce que j'ai ajouté une lecture à ma liste.

Elle éclata de rire.

— Tu es fou !

— Que veux-tu, avec ma tablette, le monde des livres m'appartient ! Ces tasses valent bien n'importe quel guide pour me conseiller dans mes choix !

— C'est vrai. Alors, à quel nouveau titre as-tu droit ?

— *Un cadavre dans la bibliothèque,* un classique de la reine du crime.

— C'est de la triche, tu choisis les livres les plus faciles ! Il faut que je révise mes règles.

— Bon, si tu y tiens, je lirai ensuite *Les Grandes Espérances.* Mais, au passage, je te ferai remarquer qu'*Une chambre à soi* n'est pas spécialement facile, même si c'est court.

— Tu es vraiment fou !

— C'est un trait de caractère que tu apprécies chez moi.

— Exact.

Ils oublièrent qu'ils avaient rompu. Cela paraissait si naturel de se rapprocher, de se laisser aller l'un contre l'autre et de se regarder dans les yeux. Il appuya son front contre le sien et posa un baiser chaste sur ses lèvres, mais en s'attardant un peu plus longuement que précédemment.

— Promets-moi…, murmura-t-il.

— Que veux-tu que je te promette ?

Elle lui prit le visage dans ses mains, redécouvrant la texture de sa peau, la forme de sa mâchoire, et elle songea qu'il n'existait pas sur Terre un homme qui puisse autant lui plaire.

Il écrasa son sourire sur ses lèvres, les ouvrit pour mieux explorer sa bouche.

— Que tu prendras bien soin de toi, dit-il en s'écartant

juste le temps de prononcer ces quelques mots. Et que tu me laisseras aussi te gâter.

— Je ne devrais pas autant aimer l'idée.

Et je ne devrais pas aimer caresser ton dos, parce que ça me distrait.

— Pourquoi ?

— Parce que je suis un chat, souviens-toi. Je suis indépendante.

Elle frotta sa joue à la sienne.

— Les chats aiment être dorlotés, dit-il.

— Seulement quand ils l'ont décidé.

— Et que faut-il pour que tu le décides ?

— Mmm, question intéressante…

— Sérieusement, Lee.

Il recula pour la regarder.

— Sérieusement quoi ?

— Sérieusement, promets-moi de faire attention à toi. Et au bébé. Très, très, attention.

— Bien sûr, Mac. Tu peux avoir confiance en moi.

Elle caressa de nouveau son visage.

— Je ne sais pas. Mais si tu es sûre de toi, promets.

— Je te le promets, Mac. Au début, j'étais angoissée, c'est vrai. Mais à présent, j'aime ce bébé de tout mon cœur. Quand j'ai vu son minuscule cœur battre, ce matin…

Une fois encore, elle refoula ses larmes.

— Je te crois, dit-il doucement.

Mais il lui sembla qu'il doutait encore. Une larme roula sur sa joue, et il l'effleura délicatement du bout du doigt, comme s'il s'était agi d'une pierre précieuse.

— J'ai confiance en toi. De toute façon, ajouta-t-il d'une voix qui sonnait un peu faux, je n'ai pas le choix.

Il l'embrassa, comme s'il cherchait une confirmation, puis la passion reprit ses droits. Et elle mit tout son cœur dans son baiser en espérant lui insuffler sa confiance.

Oui, Mac, je prendrai soin de moi, et du bébé. Sens mon étreinte, sens mes baisers, et crois-moi.

Elle glissa les mains sous sa chemise et caressa son dos musclé. Comme cela lui avait manqué ! Tout lui avait manqué. La distance entre eux, la brouille des derniers jours au Colorado, et puis l'interminable voyage avaient estompé sa nostalgie, mais maintenant qu'il était là, elle se rappelait tout, et elle avait terriblement besoin de lui.

— C'est si bon de t'embrasser, murmura-t-il.

— Allons au lit, chuchota-t-elle contre ses lèvres. S'il te plaît.

Il poussa une sorte de grognement de fauve affamé.

— Comment veux-tu que je refuse une pareille proposition ?

Il la souleva dans ses bras comme si elle ne pesait pas plus que le chat qu'elle avait peut-être été dans une autre vie, et lui fit franchir le seuil telle une jeune épousée.

— Quelle chambre ? demanda-t-il.

— Celle-ci.

— Mais c'est un lit de célibataire, Lee…

Il baissa sur elle des yeux noirs brillant de désir.

— Il fera l'affaire, dit-elle, le souffle coupé par la passion qu'elle lisait dans son regard.

— Pour ce que je veux te faire, il ne suffira pas tout à fait.

Il la posa à terre et glissa une main entre ses jambes.

— Nous nous serrerons, dit-elle.

— Es-tu toujours aussi positive ?

Il suivit la couture du jean derrière laquelle se dissimulait son sexe déjà humide.

— Oui, quand il s'agit de coucher avec toi, répondit-elle d'une voix tremblante d'impatience. J'ai appris que ça en vaut toujours la peine.

— Voyons, dans ce cas.

Il dégrafa son jean et le fit glisser le long de ses jambes.

Ensuite, il lui ôta son haut et son soutien-gorge tout en embrassant ce qu'il trouvait de peau dénudée. Puis il s'agenouilla devant elle et pressa son visage contre la toison de son sexe, lui maintenant solidement les hanches avec ses fortes mains tandis qu'elle emmêlait convulsivement ses doigts à ses cheveux.

Il faut que ça change…

Il n'aurait pas dû y songer, pas pendant que Lee et lui étaient en train de faire l'amour, mais les pensées qui roulaient dans sa tête l'empêchaient de se détendre. Il aimait le corps de Lee, il aimait ses muscles fermes et déliés, et, par contraste, la douceur de ses seins pleins et de ses fesses rebondies. Il aimait sa souplesse, la profondeur de son souffle et la merveilleuse sensation d'être en elle quand elle s'étirait pour l'accueillir.

Il avait toujours eu un faible pour les femmes athlétiques et néanmoins féminines, et dans le passé, cela lui avait coûté cher. Ebloui par un beau corps, il avait oublié de prêter attention au reste, jusqu'à ce qu'il subisse un retour de manivelle dont il n'était pas encore guéri.

C'était fini et bien fini avec Sloane. Mais le reste de l'histoire ne l'était pas.

Il ferait mieux de ne pas y penser maintenant.

Lee est différente. Elle est plus âgée, moins hystérique. Nous avons davantage en commun. Nous rions plus ensemble. Elle est plus gentille, plus généreuse, et…

— Hé, murmura-t-elle, tu n'es pas avec moi, ou c'est une impression ?

Elle fixait sur lui ses yeux bleu-vert, et ses lèvres pincées lui donnaient un air sévère. Il aurait voulu l'embrasser jusqu'à ce qu'elles s'entrouvrent pour soupirer et balbutier son nom.

— Que se passe-t-il, Mac ?

— Rien. Le médecin n'a pas parlé des dangers éventuels des relations sexuelles ?

— Ecoute, Mac, elle nous aurait avertis si nous devions nous abstenir de faire l'amour. Je suis sûre que le monde est plein de femmes enceintes qui se livrent à des ébats sexuels. Personnellement, j'aime me sentir différente. Ça m'excite.

— Oui ?

— Je me sens plus douce…

Elle s'agita un peu sur lui.

— Plus ronde…, ajouta-t-elle.

— Tu n'as encore rien de rond.

Il ne put s'empêcher de poser une main sur son ventre. Chaque fois, c'était la même promesse renouvelée.

Je te protégerai, mon bébé. Tu peux compter sur moi. Tu n'as pas seulement une maman, tu as aussi un papa. Et, cette fois, je ferai n'importe quoi pour te garder sain et sauf.

— Ici, je suis ronde, dit-elle en lui prenant la main et en la posant sur un sein. Sens. J'adore. Ils ont grossi, n'est-ce pas ?

Il prit chaque sein l'un après l'autre et les soupesa. La peau de Lee était douce comme du satin, et les pointes qui durcissaient soudain semblèrent jaillir contre sa paume. Les mamelons étaient plus sombres et plus gros, eux aussi, constata-t-il.

— Tu ne les aimes pas ? lui souffla-t-elle.

— Je dois avouer que… si, je les aime, beaucoup, beaucoup.

Il enfouit son visage entre les tendres rondeurs.

Dieu, que c'était bon !

Puis il prit les pointes dans sa bouche et les excita des lèvres, de la langue et des dents tandis que la respiration de Lee s'accélérait. Et comme le mouvement de va-et-vient de sa poitrine soulevait ses seins de façon provocante, ses caresses redoublèrent d'ardeur.

— J'aime que tu les aimes, dit-elle d'une voix mal assurée.

Il titilla les pointes en les frottant avec les jointures de ses doigts repliés. Avec un petit cri, elle se cambra, et il la fit basculer sur lui. Puis il les reprit entre ses lèvres, son sexe en érection pressé contre elle.

Ensuite, il l'attira contre lui et caressa ses fesses. Elles étaient si fermes, si douces. Il les adorait.

— Bon, mettons notre programme à exécution. C'est ce que tu veux, n'est-ce pas ? chuchota-t-il.

— Oui !

Il se plia de bonne grâce à ses volontés.

- 9 -

— Pourquoi tends-tu l'oreille ? lui demanda Mac un peu plus tard.

— J'ai cru entendre le camion de livraison de boissons. Mais c'est un bateau sur le lac.

Ils étaient allongés sur son lit, comblés et heureux. Elle n'osait pas parler de peur de gâcher ces instants magiques.

Elle ne savait trop comment interpréter ce qui venait de se passer, jusqu'à quel point elle devait croire à une réconciliation. Ils semblaient être revenus à l'époque du Colorado, mais elle savait bien que c'était impossible. Trop de choses avaient changé.

— Quand ta sœur revient-elle ? s'enquit Mac.

— Laquelle ?

— Celle qui vit ici. Mary Jane.

— Demain.

— Je regrette qu'elle ne soit pas partie plus longtemps.

— Tiens donc !

— En dépit de sa taille inadéquate, je dois dire que ton lit est plus confortable que celui du cottage de la sortie 21.

— Est-ce que ça signifie que tu comptes y revenir bientôt ?

Sous des dehors de plaisanterie, la question n'était pas anodine, et il mit un peu trop de temps à y répondre.

— Hier, j'étais en colère, dit-il enfin. Et j'avais peur.

— Peur ?

— C'est angoissant d'avoir un enfant. C'est tellement important. J'ai réagi trop vivement, et je te prie de m'en excuser. Nous pourrions peut-être laisser venir et voir où cela nous mène.

— A vrai dire, cela nous mène toujours au même endroit.

— Un endroit bien agréable.

— Je ne te contredirai pas sur ce point.

Elle se blottit plus étroitement contre lui, traçant du bout de l'index des dessins sur son torse, puis s'aventurant plus bas.

— Comment les tiens ont-ils pris la nouvelle de ta grossesse ? demanda-t-il après quelques instants.

— Je ne leur en ai pas parlé.

Dès qu'elle eut prononcé ces mots, elle comprit que l'ambiance allait se dégrader. De fait, elle le sentit se crisper.

— Tu ne leur as pas dit ?

— Pas encore.

Il prit l'air méfiant.

— Comment expliquent-ils ton retour définitif ?

Cela non plus, je ne leur ai pas encore dit.

Elle resta muette, mais son silence était éloquent. En la voyant arriver en voiture, quatre jours avant le mariage de Daisy et Tucker, plutôt que la veille, en avion, ses parents et ses sœurs avaient été surpris, et un peu inquiets.

Elle avait alors expliqué qu'elle avait besoin de faire une pause. Naturellement, elle devrait sous peu soulever la question de son installation à Spruce Bay. Savoir s'il existait une possibilité qu'elle obtienne un salaire en aidant Mary Jane et Daisy à tenir l'hôtel, ou si elle devrait chercher du travail ailleurs. Elles devraient tenir conseil pour débattre de ces sujets.

Daisy avait déménagé ses affaires dans le très agréable appartement de Tucker, au-dessus des locaux commerciaux de son entreprise paysagiste. Elle continuerait cependant à s'occuper du restaurant de Spruce Bay, partiellement ouvert durant la morte saison, mais tournant à plein l'été. Elle serait donc ici presque tous les jours. Quant à Mary Jane, elle s'occupait de l'administratif, rôle qu'elle avait peu à peu hérité de leurs parents, désireux de passer la main, les dernières années.

A présent, les travaux de rénovation étaient presque terminés, et le résultat dépassait leurs espérances. Le nombre de réservations avait grimpé en flèche, et elles avaient plus de travail que jamais. Mais Lee tenait-elle vraiment à participer à l'affaire avec ses sœurs ? En avait-elle terminé avec la montagne, son métier de guide et de moniteur de ski ? Difficile de combiner ces activités avec la grossesse, mais une fois que le bébé serait né ?

— Je préfère ne pas leur en parler tout de suite, dit-elle fermement. Il y a encore trop de décisions à prendre.

— Par qui ? Par toi ou par nous ?

— Eh bien, par moi d'abord, et puis…

Elle se tut.

Il se redressa, s'assit au bord du lit étroit, entraînant le drap qui la découvrit jusqu'à la taille, et se tourna vers elle.

— Tu es très forte pour prendre seule des décisions sans que personne n'ait son mot à dire, tu sais ça ?

— En as-tu parlé à quelqu'un ? riposta-t-elle.

Question destinée à le réduire au silence, mais qui manqua son objectif.

— Naturellement ! J'en ai parlé à mes parents, à ma sœur et à mon beau-frère ainsi qu'à leurs enfants.

— Tu les as appelés avant de quitter le Colorado ?

Elle remonta le drap sous le menton. Quand ils faisaient l'amour, elle se sentait tellement en confiance que, même nue, elle n'avait pas l'impression d'être vulnérable. Mais quand ils se disputaient, tout devenait différent, et elle avait besoin du rempart d'une couverture.

— Non. Je suis allé les voir, et nous avons eu une grande discussion à ce sujet. Ce que ça signifie, ce que je ressens. Ce qu'eux ressentent. L'idée d'avoir un petit cousin ou une petite cousine a enchanté mes neveux. Pour mes parents, c'est… plus compliqué.

— Tu es allé d'Aspen à Cœur d'Alene ? Il y a bien quinze heures de route.

— Seize. Seize et demie, exactement.

Il était rentré dans sa coquille, elle le sentait. Elle le voyait même. Sans lui accorder un regard, il entreprit de se rhabiller tout en continuant de parler d'une voix glaciale. Elle se sentait minable. Au Colorado elle avait éprouvé le besoin de maintenir une certaine distance entre eux, et cela n'avait pas semblé le contrarier.

— Je voulais leur apprendre la nouvelle de vive voix, poursuivit-il. Ce n'est pas le genre de chose à annoncer par téléphone.

— Quelquefois, on y est bien obligé.

Elle-même avait prévu de téléphoner à ses parents.

— Quelquefois. Mais c'était hors de question pour moi. Une semaine seulement s'était écoulée depuis que j'avais dit à ma mère que je n'envisageais pas de fonder une famille de sitôt. Oui, il y a seize heures de route d'Aspen à Cœur d'Alene, mais il y en a presque quarante de Cœur d'Alene à ici. Un jour, je leur fais miroiter l'espoir de retourner m'installer près d'eux, le lendemain, j'annonce que je pars deux fois plus loin.

Elle était stupéfaite d'apprendre qu'il avait parcouru tous ces kilomètres pour parler aux siens. C'était… déconcertant, et réconfortant. Pas étonnant qu'il ait paru exténué, la veille, en arrivant. Mais il y avait davantage dans sa démarche que le désir d'avoir un tête-à-tête avec les siens. Il lui cachait quelque chose, elle en était persuadée.

— Quand as-tu quitté le Colorado ?

— Il y a une semaine. Je suis arrivé chez mes parents mercredi, et reparti vendredi pour l'Est. J'avais prévu d'arriver dimanche, mais je n'ai pas réussi, bien que toute ma boîte d'allumettes y soit passée.

— Pour quoi faire ?

— Pour garder les yeux ouverts ! Comme je n'en pouvais plus, je me suis arrêté dans un hôtel de Syracuse. Je t'ai dit hier que j'étais fatigué.

— Je m'en suis rendu compte. Mac, pourquoi était-ce si important de parler de vive voix à ta famille ?

Il y avait un mystère là-dessous. Elle en aurait mis sa main au feu.

Il y eut un silence.

— Pourquoi est-ce si important de ne pas parler aux tiens ? riposta-t-il enfin.

— Je ne refuse pas de leur parler !

— Je pense que si.

— C'est juste que je veux attendre d'avoir toutes les réponses.

— Tu penses vraiment qu'avoir un enfant, c'est répondre à un certain nombre de questions ?

— A ce stade de ma grossesse, oui, en partie.

— Non ! Il n'y a pas de réponses.

La voix de Mac s'éleva.

— Un bébé n'est pas un obstacle que tu dois franchir, ni un désagrément que tu dois pallier, ni un accessoire à utiliser pour affirmer ton style !

— Mac, je veux cet enfant. Qu'ai-je fait ou dit pour te faire croire que c'est à mes yeux un obstacle, un désagrément ou un accessoire ?

Elle s'assit, le drap serré contre sa poitrine.

— Avoir un enfant, c'est énorme, dit-il, ignorant sa

remarque. Et ça ne prend pas effet à la naissance, mais bien avant.

— Comment le sais-tu ?

— Comment je le *sais* ?

— Ecoute, Mac, je ne veux pas me disputer.

Elle entendit sa voix la trahir. D'habitude, elle était capable d'argumenter et se montrait plutôt directe. De son regard noir, Mac semblait la faire douter de tout.

— Tu as raison, avoir un enfant, c'est énorme, reprit-elle. J'en ai déjà conscience. Mais pourquoi parles-tu comme si tu savais tout sur le sujet et que tu en faisais une affaire personnelle ? Tu m'as dit que tu n'avais pas d'enfants. M'aurais-tu menti ? Y a-t-il en ce moment une femme à Cœur d'Alene qui élève ton enfant ?

— Bien sûr que non, maugréa-t-il. Je n'ai pas l'habitude de mentir.

— Alors, que me caches-tu ?

Il secoua la tête et pinça les lèvres. Au moment où il enfilait ses chaussures, elle entendit un bruit de moteur. Le camion de livraison venait d'arriver.

— Tu me caches quelque chose, Mac. Alors, tu ferais mieux de réfléchir à la façon dont tu vas t'expliquer, parce que c'est important. Je le vois à ton expression. Mais pour le moment, il faut que j'aille expliquer aux livreurs où déposer les boissons.

— J'y vais. Habille-toi pendant ce temps. Le restaurant, c'est bien cette belle construction de bois avec le ponton-terrasse au bord du lac ?

— Oui, mais je suis prête dans une minute.

— Quand ils seront partis, nous parlerons. Tu as raison. Il le faut.

Elle sentit son cœur se serrer. Cela semblait de très mauvais augure.

Tout en se dépêchant de s'habiller, elle entendit le pas de Max dans l'escalier, puis des voix masculines et le ronronnement du moteur comme il dirigeait le chauffeur vers le restaurant. Elle prit la clé de la réserve, ainsi qu'une veste, car de la neige était annoncée, et la température avait chuté. Quelques minutes plus tard, elle supervisait le déchargement des caisses de boissons.

Comme Mac lui demandaient où il fallait les ranger, elle lui désigna la cave. Il commença à y transporter les caisses et à les y empiler. Quand elle suggéra qu'ils pourraient les ranger plus tard, que le plus urgent était de ne pas faire attendre le chauffeur, il secoua la tête.

— C'est idiot. Je préfère m'en occuper tout de suite plutôt que de manipuler deux fois les caisses.

— Dans ce cas, je vais t'aider.

— Pas question.

— Mac, je peux soulever un carton de six bouteilles ! Tu connais ma force.

Il la considéra, et elle devina le combat qu'il se livrait.

— Occupe-toi des petits cartons, dit-il finalement. Je ne comprends pas pourquoi tu en fais un drame.

— Ce n'est pas moi !

— Peut-être pas, grommela-t-il.

Le moment était mal choisi pour avoir cette conversation, et ils se turent, s'affairant en silence. Bien qu'il ait ôté sa veste et retroussé ses manches de chemise, Mac n'avait pas la tenue adéquate pour ce genre de travail. C'était une des choses qu'elle aimait chez lui, il ne rechignait jamais à donner un coup de main, que ce soit pour essuyer la vaisselle ou déblayer la neige des marches du chalet des Narman.

Enfin, au bout de ce qui avait semblé une éternité, les caisses de boissons furent rangées, et le bruit du moteur du camion s'évanouit dans le lointain. En réalité, un quart d'heure seulement s'était écoulé. Elle referma la porte de service et mit la clé dans sa poche. Quand elle se retourna, elle s'aperçut qu'il l'observait.

— Marchons, proposa-t-il. J'aimerais voir le lac.

— Maintenant ?

— Il faut que je te parle, Lee. Et je déteste avoir des conversations sérieuses assis sur un canapé.

Ils avaient en commun ce besoin de grand air et d'espace.

— Tu as raison. Marchons.

Ils remontèrent le col de leurs vestes et enfouirent leurs mains au fond de leurs poches, car un ciel de neige pesait sur le paysage, et le froid gagnait d'heure en heure. Ils empruntèrent la nouvelle allée qui circulait entre les bungalows et descendait à la plage. Des vaguelettes léchaient les rochers et le sable.

Il gardait le silence, et comme elle ne savait pas comment aborder la conversation, elle aussi restait silencieuse.

— Je n'ai pas d'enfant, déclara brusquement Mac. Mais j'ai cru un jour en avoir un.

— Comment ça, tu as cru ?

— J'avais une petite amie. C'était il y a six ans…

Il réfléchit quelques instants.

— Presque sept, rectifia-t-il. Oui… sous peu, ça fera sept ans. J'avais vingt-cinq ans, Sloane vingt-deux. Nous avons commis une erreur… Non, ce n'est pas exact. Elle m'avait dit qu'elle prenait la pilule, mais elle l'oubliait une fois sur deux… Je raconte très mal, mais c'est difficile…

Il poussa un soupir agacé.

— Continue, dit-elle d'un ton encourageant.

Comme ils atteignaient un promontoire rocheux difficile à escalader si l'on n'était pas correctement équipé, ils firent demi-tour.

— C'était une surfeuse professionnelle, reprit-il, mais elle s'intéressait aussi au snow-board. C'est à la montagne que nous nous sommes rencontrés. Elle voulait pratiquer les deux sports, ce qui était très ambitieux de sa part.

— C'est le moins qu'on puisse dire.

— Quoi qu'il en soit, Sloane est tombée enceinte. C'était la personne la plus motivée et la plus entêtée que j'aie jamais connue. Elle croyait sincèrement qu'elle pourrait mener sa grossesse sans rien changer à son mode de vie et à ses projets. Elle a refusé de se marier. Mes parents auraient aimé, pour le « bien du petit » disaient-ils, mais je savais que ç'aurait été une catastrophe. Sloane ne supportait pas les conventions.

— Est-ce que tes parents l'aimaient bien ?

— Ils appréciaient sa compagnie, mais son comportement les inquiétait. A vrai dire, il m'inquiétait aussi. Figure-toi qu'elle tenait à continuer la compétition tout en s'entraînant au snow-board. Et pas question de lui faire lever le pied. J'ignore comment elle envisageait la suite. S'imaginait-elle que je voyagerais avec elle et que je m'occuperais du bébé pendant qu'elle participerait aux épreuves ?

Ils étaient arrivés au ponton. Mac prit appui sur la rambarde, et ils écoutèrent le clapotis de l'eau contre les piliers de bois. Le lac était paisible, les bateaux étant encore remisés pour l'hiver. Seul, un canot à moteur faisait le tour d'une île.

Elle rejoignit Mac à la rambarde.

— J'essayais de la ramener à des considérations pratiques, reprit-il, penché au-dessus de l'eau, mais elle se contentait de dire qu'elle n'élèverait pas un enfant en ville, que les femmes avaient porté leur enfant sur leur dos pendant des siècles, ce genre de choses. Que nous n'avions pas besoin de berceau, que le bébé dormirait avec nous. Pas de poussette non plus, mais une écharpe de portage. Elle me reprochait de sous-estimer ses capacités, de toujours voir les choses par le petit bout de la lorgnette. Elle prétendait que je me rendrais compte qu'elle avait raison quand l'enfant serait né.

Il hocha la tête.

— Nous n'avons malheureusement pas eu l'occasion d'en arriver là.

— Que s'est-il passé, Mac ? demanda-t-elle, le cœur serré par l'appréhension.

— Sloane refusait d'abandonner le snow-board. Elle était enceinte de six mois et ne cessait de répéter que le corps d'une femme était fait pour protéger le bébé pendant la grossesse et que rien de mal ne pouvait lui arriver. Un jour, elle faisait une piste de demi-lune…

Lee se rappela la fois au Colorado où ils avaient assisté ensemble à une compétition de snow-board masculine. Elle se souvint de l'ambivalence de Mac, de son discours sur les risques, et elle eut très peur de ce qui allait venir.

— J'étais présent, dit-il, mais je n'ai pas discuté.

— Tu t'en veux…

— Parfois. Je ne peux m'empêcher de penser que si…

Il soupira, secoua la tête.

— Mais à cette époque, j'avais renoncé à argumenter. Je savais que si je tentais de la raisonner, elle ne ferait que s'entêter. Elle irait encore plus vite, prendrait encore plus de risques. Elle était comme ça.

Les eaux du lac avaient pris une teinte grise sous le ciel de plomb.

— Elle avait un tel goût du risque, et elle était tellement têtue…

Un peu comme toi, sembla-t-il ajouter en silence. Têtue, elle l'était incontestablement, mais elle n'avait pas le goût du risque.

— Peut-être que j'aurais dû quand même… Je ne sais pas… la forcer à abandonner la montagne.

— Tu crois qu'elle se serait laissé faire ?

— Non, bien sûr. Malgré tout…

Il marqua une pause. Sans doute repassait-il dans sa tête tous les scénarios imaginables.

— Quoi qu'il en soit, reprit-il, elle a fait une grosse chute. Elle s'est immédiatement relevée, prétendant que tout allait bien, qu'elle était juste un peu contusionnée. Elle a même refusé de se laisser examiner, affirmant qu'elle sentait l'enfant bouger. Je ne sais pas si elle le sentait vraiment ou si elle voulait s'en persuader. Elle était furieuse parce que je la harcelais pour que nous allions consulter, mais enfin, le lendemain, elle a accepté d'aller voir le médecin. Le bébé ne bougeait plus. Il était… Ils ont dû provoquer le travail.

— Oh ! Mac…

— C'était un garçon, minuscule et parfait. Sans l'accident, il serait venu à terme sans problème. Je me dis que, peut-être, après sa chute, elle l'a vraiment senti bouger, et que si nous étions tout de suite allés à l'hôpital, peut-être que… enfin, la médecine fait des miracles maintenant. Ils auraient peut-être pu le sauver. Je ne sais pas… je ne le saurai jamais…

— Mac…

— Mes parents n'ont pas cessé de me répéter que je ne devais pas culpabiliser, ni ressasser les « si » et les « peut-être », et je commence tout juste à y arriver. Je suis capable de trouver des dérivatifs. Mais parfois, je n'y peux rien, je suis obsédé par mes idées noires.

— Je comprends.

Elle se demanda ce qu'il entendait par « dérivatif ». Faire l'amour, par exemple ?

— Vous avez rompu, Sloane et toi ?

— Comment aurions-nous pu nous supporter après un tel drame ? La semaine dernière, quand tu m'as appris ta grossesse, j'ai compris que je ne pouvais pas apprendre la nouvelle à mes parents au téléphone. Elle faisait remonter de trop mauvais souvenirs, pour eux, comme pour moi.

— Où est Sloane maintenant ?

— La dernière fois que j'ai eu de ses nouvelles, elle vivait à Hawaii et surfait toujours. Nous ne sommes pas en contact. Je n'ai aucune envie d'entendre parler d'elle. Je déteste quand elle essaie de me joindre.

— Je vois.

— C'est à cause de cette histoire que je te presse de prendre soin de toi, que je fais une montagne d'un rien, comme si une grossesse était quelque chose de très compliqué. Je sais que parfois j'en fais trop, mais je ne peux pas m'en empêcher.

— Je ne suis pas Sloane, dit-elle doucement.

— Non, mais tu es quand même sportive, comme elle.

— Je n'ai pas le goût de la compétition. J'ai juste envie de m'activer au grand air.

— Que vas-tu faire ?

— Je suis monitrice de ski, rappelle-toi. La saison est presque terminée, et le bébé doit naître au début de l'automne. J'ai le temps de voir venir.

— Ce n'est pas une réponse. En été, tu es guide de montagne et tu enseignes l'escalade.

— Tu t'imagines vraiment que je vais faire la folle sur des rochers à six mois de grossesse ?

— Je pose juste la question, Lee.

— Et je te réponds : je ne suis pas Sloane.

— Ne crois-tu pas que j'ai le droit de poser la question dans ma situation ?

— Bien sûr que si ! Mais tu n'as pas le droit de faire des suppositions.

— Je n'ai eu aucun moyen de contrôler les agissements de Sloane alors qu'il s'agissait de mon enfant. Même alors que je savais qu'elle prenait de gros risques, confirmés par son médecin.

— Je suivrai à la lettre les recommandations de la gynécologue, Mac.

Cependant, obsédé par son idée, il ne l'écoutait pas.

— Elle voulait dévorer la vie à pleines dents, mais notre enfant n'aura même pas eu la chance de naître parce qu'elle avait quelque chose à prouver, et c'est horrible. Vraiment horrible. J'ai souffert comme un damné, et pendant longtemps. J'éprouvais un sentiment de perte mêlé à la culpabilité et à la colère. Et mes parents qui me conseillaient de me montrer plus prudent la prochaine fois que je rencontrerai quelqu'un… Il fallait que je sache comment tu voyais les choses. Il le fallait absolument.

Quand il posa sur elle son regard intense, elle eut la sensation qu'un gouffre la séparait de lui. Il s'était mis à nu en lui racontant son drame, et elle éprouvait le besoin de se protéger, de se recroqueviller dans sa coquille.

Et pourtant, elle devait relever le défi. C'était vital pour eux deux, et pour le bébé.

Instinctivement, elle posa une main sur son ventre où grandissait un enfant qu'elle ne sentait pas encore, et elle inspira profondément.

— Tu as parfaitement le droit de poser la question. J'ai mal pour toi, Mac, et je ne sais comment te le montrer, ni quels mots utiliser. Je ne sais pas non plus comment te persuader que jamais je n'agirai comme elle. C'est pourtant la vérité. Jamais, tu m'entends, jamais je ne mettrai la vie de notre bébé en danger.

Les premiers flocons de neige se mirent à tomber, et elle les regarda étoiler les cheveux bruns de Mac. Sans un mot, il la regardait, essayant de lire au fond de son âme.

— Est-ce que ça te suffit ? demanda-t-elle.

— Je ne comprends pas.

— Je n'ai pas d'autres moyens de te prouver ma sincérité. C'est pour t'assurer que je prends soin du bébé que tu as roulé pendant quarante heures, n'est-ce pas ?

— On peut le dire comme ça. Je suis ici parce qu'il s'agit de notre enfant, pas seulement du tien. Sloane agissait toujours comme si je n'étais pas concerné, et ç'a été encore pire quand nous l'avons perdu. Elle s'est refermée sur elle-même, imperméable à tout reproche, en colère contre moi, comme si elle se protégeait ainsi de son chagrin et de ses remords. Et par la suite, pleurant au téléphone deux fois par an, et attendant de moi que je la réconforte. Comme si je ne me souffrais pas autant qu'elle…

Il s'interrompit, comme s'il n'en pouvait plus.

Elle avait l'impression de ressentir sa blessure dans son propre corps. Elle posa une main sur son épaule. La neige tombait de plus en plus drue.

— Je ne te tiendrai pas à l'écart, Mac, je te le promets. Je tiendrai compte de ce que tu me diras. Je comprendrai que tu en fasses un peu trop. D'une manière ou d'une autre, nous surmonterons les difficultés. Nous aurons notre enfant, Mac, je te le promets.

Il l'attira à lui et posa son menton sur sa tête.

— Je te le promets aussi.

Ils restèrent enlacés en silence jusqu'à ce que le froid pique leurs oreilles et que leurs cheveux se couvrent de neige fondue.

- 10 -

Le lendemain, en fin de matinée, Mary Jane rentra de son séjour dans le Vermont.

Installé dans le bureau, Mac téléphonait depuis son portable à ses amis et connaissances de l'école de ski, ainsi qu'aux centres de gestion de montagne de la région pendant que Lee consultait sur l'ordinateur les modifications que Daisy avait apportées au site de Spruce Bay. L'amélioration était indéniable. Le site semblait plus attrayant et plus facile d'utilisation que l'ancien.

En entendant la voiture de Mary Jane se garer, elle regarda par la fenêtre et vit sa sœur jaillir d'un bond du véhicule, sortir ses bagages du coffre et grimper allègrement les marches. Elle franchit la porte de l'hôtel, fraîche et reposée, et pleine d'énergie.

— Je suis là ! s'écria-t-elle.

Lee songea alors à l'image que devait donner Mac. Il semblait chez lui. Il se balançait dans le fauteuil pivotant, les pieds sur un bureau d'appoint, et se massait la nuque d'une main, tout en tenant son portable dans l'autre.

Mary Jane écarquilla les yeux.

Lee se leva pour aller embrasser sa sœur.

— Euh… c'est Mac, dit-elle, un peu embarrassée.

— Enchantée, Mac, dit Mary Jane.

Comme il était toujours au téléphone, il se contenta de lui adresser un signe de la tête et un sourire.

— Est-ce qu'il vit ou travaille ici ? demanda Mary Jane à mi-voix.

— Ni l'un, ni l'autre.

Lee ne pouvait en vouloir à sa sœur de poser la question. Il se dégageait de la pièce une atmosphère intime.

La veille, avec la neige qui tombait de plus en plus dru et qui commençait à tapisser le sol, ils étaient revenus du lac serrés l'un contre l'autre. Juste avant qu'ils rentrent, il avait dit :

— Tu as dû prendre un sacré coup avec mon histoire.

— Il fallait que tu m'en parles. Et je te remercie de m'avoir fait confiance.

— Cela explique certaines de mes réactions un peu trop abruptes.

— Certainement.

— Sommes-nous d'accord maintenant ?

— D'accord sur quoi ?

— Je ne comprends pas ta question.

— Nous avons rompu hier, lui rappela-t-elle. Et ce matin, nous avons… enfin, comme d'habitude.

— Il semblerait donc que nous n'ayons pas rompu.

Il la prit par la taille dans un geste possessif.

— Tu souhaites rompre ? demanda-t-il.

— Non. J'aime être avec toi, et t'avoir pour père de mon enfant n'est certainement pas la pire des choses.

Un peu court pour une déclaration d'amour, mais elle se méfiait de ses sentiments, tout comme lui.

Des années auparavant, elle avait été à quatre jours de se marier avec un homme qui venait d'épouser sa sœur, et elle frissonna en pensant à ce qui serait arrivé si ce mariage avait eu lieu. Tucker et Daisy auraient-ils eu une liaison passionnelle dans son dos ? Se serait-elle rendu compte de son erreur et enfuie à des milliers de kilomètres, laissant derrière elle un monstrueux gâchis ? Même sans le mariage, elle était partie s'installer à plus de trois mille kilomètres de Spruce Bay, parce qu'elle avait besoin de s'éloigner pour remettre de l'ordre dans ses idées.

Elle trouvait inquiétant de repenser à Tucker et à elle, à quel point ils avaient été sur le point de commettre une grossière erreur. De s'être liée aussi intimement avec quelqu'un pour se rendre compte ensuite que ce n'était pas la bonne personne donnait à réfléchir. Elle ne voulait surtout pas que cela se reproduise ; si elle devait se lier de nouveau avec un homme qui ne lui était pas destiné, il lui serait bien difficile de reprendre confiance ensuite.

— J'en ai autant à ton service, mon cœur, avait répliqué Mac, d'un ton plein d'entrain.

S'il trouvait que sa déclaration manquait de ferveur, il n'en laissa rien paraître. Lui aussi devait préférer la prudence.

— Ne m'appelle pas comme ça.

— Même dans un moment romantique comme celui-ci ?

— Oui.

— Bon, c'est noté.

L'atmosphère de légèreté et de tendresse persista le reste de la journée, ainsi que la nuit, même si, par instant, elle était teintée de mélancolie, en raison du drame que Mac avait évoqué.

Et Mary Jane venait d'arriver, ignorant tout des derniers événements.

— Lee, je ne suis partie que trois jours, dit-elle du même ton feutré.

— Certes, mais j'ignorais qu'il avait entrepris le voyage depuis le Colorado *via* l'Idaho.

— Et tu es heureuse de sa venue, souligna Mary Jane, fine mouche.

— Euh, oui…

Très heureuse, même, depuis qu'ils avaient clarifié la situation, ce qui ne manquait pas de l'inquiéter.

Mac avait terminé son appel. Il ôta ses pieds du bureau, se leva et tendit la main à sa sœur.

— Egalement ravi de faire votre connaissance, Mary Jane. Dis-lui, ajouta-t-il à l'intention de Lee.

— Que doit me dire Lee ?

— Explique à Mary Jane les raisons de ma présence.

Lee tenta de cacher son irritation.

— Laisse-moi une minute, veux-tu ?

Qu'est-ce qui lui prenait ? Elle comprenait que la douleur de la perte de son enfant continue de lui peser, mais pas que sa demande ressemble à un ordre. L'intimité retrouvée après leur conversation de la veille ne lui donnait pas ce droit.

Certes, il était concerné. Après la tragédie qu'il avait vécue avec Sloane, il voulait que cette grossesse se passe au mieux, mais cela ne signifiait pas pour autant qu'il ait le droit de lui dicter sa conduite.

D'autant qu'il se comportait comme si le bébé était tout ce qui importait. Avant d'annoncer la future naissance à sa sœur, elle aimerait bien lui apprendre qu'elle avait un compagnon, puisqu'il semblait que ce soit le cas.

— Que dois-tu me dire, Lee ? répéta Mary Jane.

— Déjeunons d'abord, proposa-t-elle avec entrain.

— Dis-le, gronda Mac. Sinon, c'est moi qui m'en charge. Tergiverser ne sert à rien.

A présent, elle était vraiment irritée.

— Vas-y, si tu y tiens !

Mais ne t'attends pas à ce que je fasse chorus avec toi.

Apparemment, il ne saisit pas le message que lui adressaient ses yeux.

— Lee est enceinte, dit-il. C'est pour cette raison qu'elle est revenue dans l'Est, pour avoir le soutien de sa famille. Et je l'ai suivie parce que je ne veux pas qu'elle ait cet enfant seule.

Un silence stupéfait suivit la révélation.

— Ça alors ! s'exclama Mary Jane après quelques instants. Ça alors ! répéta-t-elle.

Et soudain, elle prit Lee dans ses bras et l'étreignit chaleureusement.

— C'est vrai ? Tu vas avoir un enfant ? C'est vraiment, vraiment vrai ?

— C'est vrai.

— Ça alors ! Depuis combien de temps ?

— J'en suis presque à trois mois. J'ai eu un mauvais passage au début. Je n'arrivais pas à y croire.

— Ça alors ! Je suis tellement contente pour toi !

— Merci.

La réaction de sa sœur avait balayé sa rancœur. Maintenant, elle était… heureuse ?

— Attention, Mary Jane, dit-elle avec un rire un peu tremblant, si tu répètes encore une fois : « Ça alors ! », tu as un gage !

— Oh ! arrête.

Mary Jane recula pour la regarder bien en face, et elle vit des larmes briller dans ses yeux.

— Tu te rends compte ? Je vais être tante ! Cc n'est pas une bonne nouvelle ?

Elle aussi avait les yeux embués.

— Si, c'est une bonne nouvelle.

Elle se rendit compte alors que c'était la première fois qu'elle pensait à sa grossesse dans ces termes. Elle avait dédié son amour à son enfant en observant les battements de son cœur, et promis à Mac de prendre soin d'eux, mais c'était de l'ordre de l'intime. A présent, elle prenait conscience qu'elle pouvait se réjouir avec d'autres de la grande joie qu'elle vivait.

Déjà, annoncer la nouvelle à sa sœur avait été bien

différent de ce à quoi elle s'était attendue. Tout d'abord, elle n'avait pas imaginé que l'annonce de sa grossesse lui procurerait un tel bonheur, car ce n'était un secret pour personne, au sein de la famille Cherry, que Mary Jane souhaitait fonder un foyer. Un foyer traditionnel, avec mariage en blanc et kyrielle d'enfants.

Et pourtant, Mary Jane se réjouissait sincèrement. C'était une révélation fantastique !

Mac ne cessait d'insister sur le fait qu'attendre un enfant était compliqué, capital, sérieux, et il avait raison. Mais c'était aussi un événement joyeux et magique, une affirmation de la vie. Et ni lui ni elle n'y avait pensé en ces termes.

Ils n'avaient pas fêté l'événement, et voilà que c'était Mary Jane qui aurait pu éprouver un peu d'amertume, qui leur montrait la voie.

Elle semblait au comble de la joie.

— Bon, j'imagine qu'il y a encore beaucoup à dire. Quand je pense que je vais être tante ! Tante Mary Jane… Mac, je suis heureuse de faire votre connaissance. Ça alors ! Euh… désolée. C'est que je n'aurais jamais cru qu'en rencontrant le compagnon de ma sœur, j'apprendrais en même temps qu'elle était enceinte ! Nous devrions nous asseoir autour d'une table et déjeuner en fêtant l'événement. Dois-je préparer quelque chose ?

— Nous ne sommes pas obligés de faire un vrai repas, Mary Jane.

— Bien sûr que si ! Parce que, dans ce centre de remise en forme, ils ont oublié les vertus d'un bon déjeuner ! A 1 heure de l'après-midi, on n'a encore qu'un fruit dans l'estomac.

— Tu as pourtant bonne mine. Le régime n'a pas dû être si spartiate.

— A vrai dire, les fruits étaient délicieux, et les massages fabuleux. Et je ne parle pas des enveloppements de boue, des exercices de yoga, des cours où l'on apprend à bouger, et des retraites de silence !

— Tu as fait tout ça en trois jours ?

— Et j'ai dormi comme une souche. S'il te plaît, laisse-moi préparer un vrai repas.

— Bien sûr ! dit Lee en riant.

— Je vous appelle dès que c'est prêt. Et puis nous parlerons. Je veux tous les détails !

Sur ces mots, Mary Jane ramassa ses bagages et disparut dans l'escalier.

— Elle veut tous les détails, répéta Mac d'un ton sarcastique.

— Nous pouvons lui en fournir quelques-uns, dit-elle prudemment.

— Ecoute, je serais de trop. C'est une affaire entre sœurs.

Elle ne pouvait en disconvenir.

— Tu as raison.

Elle se sentit soulagée, la perspective d'être prise en sandwich entre une sœur débordante d'enthousiasme et un futur père excessivement protecteur n'ayant rien de particulièrement réjouissant.

Un père protecteur qu'elle appréciait beaucoup.

Simplement, elle ne pouvait tout faire à la fois, s'impliquer dans une relation amoureuse, devenir une mère radieuse et une administratrice confinée dans un bureau, soigner avec attention son corps. Quatre mois plus tôt, elle menait la vie indépendante et insouciante d'une célibataire qui passait ses journées au grand air, n'ayant à se préoccuper que de ses envies, sans devoir analyser ses motivations. Mac semblait tellement focalisé sur le bébé qu'elle avait l'impression de n'être plus qu'un réceptacle.

Pourtant, elle existait !

— Va dire à ta sœur que vous ne serez que deux à

déjeuner, dit-il. Je vais aller à Whiteface pour examiner les lieux, si tu es d'accord.

Il la prit dans ses bras et, comme toujours, l'air sembla se réchauffer et vibrer sous l'effet du courant qui passait entre eux. C'était merveilleux. Pourtant, une part d'elle éprouvait le besoin de respirer. Une chance qu'il ait la bonne idée de s'en aller !

— Bien sûr que c'est d'accord.

— Un ami qui travaille là-bas veut me mettre en rapport avec des employeurs.

— C'est le coup de téléphone de tout à l'heure ? Tu semblais content.

— Je n'aime pas rester inactif.

— Moi non plus.

— Bon, c'est d'accord, alors ? Nous sommes sur la même longueur d'ondes ?

Il lui effleura les lèvres et l'embrassa rapidement.

— Mary Jane voudra te connaître, dit-elle, mais je suis heureuse que nous ayons d'abord une conversation en tête à tête.

— Mac ne déjeunera pas avec nous, annonça-t-elle à Mary Jane quand elle la rejoignit à l'étage.

— Oh ! et pourquoi ?

— Il est parti à Whiteface rencontrer des gens pour un poste éventuel.

— Whiteface ? Mais c'est à deux heures de route d'ici ! C'est long, surtout en hiver.

— Il envisage peut-être de s'y installer.

Mary Jane ouvrit de grands yeux.

— Je ne comprends pas, dit-elle en glissant les morceaux de champignons qu'elle venait de découper et du bacon dans une poêle huilée.

— Qu'est-ce que tu prépares ?

— Omelette-champignons-bacon et salade verte. Ça te convient ?

— Parfaitement.

— Tu dois te nourrir correctement. Des fibres et des vitamines.

— Moi qui projetais de m'empiffrer de cochonneries pendant six mois !

— Tu n'y couperas pas en plaisantant, ma petite. Tu ne m'as pas expliqué pourquoi Mac a traversé le pays pour venir te rejoindre et qu'il compte ensuite habiter à deux heures d'ici. Tu cherches aussi à t'installer à Whiteface ? Comment envisages-tu l'avenir ? Allez-vous vous marier ? Tu ne m'avais même pas parlé de lui. Vous vous connaissez depuis longtemps ?

— Je crois que je vais faire une overdose de questions.

— Commence donc par répondre à une ! dit Mary Jane, sortant une boîte d'œufs et une salade du réfrigérateur.

— C'est vrai que je ne vous ai pas expliqué que j'avais définitivement quitté le Colorado. Tu comprends, je ne voulais pas interférer avec le mariage de Daisy. En plus d'être ex-fiancée, j'étais demoiselle d'honneur.

— Daisy et Tucker n'y pensent pas. Pour eux, c'est de l'histoire ancienne.

— Je sais. C'était un beau mariage, dit-elle, et de l'histoire ancienne pour moi aussi. Pour en revenir à ta question, je ne cherche pas à m'installer à Whiteface. J'aimerais vivre ici, participer à la gestion de l'hôtel. Il faut que nous nous réunissions toutes les trois pour en discuter. Parce que j'ignore s'il y a une place pour moi à Spruce Bay. Quelle est la question suivante ?

— Je ne me souviens plus. Comptes-tu te marier, peut-être ?

— Non. Nous ne nous connaissons que depuis trois mois.

— Tu es donc tombée enceinte à la minute où vous vous êtes rencontrés ?

— Les médecins calculent à partir du premier jour des dernières règles, si bien que je suis tombée enceinte *avant* de rencontrer Mac.

— C'est un peu surréaliste pour moi.

— Apparemment un problème de latex. Ne m'en demande pas plus. Pour ce qui est de comment je vais me débrouiller, à vrai dire, je n'en sais rien. Le bébé n'était pas prévu, comme tu peux t'en douter.

— Evidemment. Mais tu en es heureuse.

Soudain l'expression de Mary Jane se fit grave.

— Lee, il faut absolument que je sache : tu es heureuse d'avoir cet enfant, n'est-ce pas ?

Elle prit sa sœur dans ses bras et la serra contre elle.

— Je suis très heureuse, Mary Jane. Un peu angoissée, mais heureuse. Et je suis ravie que la nouvelle te réjouisse ! J'adore te voir surexcitée à l'idée d'être tante, j'adore tous tes « Ça alors ! » Je les adore vraiment. Zut, voilà que je pleure.

— Moi aussi.

Dans son dos, Mary Jane coupa le gaz sous la poêle.

— Pourquoi veux-tu tellement savoir si je suis heureuse ? demanda Lee en essuyant ses larmes d'un revers de manche.

— Parce que ce serait trop injuste si tu ne l'étais pas ! J'ai toujours voulu me marier, avoir des enfants, et toi, tu haussais les épaules, et tu disais : « Un jour, peut-être… » Et maintenant, c'est à toi que ça arrive et pas à moi ! Et si tu continuais à dire que tu ne sais pas si tu en as envie, je finirai par te détester.

— Oh ! non, pas ça !

— C'est la pire chose au monde de voir quelqu'un mépriser ce que tu désires désespérément.

De nouveau, Lee sentit les larmes lui brûler les paupières.

— Nous étions si proches, enfants, reprit Mary Jane. Je ne supporterais pas de te haïr, parce que maintenant que tu es de retour, nous serons de nouveau ensemble, toutes les trois, et j'en suis folle de joie.

Lee éclata de rire tout en continuant de pleurer. Un tour de ses hormones, sans doute.

— J'en suis également folle de joie.

— J'ai des mouchoirs, dit Mary Jane en lui passant une boîte posée sur le réfrigérateur.

— Merci.

Elles se mouchèrent en chœur.

— Y a-t-il une place pour moi ici, Mary Jane ? demanda-t-elle.

— Evidemment qu'il y a une place pour toi à Spruce Bay ! Je pensais justement engager quelqu'un pour le secrétariat, parce que je ne peux pas être partout à la fois, et nous avons beaucoup plus de réservations que l'an dernier à la même époque.

— J'espérais bien pouvoir faire l'affaire.

— Tu feras mieux que ça ; tu seras fabuleuse ! Est-ce que nous ne nous amusions pas bien ici quand nous étions petites ? Tu te rappelles comme nous étions tous heureux ?

— Bien sûr !

— Et les travaux de rénovation ont donné d'excellents résultats. J'attends avec impatience l'été.

— Moi aussi…

Elles rirent, soupirèrent, et se sentirent plus légères.

Mary Jane se remit dans la cuisine.

— Si j'ai bien compris, dit-elle après quelques instants, tu vivras ici, et Mac à deux heures de route. L'éloignement ne t'ennuie pas ?

— Non.

— Et ça ne t'ennuie pas que ça ne t'ennuie pas ?

— Non plus.

Le haussement d'épaules de Mary Jane en disait long quand elle se retourna vers la gazinière. Et Lee se dit qu'elle n'avait jamais pris la mesure de tout ce que pouvait exprimer le haussement d'épaules d'une sœur aînée.

— Pourquoi penses-tu que ça devrait m'ennuyer ?

Elle regarda sa sœur remuer avec énergie les champignons et le bacon dans la poêle. Ce geste aussi exprimait quantité de choses.

— Ce n'est pas ce que j'ai dit !

Mary Jane entreprit de casser les œufs dans un bol.

— Tu veux laver la laitue ? demanda-t-elle.

— Bien sûr.

Lee emporta la salade à l'évier tandis que Mary Jane sortait une essoreuse à salade d'un placard et la lui tendait.

— Tu n'as pas besoin de le dire, Mary Jane. Le seul fait de poser la question suffit. Deux heures, ce n'est pas le bout du monde. Nous pourrons nous voir autant que nous le désirerons.

— Ou aussi peu.

— Aussi, c'est vrai. C'est bien que nous soyons libres. Pas question de nous étouffer, ou de nous empêcher de vivre.

— Ah bon…

Le visage de Mary Jane exprimait la désapprobation.

Lee actionna l'essoreuse avec énergie, et le volume sonore fut tel qu'il devint impossible de parler.

Une bonne chose, car elle ne le souhaitait plus.

- 11 -

Mac revint de Whiteface à la nuit tombante. Accompli pour moitié sur de petites routes de montagne, le trajet n'était pas très aisé, et même l'autoroute pouvait se révéler impraticable en hiver pour peu qu'une tempête de neige bloque la circulation.

Malgré tout, l'après-midi avait dépassé ses attentes. Il avait décroché un emploi et devait commencer dans deux semaines et demie, et il avait même une piste pour une maison à louer. Il en avait vu des photos, mais il devrait la visiter rapidement s'il ne voulait pas qu'elle lui passe sous le nez.

Louer cette maison résoudrait le problème des trajets. Jay se trouvait à une demi-heure de Whiteface.

Mais à deux heures et demie de Spruce Bay.

Il se demanda comment s'était passée la conversation entre les deux sœurs. Il savait que Lee n'avait pas apprécié qu'il la bouscule pour qu'elle annonce la nouvelle à Mary Jane, mais il faudrait qu'elle comprenne qu'il ne se laisserait pas mettre sur la touche.

Il ne recommencerait pas cette erreur.

Il frémit en se rappelant le refus de Sloane d'acheter berceau, poussette, ou même sac à langer, sous prétexte que tout ce « bazar » ne ferait que les encombrer. Et quand Sloane parlait de l'arrivée de l'enfant dans leur vie, c'était toujours en supposant qu'il serait à son image et qu'elle en ferait ce qu'elle voudrait.

Devant baptiser le bébé pour l'enterrement, ils l'avaient nommé Kelly, en hommage au champion de surf. Mais quand il n'était encore qu'un minuscule être d'un genre inconnu, Sloane l'appelait Microbe. Elle prétendait que Microbe, mâle ou femelle, décrocherait la médaille d'or de snow-board aux jeux Olympiques. « Il sera pratiquement né sur une planche, disait-elle, mi-rieuse, mi-sérieuse. Ce sera une seconde nature chez lui. »

Le plus horrible était que le petit Kelly était effectivement pratiquement né sur une planche, et mort dessous.

L'enfer.

C'est arrivé. Lee et moi allons avoir un enfant.

Pourquoi les choses doivent-elles se passer ainsi ?

Une part de lui aurait aimé qu'ils se marient, car ainsi, il aurait davantage contrôlé la situation. Il n'aurait pas été obligé de surveiller Lee en permanence pour s'assurer qu'elle ne commette pas d'imprudence. A l'idée des dangers qui guettaient l'enfant s'il n'y mettait pas bon ordre, son sang se glaçait dans ses veines.

Epouse-moi, Lee.

Epouse-moi, que je puisse t'obliger à faire les bons choix sans que tu discutes !

Comme si c'était une raison pour se marier…

Comme si le mariage vous donnait ce pouvoir…

Ce désir l'effrayait. Il ne voulait pas devenir un homme du passé, déniant le droit de vote à sa femme, ou même celui de parler. Il n'était pas ce genre de personne.

Mais, en l'occurrence, il avait envie de l'être.

Ce serait la pire des catastrophes si Lee et lui se mariaient alors qu'il se trouvait dans cet état d'esprit. Elle songeait peut-être aussi au mariage, mais sûrement pas dans cette optique.

De retour dans son cottage, il lui téléphona avec l'envie de renouer avec leur relation libre et légère d'avant.

— Tu veux venir voir ma maison ? demanda-t-il

d'une voix chargée de sous-entendus. Elle ne vaut pas le chalet d'Aspen, mais elle tient la comparaison. Avec une salle de bains au lieu de sept et pas de Jacuzzi, mais c'est un détail.

— Tu sais y faire… Comment s'est passé ton voyage à Whiteface ?

— Bien. Je te raconterai.

Il souriait comme un idiot au téléphone.

— Je n'ai pas encore dit que je venais, il me semble ?

— Tu viens ?

— J'ai les clés de la voiture en main.

— Attends. As-tu dîné ?

— Non. Le déjeuner de Mary Jane m'a calé. Je commence juste à avoir faim, et j'attendais pour le cas où tu appellerais.

— Et j'ai appelé.

— Oui. Tu veux que j'achète une pizza en chemin ?

— Une pizza, ce serait parfait. Tu connais mes goûts.

— Facile. Ce sont les mêmes que les miens !

— Ce qui est pratique.

— Je serai là dans une demi-heure.

Une demi-heure plus tard, il entendit une portière claquer et, par la fenêtre, il la vit avancer, un carton à pizza à la main, les joues rosies de froid.

Elle portait un jean et, sous sa veste ouverte, un haut moulant presque du même ton blond foncé que ses cheveux. Et, pour la première fois, il lui sembla apercevoir un début de renflement sous son jean. Plus haut, en tout cas, deux seins bien ronds bondissaient sous le tissu.

— Voici la commande, dit-elle.

Il aimait son visage quand elle souriait, la vie qui brillait dans ses yeux.

— Si c'était autre chose que de la pizza, je te déshabillerais avant tout.

— Une pizza se mange à la sortie du four, c'est un principe sacré.

Elle passa à côté de lui, le carton à la main, et profita de l'occasion pour lui caresser le torse, prélude aux délices à venir. L'odeur de la pizza, champignons, oignons, olives et anchois, lui mit l'eau à la bouche. Ils s'installèrent sur le canapé, la pizza devant eux sur une table basse, et firent un sort aux huit parts tout en regardant un film policier à la télévision pendant que le vent soufflait au-dehors et que de la neige fondue se mettait à tomber. On était si bien à l'intérieur. L'ambiance rappelait les soirées dans le petit appartement du rez-de-chaussée de Lee, à Aspen, à l'époque où tout était si simple entre eux.

Si seulement ils pouvaient revenir en arrière.

Peut-être que s'ils faisaient semblant… ou s'ils en parlaient… ou s'ils ne parlaient pas du tout, mais juste…

Impossible. Tout était désormais trop compliqué.

— Tu ne m'as pas raconté Whiteface, dit Lee, quand ils eurent terminé la pizza.

— Je veux d'abord savoir qui est l'assassin.

— C'est la femme.

— Ce serait trop simple.

— C'est un piège des scénaristes. Ils savent bien qu'on se méfierait parce que c'est trop évident.

Elle se trompait, ce n'était pas la femme, mais la petite amie. Mais, en réalité, que ce soit l'une ou l'autre importait peu. Ils avaient à discuter de choses sérieuses.

— Ça s'est très bien passé. J'ai probablement trouvé un emploi et une maison à louer.

— Les deux t'intéressent ?

Elle se nicha contre lui et posa la tête sur son épaule.

— L'emploi, sûrement. Pour la maison, je réfléchis encore.

— Elle est bien ?

— Sur les photos, oui. Il faut que je me décide vite,

mais ce n'est pas facile. Nous devons en parler pour décider de la meilleure solution.

— Oui ? dit-elle, le menton au creux de son cou.

— Nous devons bien réfléchir avant de prendre des décisions, répéta-t-il. Pas question de se laisser coincer.

— C'est drôle, je me suis fait la même réflexion, mais à quoi penses-tu ?

— A la possibilité que nous finissions par nous marier sans être convaincus que cela soit une nécessité.

Elle se redressa brusquement.

— Nous marier ? Quelle drôle d'idée !

— Tu n'y as pas pensé ?

Elle paraissait sincèrement abasourdie.

— C'est une curieuse façon de parler mariage, ajouta-t-elle.

Elle serrait ses bras contre son ventre, faisant saillir ses seins auxquels il pensait avec tant de passion peu avant.

— Je parle non-mariage, Lee.

— Tu en parles comme si c'était une option.

— Je dis tout le contraire, que ce serait une erreur.

Il commençait à regretter d'avoir parlé trop vite et de s'être si mal exprimé.

— Ce serait catastrophique de le faire pour de mauvaises raisons, tu ne crois pas ? insista-t-il néanmoins. Les gens ont tant de mal à rester ensemble pour le bien de leurs enfants. Se marier pour eux au départ, ne serait vraiment pas une bonne chose. Tu dois t'en rendre compte.

Elle le regardait sans un mot, l'air mécontent.

Finalement, le silence devint si pesant qu'il éprouva le besoin de le rompre.

— Eh bien ?

— Que veux-tu dire par : « Eh bien » ?

— Allez, Lee ! Tu me regardes comme s'il m'avait poussé deux têtes.

— Je n'ai jamais prononcé le mot « mariage », dit-elle froidement. C'est toi qui as mis cette idée sur le tapis. Et maintenant, tu fais comme si j'avais essayé de te mettre le grappin dessus. Après ça, tu t'étonnes que je reste sans voix ?

— Tu n'y as pas pensé du tout ?

— Mais non ! Je suis entièrement d'accord avec toi. Du moins, je l'étais avant que tu m'assènes que je « devrais me rendre compte que se marier serait une erreur ». Bien sûr que je m'en rends compte !

Ses yeux verts étincelaient de fureur. Il se serait bien excusé, mais il ne savait pas trop de quoi.

Désolé, je m'aperçois que je ne comprends rien à la psychologie féminine.

Elle se leva soudain.

— Je n'aurais pas dû manger si vite, dit-elle en grimaçant. Je ne me sens pas bien. J'ai mal à l'estomac et…

Elle se dirigea en courant vers la salle de bains.

— Attends !

— Ce n'est pas le moment, Mac.

Elle disparut dans la pièce dont elle claqua la porte derrière elle.

Quel imbécile ! Il avait mené cette discussion tout de travers. Après quelques instants, il entendit couler l'eau du lavabo.

— Ça va ?

— Pas vraiment. Laisse-moi un instant.

— Tu veux que…

— Sors ! Je préfère que tu n'entendes pas.

Il enfila sa veste et sortit sous la véranda. Un endroit sans doute très agréable un mois ou deux auparavant, mais ce soir, avec la neige qui tombait sur les silhouettes dépouillées des arbres se balançant dans le vent, elle était plutôt sinistre. Il frissonna malgré sa veste.

Il se sentait impuissant et stupide. Lee était une femme

forte et indépendante, et il l'avait traitée en poupée fragile. A qui s'adressait exactement son discours ? A lui. C'était lui qui pensait au mariage et cherchait des arguments pour s'en dissuader.

D'une certaine façon, Lee ressemblait à Sloane. Au Colorado, son attitude ne prêtait pas à conséquence, mais dans les circonstances actuelles, elle ne le rassurait pas. Naturellement, elle se défendrait d'avoir des points communs avec Sloane. Et elle aurait sans doute raison.

Pourtant… Il y avait son goût de l'indépendance, son endurance, son côté sportif. Il avait toujours apprécié ces qualités chez une femme, seulement, Lee lui faisait un peu peur. La situation entière lui faisait un peu peur. Comment protéger l'enfant à naître sans détériorer ses rapports avec sa mère ? Comment apprendre à faire la différence entre une prudence fondée, et une réaction épidermique ?

Il finit par rentrer. La porte de la salle de bains était toujours fermée, et il entendait le robinet couler.

— Comment te sens-tu ? demanda-t-il à travers la porte.

— Mieux, répondit-elle au bout d'un moment. Je sors dans une minute.

Peu après, la porte s'ouvrit. Elle était toute pâle et serrait une serviette dans ses bras comme un enfant son doudou. Pour une femme forte, elle lui parut plutôt fragile. Il la prit dans ses bras, lui frotta le dos.

— Tu veux quelque chose ?

Une atmosphère de douceur les enveloppa. Il lui embrassa le front. Elle tremblait légèrement.

— Quoi, par exemple ?

— Manger des crackers, boire une tisane ?

— Est-ce qu'il faut que pour ça tu ailles à l'épicerie ?

— Oui.

— Pas question de te faire ressortir à cette heure.

— Si tu arrêtais de te montrer aussi têtue ?

Il la lâcha, sortit les clés de son pick-up de la poche de sa veste. Et, comme elle ne protestait pas, il comprit qu'elle était vraiment malade.

— Dis-moi ce qui te ferait plaisir. Des fruits ? De la soupe ?

Elle soupira.

— Tout. Crackers, tisane, bananes, thé, soupe, chips bien salées…

— Tu ne sais pas ce que tu veux.

— Je ne sais pas ce qui passera. Jusqu'ici, je n'ai eu que quelques nausées matinales, tu comprends. En tout cas, je sais une chose, la pizza n'est pas bonne pour les femmes enceintes !

— J'y vais.

— Merci du fond du cœur.

— Tu sais, je regrette pour tout à l'heure. Tu as raison, je discutais avec moi-même.

Elle hocha la tête.

— Excuses acceptées.

Quand il revint une demi-heure plus tard avec un sac plein de provisions, elle était recroquevillée sur le canapé. Elle avait passé un gros pull gris qui lui appartenait et dont les manches lui couvraient les mains.

— Tu aurais dû monter le chauffage, dit-il.

— Je n'avais pas froid. Juste besoin de réconfort.

En constatant qu'elle avait trouvé du réconfort dans un de ses vêtements, il ressentit un élan de tendresse, et une envie de la protéger qu'il réprima de peur de l'agacer.

— Alors, que désires-tu parmi cet assortiment ? s'enquit-il.

— Euh… un thé normal, pas trop fort, avec un peu de lait. Et peut-être quelques crackers, si tu en as acheté.

— Bien sûr. Je vais préparer le thé.

Il fit bouillir de l'eau, sortit un sachet de la boîte et une tasse très laide du placard.

— Je peux t'en prêter de plus jolies, proposa-t-elle.

— Je ne dis pas non. A ce propos, nous n'avons toujours pas parlé de la maison de Jay, et je dois prendre rapidement une décision.

— A vrai dire, nous avons été un peu distraits. Désolée.

— Voyons tu n'as pas à t'excuser. La maison n'est pas meublée. C'est l'inconvénient.

— Et l'avantage ?

— Elle est située à une demi-heure des pistes et est moins chère que je ne le craignais.

— Sauf que tu devras acheter des meubles.

— C'est ça.

— Nous ne possédons pas grand-chose, ni l'un, ni l'autre, n'est-ce pas ?

— Non.

Ils se regardèrent. La bouilloire se mit à siffler, et il versa l'eau dans la tasse. Il s'attendait à ce que Lee tienne le discours qu'il avait déjà entendu, à savoir qu'on n'a pas besoin de gadgets pour élever un bébé, que ce sont des attrape-nigauds, des pièges pour jeunes parents.

— C'est que, jusque-là, nous n'avons pas éprouvé le besoin de nous installer, dit-elle.

— Jusque-là ?

— Mac, je vais te faire un aveu…

Elle lui adressa un sourire malicieux.

— J'ai l'intention d'acheter tout un tas de trucs. Je ne veux pas que mon bébé… notre bébé, dorme dans un tiroir.

Il éclata de rire. C'était un tel soulagement d'entendre cette déclaration.

— Qu'y a-t-il de drôle ?

— Rien, dit-il, prudent. Je suis heureux, c'est tout !

Elle lui sourit.

— Tu sais quoi ? Moi aussi, je suis heureuse.

En définitive, ce fut une très agréable soirée.

- 12 -

Le vendredi, Lee accompagna Mac pour la visite de la maison. C'était un petit chalet de rondins tout simple à l'atmosphère accueillante. De plus, la cuisine et la salle de bains avaient été rénovées, et il disposait d'une jolie terrasse de bois à l'arrière.

— Tu crois que je devrais la prendre ? demanda Mac. Il faut que je me décide aujourd'hui. Une autre personne est intéressée.

Ils se regardèrent. C'était comme de se trouver au bord d'un précipice. Quelle influence aurait la distance géographique sur leur relation ?

— Prends-la, dit Lee, le cœur battant un peu plus vite. Tu t'engages pour combien de temps ?

— Six mois.

Six mois. L'époque dc la naissance. La fin de l'été paraissait lointaine, située après une saison qui risquait d'être exténuante, pour Mary Jane et Daisy surtout, car, bien sûr, elle se ménagerait.

D'un autre côté, six mois, ce n'était rien du tout. Deux fois le laps de temps écoulé depuis qu'elle connaissait Mac. Six semaines de plus que la saison de ski à Aspen. Le temps pour un bébé de passer de sept centimètres à cinquante.

— Renouvelable, dit Mac. Ce n'est donc pas un problème.

Songeait-il aussi qu'elle devait accoucher dans six

mois, et que, alors, il ne serait guère en mesure de chercher un nouveau logement ?

Depuis l'accrochage au sujet du mariage, le mercredi soir, ils s'entendaient très bien. Il n'aurait pas dû s'exprimer ainsi ; elle n'aurait pas dû réagir aussi vivement. Les torts étaient partagés. L'avantage de cette dispute était qu'elle semblait avoir clarifié la situation.

Ils ne souhaitaient pas se marier.

Cependant, il restait des décisions à prendre, mais par un accord tacite, ni l'un ni l'autre n'aborda le sujet. Elle en fut soulagée parce qu'elle détestait l'idée que la venue de l'enfant crée une tension entre eux. Pis, elle craignait qu'il finisse par lui tenir rigueur des complications qu'il apportait à sa vie.

— Prends-la, répéta-t-elle. Je t'aiderai à acheter des meubles, si tu veux.

— Ça pourrait être drôle. Nous testerons les matelas.

— Et les tapis.

— Et les canapés !

Ils se rendirent ensuite à l'agence immobilière, et Mac signa le bail. Lee pensait que ce serait agréable de venir ici l'été, quand ils auraient du temps libre. Ils prépareraient des barbecues sur la terrasse, s'allongeraient sur des serviettes pour dorer au soleil, feraient la grasse matinée.

Si Mac venait lui rendre visite, ils iraient faire du bateau sur le lac, ou randonner dans les bois avec un pique-nique, ramasseraient des myrtilles sur Prospect Mountain…

Le dimanche après-midi, on attendait Daisy et Tucker, de retour de leur lune de miel aux Bahamas. Mac était retourné à Whiteface dans l'intention de faire du ski et d'apprendre à connaître la région.

Mary Jane et Lee furent sollicitées par des clients qui voulaient deux paniers pique-nique que Spruce Bay Resort proposait à ses clients avec des menus concoctés par Daisy. Et, voulant examiner le contenu, ils avaient renversé du vin rouge sur le tapis tout neuf de la salle de séjour de leur bungalow.

— Ne t'inquiète pas, dit Mary Jane en soupirant, quand Lee lui rapporta la mésaventure. Ce n'est pas la première fois que ça arrive. Je vais m'en occuper.

— Pourquoi ne demandes-tu pas à l'entreprise de nettoyage de s'en charger ?

— Parce que si on n'arrive pas à récupérer le tapis, je veux être sûre que tout a été fait dans les règles. C'est curieux comme les tapis neufs attirent les taches de vin. De vrais aimants !

Armée de deux seaux et de bidons de détergent, elle partit d'un pas décidé pour le bungalow. Elle n'avait pas plus tôt disparu au bout de l'allée que la voiture des jeunes mariés s'arrêtait devant la maison.

Elle allait avoir également beaucoup de choses à leur raconter. Poussée par Mary Jane, elle avait téléphoné à ses parents pour leur annoncer sa grossesse. Et ils avaient été enchantés d'apprendre qu'ils allaient être grands-parents.

Mais, bien sûr, ils n'avaient pas pu s'empêcher de faire allusion à son célibat. « Mac et moi cherchons les meilleures solutions », leur avait-elle dit, de manière qu'ils sachent qu'il s'agissait d'un projet à deux et non d'un champ de bataille.

Sa mère parlait déjà de séjourner quelque temps à Spruce Bay au moment de la naissance, et de nouveau, Lee eut le sentiment que six mois représentaient tout à la fois une longue et une très courte période.

Etrange.

Sans compter que le retour de voyage de noces d'une

sœur qui venait d'épouser un ex-fiancé avait également quelque chose d'étrange. Durant la cérémonie, il y avait eu assez de monde autour d'eux pour éviter tout malaise, mais à présent, il n'y avait plus qu'eux trois, les jeunes mariés approchant, tout bronzés, l'air heureux, et elle, les attendant sous la véranda par ce beau jour ensoleillé.

A vrai dire, ni Daisy ni Tucker ne semblaient éprouver la moindre gêne. Elle observa Tucker et le trouva très bien, sans ressentir toutefois la moindre attirance pour lui. Et l'idée qu'elle avait été à deux doigts de l'épouser renforça sa détermination de se montrer prudente à l'avenir.

Comment avait-elle pu faire fausse route à ce point ?

La rupture de leurs fiançailles, pratiquement au pied de l'autel, avait été un choc. Elle s'était rendu compte qu'elle ignorait qui elle était et que jamais elle ne le découvrirait si elle restait dans le giron familial.

Durant plus de dix ans, elle avait mené une vie de rêve au Colorado. Et maintenant, elle était de retour au pays, probablement pour y rester, mais il n'était pas question de retour en arrière. Elle aimait la femme active, libre, indépendante, qu'elle était aujourd'hui. Et les autres semblaient aussi l'apprécier.

Mac l'appréciait, en tout cas.

Mais qu'adviendrait-il si cette nouvelle femme ne trouvait pas les conditions adéquates pour s'épanouir à Spruce Bay ? Si ce retour troublait son jugement et lui faisait commettre une erreur de plus ?

Etrangement, le spectacle du bonheur de Daisy et Tucker semblait susciter en elle de bien sombres pensées.

Sa sœur la serra affectueusement dans ses bras.

— C'est bon de te voir. Au mariage, nous avons à peine eu l'occasion de nous parler ! Quand repars-tu pour le Colorado ?

— Je ne repars pas. Vous arrivez directement de l'aéroport ? Je vois vos bagages à l'arrière.

— Nous voulions juste passer dire un petit bonjour avant de rentrer chez nous. Comment ça, tu ne retournes pas au Colorado ?

— J'ai beaucoup de choses à raconter. Mais pas maintenant.

— Mais si, maintenant ! insista Daisy. Où est Mary Jane ?

— Partie se battre contre une tache de vin sur le tapis d'un bungalow. Allez donc défaire vos bagages. Et vous reposer.

— Tu me chasses, Lee ?

Exactement. Mais Daisy n'était pas d'humeur à se laisser faire.

— Nous nous sommes arrêtés pour boire un café, et nous le boirons !

Sur ces paroles énergiques, elle se dirigea vers la maison, suivie de Tucker, qui souriait comme un idiot. Jolie blonde aux allures évaporées, Daisy se montrait souvent péremptoire, mais avec une telle grâce qu'on ne pouvait lui en vouloir.

Dans la cuisine de l'appartement, Daisy regarda autour d'elle.

— Eh bien, je vois que tu emménages pour de bon. Tu as apporté ta collection de tasses !

— Laquelle veux-tu pour ton café ? s'enquit Lee.

Daisy éclata de rire.

— N'essaie pas de changer de sujet avec ce genre de détail !

— Puisque c'est ainsi, tu auras les licornes sous la lune. Elles sont mignonnes à gerber.

— S'il te plaît, ne plaisante pas avec ça ! s'exclama Daisy, posant une main sur son ventre.

Puis elle ajouta, l'air faussement effarouché :

— Nous avons une grande nouvelle à vous annoncer.

— Je croyais que nous devions garder le secret quelque temps, chérie, grommela Tucker.

— C'est toi qui voulais que nous le disions tout de suite, répliqua Daisy.

— Mais tu ne voulais pas. Et voilà que tu changes d'avis en deux secondes !

— Une minute, Daisy, intervint Lee. Qu'essaies-tu de dire ? Dois-je comprendre que…

Daisy haussa les épaules, l'air radieux.

— J'ai fait un test de grossesse à Nassau. Quel est le problème ? ajouta vivement sa sœur, la voyant d'effondrer sur une chaise.

— Mary Jane n'y survivra pas.

Daisy s'assit à son tour.

— Je sais bien qu'elle aimerait fonder une famille, mais c'est une bonne personne. Elle ne peut que se réjouir de l'arrivée d'un bébé.

— Possible. Mais deux, cela risque de faire beaucoup pour elle.

Lee poussa un soupir.

— Ce n'est pas exactement ainsi que j'avais envisagé cette conversation. Vous n'avez même pas rencontré Mac.

— Lee ! Est-ce que j'ai bien compris ? Tu es… enceinte, toi aussi ?

— Oui.

— Et qui est… Oh ! je suppose que c'est ce Mac. Mais qui est-il ? D'où sort-il ? C'est sérieux entre vous ? Vous avez des projets ? Qu'est-ce que tu vas…

— Reprends ta respiration, Daisy. Je vais tout vous dire. Mais auparavant, toutes mes félicitations.

— Merci ! dit Daisy avec un grand sourire. Même chose pour toi, ma vieille.

Elles se sourirent un peu gauchement.

— Quand dois-tu accoucher ? demanda Lee.

— Mi-novembre.

— Et moi, fin septembre.

— Ça alors !

— C'est en gros ce qu'a dit Mary Jane. La nouvelle l'a ravie, mais une demi-heure plus tard, elle s'est hérissée de piquants en découvrant que Mac et moi n'avions pas l'intention de nous marier ni de vivre ensemble. Il faut croire que la grandeur d'âme de notre sœur aînée a ses limites.

— C'est pourquoi il vaudrait mieux que j'attende un peu avant de lui assener ce deuxième coup…

— Exactement.

— Je ne suis pas d'accord, objecta Tucker.

— C'est dur, reconnut Lee.

— C'est donc parce que tu es enceinte que tu reviens t'installer ici ? demanda Daisy. Pour être entourée des tiens ?

— L'idée m'a paru bonne.

— Et Mac ?

— Il vient également s'installer dans la région.

— Tu dois le dire le plus tôt possible à Mary Jane, dit fermement Tucker à sa femme.

— Tu crois ?

— Les secrets, ce n'est jamais bon.

Daisy hocha la tête.

Lee compris que la réaction de Tucker était due au drame qu'il avait vécu dans son adolescence. Son père malade avait eu une liaison dont était né un fils, beaucoup plus jeune que Tucker. Il ne lui en avait pas parlé, ce qui en disait long sur leur relation. C'était Daisy qui le lui avait appris.

— Dans ce cas, je vais choisir le moment, déclara celle-ci.

— Mais si tu n'en trouves pas de bon, dis-le-lui quand même, insista Tucker. Tu ne dois pas tergiverser.

— Tu crois que c'est bien d'informer Mary Jane avant les parents ? Lee, tu leur as annoncé ?

— Je leur ai téléphoné il y a deux jours. Si j'avais su, je t'aurais laissé la priorité.

— Aucune importance. Rien n'est jamais parfait.

— Daisy, reprit Tucker, ne laisse pas Mary Jane penser qu'elle est la dernière au courant. Ce serait très pénible pour elle. Elle croirait que tu cherches à la protéger.

Au même instant, ils entendirent la porte d'entrée de l'hôtel s'ouvrir et se refermer, un bruit de pas dans l'escalier, et Mary Jane entra avec une expression guerrière.

— A la lumière du jour, on la distingue encore un peu, annonça-t-elle. Quand ce sera sec, je mettrai un fauteuil dessus pour la camoufler. Hé ! Bonjour, vous deux. Vous voilà donc de retour ! Bienvenue à Spruce Bay. Le café est-il prêt ?

— Ce n'est pas le moment, chuchota Daisy à l'oreille de Lee.

C'était aussi son avis.

- 13 -

— Je ne vois pas pourquoi une femme enceinte ne pourrait pas peindre un bateau ! déclara Lee par une belle matinée au bord du lac.

— Il est un peu tard pour défendre ton point de vue, objecta Daisy, puisque nous sommes déjà au travail.

— Pas tout à fait. Nous ponçons, pour le moment.

— Je déteste poncer, principalement à cause du masque.

Daisy remit le sien qu'elle avait ôté le temps d'une pause.

Pour un début avril, il faisait un temps magnifique, et le moment était venu de sortir canots et canoës. Mais ils avaient besoin d'un coup de peinture. Les travaux de l'hôtel avaient été menés de main de maître, et Spruce Bay Resort présentait maintenant un aspect pimpant avec la terrasse-ponton du restaurant, la piscine, les parterres de fleurs, les allées desservant les différents pôles d'attraction. Le résultat avait dépassé leurs espérances.

Les ponceuses électriques troublèrent la paix du lac pendant encore une demi-heure, puis les coques de deux canoës furent prêtes à peindre. La flotte de l'hôtel comptant huit embarcations au total, Daisy et Lee avaient décidé d'étaler la tâche sur quatre jours.

— Je préfère peindre plutôt que poncer, déclara Daisy. C'est plus tranquille.

Elle ouvrit un pot et mélangea le contenu. Leur père

avait choisi pour les bateaux un bleu ciel qui évoquait irrésistiblement à Lee les étés au bord du lac et le bruit du clapotis de l'eau contre la coque.

— Oh ! Ça sent mauvais ! s'exclama Daisy.

— Tourne la tête, ça ira mieux.

— Tu as raison.

— Tu n'as pas encore parlé à Mary Jane, n'est-ce pas ? demanda Lee au bout de quelques minutes passées à peindre.

Cela semblait si étrange que sa sœur et elle soient enceintes en même temps, quoique dans des circonstances différentes. Daisy aurait pu être contrariée d'avoir été devancée. L'annonce de la venue d'un bébé était plutôt l'apanage des jeunes mariées radieuses que des célibataires indépendantes. De plus, le père de son enfant était un quasi-inconnu de la famille.

— J'essaie toujours de trouver le bon moment.

— Ce n'était pas possible l'autre jour, quand vous êtes allées acheter des fournitures pour la piscine ?

— C'était tellement sympa, je ne voulais pas tout gâcher. Nous sommes allées boire un café et manger un gâteau, et nous avons beaucoup ri.

— Il faut que tu lui dises, Daisy. Je partage l'avis de Tucker, et Mac aussi.

— C'est que Mary Jane n'est pas leur sœur.

— Justement. Ils voient les choses plus clairement. Imagine, si elle savait que nous sommes là, en train de discuter de la meilleure manière de procéder pour ne pas heurter ses sentiments, elle détesterait.

— Evidemment. Mais je ne sais pas quoi faire.

— Jette-toi à l'eau, c'est le seul moyen.

— Si tu lui disais, toi ?

— Ce serait pire. Ce n'est vraiment pas à moi de le faire.

— Je sais, convint en soupirant Daisy.

Mary Jane les rejoignit une heure plus tard, alors qu'elles avaient presque terminé.

— J'ai préparé des sandwichs pour le déjeuner. Je vous les apporte ou est-ce que vous rentrez ?

— Apporte-les, dit Lee. Il fait si beau aujourd'hui.

— Quand on s'active ! Sinon mieux vaut porter une veste.

Mary Jane avait dû passer la matinée dans le bureau, à s'occuper des réservations pour l'été.

— Eh bien, mets une veste ! Le temps que tu reviennes, nous aurons nettoyé les pinceaux, lavé nos mains, et nous serons prêtes à pique-niquer.

— Toutes les trois, comme au bon vieux temps ! s'exclama Mary Jane. Il y a si longtemps. L'été, vous n'êtes jamais là. Du moins, pas ensemble.

— Elle nous le sert sur un plateau, dit Daisy quand Mary Jane se fut éloignée.

— Et tu ne parles pas de sandwichs.

— Non, du moment.

N'ayant plus de raisons de se défiler, Daisy se lança alors qu'elles étaient installées sur le ponton, leurs jambes se balançant dans le vide, un sandwich au poulet à la main.

— Tu sais quoi, Mary Jane, Tucker et moi avons du nouveau.

— Ah ?

— Nous allons avoir un bébé à l'automne !

Le sandwich de Mary Jane s'arrêta à mi-chemin de sa bouche.

— Comment ? Toi aussi ?

— Oui. Un mois et demi après Lee.

— Tu en as déjà parlé à Lee, apparemment.

— Ce n'était pas prémédité, mais c'est sorti tout seul.

— Ce matin, je parie, dit Mary Jane. Vous étiez tranquilles toutes les deux ici.

Non, pas ce matin, mais dimanche après-midi, faillit répondre Lee. Cependant, avant qu'elle ait pu ouvrir la bouche, Mary Jane s'écriait :

— C'est une nouvelle fantastique ! Je suis vraiment heureuse pour vous.

Devant sa joie sincère, Lee songea qu'il était inutile de lui faire savoir qu'elle était la dernière avertie.

— C'est fabuleux, poursuivit Mary Jane.

Cette fois, Lee perçut une petite fêlure dans la voix de son aînée. Même si Mary Jane s'efforçait de se comporter décemment, la pilule n'en était pas moins amère.

Mary Jane embrassa Daisy, qui était assise au milieu. Elle voulut savoir quand, exactement, elle devait accoucher, ce que ressentait Tucker, s'ils préféraient un garçon ou une fille. Et elle répéta sur tous les tons combien elle était heureuse.

— Je vais être deux fois tante ! conclut-elle, c'est vraiment cool !

Une performance remarquable, ma chère sœur.

Son cœur saignait pour elle, mais il n'était pas question de lui manifester sa sympathie. Mary Jane n'aurait pas supporté d'être démasquée.

Daisy l'imita en cachant qu'elle n'était pas dupe de l'enthousiasme de leur sœur.

C'était parfois la meilleure attitude à adopter quand on aimait quelqu'un.

— Alors, Daisy et moi avons dissimulé que nous voyions que Mary Jane était bouleversée.

Lee et lui s'étaient retrouvés chez lui, en fin d'après-midi, et elle lui racontait la conversation avec Mary Jane.

Il était lui-même un peu… décontenancé d'apprendre que Daisy et Lee avaient passé des heures à poncer et peindre les bateaux, et le fait que Lee ait fait une sieste après le repas n'apaisait pas ses craintes.

Demain, si le temps le permettait, il les aiderait.

Traduction : il prendrait la relève. Il ne savait trop si Lee en éprouverait de la contrariété, ou s'il avait tort en supposant que ce genre d'activité était néfaste dans son état. Cependant, ayant réglé cet après-midi les dernières formalités pour son emploi et la location du chalet, il avait du temps. Et comme il détestait rester sans rien faire, autant repeindre les bateaux. Ce qui lui éviterait, en plus, de ruminer ses angoisses.

Voyons, elle n'est enceinte que de trois mois. Et puis elle est au grand air, les vapeurs de peinture peuvent se dissiper. Elle porte un masque quand elle ponce, elle fait des pauses et boit de l'eau. Il s'agit juste de peindre, pas de s'envoler dix mètres en l'air sur une planche au-dessus d'une piste neigeuse…

— Et comment as-tu compris qu'elle était bouleversée ? demanda-t-il.

— Je l'ai bien senti.

— Tu aurais pu lui dire que tu comprenais que ce soit difficile pour elle.

— Impossible. La compassion nous fait horreur, à toutes les trois.

— J'imagine.

— Parfois, ce n'est pas si mal de feindre.

Comme moi quand je fais semblant de trouver normal que tu repeignes les bateaux.

Le téléphone sonna avant qu'ils aient décidé s'ils sortaient dîner. Il y avait aussi une autre option, celle d'oublier le repas et de se mettre tout de suite au lit.

— Mac ?

— Maman, bonjour. Comment vas-tu ?

— Pas très bien, à vrai dire. Je suis un peu triste, tu comprends, même si nous ne le connaissions pas très bien. Ronnie Halpern est mort.

— Oh ! désolé.

Il attendit quelques instants, mais comme rien ne venait, il demanda :

— Qui est Ronnie Halpern ?

Il fit signe à Lee que la conversation risquait de durer.

Ronnie Halpern, un veuf âgé de quatre-vingt-neuf ans, vieil ami de son grand-père, était décédé paisiblement dans une maison de retraite de Pittsburgh, entouré de sa famille, et ses parents comptaient assister à l'enterrement.

— Et comme nous ne serons pas très loin, conclut sa mère, nous envisageons de passer un jour ou deux avec toi. Nous avons les horaires d'avion. Nous pourrions partir de Pennsylvanie demain soir et revenir chez nous dimanche. Nous voulions nous assurer que ça te convenait avant de réserver.

— C'est parfait. Je serai très heureux de vous voir. Envoyez-moi les précisions par mail. J'irai vous chercher à l'aéroport. Vous arrivez à Albany ?

— C'est ça.

Il y avait décidément quelque chose de louche dans cette histoire. Toutes ces heures de vol pour assister à l'enterrement d'un quasi-inconnu ?

Puis il se rappela la date.

Samedi, c'était le septième anniversaire de la mort du petit Kelly.

Il sentit sa gorge se serrer et comprit que les mots s'étrangleraient dans sa gorge s'il leur disait qu'ils n'avaient pas besoin de se déplacer pour le soutenir.

A l'occasion de cet anniversaire, il recevait en général une carte, ou un e-mail de Sloane, disant des choses qu'il ne voulait pas entendre. A deux reprises, elle lui avait téléphoné, et ç'avait été encore pire.

Cette fois, pourtant, cet anniversaire serait différent, et ses parents le savaient. Cette fois, il était de nouveau futur père, et dans la même situation ambiguë d'être engagé vis-à-vis de la mère, mais sans projets à long terme.

Il faillit leur conseiller de remercier Ronnie Halpern de leur avoir fourni un prétexte pour venir dans l'Est, mais se ravisa. L'humour noir n'était pas de mise.

— Tu es toujours là, Mac ? fit la voix de sa mère.

— Oui. Je réfléchissais juste où j'allais vous loger.

— Un instant. Ton père veut justement te toucher deux mots à ce sujet.

Il y eut des frôlements, de petits heurts, puis il entendit la voix de son père.

— Trouve-nous un bon hôtel, fils.

— Vraiment ?

D'habitude, sa mère cherchait l'économie en les logeant dans des chambres de motel ou des gîtes.

« Inutile de jeter l'argent par les fenêtres ! » entendit-il justement sa mère dire à l'arrière-plan.

— Ne t'occupe pas d'elle, Mac, dit son père.

Il entendit la voix de celui-ci s'éloigner quand il s'adressa à sa mère.

— Laisse-toi gâter pour une fois, Gina.

Sa mère revint au bout du fil.

— Je suivrai l'avis de papa, maman. Il a raison. Tu mérites ce qu'il y a de mieux.

— J'avoue que cette attention me fait plaisir.

Quand il reposa son portable, il expliqua la situation à Lee, sans toutefois évoquer la date anniversaire.

— Alors, demanda-t-elle quand le sujet de la venue de ses parents fut épuisé, nous sortons ou nous dînons ici ?

— Sortons.

— Maintenant ?

— Je commence à avoir faim.

C'était un mensonge, mais il avait besoin de prendre l'air.

Ne devait-il pas expliquer à Lee les véritables raisons

de la venue de ses parents ? se demandait-il tout en craignant que ça ne facilite pas la prise de contact entre eux.

Ils viennent me rendre visite parce que tu es enceinte. Et comme c'est l'anniversaire de la mort de leur petit-fils, ils craignent que je sois malheureux. Ils sont mal à l'aise de ne pouvoir mettre un nom sur notre relation. Ils n'ont pas oublié ce qui s'est passé, il y a sept ans, quand Sloane était si avide de liberté, et ils veulent savoir s'ils peuvent te faire confiance.

Pas franchement enthousiasmant.

— Allons dans un endroit sympa, suggéra-t-il.

— L'Adirondack Steakhouse ?

— Bonne idée. Un steak est toujours le bienvenu. Au fait, je vais vous aider à peindre demain.

— Tiens ? Pourquoi ?

— Je n'ai rien à faire, et avec la visite de mes parents, je ne pourrai pas vous aider pendant deux jours.

— Tu n'y es pas obligé.

— Tu sais que déteste ne rien faire.

— Ce n'est pas plutôt parce que tu détestes que je peigne alors que je suis enceinte ?

— Ça aussi, reconnut-il sans difficulté.

Il lui sourit. Parfois, feindre était le mieux à faire.

— Je suis contente que tu aies voulu sortir, déclara Lee, pendant qu'ils dînaient. J'ignorais que j'avais autant envie d'un steak jusqu'à ce que le serveur le pose devant moi !

— Tu devrais peut-être prendre des compléments de fer.

— Pas la peine. Il y en a dans les pilules multivitaminées que la gynéco m'a prescrites. Ce soir, je meurs juste de faim !

–J'espère que nous n'allons pas réitérer l'aventure de la pizza.

— Je me sens beaucoup mieux depuis deux jours. En pleine forme !

— Tant mieux.

Il sourit, mais il y avait quelque chose dans l'assurance de Lee qui lui donnait l'impression d'assister à une performance très réussie, mais une performance quand même.

— C'est la peinture, n'est-ce pas ? demanda-t-elle. Tu ne veux pas que je peigne.

Il demeura un moment silencieux.

— C'est vrai, finit-il par avouer. Mais je reconnais que ce n'est ni rationnel ni raisonnable, et j'essaie de lutter contre mes pulsions. Je sais bien qu'il serait inutile, et même néfaste, de te mettre dans du coton.

A travers la table, elle posa une main sur la sienne.

— Je te suis infiniment reconnaissante d'essayer de trouver un juste milieu.

Pendant qu'ils revenaient à leurs steaks, elle réfléchit.

Il essayait sincèrement de ne pas l'étouffer, mais combien de temps lui faudrait-il avant qu'il ait enfin confiance dans la vie, et en elle ? Que se passerait-il s'il n'y parvenait jamais ? Et s'il faisait passer leur relation en second parce qu'il était trop focalisé sur le bien-être du bébé, si les sentiments qu'ils éprouvaient l'un pour l'autre s'effilochaient sans qu'ils aient seulement eu la chance de découvrir leur vraie nature ?

Elle ressentit l'impression d'étouffement que sa famille lui donnait généralement, et que Tucker lui avait donnée au temps de leurs fiançailles, lorsqu'elle souffrait de sa brûlure.

Laissez-moi tranquille, que je puisse rester moi.

Etre elle-même était devenu très important au fil des ans. Et pourtant, elle savait que celle qu'elle était changerait quand elle aurait un enfant. C'était inévitable. Etre parent changeait les gens ; elle ne serait plus jamais la même personne. Seulement, elle voulait trouver son chemin vers la maternité toute seule, sans que Mac, ses sœurs, ou quiconque lui dicte sa conduite.

Et c'était la même chose avec leur couple, si couple il y avait. Pas question que le fait d'être parents soit l'unique base de leur relation.

— Nous pourrions faire un tour en bateau quand ils seront repeints, suggéra-t-elle.

Etre ensemble, rien que tous les deux…

— Oui ?

— Je te laisserais pagayer. Ce lac est merveilleux à explorer. Il y a plein de petites baies, et des îles. On voit des choses qu'on n'aperçoit pas de la route ou du rivage. S'il fait encore beau demain, nous peindrons le matin et irons faire un tour en canoë l'après-midi.

— Il y a aussi des canots à moteur, non ?

Il paraissait un peu réticent.

— Je préfère le canoë, même si on se mouille davantage. Et puis Daisy et moi en avons peint deux hier.

— Gilets de sauvetage ?

— Ils sont dans la remise à bateaux.

— Nourriture et eau ?

— Nous avons des poches imperméables pour les conserver.

— Trousse de première urgence ?

— Dans les poches.

— Téléphones portables ?

— Les ondes passent, figure-toi, sur la majeure partie du lac.

— GPS tracker, pistolet lance-fusées ?

— Eh bien… euh… je suppose qu'on peut… Bon, de qui te moques-tu, Mac ?

— De moi. Je t'assure, de moi, dit-il d'un air embarrassé.

— Bonne réponse. Tu n'appréhendes tout de même pas à ce point une promenade en canoë ?

— Tant de choses peuvent arriver, répondit-il avec réticence.

— Bien sûr, même sans femme enceinte à bord. Nous préviendrons Mary Jane et Daisy, et ne nous éloignerons pas trop du bord. Et puis c'est toi qui pagaieras la majeure partie du temps. Je ne me fatiguerai même pas !

Elle se pencha par-dessus la table pour planter un baiser sur sa bouche.

— J'aime que nous parlions ainsi, dit-elle, chacun faisant la moitié du chemin.

— Oui, marmonna-t-il.

Il lui rendit son baiser, mais elle sentait que le cœur n'y était pas. Il faisait un effort ; elle aussi. Que deviendrait leur relation si ces efforts ne suffisaient jamais ?

N'y pense plus pour le moment.

Ils en avaient sans doute suffisamment discuté. Mieux valait lui dire ce qu'elle projetait de lui faire au retour, et il sembla beaucoup plus apprécier ce sujet de conversation.

Le temps restant au beau, Daisy, Lee et Mac passèrent la matinée à poncer et à peindre. Puis Daisy alla s'occuper des menus pour le restaurant. Restés seuls, Lee et lui enfilèrent leur gilet de sauvetage, emballèrent pique-nique et objets de première nécessité dans les poches imperméables et partirent sur le lac dans un canoë bleu ciel.

Tout semblait si simple aujourd'hui, se disait-il. Assise devant lui, elle indiquait la direction pendant qu'il pagayait, un peu maladroitement au début, parce qu'il n'avait pas pratiqué depuis longtemps, puis avec de plus en plus d'assurance.

Ils portaient short, pull et, par-dessus leur veste imperméable, l'encombrant gilet de sauvetage. Pour parachever sa tenue, Lee avait mis un bonnet aux couleurs des New York Giants, rouge, bleu et blanc, et surmonté d'un gros pompon multicolore. Elle était parfaitement ridicule, et il ne pouvait s'empêcher de rire en la regardant. Heureusement, elle ne pouvait pas le voir, sinon il aurait été sommé de s'expliquer.

Le contraste entre Lee la tigresse, la veille au lit, et Lee l'amoureuse du grand air qui s'enthousiasmait en lui montrant les lieux qu'elle avait fréquentés dans son enfance lui plaisait beaucoup.

Il aimait qu'elle soit féminine sous des dehors trompeurs. Il aimait que les hommes ne détournent pas la tête sur son passage, parce qu'ils ne savaient pas voir ce qui comptait vraiment, et il aimait être plus malin qu'eux. Parce qu'il savait qu'elle était exceptionnelle, belle, drôle, sous le bonnet tricoté, la veste et le gilet, il se sentait membre star d'un club très privé qui ne compterait qu'une personne.

Quand ils abordèrent un îlot inhabité et qu'elle sauta du canoë, il admira ses longues jambes souples et musclées, et la courbe de son postérieur moulé par le short. Il aima la voir partir à l'assaut du chemin, marquer une pause à un moment, et fermer les yeux pour mieux respirer l'air chargé des senteurs de la terre, des pins et du printemps précoce.

Il aima son expression passionnée quand elle proposa :

— Il y a des rochers derrière les pins. On pourrait y pique-niquer. On sera au soleil et on aura une vue superbe sur le lac.

Ils avaient emporté des sandwichs au thon, des beignets, des bananes et du jus de fruits. Elle s'était montrée un peu optimiste quant à la chaleur régnant sur les rochers, et il constata très vite que, les jambes nues, elle avait la chair de poule.

— Tu as froid, dit-il en repoussant les restes du pique-nique pour se faufiler près d'elle et glisser un bras autour de ses épaules.

Elle lui adressa un petit sourire.

— Ça va. J'ai chaud en haut, et toi ?

Elle renversa la tête pour le regarder, sa bouche à quelques centimètres, si rose, si pleine, vue sous cet angle. La grossesse lui allait vraiment bien.

— J'ai des poils pour me protéger. Toi, tu es si lisse…

Il passa une main sur sa cuisse, là où la peau était si douce. Elle était merveilleuse, une femme profonde, authentique, bien réelle.

Je l'aime. J'aime simplement tout d'elle.

L'idée, plutôt inquiétante, fit basculer son univers. Que faire de cette révélation ? Son cœur se mit à battre à coups redoublés, et il faillit lui avouer son amour sur-le-champ. Mais une semaine plus tôt seulement, ils avaient eu cette désastreuse conversation sur le mariage, et il craignait sa réaction.

L'idée l'avait tellement mise en colère. Elle lui avait reproché de la considérer comme une femme attachée aux traditions qui attendait une demande en mariage de sa part. A vrai dire, il comprenait que la supposition lui ait déplu.

Est-ce qu'une déclaration d'amour entrait dans la même catégorie ?

Pas sûr.

Une déclaration d'amour parlait du présent, et non de l'avenir. Ce devait être moins périlleux. A ceci près qu'elle pouvait passer pour une forme de possessivité, ou une sorte de chantage affectif…

Si elle pensait que c'était uniquement par rapport à l'enfant…

Et si c'était le cas ?

Etait-ce parce qu'elle portait son enfant qu'il éprouvait ce soudain élan d'amour ?

Peut-être valait-il mieux éviter toute déclaration intempestive ?

Elle prit sa main et l'attira à l'intérieur de sa cuisse, et il faillit éclater de rire en songeant qu'il s'interrogeait sur l'amour et le mariage alors qu'à cet instant, elle ne pensait manifestement qu'au sexe. Un vrai renversement des rôles traditionnels. Mais s'il riait, elle voudrait savoir pourquoi. Et alors, ce ne serait plus drôle du tout.

Ils se connaissaient depuis moins de quatre mois. Sa sœur Lisa était sortie avec Andy trois ans avant qu'ils se fiancent, et une année encore s'était écoulée avant leur mariage.

Pour Sloane et lui, dix-huit mois séparaient leur rencontre de leur séparation dans des circonstances dramatiques. Et s'il avait dit qu'il l'aimait et voulait l'épouser dans l'intervalle, la situation aurait été encore plus compliquée.

Samedi, sept ans se seraient écoulés depuis ces événements. Le triste anniversaire et la visite de ses parents venus le soutenir influaient-ils sur ses sentiments ? Une chose était sûre : il ne savait comment démêler tous ces fils.

Dois-je parler à Lee de l'anniversaire ?

Il ne se faisait pas encore confiance sur ce point. Ni sa tête ni son intuition n'étaient capables de le renseigner. Il nageait en plein brouillard, ne sachant ce qu'il voulait, ni ce qu'attendait Lee de l'avenir, à six mois quand le bébé naîtrait, à un an ou à dix…

En revanche, en cet instant, elle semblait parfaitement savoir ce qu'elle voulait : un peu d'action, un petit avant-goût de ce qui pourrait bien se passer plus tard. Le lit de son cottage faisait un creux au milieu, ce qui les précipitait dans les bras l'un de l'autre pendant la nuit. Il y était très attaché.

Peut-être ne devrait-il penser aussi qu'au sexe. Tout autre sujet présentait trop de ramifications. Et, pour ce qui étaient des ramifications de l'amour physique, ils avaient déjà donné, si bien que, d'une certaine façon, ils ne risquaient plus rien. Un des avantages de la grossesse était qu'il n'y avait plus à se préoccuper de contraception.

— Tu as raison, tu n'as pas froid, dit-il comme elle emprisonnait sa main en serrant les cuisses. En remontant là et là, tu es bouillante.

Tout en la caressant, il appuya sa joue contre la sienne, puis il tourna la tête afin que leurs lèvres se rejoignent dans un ardent baiser.

- 14 -

Mac devait aller chercher ses parents à l'aéroport d'Albany à 18 h 30, le vendredi soir. Il avait réservé à l'Adirondack Steakhouse pour quatre personnes, et Lee ne se plaignait pas d'y dîner pour la deuxième fois de la semaine. En ce moment, elle était folle de viande rouge. Et Mac l'avait taquinée à ce propos.

— Quand je pense à ce qu'on raconte sur les femmes enceintes qui se bourrent de chocolat, de crème glacée ou de cornichons, toi, tu as des envies plutôt masculines.

— Tu penses que c'est un garçon ?

— Non. Je suis juste fier de toi.

— Fier parce que j'ai envie de viande rouge ?

— Juste fier.

Et d'ici à une heure, il la présenterait à ses parents. Après les avoir accueillis à l'aéroport, il avait prévu de s'arrêter à l'hôtel pour qu'ils déposent leurs bagages et de les emmener ensuite au restaurant où ils la retrouveraient.

Elle se prépara pour la soirée avec la hantise de faire bonne impression. Difficile quand on était déjà enceinte et que nulle promesse de mariage ne se profilait à l'horizon. La réflexion la choqua. Le mariage n'était qu'un bouclier de protection, et elle n'en avait nul besoin. C'était même un argument de plus à ajouter à sa liste des mauvaises raisons de se marier.

En attendant, sa garde-robe n'était pas très féminine, et la ceinture de la plupart de ses pantalons commençait à la serrer. Elle finit par choisir un jean en tissu élastique dont elle n'attacha pas le bouton supérieur et une tunique blanche, suffisamment longue pour dissimuler la fraude. Ensuite, elle passa des chaussures à talon, se maquilla et ajouta un collier en or à sa tenue pour lui donner un aspect plus habillé.

Comme elle ne voulait pas être en retard, elle arriva à l'Adirondack Steakhouse avec dix minutes d'avance, tandis que Mac mettait un peu plus de temps que prévu à montrer leur hôtel à ses parents. Elle attendit donc plus d'une demi-heure au bar du restaurant avec pour seule distraction les textos qu'il lui expédiait.

Nous venons juste de quitter l'hôtel.

Erreur, ma mère change de sac.

Enfin, quand pour la cinquième fois, elle tourna la tête en entendant la porte s'ouvrir, son attente prit fin. Elle se laissa glisser du tabouret en se demandant quand, pour la dernière fois, elle avait été aussi nerveuse.

Mac vint à sa rencontre.

— Tu devais te demander quand nous arriverions, lui chuchota-t-il à l'oreille.

Il passa un bras autour de ses épaules et fit les présentations.

— Papa, maman, voici Lee.

Et, comme il ne la lâchait pas, sa mère qui se préparait manifestement à la prendre dans ses bras dut se contenter d'une poignée de main.

Le père de Mac se tenait légèrement en retrait.

— Quelle joie de faire votre connaissance, Lee, dit-il en lui tendant la main.

M. Wheeler avait les cheveux blancs et les yeux bleus, mais la même silhouette athlétique que son fils et presque la même voix.

En revanche, Mac avait hérité de sa mère son teint mat, ses cheveux noirs, tout juste touchés de gris chez elle, et ses yeux d'encre. L'espace d'un instant, elle se demanda comment ces traits génétiques se marieraient avec les siens chez son bébé.

Une fois de plus, elle eut conscience de l'importance de l'instant. Ces personnes avaient perdu un petit-fils qui avait été conçu par accident, dans le cadre d'une relation non établie. Elle se rendait compte qu'ils pouvaient très bien se méfier d'elle ou exiger des choses qu'elle ne pourrait leur donner. La pression était énorme.

Il portait un costume sombre, elle, une robe gris foncé et blanc. Sans doute les tenues choisies pour l'enterrement.

— Je vous présente mes condoléances pour…

Cependant, dans son trouble, elle ne put se rappeler le nom de leur ami décédé. Un prénom désuet… Ronnie… C'était ça. Ronnie Halpern.

— … le décès de M. Halpern.

— C'était un bel enterrement, dit Mme Wheeler.

Gina. Elle s'appelait Gina, et le père de Mac, Paul.

Devait-elle les appeler par leur prénom ? Ils ne l'avaient pas proposé, et elle ne voulait pas commettre d'impair.

Elle avait l'impression d'être lâchée sur une scène sans texte, et elle sentait le sang battre à ses oreilles.

— Plutôt une célébration, reprit Gina. Ses filles disent qu'il était prêt à partir.

— C'est plus facile quand on a eu une longue vie, dit Paul.

Une serveuse les conduisit à leur table. Lee s'assit à côté de Mac, en face de sa mère. L'apparition du menu fut un soulagement. Elle put au moins se dissimuler derrière les feuilles plastifiées en faisant semblant d'hésiter à choisir.

Une heure et demie plus tard, elle ne s'était toujours

pas détendue alors que tout se passait au mieux. Gina lui avait même demandé de les appeler par leur prénom.

Elle semblait plus chaleureuse que son mari, ou alors elle savait mieux feindre, ou trouver des sujets de conversation susceptibles de dissiper la gêne.

Les parents de Mac semblaient encore plus anxieux qu'elle. Ils ne cessaient d'étudier les réactions de leur fils et parlaient de généralités sur un ton un peu trop animé qui suggérait qu'ils avaient d'autres idées en tête.

Ce n'était pas sa grossesse qui les préoccupait. Ils avaient abordé le sujet. Gina lui avait demandé comment elle se sentait, et Paul lui avait assuré d'un ton bourru qu'elle pouvait faire confiance à Mac pour s'occuper d'elle parce qu'il avait été bien élevé.

Mais quand les gens étaient bien élevés et qu'ils attendaient un enfant, ils se mariaient généralement, ou, du moins, manifestaient la volonté de s'engager à long terme.

Etait-ce la source de la contrariété des Wheeler ? Ils tenaient probablement à ce que la situation se clarifie.

— Quel est le programme pour demain ? demanda Paul à Mac après avoir réclamé l'addition.

Il paraissait agité, pressé d'avoir une réponse concrète.

— Il doit y avoir de belles promenades à faire dans la région, reprit-il. Ou bien, nous pourrions faire un tour en bateau sur le lac. Tu sais combien je déteste rester inactif.

— Paul ! protesta Gina. C'est vraiment ainsi que tu veux passer ton temps avec Mac et Lee pendant notre visite ? A faire du tourisme ?

— Pourquoi pas ? J'espère que tu ne suggères pas que nous allions faire du shopping ou nous asseoir dans un café pendant des heures ?

En riant, Gina lui donna un petit coup sur le bras.

— Je suis mariée depuis trop longtemps avec toi

pour te proposer des choses pareilles ! Après tout, tu as raison. Prévoyons de faire une promenade si Mac et Lee sont d'accord.

— Je viens si Lee est partante, dit Mac.

— Lee, qu'en pensez-vous ? demanda brusquement Paul.

Elle comprenait son impatience. Ce repas avait été une épreuve pour tous, et si le malaise devait subsister, autant le masquer derrière une activité physique.

— Quand j'ai le choix, je préfère les activités d'extérieur, déclara-t-elle.

Ils convinrent de pique-niquer le lendemain, à la pointe de Tongue Moutain, où la ligne de crête rejoignait le lac.

Au moment de sortir du restaurant derrière ses parents, Mac retint Lee.

— Tu viens chez moi ? demanda-t-il.

— Si tu veux de moi.

— Bien sûr que je veux de toi ! Ça n'a pas été trop pénible ?

— Ils sont sympas. Je retrouve un peu de toi en eux.

— L'atmosphère était un peu tendue, surtout au début. Ils…

— Je ne vois pas comment il aurait pu en être autrement. Qu'allais-tu dire quand je t'ai interrompu ?

— Rien de particulier. Mais ce n'est pas le moment de discuter, ils m'attendent pour que je les raccompagne à leur hôtel. J'en ai environ pour une demi-heure.

— Je chauffe le lit en t'attendant !

Il lui avait remis une clé de sa maison, ce qu'elle appréciait beaucoup.

— J'aime bien trouver mes draps chauds, dit-il en l'embrassant.

- 15 -

Mac attendit que ses parents aient attaché leur ceinture pour démarrer. Soudain, sa mère rompit le silence.

— Elle semble très gentille, Mac. Je l'aime bien. Elle me plaît.

— Tant mieux, parce que moi aussi, je l'aime bien.

Il attendit que l'un d'eux fasse allusion à ses futurs projets, mais rien ne vint. Sachant qu'ils devaient mener un rude combat intérieur, il aurait aimé les rassurer, mais ne voyait pas comment.

Une fois à l'hôtel, il les déposa, et reprit sans tarder le chemin de sa maison. Son cœur battit un peu plus vite en voyant de la lumière briller à travers les rideaux.

Il trouva Lee en peignoir de bain, les cheveux humides.

— J'ai décidé de prendre une douche et je me suis un peu attardée. Tu as fait vite.

— Je n'ai même pas coupé le moteur.

Il la prit dans ses bras et respira sa bonne odeur de propre.

— J'en suis secrètement heureuse, murmura-t-elle à son oreille.

— Secrètement ? Tiens donc.

— Je ne dirai qu'à toi ce que j'ai en tête.

— J'attends.

— Je tenais à être réveillée à ton retour…

— Tu me proposes de faire l'amour, vite et bien, ou longuement et voluptueusement ?

— Tout ce que tu voudras.

— Je peux prendre les deux options ?

— D'accord.

— Nous ferions mieux de nous y mettre, dans ce cas.

Il découvrit ses épaules nues, et les baisa avant de laisser tomber le peignoir à terre. Ensuite, il se déshabilla et la rejoignit dans le lit où elle l'attendait.

Pris de l'envie de la traiter en porcelaine fragile, il couvrit son visage et son cou de doux baisers, tout en promenant ses mains sur sa gorge et sur ses seins. Et elle gémit en réclamant davantage.

— Tu es une dévergondée, lui dit-il.

— Tu m'apprécies ainsi, souligna-t-elle.

— Je t'apprécie sous tous tes angles.

— Et si, ce soir, j'avais envie de me déchaîner ?

— Ne te gêne surtout pas !

En riant, elle roula sur lui. Elle lui parut incroyable, lourde et ronde, mais, sécurité oblige, il n'était pas question qu'il la laisse faire des sottises.

Et soudain, un grand froid l'envahit.

— Que se passe-t-il ? chuchota-t-elle.

Devait-il lui parler de l'anniversaire ?

— Rien, dit-il, espérant gagner du temps.

Il gisait sur le dos, le souffle court, tandis qu'elle se laissait retomber près de lui. La tête au creux de son bras, une jambe glissée entre les siennes, elle lui caressa le torse, le ventre et le sexe.

— Il y a quelque chose, dit-elle fermement.

Lui parler de l'anniversaire, ce serait comme inviter une tierce personne dans leur lit.

— Ça va, je t'assure. Je suis juste confus.

C'était exact, mais ambigu. Cependant, elle s'en contenta, pensant qu'il faisait allusion à sa panne.

Laquelle se trouva être temporaire, car les doigts de Lee opérèrent leur magie. Sa tête suivit, et il oublia tout pour s'abandonner aux délices de l'amour avec Lee et s'endormir en la serrant contre lui.

Il s'éveilla au milieu de la nuit et décida de ne pas lui parler de la date anniversaire avant le départ de ses parents. Il ne s'agissait pas de cachotteries. C'était préférable pour elle, pour ses parents, pour lui.

Cette décision le soulagea et, chassant ses idées noires, il posa une main sur le ventre de Lee. Il se réjouit de le trouver bombé, première manifestation de l'existence du bébé.

C'était différent de sa première expérience.

Très, très différent, et beaucoup mieux.

— J'aime bien aussi le sexe ensommeillé, fit la voix endormie de Lee à son côté.

— Comment sais-tu que je ne dors pas ?

— Parce que tu as posé ta main sur mon ventre.

— Je t'ai réveillée.

— Ne t'excuse pas.

— Je n'en ai pas l'intention.

— J'adore quand tu mets la main sur le bébé.

— Et moi, je suis très heureux de t'avoir suffisamment réveillée pour envisager de te faire paresseusement l'amour.

Il se mit à la caresser comme elle aimait, et elle s'étirait, produisait de petits bruits langoureux. C'était parfait, et il ne devait songer à rien d'autre qu'à ce bonheur.

Ce fut une belle promenade, sur un chemin plat la majeure partie du temps, et tapissé d'aiguilles de pin par endroits. Le soleil brillait, et l'on sentait frémir dans l'air la promesse du printemps.

Il était beaucoup plus facile d'apprendre à connaître les parents de Mac de cette façon. Ils s'intéressaient à la faune et à la flore de la région, et comme elle était capable de disserter pendant des heures sur le sujet, ils louèrent ses talents de guide de randonnée. Elle remisa l'idée dans un coin de sa tête, se disant qu'elle y réfléchirait après la naissance du bébé, car elle n'était pas certaine que travailler à long terme à Spruce Bay lui convienne.

Ils pique-niquèrent dans une clairière dominant le lac. Ensuite, Paul, toujours plein d'énergie, proposa une promenade en canot à moteur. Ils passèrent ainsi une partie de l'après-midi à explorer le lac, et là encore, Lee, qui le connaissait par cœur, fut une précieuse source d'informations.

Il était 17 heures quand ils ramenèrent le canot. Le temps avait brusquement changé, promettant une averse printanière de neige. Tandis que les nuages masquaient le soleil et qu'un vent froid se mettait à souffler, Lee prit conscience de sa fatigue.

Mac s'en aperçut également. Il lui prit la main et mêla ses doigts aux siens, et elle fondit d'émotion parce que c'était un geste tendre et intime.

— Si tu veux, proposa-t-il, tu peux sauter le dîner avec mes parents et aller te reposer. Maman a raison, depuis ce matin, tu n'as pas eu un moment de répit.

— J'ai passé une excellente journée.

— Ce n'est pas la question. Je vais te ramener à la maison. Nous t'achèterons en route quelque chose à manger et tu pourras te détendre devant la télé. Et, plus tard, je me glisserai dans le lit pendant ton sommeil.

— Encore un peu de sexe ensommeillé ?

— Je suis démasqué ! Alors, s'il te plaît, tu es d'accord ? Je m'inquiète parce que tu as l'air au bout du rouleau. Et tu sais, tu as été formidable avec mes parents.

— Je les aime bien.

Elle était sincère. C'était le genre de personnes qu'elle appréciait. Et si la situation était tendue, ce n'était pas uniquement de leur fait. De toute façon, aujourd'hui, les relations s'étaient considérablement améliorées.

— Tu as quand même droit à une soirée tranquille.

— Je veux bien, dit-elle, car la fatigue se faisait de plus en plus sentir.

Quand il la laissa chez lui, elle appela sa sœur, car elle n'était pas réapparue à Spruce Bay depuis le dîner de la veille.

— En effet, tu sembles avoir besoin de repos, dit Daisy. Je commence à connaître cette impression. A bientôt, sœurette. A propos, tu sais qu'on annonce de la neige pour cette nuit.

— Oui. J'ai senti le changement de temps quand nous sommes revenus de la promenade en canot.

— Mets-toi au chaud, parce que la température va chuter. Ça ne durera pas, heureusement.

Elle dîna en peignoir de bain, installée dans le lit devant la télévision, et s'endormit rapidement. Elle n'entendit même pas Mac la rejoindre, quelques heures plus tard.

- 16 -

Elle s'éveilla au son du portable de Mac. La mélodie commença par se mêler à ses rêves, et le temps qu'elle comprenne de quoi il s'agissait, il avait pris l'appareil.

— Allô, coassa-t-il.

Il était 2 heures du matin.

A cette heure, les coups de fil n'annonçaient généralement rien de bon.

— Oui, c'est moi…

Il écouta, assis au bord du lit.

— Je dormais, c'est pourquoi j'ai la voix enrouée. Où es-tu ?

Il y eut une pause.

— Tu sais quelle heure il est ?

Nouvelle pause.

— Non, parce que je ne suis pas dans ce fuseau horaire, où, quoi qu'il en soit, il doit être minuit.

Elle entendait pratiquement tout ce qu'il disait bien qu'il se soit réfugié dans la salle de bains dont il avait fermé la porte.

— Je sais, dit-il. Crois-tu vraiment que j'aurais pu oublier ? Que veux-tu que je fasse, Sloane ? Ne nous sommes-nous pas tout dit ? Ne nous sommes-nous pas assez flagellés et déchirés l'un l'autre ?

A vrai dire, elle aurait pu cesser d'écouter en se mettant la tête sous l'oreiller tout en essayant de penser à autre chose.

— Non, je ne veux pas, disait-il. Je ne crois pas que ça soit d'un grand secours… Oui, je sais que tu as bu… Pas de problème si ça t'aide à surmonter… Non, ne t'excuse pas d'avoir appelé, tu ne pouvais pas savoir. Je pense juste que ces appels et ces e-mails à cette date, tous les ans… Oui, *presque* tous les ans, oui, j'ai remarqué… Je ne te conseille pas de passer à autre chose, juste…

Tous les ans, à cette date.

C'était Sloane qui appelait parce que c'était l'anniversaire de la mort de leur enfant. Et pourtant, Mac ne lui en avait pas parlé. C'était le chagrin de ce deuil qui provoquait les sentiments complexes qu'elle avait devinés chez les parents de Mac et qui lui échappaient.

Elle comprit alors que ce triste anniversaire était, en réalité, la raison de la visite de ses parents. L'enterrement d'un vieil homme qu'ils connaissaient à peine leur avait fourni le prétexte dont ils avaient besoin pour venir s'assurer que leur fils allait bien, et que la future mère prendrait soin de la santé du bébé, contrairement à Sloane.

Et Mac ne lui avait rien dit.

Elle devinait sans peine pourquoi.

Il voulait la protéger de la tension qu'aurait créée en elle le fait de savoir la vérité.

Elle ne l'en aimait que mieux. C'était un peu effrayant et agaçant à la fois. Il régnait une telle confusion dans ses idées, elle était agitée d'émotions si violentes qu'elle se sentait perdue.

Il était 2 heures du matin.

2 heures passées, en réalité, parce que Mac et Sloane parlaient depuis un moment.

Elle éprouva une sensation d'enfermement si vive qu'elle plaqua l'oreiller sur sa bouche pour contenir ses gémissements.

Elle ne voulait pas rester ici. Dans ce lit. Dans cette chambre.

Ce n'était plus désormais un cocon douillet, mais une prison. Elle voulait s'en aller quelque part où elle pourrait respirer, et réfléchir, et trouver le moyen de sortir de son désarroi émotionnel.

Elle s'assit au bord du lit, affreusement triste pour Mac qui devait affronter un si douloureux souvenir.

Certes, elle comprenait le besoin qu'avait éprouvé Sloane de lui parler, mais cela n'en était pas moins difficile à accepter. Mac avait été lié à une autre femme. Bien sûr, ce lien s'était distendu ; néanmoins, il ne disparaîtrait jamais complètement. Colère et récriminations les liaient tout en les éloignant, et elle dut reconnaître que l'idée éveillait bel et bien sa jalousie.

Mais il y avait autre chose.

Leur enfant à Mac et elle, le précieux petit être qui grandissait en elle était déjà façonné par la mort de ce demi-frère survenue sept ans plus tôt. A cause de cette disparition, Mac serait un père différent. Gina et Paul seraient des grands-parents différents, avec des attentes et des craintes différentes.

Mac avait beau essayer de parler à voix basse, elle entendit de nouveau sa voix s'élever.

— Tout ce que je t'aie jamais demandé, c'est de reconnaître…

Sa voix retomba, et elle n'entendit pas la suite.

Il la protégeait en se taisant, et elle détestait ça. Elle l'aimait et détestait ce qu'il faisait.

Une minute. Elle *l'aimait* ?

En cet instant, la vérité ne lui était que plus douloureuse. Elle n'avait jamais osé se l'avouer jusqu'ici, parce qu'un jour elle avait cru aimer Tucker Reid et qu'elle s'était trompée.

Cette fois, pourtant, c'était différent. Ce qu'elle ressentait pour Mac, elle ne l'avait jamais ressenti pour personne. La joie et la sérénité goûtées près de lui, la compréhension immédiate qu'elle avait de lui, ces petits riens qui les unissaient…

Elle l'aimait et elle lui en voulait. Elle souffrait pour lui et elle ne supportait plus son désir obsessionnel de la protéger. Il était si focalisé sur le bébé… Savait-il seulement ce qu'il ressentait pour elle, la mère ?

Il lui avait tu le drame qu'il avait vécu, et cette omission n'aurait peut-être pas autant compté sans la visite de ses parents et l'appel téléphonique de Sloane.

La protéger était aussi une façon de l'écarter. C'était un geste de tendresse, mais dénué de respect. Et si Mac ne pouvait la respecter pour ce qu'elle était, une femme forte, capable d'écouter et de comprendre, s'il ne l'aimait pas pour elle-même, pour eux et pour ce qu'ils partageaient en tant que couple, ils allaient droit à l'échec.

Elle éprouvait le besoin de quitter cet endroit pour tenter de se ressaisir. Mais elle ne pouvait pas agir ainsi. Ce serait mettre Mac hors de lui, et elle l'aimait trop pour ça.

Elle alla à la fenêtre et vit que la neige printanière dont lui avait parlé Daisy tombait à gros flocons serrés. Impossible de prendre la voiture. Mac serait fou d'inquiétude.

Elle s'enveloppa donc plus étroitement dans le peignoir et retourna se coucher. Le murmure de la voix de Mac s'enflait par moments, baissait ensuite, et enfin s'éteignit. Il ne vint pas tout de suite la rejoindre. Elle l'attendait, guettant le bruit de la porte, mais les minutes s'écoulaient sans qu'il paraisse.

Enfin, il sortit sans faire de bruit de la salle de bains et gagna le lit sur la pointe des pieds. Il posa son portable sur la table de nuit, et elle sentit le matelas bouger quand il s'allongea près d'elle.

Il la croyait endormie, et elle ne le détrompa pas. Elle se rendait compte qu'il était bien éveillé, allongé sur le dos. Sans doute fixait-il le plafond en ruminant de tristes pensées.

Sloane, son enfant mort, le deuil. Et pour l'avenir, l'obligation de la protéger, elle, à tout prix, parce qu'elle portait son enfant.

Finalement, après un très long moment, elle n'y tint plus. Roulant sur le côté, elle posa une main sur son torse.

— Désolé, dit-il. Je t'ai réveillée.

— Je suis réveillée depuis des heures.

Il y eut un silence.

— Je croyais que tu dormais, dit-il enfin.

— Je faisais semblant. Quand tu es revenu dans le lit, j'ai essayé de me rendormir, mais impossible. Et j'ai vu que toi non plus.

— C'est le téléphone qui t'a réveillée. Tu as entendu la conversation.

C'était si évident qu'elle ne prit pas la peine de répondre.

— Pourquoi ne m'as-tu pas parlé de cette date anniversaire ?

Elle sentit la poitrine de Mac se soulever et s'abaisser quand il soupira.

— Parce que je… enfin, avec la visite de mes parents, il m'a semblé…

— Pas la peine de t'expliquer. Je sais pourquoi. Tu voulais me protéger.

Il dut sentir que l'idée lui déplaisait, car il se défendit.

— Qu'y a-t-il de mal à ça ? Pourquoi le désir de vous protéger, l'enfant et toi, serait-il critiquable ?

— Parce que ce n'est pas ce que j'attends de toi.

— Mais enfin… qu'est-ce que tu attends de moi ? demanda-t-il doucement.

— Rien de particulier. Juste ce que nous avons.

— Ce que nous avons ne me suffit pas, Lee !

Il roula sur le côté pour lui faire face dans la pénombre.

— Je t'aime. Je veux t'épouser. Nous allons avoir un bébé et je…

— Tais-toi.

— Non. Je l'ai compris ce soir. C'est la seule solution.

— La semaine dernière, tu m'expliquais en quoi, justement, ce n'en était pas une. Alors que je n'y avais jamais fait allusion, tu en as fait toute une histoire.

— C'est vrai, et je m'égarais. Un mariage serait l'aboutissement logique de notre histoire. Quand Sloane et moi avons raccroché, je savais juste que je ne pouvais pas… Je ne peux pas continuer comme ça, Lee ! Au jour le jour, sans réel projet d'avenir. Il ne suffit pas de se promettre de tout faire pour le bien de l'enfant, et de se rassurer en affirmant que nous jouons dans la même équipe…

— Ce n'est pas le cas ?

— Non. Nous vivons chacun de notre côté. Notre lien est éphémère. Nous sommes incapables de parler sérieusement d'avenir parce que nous craignons de nous tromper. Nous freinons des deux pieds, par pure lâcheté. Lee, étant donné les circonstances, nous devons nous engager à cent pour cent.

— Parlerais-tu ainsi si Sloane n'avait pas appelé, si tes parents n'étaient pas venus, si ce n'était pas la date anniversaire de la mort de ton enfant ?

— Peut-être pas. Mais n'est-ce pas ainsi qu'on prend parfois conscience de certaines choses, comme sous l'effet d'un choc ? Quelquefois, la vie vous frappe en plein visage et, soudain, ce que vous voulez devient une évidence. Je veux qu'on se marie.

Il la prit dans ses bras et la serra contre lui, et elle sentit la force de sa volonté. Il le voulait vraiment, mais il se trompait sur le bien-fondé de son envie.

— Non, Mac. La réponse est non. Je t'aime, mais non.

Prononcer cette condamnation définitive faisait mal.

Quand on aime quelqu'un, on veut le rendre heureux. Mais elle devait se montrer raisonnable.

— Tu m'aimes, je t'aime, et tu refuses quand même qu'on se marie ?

— Ce serait une erreur, tu l'as dit toi-même. Tout tourne autour du bébé.

— Pas seulement du bébé. Je t'aime, Lee. Et de toute façon, le bébé est important.

— Il est incroyablement important, et c'est pourquoi je refuse. Je ne prendrai pas le risque de me marier juste parce que la bienséance l'exige, que tes parents le désirent, et que tu souhaites une relation plus stable que celle que tu avais avec Sloane. Je t'aime, Mac, et je ne t'épouserai pas.

Il demeura silencieux durant ce qui sembla une éternité.

— Je te connais assez pour savoir qu'il est inutile d'argumenter, dit-il enfin.

— Merci. Parce que ça me tient à cœur.

Il retomba dans un silence qu'elle devinait peuplé de sombres pensées.

— Seulement, je ne peux pas continuer comme ça, reprit-il, accablé. Tu es dans mon lit. Nous avons fait l'amour quelques heures auparavant, et c'était fabuleux, comme toujours. Et ça n'a aucun sens.

Il s'assit au pied du lit et chercha ses vêtements.

— Que fais-tu ? demanda-t-elle, le cœur lourd.

— Je vais faire un tour, répondit-il en s'habillant.

— Où vas-tu ?

— Il est presque 6 heures. Je prendrai un café à l'hôtel en attendant que mes parents se lèvent.

— Tu veux que je t'accompagne ?

— Non.

— Pourquoi ?

— Lee, dit-il entre ses dents, il faut arrêter ça.

— Arrêter quoi ?

— Revenons-en à ce que nous avions tout d'abord décidé. Que nous resterions en relation pour l'enfant tout en gardant notre indépendance. De mon point de vue, c'est la seule solution possible.

— Arrêter ça…, murmura-t-elle.

Elle redoutait de comprendre car elle aimait tout de leur relation, le comprenait-il ? Faire l'amour, rire et se sentir proches. Sûrement, s'il y réfléchissait…

— C'est fini, Lee. Je ne peux pas continuer ainsi.

Sa voix se fêla.

— Etre à moitié ensemble, reprit-il, à moitié non. Etre ensemble aujourd'hui, mais peut-être pas demain. Ensemble dans le lit, mais pas sur le papier. Partager un enfant, mais pas nos existences, et repousser tout ce qui pourrait ressembler de près ou de loin à un engagement à long terme parce que tu as si peur que ce soit seulement pour le bébé. Si nous ne nous engageons pas pleinement vis-à-vis l'un de l'autre et de notre avenir, alors nous ne sommes pas du tout ensemble. Point à la ligne.

Sa voix avait la dureté du diamant…

— Je ne peux pas faire autrement, ajouta-t-il.

Le flot de ses paroles se tarit, et il attendit sa réponse. Elle lui en devait une, naturellement. C'était si difficile, si cruel, si horrible. Mais elle non plus n'avait pas le choix.

Il n'était pas question de sortir du lit, de se jeter dans ses bras, et de dire qu'elle l'épouserait juste parce qu'elle ne voulait pas le perdre. Ce serait faire exactement ce qu'elle redoutait. Elle ne voulait surtout pas faire peser sur son enfant le poids d'un mariage contracté pour de mauvaises raisons.

Elle prit sa respiration.

— D'accord, dit-elle.

— Comment ?

— Je dis : d'accord, Mac Je… je comprends que c'est la seule solution.

Ils se regardèrent, ivres de chagrin, impuissants, stupéfaits d'en être si vite arrivés au point de rupture.

— C'est la seule, confirma-t-il.

Elle le regarda dans un silence mortel passer ses chaussettes et ses boots sans lui accorder un regard.

Ce ne fut qu'à la porte qu'il se retourna.

— Je te verrai en temps voulu.

Elle demeura interloquée.

— Que veux-tu dire ?

— Pour la naissance.

Puis il partit.

La situation semblait irréelle. Quand elle avait quitté le Colorado, elle laissait ce qui ressemblait à un intermède, un intermède plaisant, mais qui n'était pas destiné à faire partie de sa nouvelle existence. Quand il l'avait suivie dans l'Est, elle s'était imaginé qu'ils pouvaient continuer comme avant, même avec un bébé en route. Mais il avait raison. C'était impossible. Il voulait tout ou rien, et elle ne pouvait lui donner tout quand les raisons étaient mauvaises.

Et voilà où ils en étaient arrivés.

Elle l'entendit mettre en route son pick-up et démarrer. La couche de neige couvrant le sol étouffait les bruits, et elle tendit l'oreille pour l'entendre tourner sur la route. Le bruit du moteur s'amplifia quand il prit de la vitesse puis, lentement, décrut. Bientôt, ce fut le silence.

Elle se sentait vide, démunie, perdue. Elle était loin de la représentation qu'elle s'était faite de son retour dans l'Est. Des retrouvailles heureuses avec ses sœurs, une vie indépendante et agréable avec son enfant. Pourquoi avait-elle cru ce rêve possible, elle l'ignorait. Mais aujourd'hui, si cruel que ce soit, il fallait commencer à tout mettre en œuvre pour en faire une réalité.

Pour commencer, sortir de son lit.

Elle se sentait pareille à une vieille femme, se déplaçant, toute raide, vers la salle de bains. La salle de bains de Mac, avec ses affaires de toilette, son nécessaire de rasage près du lavabo, son shampoing sur le bord de la baignoire. Elle prit une douche, avec l'impression d'avoir une pierre sur l'estomac. Elle s'habilla, s'assura qu'elle n'avait rien laissé derrière elle parce qu'elle savait qu'elle quittait pour de bon cette maison.

Puis, sous la neige qui s'était remise à tomber, elle prit la route de Spruce Bay. Mary Jane et Daisy s'apprêtaient à servir un petit déjeuner comprenant les corbeilles de muffins confectionnés par Daisy, des œufs brouillés et autres merveilles. Elle proposa de les aider, bien qu'elles ne soient pas débordées.

— Vous aurez besoin de moi quand il y aura davantage de clients, dit-elle à ses sœurs. Autant que je m'entraîne.

— Que se passe-t-il ? Tu n'as pas l'air en forme, fit remarquer Mary Jane.

— Je n'ai pas très bien dormi, c'est tout.

Elle allait devoir aussi s'entraîner à détourner les questions concernant Mac. Il y en aurait de nombreuses, sans aucun doute, et elle finirait bien par être obligée d'avouer qu'ils avaient rompu. Mais elle n'y était pas encore prête.

Elles servirent une table de dix personnes venues pour une partie de pêche. Tout en nettoyant la salle à manger et la cuisine avec Mary Jane et Daisy, pour la première fois, elle eut l'intuition qu'elle sortirait vivante, sinon heureuse, de l'épreuve. Il régnait une chaude ambiance dans le restaurant et la cuisine tout illuminés. Au-dehors, les nuages se dispersaient, laissant entrevoir le soleil, et elles bavardaient et plaisantaient tout en s'activant.

— Avons-nous quelqu'un cette nuit ? demanda Daisy à Mary Jane.

— Non. Aucune réservation jusque mercredi. Je suis impatiente de voir le temps se réchauffer et les clients affluer ! Je veux voir les gens flâner dans les jardins, se prélasser au bord de la piscine qui est devenue si accueillante, descendre jusqu'au lac par les allées bordées d'arbustes et de fleurs.

— Aujourd'hui, j'aime la neige, déclara Daisy. C'est si beau quand elle scintille au soleil !

— Elle ne durera pas, lâcha Lee.

Tout en faisant la réflexion, elle se rendit compte qu'elle se montrait bien rabat-joie, mais Daisy choisit de la tourner en dérision.

— Je sais, Reine des pentes ! Mais il y a une vie après la neige, tu sais !

Et une vie après Mac ?

Daisy profita tout à loisir de la neige ce matin-là. Quand Tucker arriva, elle se précipita à sa rencontre. Tout en dressant des tables situées près de la fenêtre, Lee les vit se jeter dans les bras l'un de l'autre, et elle ressentit si douloureusement la perte de Mac que, prise de vertige, elle dut se raccrocher à la table.

Elle n'arrivait pas à détourner le regard du spectacle qu'offrait le couple amoureux. Tucker faisait tourbillonner Daisy dans ses bras, et ils se dévoraient des yeux. Il se pencha pour l'embrasser, et elle lui prit le visage dans ses mains. Lorsqu'ils se sourirent, Lee dut ravaler ses larmes. Quand elle regarda de nouveau au-dehors, ils étaient en train de faire un bonhomme de neige.

Le spectacle lui rappela Mac et elle au Colorado, et tous ces moments passés ensemble dans l'air glacé des montagnes, quand ils se réchauffaient en se serrant dans les bras l'un de l'autre.

Elle désirait sa présence, et il n'était pas là. Son absence apparaissait aussi radicale et définitive que la mort. Elle voulait qu'il revienne, juste qu'il revienne. Ne plus endurer cette souffrance comparable au deuil.

— Et ça n'a rien à voir avec le bien de l'enfant,

murmura-t-elle. C'est lui. Juste lui. Je l'aime. Je veux vivre avec lui, toute ma vie. Ce ne sont pas de mauvaises raisons. Ce sont, au contraire, d'excellentes raisons ! Pourquoi ne l'ai-je pas compris plus tôt ?

— Tu as fini ? Nous pouvons fermer ? cria Mary Jane de la cuisine.

Lee examina la table. Il manquait les serviettes, mais elle n'avait pas envie de s'en occuper maintenant.

— Tu es sûre que ça va ? s'enquit Mary Jane. Tu n'es pas toi-même ce matin. Tu n'as pratiquement pas ouvert la bouche.

— Je crois que ça va.

— Mais tu n'en es pas sûre ?

— Je veux me marier avec Mac, lâcha-t-elle en refoulant ses larmes. Maintenant, j'en suis sûre. C'est d'ailleurs à peu près ma seule certitude…

Elle essaya de rire, n'y parvint pas.

— Il me l'a demandé, et je l'ai repoussé. Qu'est-ce que je vais devenir si c'est trop tard ?

— Tu as refusé, répéta Mary Jane, incrédule.

— Oui. J'avais peur que ce soit pour de mauvaises raisons. Je me pose toujours des questions depuis Tucker.

— Mais à présent, tu es sûre de toi ?

— Oui. Pendant tout ce temps, je pensais au bébé, et que nous ne devions pas nous marier pour son seul bien. Mais Mac me manque tellement, et il ne s'agit pas de l'enfant ! Je veux Mac, et, tout précieux qu'il soit, le bébé n'est pour rien dans mon désir. En tout cas, pas pour moi. Mais il est peut-être trop tard…

— Attends, j'aimerais y voir plus clair. Quand t'a-t-il demandé de l'épouser ?

— Ce matin.

— Il y a à peu près trois heures, et tu crains que ce soit trop tard.

Oui, je suis désespérée. Ce sont les trois plus longues heures de ma vie.

— Je veux le voir ! J'ai besoin de lui !

— Appelle-le. Va le trouver.

— Si ça pouvait être aussi simple !

— Mais ça l'est ! En réalité, tu compliques tout dans ta tête parce que vous ne vous connaissez pas depuis longtemps, que tu as la responsabilité d'un enfant à venir, que tu as un jour commis une grosse erreur et que tu es indépendante. Mac te plaît. Tu plais à Mac. Vous avez tous les deux la trentaine maintenant, et si, à votre âge, vous ne savez pas reconnaître le bon partenaire, vous n'avez rien appris de la vie. Mac et toi êtes faits l'un pour l'autre, Lee. Mac et toi, c'est *bien. Juste.* Va te réconcilier avec lui ou je me fâche.

— Me réconcilier avec Mac…

— S'il te plaît !

Elle partit à la recherche de Mac, glacée d'appréhension, les idées en déroute. Où pouvait-il être ? Encore à l'hôtel avec ses parents ? Avait-elle le droit de le piéger ainsi ?

Elle se rendit malgré tout à l'hôtel. La neige fondait déjà et de grosses gouttes tombant des branches étincelaient au soleil.

Elle le vit qui traversait le vaste hall, portant les bagages de ses parents qui marchaient devant lui. Quand il l'aperçut, il posa les valises à terre. En la voyant, ses parents échangèrent un regard, et elle comprit qu'il avait dû leur parler des événements du matin.

— Est-ce que je peux lui parler ? implora-t-elle.

— Bien sûr, dit poliment Gina tandis que son mari inclinait la tête.

— Je m'en charge, dit-il à l'intention de Mac en prenant les valises.

Mac ne répondit pas. Il demeurait immobile, avec sur son visage l'expression qu'avait eue Lee, des années-lumière plus tôt en regardant par la fenêtre du restaurant un couple d'amoureux jouer dans la neige.

— Sortons, dit-il.

Il l'entraîna à travers le bar vers une terrasse d'où partait un escalier menant à une allée bordée de pommiers décoratifs.

— J'ai changé d'avis, annonça-t-elle, quand ils furent en bas des marches.

Et elle éclata en sanglots.

Il la prit dans ses bras. Elle pleurait si fort qu'elle n'arrivait pas à articuler une parole.

— A quel sujet ? finit-il par demander prudemment.

— Je veux t'épouser !

Un silence de mort s'ensuivit. Mary Jane s'était trompée, constata-t-elle, le cœur serré.

— Si tu veux encore de moi, ajouta-t-elle, désespérée.

Il éclata de rire.

— Lee ?

— C'était comme si tu étais mort ! Comme si jamais je ne te reverrais et que je devrais porter ton deuil le restant de mes jours ! Et que je m'inflige une telle souffrance parce que, peut-être, tu voulais m'épouser pour de mauvaises raisons, cela m'a soudain paru complètement stupide. Il n'y a qu'une raison. Tu l'as dite, et je ne voulais pas l'entendre, parce que, un jour, il y a très longtemps, j'ai commis l'erreur d'envisager de me marier avec quelqu'un qui ne m'était pas destiné. Et depuis, je fais très attention à ne pas m'égarer et je pèse soigneusement mes décisions. Je t'aime, Mac. Tu avais raison. Oh ! marions-nous, s'il te plaît ! Si tu le veux toujours.

— Heureusement que je ne mets pas en doute ma virilité, dit-il en riant, parce que là, c'est toi qui me demandes en mariage !

— Tu avais commencé.

— Mais je n'ai pas été bien reçu.

— Je ne me débrouille pas mieux, c'est ça ?

— Non. Tu gagnes quelques points avec les pommiers en fleur et la neige, mais c'est à peu près tout.

— Tu voudrais que je le dise avec des roses ?

— Ah, Lee, je voulais juste l'entendre ! Et maintenant, tu me le dis, et c'est tout ce qui compte.

— C'est exactement ce que j'essayais de te prouver, dit-elle avec un total mépris de la vérité.

— C'est tout ce qui compte, répéta-t-il en la serrant contre lui. Ça m'est égal les sottises que tu racontes.

— J'adore quand nous disons n'importe quoi. C'est une des choses…

— Des choses ?

— Qui m'ont tellement manqué… Nos rires, notre entente, les activités que nous partagions. Et je sais que j'avais envie de vivre avec toi pour cela, et pour rien d'autre. Ce sera très bien pour le bébé que nous nous mariions, mais je le voulais pour toutes les autres raisons.

— Toutes les autres raisons, et celle-là, rectifia-t-il doucement.

Et, une fois encore, elle reconnut qu'il avait raison.

— Toutes les autres raisons, et celle-là, répéta-t-elle.

Et c'était si évident qu'il n'y avait plus rien à ajouter. Juste à s'embrasser, avec le soleil qui chauffait la peau et faisait fondre la neige.

- 17 -

— Prévenez-nous dès que possible de la date du mariage, dit Gina à Lee en la serrant dans ses bras. Que nous puissions préparer notre voyage.

— Est-ce que ce sera avant ou après la naissance du bébé ? demanda à son tour Paul.

Ils se trouvaient tous les quatre, Gina, Paul, Lee et Mac dans le hall de départ de l'aéroport d'Albany, attendant l'annonce du prochain embarquement.

Lee et Mac se regardèrent.

— Laissez-nous souffler ! dit Mac en riant. En une demi-journée, nous sommes passés de la rupture au mariage, et nous n'avons pas encore repris nos esprits. La date fera l'objet d'une annonce ultérieure.

— Nous sommes si heureux, répliqua Gina en essuyant une larme. Lee, j'ignore si vous savez qu'il y avait une raison précise à notre visite…

— Mac m'a dit.

— Je crains que nous n'ayons pas été très honnêtes envers vous. Nous étions inquiets, malheureux. Nous avons tant souffert, il y a sept ans. Nous n'étions pas d'accord avec les choix de Sloane, et nous avions peur que l'histoire recommence.

— Je sais, dit Lee. Mac le craignait aussi, et son appréhension a créé une tension entre nous. Mais je crois que nous avons en grande partie dépassé le problème.

— Je suis heureuse de l'entendre. Vous allez si bien ensemble.

— Espérons-le !

On annonça l'embarquement, et Gina et Paul ne s'attardèrent pas, car ils devaient encore passer le contrôle de sécurité. Quelques instants plus tard, Mac et Lee se retrouvèrent seuls.

— Que veux-tu faire ? demanda-t-il. On rentre directement ou on s'arrête à Saratoga pour acheter à manger ?

— Ne prévoyons rien. Roulons et voyons ce qui nous fera envie. Je flotte sur un petit nuage à l'idée que nous allons nous marier, Mac. Et tout ce qui compte, c'est que je sois avec toi.

Elle lui caressa la joue, d'un geste légèrement possessif. Ce qui ne parut pas le gêner. Il glissa un bras autour de ses épaules et ils traversèrent le hall pour gagner la sortie.

— Toi, quand tu changes d'avis, on peut dire que c'est radical ! fit-il remarquer.

— N'en change pas.

Elle s'appuya contre son grand corps qu'elle aimait tant.

— Aucune chance ! J'ai l'intention de t'aimer et de te fabriquer un nid bien douillet, dans le petit chalet de Jay, pour commencer.

— Nous achèterons une maison quand nous en aurons les moyens.

— Quelque part, pas trop loin des pistes et de Spruce Bay. Avec un jardin pour nos enfants.

— *Nos* enfants ?

— Au pluriel, absolument.

— Où ils pourront jouer…

— Oui.

— Ils joueront aussi à Spruce Bay. Ils adoreront. J'y ai passé une enfance de rêve.

— Lee, je veux qu'on reste sur…

— Notre petit nuage ?

— C'est bon, non ?

— Merveilleux !

— Promettons-nous de ne jamais le perdre de vue.

— Tu sais que j'aime viser haut.

— Nous sommes déjà gagnants.

— Tous les trois, dit Lee avec l'assurance que donnait le bonheur.

Et Mac la serra un peu plus fort contre lui tandis qu'ils sortaient de l'aéroport, en route vers leur avenir.

Retrouvez les sœurs Cherry dès le mois de décembre dans votre collection Passions *!*

Passions

— Le 1er novembre —

Passions n°500

Libre d'aimer - Sarah M. Anderson

Depuis que Gabriella del Toro est arrivée dans la petite ville de Royal, Texas, elle vit un véritable enfer. Assignée à résidence, loin de son cher Mexique, elle doit supporter les colères de son père et la surveillance rapprochée de son garde du corps. Aussi, quand le mystérieux Chance McDaniel frappe à sa porte pour lui proposer une escapade à cheval sur ses terres, accepte-t-elle avec bonheur de s'évader avec lui. Auprès de Chance, elle pourra s'offrir quelques heures de liberté hors de sa prison dorée. Et tant pis si tout le monde parle de lui comme d'un homme dangereux...

Un désir bouleversant - Patricia Kay

Trente ans. Le couperet vient de tomber sur les rêves déçus de Joanna. Célibataire, sans enfant, elle peine à faire décoller sa carrière dans la mode. Alors, quand Marcus Barlow, le propriétaire de la plus grande galerie d'art de Seattle, se dit intéressé par son travail, Joanna y voit-elle l'occasion de prendre enfin son destin en main. Mais sa rencontre avec l'homme d'affaires bouleverse très vite ce fragile espoir. Sous son regard chargé de désir, elle comprend que si Marcus a le pouvoir de lancer sa carrière il a aussi celui de la briser – en même temps que son cœur...

Passions n°501

L'enfant de la crique - Ann Major

Il a suffi d'un baiser brûlant pour que Cole se consume de désir pour Maddie. Il a suffi qu'il lui fasse l'amour dans cette crique verdoyante, sur la rivière Guadalupe, pour qu'il perde la raison à jamais. Mais Maddie a fini par partir, par le quitter, *lui*. Sans un mot d'explication. Aussi, le jour où Cole voit resurgir la femme qui, depuis six ans, hante ses jours et ses nuits, est-il résolu à la briser. Mais sa soif de vengeance se heurte bientôt au secret que Maddie lui a caché : elle a un fils, qui lui ressemble étrangement...

Une étreinte impossible - Jennifer Greene

Sauvage... Whit Cochran est l'homme le plus viril et le plus fascinant que Rosemary ait rencontré. A peine pose-t-il les yeux sur elle qu'elle se sent gagnée par le désir de se blottir dans ses bras. Et puis, il y a ses adorables jumelles, qu'elle aimerait tant pouvoir chérir comme ses filles. Seulement voilà, s'abandonner à ce doux rêve de famille serait une terrible erreur. Rosemary sera de nouveau seule après Noël, quand Whit quittera Whisper Mountain...

Passions n°502

Une nuit à Sunset Ranch - Charlene Sands

C'est le cœur battant qu'Audrey parcourt la route montagneuse qui doit la conduire à Sunset Ranch. Enfin, elle va pouvoir s'expliquer avec Luke Slade. Lui dire combien elle regrette d'avoir quitté son lit au petit matin, après la nuit d'extase qu'ils ont partagée un mois plus tôt. Luke comprendra, bien sûr, qu'elle ait paniqué. Ne sont-ils pas amis de longue date ? Hélas, lorsque Audrey retrouve Luke, sa réaction la plonge dans une profonde détresse. L'homme qu'elle aime en secret depuis l'adolescence a tout oublié de leurs ébats torrides...

L'héritière de Noël - Olivia Miles

Des flocons de neige recouvrent White Barn Inn, l'auberge qu'Holly a héritée de sa grand-mère. D'ici quelques jours, elle deviendra propriétaire des terres environnant cette demeure qu'elle aime tant. Ce sera son cadeau de Noël. Un cadeau qu'elle se voit déjà partager avec Max Hamilton, son charmant et unique client qui, depuis son arrivée, lui fait une cour empressée. Mais il est des rêves impossibles – Holly ne tarde pas à le découvrir, en même temps que les véritables intentions de Max...

Passions n°503

Le bébé de la neige - Victoria Pade

La situation ne peut pas être pire. Coincée dans sa voiture, sous la terrible tempête de neige qui frappe Rust Creek Falls, Nina est sur le point d'accoucher. Non, la situation ne peut pas être pire ; du moins le croit-elle. Car bientôt Dallas Traub, l'ennemi de sa famille, le dernier homme qu'elle aimerait voir, la rejoint dans sa voiture étroite et glacée. Et Nina se retrouve obligée d'accepter son aide et les bras qu'il lui tend pour la réchauffer...

La tentation d'un prince - Christine Rimmer

« Je veux que tu sois mon premier amant. » A ces mots, Damien Bravo-Calabretti se fige, stupéfait. Comment la douce Lucy, l'innocence personnifiée, peut-elle lui faire une proposition aussi audacieuse ? Ils sont amis, rien qu'amis, et bien qu'il soit réputé pour ses nombreuses conquêtes il n'a aucune intention de faire l'éducation sensuelle de Lucy. Alors pourquoi cette suggestion insensée vient-elle soudain s'insinuer dans son esprit comme le plus voluptueux des fantasmes ?

Passions n°504

Le destin de Caliope - Olivia Gates

Maksim Volkov n'appartient qu'à elle. Et Caliope, devenue la maîtresse du magnat russe il y a un an, en éprouve un plaisir inouï. C'est bien simple, elle ne peut déjà plus se passer de lui, de ses caresses délicieuses, des nuits passionnées qu'ils passent ensemble. Aussi, le jour où Caliope apprend qu'elle est enceinte, a-t-elle soudain peur, très peur qu'il ne la quitte. Car Maksim s'est montré très clair : il ne sera jamais question d'avenir entre eux, et le bonheur qu'elle porte en elle pourrait bien sonner le glas de leur liaison...

Le secret de Wolff Mountain - Janice Maynard

Lorsque Pierce apprend qu'il n'est pas le fils de son père et que toute sa vie repose sur un tissu de mensonges, il embauche Nikki Parrish, une avocate aussi belle que talentueuse, pour démêler le mystère de ses origines. La jeune femme l'aidera à trouver des réponses, il en est sûr, si toutefois il parvient à réprimer le désir qu'elle lui inspire. Mais cette quête d'identité prend bientôt un tour inattendu, quand Pierce découvre de quelle illustre famille il est issu...

Passions n°505

Délicieuse séduction - Tawny Weber

Un bustier de satin ivoire fermé par de petits boutons nacrés et un ruban de dentelle... qu'y a-t-il de plus sexy ? Rien ! Aussi Hailey est-elle persuadée de remporter, avec sa ligne de lingerie romantique, le concours lancé par la célèbre enseigne de luxe *Rudolph*. Elle n'aura aucun mal à prouver que c'est là, dans la suggestion, que réside la séduction. Bien plus que dans les créations de cuir, si outrageusement provocantes, de son concurrent : Milano. Mais, dès sa rencontre avec Gage Milano, Hailey se sent elle-même basculer du côté de l'ennemi. Avec son corps de rêve et sa voix grave et caressante, Gage Milano représente à lui seul tous ses fantasmes réunis...

Un audacieux amant - Jennifer LaBrecque

Grand, mystérieux et... terriblement sexy. Liam Reinhardt, l'homme qui vient de pénétrer dans l'unique restaurant de Good Riddance, éveille immédiatement en Tansy un étrange mélange d'inquiétude et d'excitation. Si elle est venue s'installer dans cette petite ville perdue au cœur de l'Alaska, c'est pour y trouver tranquillité et apaisement après la trahison de son ex-fiancé. Des sentiments bien éloignés de ceux que lui inspire Liam. Car, sous le regard brûlant de cet homme, elle sent tous ses sens s'éveiller et un désir fou l'envahir. Un désir auquel elle n'est pas sûre de vouloir résister...

A paraître le 1er septembre

Best-Sellers n°615 • suspense

Les secrets d'Asher Falls - Amanda Stevens

Depuis son arrivée à Asher Falls, en Caroline du Sud – une petite bourgade ramassée sur les contreforts des Blue Ridge Mountains dont elle doit restaurer le vieux cimetière – Amelia ne peut se départir d'un oppressant sentiment de malaise. Comme si sa venue ici suscitait la défiance des habitants… Pourquoi, en effet, ceux-ci s'enferment-ils dans le mutisme dès qu'elle évoque le cimetière de Bell Lake, englouti cinquante ans plus tôt sous les eaux profondes et insondables d'un lac artificiel ? A qui appartient la tombe qu'elle a découverte cachée au cœur de la forêt et dont personne, apparemment, ne sait rien ? Et, surtout, qui a tenté à plusieurs reprises de la tuer ? Si elle veut trouver la réponse à toutes ces questions, Amelia le sait : elle devra sonder l'âme de cette ville mystérieuse et en exhumer tous les secrets…

Best-Sellers n°616 • suspense

Mortel Eden - Heather Graham

Au milieu des eaux turquoises du sud de la Floride, l'île de Calliope Key est un véritable paradis terrestre à la végétation luxuriante, d'une beauté à couper le souffle. Rares sont ceux qui résistent à son charme – mais plus rares encore sont ceux qui connaissent ses secrets…

Lorsque Beth, venue passer quelques jours de vacances sur l'île, découvre un crâne humain à moitié caché dans le sable, elle comprend immédiatement qu'elle est en danger. Car deux plaisanciers ont déjà disparu, alors qu'ils naviguaient dans les eaux calmes de Calliope Key… comme s'ils menaçaient de troubler un secret bien gardé. Prise de panique, Beth dissimule en toute hâte le crâne. Mais ne peut échapper aux questions de Keith, un inconnu qui semble très intéressé par sa macabre découverte... Très vite, Keith se mêle – mais dans quel but ? – au petit groupe des vacanciers. Beth ne parvient pas à lui faire confiance. Pourtant, lorsqu'elle s'aperçoit que le crâne a disparu, et que de mystérieuses ombres envahissent la plage, la nuit, et rôdent autour de sa tente, elle comprend qu'elle va avoir besoin de son aide – et que, pour tous les vacanciers de l'île, le temps de l'insouciance est désormais révolu…

Best-Sellers n°617 • suspense

L'étau du mal - Virna DePaul

Lorsque le cadavre d'une adolescente est découvert enterré dans les environs de Plainville, l'agent spécial Liam McKenzie comprend tout de suite qu'il va devoir s'attaquer à une affaire beaucoup plus complexe qu'elle n'y paraît au premier abord. Et quand, quelques jours plus tard, une photographe de renom, Natalie Jones, est agressée chez elle, non loin de la scène de crime, il est aussitôt convaincu qu'il existe un lien entre les deux affaires. Qu'a vu la jeune femme, qui a poussé le tueur à sortir de sa cachette et à commettre une imprudence ? La clé de l'enquête se trouve-t-elle sur les photos qu'elle a prises deux mois plus tôt à Plainville ?

Pour élucider ce meurtre, et pour protéger Natalie, Liam McKenzie va non seulement devoir donner le meilleur de lui-même, mais aussi résister au désir fou que cette dernière lui a inspiré au premier regard. Car il ne peut se laisser distraire : chaque jour qui passe, le danger se rapproche d'elle…

Best-Sellers n°618 • roman
Amoureuse et un peu plus - Pamela Morsi
Diriger la bibliothèque de Verdant dans le Kansas ? Dorothy (D.J. pour les intimes) a l'impression de vivre un rêve aussi improbable que merveilleux. Et pas question de se laisser décourager parce que la bibliothèque n'a en réalité rien du pimpant établissement qu'elle avait imaginé, mais tout du tombeau lugubre. Pas question non plus de se laisser abattre parce que les membres de sa nouvelle équipe se montrent pour le moins étranges et peu sociables : elle saura les apprivoiser. Mais son enthousiasme et sa détermination flanchent sérieusement quand on lui présente Scott Sanderson, le pharmacien de la petite ville. Là, D.J. doit définitivement se rendre à l'évidence : elle est vraiment très, très loin du paradis dont elle avait rêvé. Car Scott n'est autre que le séduisant inconnu qu'elle a rencontré six ans plus tôt à South Padre et avec lequel elle a commis l'irréparable avant de fuir, éperdue de honte, au petit matin… Heureusement, elle ne ressemble en rien à la jeune femme libérée et passionnée qu'elle s'était alors amusée à jouer le temps d'une soirée entre copines : avec son chignon, ses lunettes et ses tenues strictes, elle est sûre que Scott n'a aucun moyen de la reconnaître.

Best-Sellers n°619 • historique
Envoûtée par le duc - Kasey Michaels
Paris, Londres, 1814
Lorsqu'il apprend qu'il doit succéder à son oncle, Rafael est sous le choc. Rien ne l'avait préparé à devenir duc un jour. Comment lui, un capitaine qui vient de passer six ans sur les champs de bataille, pourrait diriger le domaine familial ? Heureusement, il sait qu'il peut compter sur le soutien de Charlotte, sa chère amie d'enfance, à qui il a pensé avec tendresse toutes ces années. Elle qui chaperonne aujourd'hui ses sœurs à Ashurst Hall pourra le guider dans ses nouveaux devoirs. Mais lorsqu'il revient au domaine, c'est pour découvrir que l'adolescente maladroite qu'il avait laissée a disparu. A sa place, c'est une séduisante jeune femme, fière et sûre d'elle, qui l'accueille. Rafael est sous le charme... Mais autre chose en elle a changé. Si elle lui offre généreusement ses conseils, comme il l'espérait, Charlotte se dérobe avec gêne dès qu'il essaie d'en savoir plus sur elle. Pourquoi a-t-il l'impression qu'un terrible secret l'éloigne irrémédiablement de lui ?

Best-Sellers n°620 • historique
Audacieuse marquise - Nicola Cornick
Angleterre, 1816
Lorsqu'un aristocrate sans vergogne tente de la faire chanter, Tess comprend qu'il est temps d'assurer ses arrières. Elle avait cru pouvoir camoufler ses activités politiques sous une réputation de coquette mondaine et frivole, mais hélas, une femme seule est toujours vulnérable. Si elle veut continuer à œuvrer dans l'ombre contre la pauvreté et l'injustice, il lui faut une couverture honorable. Et qui pourrait mieux l'aider en cela que le vicomte Rothbury, mandaté pour arrêter les opposants au régime ? Elle a souvent croisé chez son beau-frère cet Américain franc et viril, anobli pour services rendus à la Couronne : elle sait qu'il ne sera jamais vraiment accepté dans la haute société tant qu'il n'aura pas épousé une aristocrate. Une riche marquise, par exemple... Tess frissonne en considérant les dangers d'une telle alliance mais, à n'en pas douter, ce mariage la placerait au-dessus de tout soupçon. Seulement, il lui reste encore à convaincre le vicomte, qu'on dit très méfiant à l'égard des femmes du monde...

Composé et édité par HARLEQUIN

Achevé d'imprimer en Italie (Milan)
par Rotolito Lombarda
en septembre 2014

Dépôt légal en octobre 2014

Pour l'éditeur, le principe est d'utiliser des papiers composés de fibres naturelles, renouvelables, recyclables, et fabriquées à partir de bois issus de forêts qui adoptent un système d'aménagement durable. En outre, l'éditeur attend de ses fournisseurs de papier qu'ils s'inscrivent dans une démarche de certification environnementale reconnue.